歷代小說話

十一

黄霖 編著

鳳凰出版社

編輯餘瀋

記者　撰

連載於一九二二年《快活》第一期至第三十一期。《快活》，旬刊，一九三二年世界書局發行，由李涵秋任編輯部主任，但實際工作由理事編輯張雲石承擔，設短、長篇小説兩大欄，意在給『大家快活，忘却那許多不愉快的事』（周瘦鵑《〈快活〉祝詞》），共出三十六期。每期都有『編輯餘瀋』，實爲各期的編後記。今將這些編後記匯録在一起，也近乎小説話。本文作者署『記者』，當爲張雲石，無錫人，原爲商務印書館編輯，世界書局成立時，被總經理沈知方『挖』來任編輯所長。著編有《李純歷史軼事合刻》等。第一期的『編輯餘瀋』即開宗明義，介紹了本刊的宗旨是『抱快活主義』，以求『滿足讀者快活之希望』。每期介紹即將刊出的作家與作品。從中可見，編者的藝術追求在於作品有『趣』，欣賞『詞藻綺麗』、『情文并茂』，以及『材料新穎』等。從其介紹與編刊的作家作品來看，幾乎網羅了當時一批講究興味的所謂『舊小説家』群體。在介紹的作品時，不無溢美之辭，但從另一個角度來看，他當時能用這樣的語言來讚美，也是有一定的讀者基礎的，因爲作者要下筆讚美時，必須要考慮到當時讀者的接受，不可能他説的與讀者的接受存在着太大的距離。另外，從營銷計，作者努力辦好專刊，先後曾編發或徵稿過『偵探號』、『滑稽號』、『婦女號』、『新婚號』、『離婚號』、『女子解放號』、『新婦女號』，以及『七夕號』、『端陽號』等等，其中關係到女性的創作有三期，可見對女性的文章尤爲關注。在第九期『婦女號』中，編有『女界創作品』，也有『女子試作，更由名人潤辭者』，另有『女子原著并由名人評注者』，形式多樣。特别可貴的是，編者自覺地以此來團結與培養一些女性作家，以『期樹女界著作獨立之先聲』，這説它是『中國女著作界破天荒之盛舉』，或許在有人看來有點過分，且事實上也包含着招徠生意的味道，但至少在客觀上還是推動了當時女性的創作。

本旬刊抱快活主義，故創刊號全載『快活』標題短篇小説，海内文豪，均蒙慨賜名著，珠聯璧合，各擅其勝，自能滿足讀者快活之希望。

本期中《快活之王》爲惲鐵樵先生寓言傑作；《快活真銓》爲王鈍根先生諷刺傑作；善作哀情小説之徐枕亞先生，撰一篇《快活夫妻》，不啻青衣倒串花旦戲；善寫閨閣韻事之海上説夢人，著一篇《快活新郎》，好像自述過來事；均覺别有妙趣。餘如鄭正秋先生之《快活和尚》，江紅蕉先生之《快活姻緣》，許指嚴先生之《快活大俠》，王蓴農先生之《快活鴛鴦》，都是情文并茂之作。

第二期短篇小説，有許指嚴先生之《牡丹劫》，紀清初紫牡丹詩大獄始末情形。鄭正秋先生之《交易所的罪惡》，描寫家破人亡之慘狀。又如王蓴農先生之《禪房血案》，徐半梅先生之《余之未婚妻》，或則詞藻綺麗，或則風趣環生，均爲不可多得之作。

第二期登長篇小説兩種，一爲李涵秋先生之《近十年目睹之怪現狀》，與《廣陵潮》後先輝映，乃先生最近得意之筆；一爲徐枕亞先生之《燕雁離魂記》，情詞悱惻，與《玉梨魂》異曲同工，愛讀長篇小説者，不可不讀。

本旬刊除特約撰述外，并歡迎投稿，如有材料新穎、文辭優美之短篇小説、筆記、詩話、聯話、諧文、雜作、小品等，一經登載，酬格從豐。惠件請寄上海四馬路世界書局内《快活》小説社。

本旬刊卷首所用銅版畫，均擇趣味醲郁，具有欣賞價值者，倘蒙讀者惠賜精美之照片、畫片，尤所歡迎，當贈閲本刊，以答高誼。

（一九二二年第一期《快活》）

本刊第一號備受讀者歡迎，同人慚感之餘，益求内容精美，本期所載全是名家傑作，必能使讀者諸君滿意。

第三號有程小青先生之《貓兒眼》，張碧梧先生之《一張照片》，均爲東方新探案，極有價值。又有嚴芙孫先生之《情人之子》，江紅蕉先生之《蕭郎畫櫻記》，都是言情傑作。餘如鄭正秋先生之《一塊肉》，王西神先生之《并蒂花》，亦覺描摹盡致，别饒風趣。

本刊訂撰名家長篇小説八種，第三號另登楊塵因先生《老殘新游記》，張碧梧先生《毒瓶》兩種，均有極濃厚之趣味，暫定與第二號兩種長篇間期登出，俾快先睹。

本刊歡迎短篇小説、筆記、詩話、聯話、雜作、小品、照片、畫片諸件，酬格從豐。

本刊徵求女界著作及補白用小畫品，酬金特别從優。

本刊擬特刊『婦女號』及『新婚號』，一則全載女子所著短篇傑作（并附照片），一則專登名人自述結婚小史，正在徵求文稿，如蒙惠賜，無任歡迎。

（一九二二年第二期《快活》）

本刊第一、二號發行未逾旬日，均已疊版數次，過蒙讀者垂愛，同人益用惶悚，此後對於材料内容，自當終始如一，藉答雅意。

第四期所載《此中秘密》，爲海上説夢人最近實地調查之作；《一串項圈》爲江紅蕉偵探新作；

《何苦如此》爲張碧梧閨閣新作；《六萬元的鑽戒》爲張舍我艷情傑作；《嫣紅珠》爲嚴芙孫苦情傑作；以上均關婦女首飾問題，珠光寶氣，躍躍紙上，讀之殊饒佳趣。

沈禹鐘之《車塵》，王蘊章之《杏花春雨記》，鄭瞻廬之《但求化作女兒身》，張枕緑之《妻之妹》，亦爲第四期中最有色彩之作。

鄭正秋先生新著長篇《家庭現形記》一種，描寫盡致，令人捧腹，擬於第五期中登出，特先露布。

本刊歡迎短篇小説、筆記、詩話、聯話、雜作、小品、照片、畫片諸件，酬格從豐。

本刊徵求女界著作，及補白用小畫品，酬金特别從優。

本刊擬特刊『婦女號』及『新婚號』，一則全載女子所著短篇傑作（并附照片），一則專登名人自述結婚小史，正在徵求文稿，如蒙惠賜，無任歡迎。

（一九二二年第三期《快活》）

徐枕亞先生新撰《賣餳時節杜鵑聲》一篇，哀艷絶倫，特插刊本號之末，以快先睹。

第五號有馬二先生之《一幅仕女圖》，徐枕亞之《死前之三日》，劉豁公之《可憐蟲》，許廑父之《新聊齋》，壽梅女士之《王府豔姬》，均爲有聲有色之作，不可不讀。

第六號適於端午節出版，特請程瞻廬、楊塵因、海上説夢人、沈禹鐘、張舍我、嚴芙孫、張碧梧、張枕緑諸君，另撰應時佳作，俾饒興趣。　連同馬二先生、嚴獨鶴、王蘊章諸名作，計共十萬餘言，比平時增十分之五。

第七期特刊『婦女號』，全載女子所著短篇傑作，温柔委婉，字裏含香，讀之令人愛不釋卷。

本刊又擬特刊『新婚號』，專載名人自述結婚小史，情場秘密，傾誠吐露，實爲空前未有之大觀。

本刊歡迎短篇小說（二三千字）及雜作、小品、照片、畫片諸件，酬格從豐。

本刊徵求女界著作，及補白用小畫品，酬金特別從優。

本刊收存外來稿件甚多，自當依次擇優刊登，叠蒙函詢，特此奉復。

（一九二二年第四期《快活》）

本刊第一、二期備受讀者歡迎，同人仍覺選材平易，無特殊色彩，故自第三期起，精益求精，四期尤勝於前，想讀者諸君定能滿意。

從前出版小說雜志，選用材料，往往愈趨愈下，因是讀者亦愈減愈少。本刊力矯斯弊，必求材料逐期優勝，冀答愛讀諸君之盛意。

本期所載全是名家傑作，外加姚民哀新著《京華血影》，應時妙品，不可多得。比之四期，更具特彩。

第六期係特刊『端陽號』，名著如林，美不勝收，材料比平時增十分之五，爲本刊最有精神之作。張舍我新譯英國小說大家科南道爾最近名著《險極了》一篇，亦刊入第六期中，情節離奇，迴越尋常，讀者注意。

第九期係特刊『婦女號』，全是女界作品，慧心柔筆，體貼入微，中有數篇另由名人加以評注，并附原著者攝影，真所謂錦上添花，别放異彩。字數在十萬以外，與『端陽號』略等。

本刊又擬特刊『新婚號』，專載名人自述結婚小史，揭破情場秘幕，洵屬空前大觀，俟出版有期，再行露布。

本刊歡迎短篇小説(二三千字)及雜作、小品、照片、畫片諸件，酬格從豐。

本刊徵求女界著作，及補白用小畫品，酬金特别從優。

（一九二二年第五期《快活》）

本期所載端陽特刊，思想超逸者有張碧梧之《新五毒滅形記》，詞藻綺麗者有王藴章之《龍舟豔行》，詼諧生趣者有海上説夢人之《鍾進士的失敗》，情節詭秘者有楊塵因之《雷峰塔》，餘亦各擅其勝，互有妙處，點綴佳節，堪稱上品。

第七期所載如馬二先生之《捉刀記》，描寫倡家怨孽，無微不至。沈禹鐘之《學徒趣史》，述青年酷好虚榮，維妙維肖。徐半梅之《幾個二十年》，涉想精闢。江紅蕉之《花好月圓》，以義士而耦女俠，均爲名雋有味之作。

第九期係特刊『婦女號』，字數在十萬以上，全載女界自述經歷之作品，并附攝影，饒有温柔風味，自當先睹爲快。

本刊又擬特刊『新婚號』、『偵探號』、『滑稽號』，正在分别徵文，如蒙惠賜名著，無任歡迎。

本刊徵求東方探案之短篇傑作，酬金從豐，餘如滑稽、武俠諸短篇，亦所歡迎。

（一九二二年第六期《快活》）

本刊第八期許多名著，一時彙集，均含有極濃厚之趣味，如程小青之《一隻鞋子》，章頤年之《三十五元》，都爲東方新探案，情節離奇，令人拍案叫絶。又有張慶霖之《三張怪信片》，述英國著名女伶慘死事，描寫奸人毒計，令人毛骨悚然。餘如馬二先生之《一位富翁的報酬》，王藴章之《一枝桃》，張枕緑之《愛河障石》，亦爲情文并茂之作。

第九期爲特刊『婦女號』，女界創作品有周博文女士之《毋忘余》，周鳳雲女士之《不能免的煩惱》，TB 女士之《小説家之同盟罷工》等。其爲女子試作，更由名人潤辭者，則有黛影女士及程小青之《雪中屍》，俄蘭女士及江紅蕉之《半頁之日記》，惠雲女士及沈禹鐘之《清溪春影》等。其爲女子原著并由名人評注者，則有殷明珠（即 FF）女士及海上説夢人之《中國影戲談》，楊雪如女士及王藴章之《海鷗客語》，陳淑英女士及張碧梧之《落花流水》等，計共二十餘篇，珠聯璧合，實爲中國女著作界破天荒之盛舉。卷首并刊寫真版精印女著作家肖像十餘幅，倩影亭亭，尤足引起讀者景仰之意。

第十期特載何海鳴先生新著《妓債》一篇，計萬字左右，描寫妓女劣性，纖悉靡遺。先生善寫倡家秘幕，而此作尤爲最近得意之筆，不可不讀。

本刊又擬特刊『新婚號』、『偵探號』、『滑稽號』，正在分别徵文，如蒙惠賜名著，無任歡迎。

本刊爲提倡東方探案之作品起見，如蒙惠賜此類短篇傑作，酬金特别從豐，餘如滑稽、武俠諸短篇，亦所歡迎。

（一九二二年第七期《快活》）

本刊第九期『婦女號』之標題，已於上期擇要披露，兹又特載雲影女士新著《影戲明星AA女士小史》一篇，筆致柔婉，描寫入神。又載沈佩貞女士特撰長篇小説《自由結婚》一種，事跡非常複雜，揭明戀愛真諦，全篇約計三萬餘言，一次登完。

『婦女號』中蒙著作人惠賜影片者，爲許主常、周博文、楊雪如、陶漢仙、毓清、壽梅、亨貞、TB諸女士。又有青年小説家張枕緑君與其夫人周鳳雲女士及嚴芙孫君與其夫人胡蝶女士合攝之影，均用寫真版精印，爲本期别放異彩之舉。

第十期載何海鳴之《妓債》，程瞻廬之《人頭願》，王藴章之《新舊夫妻》，徐半梅之《上帝之大失敗》，沈禹鐘之《瀛海逃情記》，各具特殊風趣，讀者定能滿意。

本刊徵集『新婚號』短篇小説，已有多種，均含極甜蜜之意味，耐人玩索。擬於第十三期刊行。

本刊又擬特刊『偵探號』、『滑稽號』、『離婚號』、『女子解放號』，正在分别徵文，如蒙惠賜名著，無任歡迎。

本期所載長短篇小説及補白餘興，全爲女子作品，璧合珠聯，妙趣環生，徵稿歷三月之久，僅僅得此，彌見珍貴。

（一九二二年第八期《快活》）

第十期載張舍我《一個問題的兩面觀》，揭破自由戀愛上之障礙，頗有研究價值。又載許廑父之《我之未生以前》，描寫死後景象，破除種種迷信，係一種理想小説之創作品，生面别開，讀者注意。程小青君新著東方福爾摩斯探案《一個嗣子》，何樸齋、俞慕古合著東方亞森羅蘋《盜寶》，情節均極離奇，載十一期中。

本刊於十二期中特載『避暑號』短篇傑作數種，或富理想，或饒豔情。暑天讀此，凉澈心脾。本刊徵求『新婚號』、『偵探號』、『滑稽號』、『離婚號』、『女子解放號』各種名著，如蒙惠賜，無任歡迎。

本刊除特約撰述外，各處投稿，亦當擇優刊登，并歡迎讀者批評，俾作取材南針。

（一九二二年第九期《快活》）

張舍我先生善作問題小説，近著《自由戀愛的究竟》，思想新奇，别闢蹊徑，殊堪令人玩味，載十一期中。下期又載海上説夢人之《發財》，江紅蕉之《狂笑》，均爲滑稽傑作。

十二期爲『避暑號』，載江紅蕉特著《園中》一篇，清麗秀膩，饒有《石頭記》韻味，爲近今小説界不可多得之佳構，餘如張碧梧之《新婚避暑記》，王藴章之《雪浪春痕》，張舍我之《三度避暑》，程瞻廬之《清凉世界》，或富理想，或饒豔情，均爲却暑妙品。

張枕緑君新譯法國小説大家毛柏桑名著《林中》一篇，描寫老年夫婦倒演青春時代之情劇，事跡奇特，出人意外，筆致婉轉，盡達其隱，亦載十二期中。

本刊徵求『偵探號』、『滑稽號』、『離婚號』、『女子解放號』各種名著及『新婚號』用新婚照片及夫婦雙影照片，如蒙惠賜，酬格從豊，或酌贈本刊，以答高誼。

（一九二二年第十期《快活》）

本刊十二期『避暑號』中，載六大名著。一爲江紅蕉之《園中》，情文秀麗，不啻新大觀園之一幕。二爲沈禹鐘之《瓜棚下》，叙鄉村樂趣，神態悠然。三爲王藴章之《雪浪春痕》，描寫山中勝景，含有無限風趣。四爲張碧梧之《新婚避暑記》，中有製造冷空氣吸收太陽熱之説，理想新奇，令人稱快。五爲程瞻廬之《清凉世界》，勝地豔福，一時無兩。六爲張舍我之《三度避暑》於幾度名山中發覺婚事變遷之隱痛，可爲青年求婚者之針砭。

十二期又載姚民哀之《賣花姊妹》，陳蟄庵之《如此良人》，述妓女苦況，凄凉欲絶。餘如《盗穴尋妻記》、《白馬生》、《賣餳婦》，均爲武俠傑作。

十四期爲特刊『新婚號』，全載名人著作，事跡雖不越新婚範圍，而豔情、慘劫、趣聞、諧話諸體悉備，咸具妙趣，讀者定能滿意。

『新婚號』中特載海上説夢人新著《有情眷屬》長篇小説一種，哀樂倏變，情海生波，爲作者最近得意之筆，計有二萬餘字，一次登完。

本刊徵求『偵探號』、『滑稽號』、『離婚號』、『女子解放號』各種名著，無任歡迎。

（一九二二年第十一期《快活》）

張引平君近著《最後剩了個他》，叙述組織新家庭之笑柄； 胡寄塵君新著《二十二年前的照片》，描寫婦女悍妬之趣史； 均堪發噱，載十三期中。

十三期又載陳淑英女士之《别後》，張敏笙君之《血帕》，均指情場失意之婦女而言。 餘如周毅夫之《車站中的銀箱》，爲中國偵探新案，情節極離奇； 俞慕古、何樸齋合著《青頭黨》爲東方亞森羅蘋奇案之一，内容詭秘，尤耐人玩味。

第九期『婦女號』共銷二萬餘册，特將十四期『新婚號』增刊材料其最著者，有何海鳴之《新婚妬誤》，馬二先生之《海外奇緣》，徐半梅之《七度新婚》，江紅蕉之《蜜月旅行笑史》，張舍我之《我的新婚》，王藴章之《猩紅劫》，莊諧哀豔，無體不備，洵屬説部大觀。

AA女士近著《AA之自述》一篇，述其身世之悲慘，并附最近攝影，載十五期中。

本刊除預備特刊『偵探號』、『滑稽號』、『武俠號』、『離婚號』、『女子解放號』外，又擬增刊『家庭號』，如蒙賜撰關於家庭現形之名著，極所歡迎。

本刊文字間有手民誤排之處，以後當詳加校勘，期無負愛讀諸君之盛意，特此道歉。

（一九二二年第十二期《快活》）

本刊十四期爲『新婚號』，長短篇小説及餘興補白，悉屬新婚事跡，莊諧哀豔，無體不備，材料比平時增十分之五，亦爲本刊煞費經營之舉。

十五期特刊『七夕號』名著數種，如程瞻盧之《七夕之家庭特刊》，張碧梧之《牛郎織女團圓記》，王蘊章之《針樓豔憶》，沈禹鐘之《七夕》，唐忍庵之《牛女別史》，趙赤羽之《瞞過了天老爺》，均爲應時妙品。

《道臺之女》係名妓楊雲玉口述，姚民哀筆録，自訴身世，纖悉靡遺，亦爲婦女醉心解放之惡果，并附楊妓攝影，載十五期中。

第九期『婦女號』原存餘稿多件，近又收到投稿數種，均係女界創作名著，温柔委婉，彌覺珍貴。兹擬續刊『新婦女號』，全載女子作品，不請名人批潤，期樹女界著作獨立之先聲，如蒙惠賜稿件及作者影片，無任歡迎，俟刊行有期，當再露布。

本刊徵求『偵探號』、『滑稽號』、『武俠號』、『離婚號』、『女子解放號』、『家庭號』短篇小説及補白小品，一經登載，酬格從豐。如蒙惠賜特刊號用精美照片，尤所歡迎。

（一九二二年第十三期《快活》）

本刊十五期載『七夕號』特刊七種，均爲名家著作，餘如張麗芬女士之《珠沉》，碧如女士之《賢母》，情文并茂，均爲女界傑作。又載許指嚴之《伏虎居士秘史》，汪集庭之《瀋陽俠妓傳》，事節離奇，亦爲短篇佳構。

十六期特載『中元號』名著數種，如徐半梅之《壬戌之秋，七月既望》，程瞻廬之《鬼趣》，鄭逸梅之《鴛鴦墳》，趙眠雲之《離婚紀念》，咸具妙趣，耐人尋味。

本刊擬續刊『新婦女號』，專載女子創作品，不請名人批潤，期樹女界著作獨立之先聲，如蒙惠賜短篇小説、補白小品及作者影片，無任歡迎。

本刊收到『偵探號』、『滑稽號』稿件數十種，滿目琳琅，美不勝收，實深欣感，擬即分期刊行，藉答厚誼。如蒙再賜『武俠號』、『家庭號』、『離婚號』、『女子解放號』各種稿件，尤所歡迎。

（一九二二年第十四期《快活》）

本刊十六期特載『中元號』名著六種，如程瞻廬之《鬼趣》，徐卓呆之《壬戌之秋，七月既望》，許指嚴之《解倒懸》，吴訒之《是他的手》，均含無限風趣，洵屬應時妙品。

十六期短篇小説，載何海鳴之《紅倌人》，又是一篇描寫盡致之倡門小説。沈禹鐘之《煙具》，意致沈痛，定博讀者同情。餘如張慶霖之《阿紫》，金嘯梅之《名妓的過去》，唐忍庵之《鐵工之子》，壽秋情之《别離》，均爲名雋有味之作。

本刊徵求『滑稽號』、『偵探號』小説，已歷半載之久，陸續收到數十種，趣味均極濃厚。兹擬於十七期發刊『滑稽號』，廿三期發刊『偵探號』，藉慰愛讀諸君之渴望。

本刊擬續刊『新婦女號』，專載女子創作品，不請名人批潤，期樹女界著作獨立之先聲。凡女子著作之短篇小説、補白小品及作者影片，均極歡迎。

本刊徵求『武俠號』、『家庭號』、『離婚號』、『女子解放號』短篇小説，俟彙集齊全，即當分期刊行，務請海内名宿，早賜佳章，俾得蔚成大觀。一經登載，酬金從豐，藉答厚意。

（一九二二年第十五期《快活》）

本刊十七期特刊『滑稽號』，全載滑稽短篇小説，計共二十餘篇，連同補白用滑稽小品，語語詼諧生趣，均堪令人捧腹大笑，却愁消悶，允推佳品。

『滑稽號』材料比平時加倍，此次徵求滑稽稿件，共得六十餘種，趣味均極濃厚，兹先刊三分之一，餘俟續刊。内有李涵秋之《五塊錢的命》，程瞻廬之《夫妻小説迷》，徐卓呆之《新人物》，馬二先生之《雙料戲迷家》，取材尤佳，讀之雖在滿懷鬱鬱之候，亦能笑逐顔開，謂予不信，請嘗試之。

本刊『新婦女號』專載女子創作品，不請名人批潤，急欲刊行，如蒙惠賜稿件，務請從速，遲恐不及刊載。

本刊徵求『武俠號』、『家庭號』、『離婚號』、『女子解放號』短篇小説及補白小品，如蒙惠賜，無任歡迎。

本刊擬將内容及印刷，另定體例，刻正規畫一切，并徵求讀者意見，務請分别詳示，俾得斟酌盡善，期答愛讀本刊之盛意。

（一九二二年第十六期《快活》）

本刊十八期載徐卓呆之《抽象的愛》，張枕緑之《女兒歸來了》，趙赤羽之《毒醫》，張碧梧之《一年前之回顧》，吴調梅之《蓮花落》，均爲饒有趣味之作。

十九期載『中秋號』特刊數種，均係名家著作，佳節妙文，一時無兩。把卷玩讀，風趣無窮。

本刊擬特刊『妓女號』，凡關於倡門事跡之短篇小説，無論悲歡離合，祇須意味深長，均所歡迎。并徵求『新婦女號』、『武俠號』、『家庭號』、『離婚號』、『女子解放號』短篇小説及補白小品，如蒙惠賜，酬金從豐。

本刊擬另闢『説海一勺』欄，讀者對於各種小説，如有研究及批評之意見，本欄均願代爲發表，其跡近攻擊者，概不登録。

本刊每期要目預告，輒因各種關係，臨時不無增減。『新婚號』中之《歇浦春夢記》，因臨時被擯，擬於『離婚號』刊出。疊承讀者諸君函詢，特此聲明。

十三期載張引平君著《最後剩了個他》一篇，確有舞弊之跡，除停給酬金外，并罰張君另撰字數加倍之小説兩篇，聊洩讀者之憤。

（一九二二年第十七期《快活》）

本刊十九期載『中秋號』名著十篇，如沈禹鐘之《客中佳節》，程瞻廬之《月光底下的大宅子》，張枕緑之《不重生男重生女》，王藴章之《秋蕤閣》，范煙橋之《月色好麽》，趙赤羽之《月餅》，或則意致纏綿，或則詼諧生趣，均爲應時妙品，耐人玩味。

本刊擬於廿一期刊『重陽號』，廿三期刊『偵探號』，廿六期刊『離婚號』，三十期刊『新婦女號』，如蒙賜稿，務請從速，遲恐不及。并徵求『武俠號』、『家庭號』、『女子解放號』短篇小説，酬金從豐。

本刊除預備特刊『妓女號』，專載倡門事跡之小説外，又擬特刊『戲劇號』，凡描寫伶界奇聞豔蹟之短篇小説，及趣味濃厚之新舊劇本，均所歡迎。

本刊擬另闢『説海一勺』欄，讀者對於各種小説，如有研究及批評之意見，本欄均願代爲發表，其跡近攻擊者，概不登録。

本刊因欲讀者預知下期内容，故刊要目預告，但增减稿件，臨時難免更動，特此聲明。

本刊徵求名雋有味之補白小品，及美人風景照片。一經登載，酌贈本刊，借答高誼。

（一九二二年第十八期《快活》）

本刊二十期載程小青先生新譯大隈斯探案《鑽耳環》一篇，情節離奇，出人意外，讀之殊饒佳趣。又有一篇《險買賣》，亦係大隈斯探案，隨後再刊。

二十期又載徐卓呆之《星期日》，張碧梧之《他爲什麽自殺的》，嚴芙孫之《軍樂聲》，吴調梅之《落霞浦》，張慶霖之《少年軍官》，趣味均極濃厚。

廿一期特刊『重陽號』，冥飛、禹鐘、舍我、塵因、瞻廬、廑父、碧梧諸君，均有應時佳作。

本刊特刊『新婦女號』，徵求女子作品及作者影片，并徵求『離婚號』、『武俠號』、『家庭號』、『女子解放號』短篇小説及補白小品，務請早日惠賜。又擬特刊『妓女號』、『戲劇號』，如有描寫倡門及伶界事跡之短篇小説，衹須意味深長，均所歡迎。

本刊每期所載要目預告，臨時不免稍有更動，未登稿件，隨後刊出，讀者幸勿誤會。

據張引平君函告《最後剩了個他》，曾載二月廿一等日南通《誠社旬刊》（該刊附來），未受該社酬金，著作權當然存在，并非抄襲他人之作。又據許廑父君報告十四期載《新婚豔史》，係潤色學徒俞某之作。兹查該稿出自抄襲，自願取消稿費，特此聲明。

（一九二二年第十九期《快活》）

本刊廿一期特載『重陽號』名著數種，如張冥飛之《天上的重陽》，張舍我之《登高後之災禍》，許廑父之《重陽夢》，程瞻廬之《登高之幻象》，張碧梧之《重陽糕》，情節都極新穎。餘如愷然、禹鐘、塵因諸作，趣味濃厚，亦爲點景妙文。

廿一期短篇小説，載許指嚴之《長生術》，記述清宫秘密，外間從未露洩。徐枕亞之《不幸之吾友》，哀婉動人，爲先生最近傑作。又載嚴芙孫之《賣笑之錢》，張枕緑之《秘而不宣》，朱迂公之《五萬元的頭獎》，語含詼諧，風趣無窮。

馬二先生新著《不是他的墳》，徐卓呆君新著《不可思議的姊妹》，張舍我君新著《做奴僕的資格》，均有特異之色彩，載廿二期中。

本刊徵求『新婦女號』女子作品及作者影片，并徵求『武俠號』、『家庭號』、『女子解放號』短篇小説。又擬特刊『妓女號』、『戲劇號』，如有描寫倡門及伶界事跡之短篇傑作，尤所歡迎。各地風景照片，倘蒙惠賜，當酌贈本刊，以答高誼。

本刊所載小説如有抄襲者，一經查明，即當宣布姓名，取消酬金。特此預告，幸勿嘗試。

（一九二二年第二十期《快活》）

徐卓呆君新著《不可思議的姊妹》，述世間罕有之豔遇，情節非常奇妙。馬二先生新著《不是她的墳》，述誤認未婚妻墳墓之趣聞，離奇變幻，曲折生姿。張舍我新著《做奴僕的資格》，述女子戀愛不專之隱秘，大足喚醒癡人迷夢，均載廿二期中。

廿二期又載程瞻廬之《高頭軍》，張碧梧之《一個痛苦的少年》，何樸齋之《地窟藏妻》，王袖滄之《剪刀誤》，或紀事實，或饒風趣，均爲結構精妙，耐人玩味之作。

廿三期特刊『偵探號』，凡平時不著偵探小說之海鳴、卓呆、冥飛、馬二先生，均有特別作品，不啻名伶倒串好戲。此外又有小青、碧梧、民哀、赤羽各種傑作，徵稿數月，名著彙集，定副讀者諸君殷殷期望之盛意。

『新婦女號』擬於三十期刊行，如蒙惠賜女子作品及作者影片，務請從速。廿五期特刊『離婚號』，滿目琳琅，美不勝收。其種種色彩，實超前刊『新婚號』之上，讀者注意。

本刊徵求『妓女號』、『戲劇號』、『武俠號』、『家庭號』、『女子解放號』短篇小說；并徵求美人及風景照片，一經登載，酌贈本刊，借答高誼。

（一九二二年第二十一期《快活》）

何海鳴先生之偵探小說，讀者多未閲過，近爲本刊『偵探號』特著《留聲機片》一種；徐卓呆先生平時亦不常著偵探小説，本刊『偵探號』中却有兩篇。程小青先生之東方福爾摩斯探案，人人愛看，『偵探號』中載《冰人》一篇。又有張冥飛先生之《相片之仇》；馬二先生之《香帕》，爲别創一格之偵探小説。餘如張碧梧之《箱中女屍》，趙赤羽之《定期支票》，沈井蛙之《黑手黨》，或記本國奇案，或譯海外名著，趣味均極濃厚，於廿三期悉數刊行，俾快先睹。

廿五期特刊『離婚號』，短篇小説有王蘊章之《陌上花飛》，張舍我之《一個月内的六封信》，馬二先生之《畫堂聞歌記》，張枕緑之《一塊肉的反動》，張碧梧之《這是什麽原因呢》，趙赤羽之《時過境遷》。長篇小説則載海上説夢人之《歇浦春夢記》，悲歡離合，變化無窮，其趣味實超前刊『新婚號』之上。

本刊徵求『新婦女號』女子作品及作者影片，『武俠號』、『家庭號』、『女子解放號』短篇……一經登載，酌贈本刊，借答高誼；并徵求倡門及伶界事蹟之短篇小説，備刊『妓女號』、『戲劇號』之用。

（一九二二年第二十二期《快活》）

向愷然（不肖生）先生前著《留東外史》，備受讀者歡迎，近爲本刊特撰《聰明誤用的青年》，係一種紀實小説，事跡新奇，不落恒蹊，載廿四期中。餘如沈禹鐘之《股息》，描寫店夥苦況，語極沈痛。許廑父之《佛門情懺》，述情天慘劫，哀怨絶倫，亦屬可觀。

廿四期又載看經女史之《四面受敵的省議員》，述女子醉心解放之怪現象；徐婉雲女士之《月下憶語》，述情人締婚之魔劫；恨波女士之《可憐之友》，述女子潦倒情場之傷心史；李襄芝女士之《十封信的内容》，紀女拆白黨之鬼域伎倆； 均係有聲有色之作，堪爲女著作界大放異彩。

廿五期特刊『離婚號』，要目前已揭曉，近又收到數篇，取材極佳。 該號所載，全爲名家傑作，讀者定能滿意。

本刊長篇小説《燕雁離魂記》，業已登完。《毒瓶》亦將告竣，以後另登張碧梧君著《水裏罪人》結構非常精妙，足與《火裏罪人》、《土裏罪人》諸作後先輝映，特此預告。 本刊徵求各地名妓及風景照片，一經登載，酌贈本刊，借答高誼。

（一九二二年第二十三期《快活》）

本刊廿五期爲『離婚號』，短篇小説，計十餘種，悉係名家著作，極有價值。 長篇小説爲海上説夢人之《歇浦春夢記》，述一離婚奇案，自始至終，纖悉靡遺，讀之尤饒佳趣。

吴雙熱先生久已不著小説，近爲本刊特撰《白太太死矣》一篇，詼諧生趣，别有精採，擬刊於廿七期中，讀者注意。

廿六期載王西神之《早嫁十年》，沈禹鐘之《奴顔記》，章怡巖之《草原命案》，飄萍女士之《虚榮心害我》，均爲造意新穎之作。

本刊因女界紛紛投稿，除續刊『新婦女號』外，另刊《香閨花影一集》，撰著者共七八人，或寫社會黑幕，或記家庭怪象，或述情場慘史，或叙求婚魔劫，結構精妙，筆致柔婉，均有精神獨到之處，正在趕印，俾快先睹。

本刊徵求女子作品，無論小説筆記詩詞雜作補白小品，均所歡迎。酬品分三種，一本刊，二書券，三現金。并請將相片附來，以便製版刊入，專供『新婦女號』及《香閨花影二集》之用。

本刊徵求各地名勝風景照片，一經登載，酌贈本刊，借答高誼。

（一九二二年第二十四期《快活》）

本刊廿六期載王西神之《早嫁十年》、沈禹鐘之《奴顔記》，均有鮮明之色彩。陳景魯之《恨》，係一篇女郎愛國之俠情小説。張慶霖之《同此佳期》，紀粤中『偷種』豔史，饒有風趣。范菊高之《三脚黨》，内容詭秘，筆尤流利。飄萍女士之《虚榮心害我》，顧城女士之《友朋式之夫婦》，都是女界傑作。『新婦女號』已集有短篇小説二十餘種，均爲女子精選佳作，造意既新穎，琢句尤柔婉，自成一種標格，與普通小説，迥不相同。印刷裝釘，亦十分優美，定於三十期刊行，决不改期。《香閨花影二集》徵求女子作品，無論小説筆記詩詞雜作補白小品，均所歡迎。酬品分本刊、書券、現金三種，并請將相片附來，以便製版刊入。

本刊又擬彙集女界各種作品（不限小説），别刊『閨秀號』，於『新婦女號』外别樹一幟，體格不論莊諧，文詞無分新舊，冶於一爐，蔚成大觀。

本刊徵求『妓女號』、『戲劇號』、『家庭號』、『武俠號』、『女子解放號』短篇小説，并歡迎各地名妓、風景照片，一經登載，酌贈本刊，借答高誼。

（一九二二年第二十五期《快活》）

本刊所載程瞻廬之《樂觀派的窮鬼阿三》，係一篇妙趣環生之滑稽小説；章怡巖之《草原命案》，係一篇層層波折，出人意外之偵探小説，讀者注意。

下期載《白太太死矣》，爲吴雙熱先生久已擱筆，近特創作之短篇小説。《一個解放女子的自述》，爲張玉如女士描寫女子解放怪象之傑作，形容盡致，令人捧腹。

本刊號外《香閨花影初集》，業已出版，内容形式，均極精美，如張玉如、朱恨波、佘屏嫣、章芬、徐婉雲諸女士之作，喜怒哀樂，各造其極，細膩柔婉，别有妙處。二集正在趕印，材料豐富，軼出初集之上。

『新婦女號』共載女子撰著短篇小説二十餘種，珠璣羅列，燦爛奪目，印刷裝釘，亦十分優美，定於三十期刊行，决不改期。

本刊除續刊《香閨花影三集》外，又擬特刊『閨秀號』，凡女子撰著之小説筆記詩詞雜作，悉行登載。倘蒙女界惠賜各項稿件，極爲歡迎，酬品分本刊、書券、現金三種，并請將相片附來（掛號免失），以便製版刊入，尤爲歡迎。

（一九二二年第二十六期《快活》）

張舍我先生近譯西洋著名短篇小説《伯爵夫人之愛情》，事跡非常複雜。程瞻廬先生新著家庭小説《肖子》，亦有特别之色彩，均載廿八期中。此外又有娼妓、義俠、偵探、哀情、苦情、慘情之短篇傑作數種，讀者定能十分滿意。

廿九期又有西洋名著兩種，一爲美國小説大家華盛頓歐文所著《鬼新郎》，一爲大隈斯著名探案《險買賣》，讀者注意。

徐枕亞先生近著清宫秘史《嚼舌完貞記》，徐哲身先生近著倡門寫實小説《墻外桃花》，看經女史新撰孝女報仇小説《生女當如許玉香》，亦載廿九期中。

三十期特刊『新婦女號』，共載女子短篇傑作二十餘篇，温柔委婉，别有風趣。卷首又刊著者小影數幅，尤足引起讀者景仰之意。

本刊又擬特刊『閨秀號』，凡女子著作之小説筆記詩詞雜作，不拘一格，悉行登載。本刊號外《香閨花影》仍繼續刊行，均歡迎投稿，并請將相片附來（掛號免失），以便製版刊入，無任企幸。

（一九二二年第二十六期《快活》）

廿九期登載著名短篇小説多種，其要目在上期已經揭曉，此外又有姚民哀君之《女書記》，張慶霖君之《洪雙斧》，徐笑歸君之《漁家女》，均爲意味深長，耐人玩索之作。

本刊自發表續刊『新婦女號』以來，陸續收到女界投稿，計共一百三十餘篇。兹就内容異同，酌量分配，先刊二十餘篇，餘則留載《香閨花影》及『閨秀號』，并按期分載，惟冀貫澈提倡女子文藝之初旨。

三十期『新婦女號』全載短篇小説，種種優點，不勝枚舉。有意致纏綿，趣味無窮者；有愁雲慘霧，籠罩眼簾者；有神情飛越，曲折生姿者；有字裏行間，滿漬淚痕者；可謂各擅其勝，無美不臻。

本刊於第二年三十七期起，擬另定編制：登載稿件則文藝與游戲兼收，排版裝釘則國粹與歐化并重，務以風趣環生，優美絶倫。期在雜志界中另闢新紀元，使讀者諸君格外滿意。長篇小説另登李涵秋先生著《新廣陵潮》，不肖生著《客窗志異》，其餘辦法，俟籌備妥洽，當再露布。

（一九二二年第二十八期《快活》）

本刊第九期『婦女號』所載女子小説，均請名人批潤，未免失其真相，兹特於三十期續刊『新婦女號』，共載短篇小説二十餘種，全係純粹的女子作品，布局遣詞，均有精神獨到之處，與男子所作小説迥不相同。補白小品計有六十餘種，字裏含香，尤饒逸趣。

『新婦女號』蒙女著作家惠賜相片者，爲静嫻、晚翠、婉雲、若麗、婉珍諸女士，特精製銅板，彙刊卷首，藉誌景仰。

本刊除逐期刊行《香閨花影》外，又擬特刊『閨秀號』，凡女子著作之小説筆記詩詞雜作，均所歡迎。酬品分三種，一書券、二本刊、三現金，并請將相片附來（掛號免失），以便製版刊入，原片當即奉還。

三十一期特載名著，有沈禹鐘君之《遺影》，張枕緑君之《如何是好》，趙赤羽君之《四十年前之武俠士》，俞慕古君之《假票案》。

本刊於第二年第三十七期起，材料内容，裝釘式樣，均擬另定編制，期在雜志界中另開新紀元。長篇小説另登李涵秋君著《新廣陵潮》、不肖生著《客窗志異》，特此預告。

（一九二二年第二十九期《快活》）

本刊三十一期所載小説，偵探、武俠、滑稽、言情，色色俱全，譬諸盛筵美肴，讀者看一篇換一種口味，分配十分精當，真可謂越到後來，越有精採。

三十三期適於陰曆正月初五日出版，本擬特刊『新年號』，嗣因時令作品，每涉牽强附會之嫌，特於平日選稿時，將名人佳作逐漸留存，均於該期刊出，實係本刊一年來所收名著之結晶品。

三十四期係於元宵節出版，特刊永雋有味之家庭小説多篇，以應佳節，讀者定能滿意。

本刊號外《香閨花影二集》出版在即，内容豐富，美不勝收。刻正徵求三集稿件，倘蒙女界惠賜小説筆記詩詞雜作及補白小品，均極歡迎，酬品分本集、書券、現金三種。并請將相片附來（掛號免失），以便製版刊入，原片當即奉還。

本刊於第二年三十七期起，擬另定編制，期在雜志界中闢一新紀元，長篇小説另登李涵秋君著《新廣陵潮》、不肖生著《客窗志異》，特此預告。

（一九二二年第三十期《快活》）

本刊三十二期所載小説，其趣味濃厚者，有程瞻廬君之《瞞了魚雁》，虎頭後人之《賣梨孃》；情節奇妙者，有周浩泉君之《鬼新郎》，謝芝田君之《怪財神》；請讀者諸君特别注意。

三十三期適於陰曆正月初五日出版，全載平時留存傑作，有何海鳴君之娼妓小説，王西神君之武俠小説，許指嚴君之佛門小説，張碧梧君之兒童小説，范煙橋、姚民哀君之家庭小説，趙赤羽、吴調梅之滑稽小説，各擅其勝，無美不備，爲本刊一年來最有色彩之混合特刊。趙、吴兩君之滑稽小説，一爲《孫悟空墮凡記》，一爲《女婿是猪八戒》，讀者但觀其標題，已可測知其内容，務請先睹爲快。

本刊號外《香閨花影二集》，正在趕印，共載女子著作二十餘篇，内容豐富，勝於初集，倘蒙女界惠賜各項稿件，極爲歡迎，以備續刊三集之用。

本刊於第二年第三十七期起，另定編制，期在雜志界中闢一新紀元，俟籌備妥洽，當再露布。

（一九二二年第三十一期《快活》）

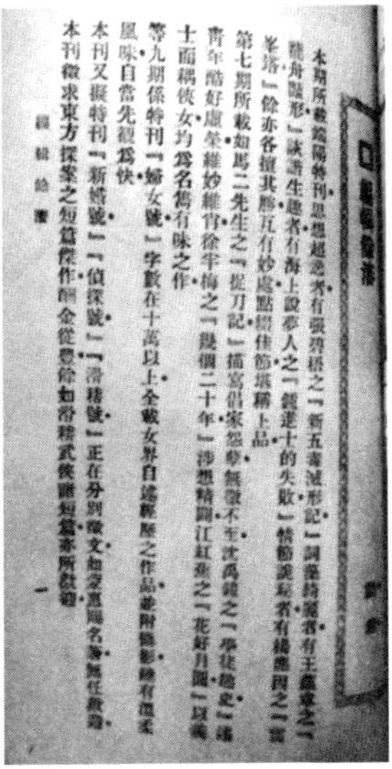

口編輯餘瀋

本期所載端陽特刊思想超逸者有張碧梧之『新五毒滅形記』詞藻特麗者有王鈍根之『雙舟髗形』詼諧生趣者有海上說夢人之『錢莊十的失敗』情節詭奇者有楊塵因之『雪冬塔』餘亦各擅其勝互有妙處點綴佳節堪稱上品

第七期所載如馬二先生之『捉刀記』描寫倡家怨夢無微不至沈禹鐘之『學徒趣史』述青年酷好虛榮維妙維肖徐半梅之『幾個二十年』涉想精闢江紅蕉之『花好月圓』以離士而耦俠女均為名雋有味之作

第九期係特刊『婦女號』字數在十萬以上全載女界自述經歷之作品並附攝影饒有溫柔風味自當先覩為快

本刊又擬特刊『新婚號』『偵探號』『滑稽號』正在分別徵文如蒙惠賜名著無任歡迎

本刊徵求東方探案之短篇傑作酬金從豐餘如滑稽武俠諸短篇亦所歡迎

編輯餘瀋　一

趙苕狂

求幸福齋主人賣小説的説話

求幸福齋主人　撰

原載《半月》一九二二年一月二十八日第一卷第十號。求幸福齋主人，即何海鳴，見《古今小説評林》提要。本篇除了對研究何海鳴個人情況有用之外，也提供了當時的寫稿、投稿以及小説家及小説創作的一些帶有普遍性的問題，特别是經濟方面的一些真實情況，有參考價值。

我如今賣小説了，第一個主顧就是《半月》雜志。

我很想與幾個小説界賣文的同志先將短篇小説十分認真的作幾篇，成一種現代中國短篇小説的完成作品，雖説骨子裏各有各的主義色彩，但是那個骨子總萬不可缺少，慢慢的由此抬高現代中國短篇小説的價值，緊挨上世界文壇上去，被人説道這是中國現代完成的出品，庶幾我國今日纔有小説可言。上述的志願，我究竟配不配在這裏面出些力，我也還没得把握，不過我想盡力做這件事，而且想約同幾個朋友研究做這件事，所以我自己也做起小説來，打算在這上頭多用點工。

我對於《半月》投稿，只承認是一種試驗的作品，很想求各方面同志多多的賜些批評或教誨，其目的似乎尚不盡在賣錢。瘦鵑曾問我怎麽一個辦法，我答道：當然照《半月》一般投稿的人普通辦法，應該列在何等便是何等，我是決不搭『名士』或『老牌號』的架子的。

現代賣文的生活，甚是清苦，小説更不值錢，但是我們做小説出賣的人，倘若肯大大的努力，將小説的價值抬高，教國人知道這是一種重要的文學，人生都應該有這種東西來安慰，到那時發生重大的需要，小説的賣價自然也會高起來了。

我既然想做小説界努力向上的一份子，我此後的出品，第一，每籍有每篇的用意，不肯毫無所爲而做；第二，不肯敷衍多湊字數。

除了《半月》以外，我也還可擔任其他一二家小説雜志的撰述，但是須得預先函商并承認我兩種口求：第一，陸續採用十二篇，將來另印一本單行本（如嫌賣不出，印刷費可由我擔任，另訂辦法發行）；第二，出品不能限定日子，因爲我不肯潦草塞責，但至少每月可得一篇；第三，那幾個微薄的筆潤不可短口，此外，我尚可多多送些補白的材料。

我的通信地方：北京崇文門内五老胡同十八號。

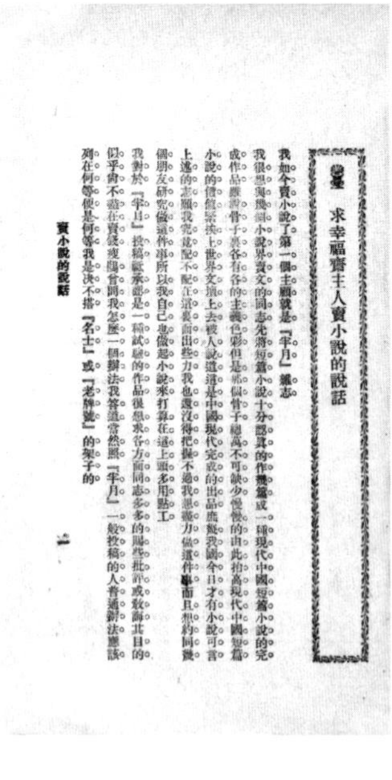

求幸福齋主人賣小說的說話

我如今賣小說了第一個主顧就是『半月』雜志

我很想與幾個小說界賣文的同志先將短篇小說十分認真的作幾篇成一種現代中國短篇小說的完成作品雖說骨子裏各有各的主義色彩但是那個骨子總萬不可缺少慢慢的由此抬高現代中國短篇小說的價值緊挨上世界文壇上去被人說道這是中國現代完成的出品庶幾我國今日才有小說可言上述的志願我究竟配不配在這裏面出些力我也還沒得把握不過我想竭力做這件事而且想約同幾個朋友研究做這件事所以我自己也做起小說來打算在這上頭多用點工

我對於『半月』投稿既承認是一種試驗的作品很想求各方面同志多多的賜些批評或教誨其目的似乎尚不盡在賣錢瘦鵑曾問我怎麼一個辦法我答道當然照『半月』一般投稿的人普通辦法應該列在何等便是何等我是決不擺『名士』或『老牌號』的架子的

賣小說的說話　1

（碎玉）小説話

織孫 撰

載於《十日》一九二二年第二期。《十日》爲隨《圖畫日報》附送的旬刊，一九一九年九月在上海出版，十一月即停刊，僅出十期，内容主要是小説及一些奇聞趣談。作者織孫，當爲施織孫，曾在《圖畫日報》上發表過攝影作品。本文所談涉及面甚廣，認爲《紅樓夢》、《水滸傳》『真天地間之至文』，對《官場現形記》、《二十年目睹之怪現狀》、《孽海花》，以及《玉梨魂》、《廣陵潮》、林譯小説，乃至包天笑、錢基博的小説等都給予較高的評價。但對當下流行的黑幕小説、言情小説就予以否定。特別是對黑幕小説論述較多，認爲其初興之時，『摘奸發伏，於世道人〔心〕不無稗益』，而後來漸漸成爲『萬惡淵藪』，成爲『世道人心之憂』。

余生平最愛讀平話小説，《紅樓夢》細膩熨貼、豐神絶世；《水滸傳》大刀闊斧、妙緒環生，此真天地間之至文，非後人所能仿佛者也。近人平話小説之佳者，莫如李涵秋之《廣陵潮》，描寫下流社會之人物可謂窮形盡相。説者謂其白話中頗有揚州土語，余謂此爲少數，不足以爲作者病，否則何以解施耐庵之『干、鳥、麼』等詞乎？

《官場現形記》、《二十年目睹之怪現狀》二書近頗膾炙人口，《現形記》描寫清吏之醜態可謂燃犀燭怪，魑魅畢顯；《怪狀》昔年嘗於梁任公之《新小説》雜志見之，未窺全貌不能評騭。記花事之小説如《青樓夢》、《海上花列傳》已不足當近人之目；《孽海花》、《九尾龜》、《海上繁華夢》頗爲人傳誦；《海天鴻雪記》等諸自鄶以下矣，聞近人頗有讚頌《鴻雪記》者，可謂奇矣。

寫社會小説宜用筆記體，加以四六之文便覺骯髒，物之最臭者莫如近屙人之四六小説，其臭比屙何如。

俗語之詩何嘗不可傳送，『月亮彎彎』之曲再閱數千百年，安知不能與『打起黄鶯兒』媲美？然此數千百年後事耳，非可與語今日之新體詩也。今日之新體詩隨口道出，加以西文圈點之符號，反不如螢火蟲之天籟自然，若比以『月亮彎彎』之曲，真有天上人間之别矣。是故提倡新體詩者，自問所作其性靈神味風韻果能媲美『月亮』，始可興言改造，否則不如偃旗息鼓之爲益。然『月亮』曲爲數千年靈氣所鍾偶然而得，求之今日詩人之詩且不可與之仿佛，謂爲提倡者能摹習之耶？此吾不能無疑也。

偶讀程大可鼓詞，如『慣見他十八雲鬟，散編作靈蛇髻，一雙天足賽過了小金蓮，自古道人不風流只爲錢，有錢買得娘心轉（去聲）。』其神韻真有十七八女兒屏角窺人之妙。其結句『只博得娘兒愛俏，好把孝來穿』，直是不施脂粉别具豐神矣。又『最可笑，擔石無儲，依然充闊佬，丁糧有限，勒索到花捐』，雖爲正面文章，亦神味雋永，是故北方之鼓詞與南方之開篇并重。

黑幕小説確是導淫之作，自此種之書出而淫亂之風益不可問，甚有三五少年按照是書設立拆白機關者，此真世道人心之憂也。聞初創是書之某君僅一子而夭，某君患毒已瀕於死，可謂天理昭彰，報應不爽矣。

黑幕事實憑空結撰，在明眼人可一望而知之。蓋撰述者一人而探秘事至數十起之多，即稱秘密，何以宣之於人？同寓上海，何以他人絶無聞見？此其杜撰可不攻而自破矣。乃青年子弟血氣未定，閲其書而豔羡，豔羡不已而如法炮製，大則喪生，小則毁家，迨至醒悟，悔已無及矣。余生平最惡四六小説，若與黑幕較，猶覺此勝於彼。

作黑幕小説大都一竅不通之人，觀其筆墨可以知之，試取此等之書而讀之，其文辭有一通者否？即如某君自號曰古文家，連載之稿輒冠以『潤辭』二字，然其所謂，誠有如何家聲唱《翠屏山》（你不説我還明白，教你一説更加糊塗）之妙，則其文可知矣。

當黑幕小説初興之時，余以其摘奸發伏，於世道人［心］不無稗益也，竊向慕之。當其黑幕小説《新豔囮》、《郎中》等篇登於《友聲日報》，嗣見其某黨某黨之章程，頗疑著者爲之借箸代籌，意著者亦個中斲輪老手也，迨後名目漸多，事實愈奇，始恍然作者之用意。閲者試思，如仙人跳、十姊妹、臺基、磨鏡黨等，上海爲萬惡淵藪，雖有其事，然安知非彼黑幕小説有以導之。浴堂之非法出精等，寧復有此情理耶？近閲頗有人按其黨目設立機關者，此余所以不憚辭費而闢之也。

言情小説盛道才子佳人，論者謂才子太才、佳人太佳。余謂小説固寓言耳，苟盛道蠢男醜女，尚有何人寓目？惟市上流行之小説，如《運動場鴛鴦》、《賣花媪遞柬》、《花前月下訂盟》、《家庭被阻》、《服毒畢命》，千篇一律，與舊小説之秀才落難、狀元團圓同一可厭耳！苟能獨出心裁，不落窠臼，雖無風雲月露之詞，安知其不風行於世？

四六小説肇自徐枕亞之《玉梨魂》，駢散兼行，自成創格，後之作者靡然宗之。觀徐所作《梨魂》、《淚史》，文尚工正；《雙鬟記》少弱矣；《蘭閨恨》專事堆砌，詞多枝葉，隸事裁對，未能工穩，疑非徐作。江山淵《芙蓉淚》，取法《玉梨魂》，典麗華縟，務以辭勝；李定夷聰明天賦，《霣玉怨》、《湘娥淚》二書，遣詞斷句，頗多藻績，觀其近作力趨平淡，文且益進。雙熱妙語解頤，又是一格。其餘作家不可枚舉，若某某等書，義且未安，文何足觀，可勿論焉。

散文小説端推林氏，謀篇布局，超越群流，非獨以文勝也。林氏譯籍至百數十種，自言《離恨天》爲刻意經營之作，然如《紅礁畫槳録》、《茄茵小傳》等樸茂雅潔，亦超原著也。大抵侯官文章，摹習秦漢，得力《左》、《國》，興之所至，加以麗詞，故其爲文繁而不蕪，秀而不佻，非偶然也。天笑之文辭潔而達，古趣盎然。錢基博自號桐城，文亦雅約。某氏小説，刻意摹古，思獵時譽，省字爲潔，文幾露骨，此學儉害之。故氣阻而勿暢，再加研習，庶幾可觀，其餘作家頗震其名，未加研讀，不敢輕議。

碎玉 小說話

織孫

余生平最愛讀平話小說紅樓夢細膩熨貼丰神絕世水滸傳大刀闊斧妙緒環生此眞天地間之至文非後人所能彷彿者也近人平話小說之佳者莫如李涵秋之廣陵潮描寫下流社會之人物可謂窮形盡相說者謂其白話中頗有揚州土語余謂此爲少疵不足以爲作者病否則何以解施耐庵之于鳥麽等詞乎

官場現形記二十年目睹之怪現狀二書近頗膾炙人口現形記描寫淸吏之醜態可謂燃犀燭怪罔兩畢露怪現狀昔年寄於梁任公之新小說雜志見之未窺全豹不能評騭

記花串之小說如青樓夢海上花列傳已不足當近人之目孽海花九尾龜海上繁華夢頗爲人傳誦海天鴻雪記等諸自鄶以下矣聞近人頗有贊頌鴻雪記者可謂奇矣

寫社會小說宜用平話加以文言便覺俗不可耐寫言情小說宜用筆記體加以四六之文便覺骯髒

物之最臭者莫如屁近人之四六小說其臭比屁何

十日

天台山農題

第弍期

著作家之齋名

鄭逸梅 撰

載於《紅雜志》一九二二年第十一期，所附潘家夢的《補充》，載於同年第十九期。《紅雜志》，周刊，創刊於一九二二年八月，至一九二四年七月停刊，共出一百期，另有紀念號與增刊各一期，由世界書局發行，其格式分兩排，上排是『有趣味的小品文字』，下排是小説、筆記，由嚴獨鶴任編輯部主任，實際由施濟群負責。本文作者鄭逸梅，見一九一九年《小説瑣談》提要。潘家夢，待考。本文著録了一些小説家的齋名。當時的文人，多從傳統，附庸風雅，一人有一個或多個齋名，從中也可略見作家的性情、興趣之所在。

著作家之齋，猶工人之製造廠也。或曰樓，或曰館，或曰室，或曰閣，其餘廬也、龕也、庵也、軒也、舍也、簃也，不一而足，總之皆齋而已矣。然齋名都加以色澤，有莊重者，有詼諧者，有絶豔者，若有一美人呼之欲出者，爰録以寄老友濟群，俾刊諸《紅雜志》，以餉讀者。紙帳銅瓶室主兼雙梅花龕主鄭逸梅識。（逸梅不敢自稱爲著作家，然又不甘自没其雙料之好齋名，遂寫於此。一笑。隨意録來，不分先後。）

包天笑：秋心閣、釧影樓

嚴獨鶴：檳芳館

袁寒雲：龜盦、㽙齋、佩雙印館

何海鳴：求幸福齋

周瘦鵑：紫羅蘭盦、紅鵑啼瘦樓

李涵秋：沁香閣

孫臞蝯：寒花草堂

許指嚴：硯畊廬

吴䕶庵：奢摩他室

徐天嘯：秋魂室

徐枕亞：枕霞閣、瞢騰室、望鴻閣
吴雙熱：嚼墨廬
葉楚傖：簫引樓
袁百衲：弄潮館、懺昔樓
陸澹盦：瓊華館
施濟群：冰廬、花好月圓人壽之室、抱琴軒
趙苕狂：憶鳳樓
貢少芹：天懺室
胡石予：半蘭舊廬
李定夷：墨隱廬
趙眠雲：酒痕春緑館、羽翠鱗紅館
陸律西：含犀霏玉軒
馮小隱：尊譚室
周劍雲：劍氣凌雲樓
繆賊菌：蟄庵
周拜花：秋影樓、倚紅仙館

包醒獨：小小廬
范君博：博廬、小明月龕、容廬、蠡園、懷月軒
馮叔鸞：嘯虹軒
姚民哀：箏聲琴韻樓、花蕚樓、息廬
顧明道：正誼齋
許廑父：能静廬、清風明月廬
范煙橋：鴟夷室、無我相室
余天遂：天心簃、海天雁影樓
楊塵因：春雨梨花館
尤半狂：梅花清夢廬
蔣箸超：蔽廬
顧佛影：紅梵精舍
王大覺：玉燕堂
姚鵷雛：春水相干室、夢湘閣、生春水簃、赭玉尺樓
吴綺緣：碧羅書屋、儷渠室、憶紅樓、泣花室
尤玄甫：捧蘇樓

汪率公：試硯齋

李警衆：紅冰碧血館

周無住：十笏天花室

鄒酒丐：待死樓

華吟水：滄浪室

補充　潘寄夢

張枕緑：枕緑山房

張丹斧：伏虎閣

戚飯牛：牧牛庵

平襟亞：襟霞閣

程瞻廬：望雲居

天臺山農：種菜廬

王瀛洲：瘦桐山莊

（遺漏尚多，容再補充。）

鄭鷓鴣：半緣屋
穎川秋水：百尺樓
鄭儉父：金風鐵雨樓
沈禹鐘：花影簃
陳小蝶：靈醉軒
喻血輪：綺情樓
屠守拙：守拙廬
孫劍秋：思正齋

（一九二二年第十一、十九期《紅雜志》）

著作家之齋名　　時髦稅　二八

著作家之齋名

鄭逸梅

著作家之齋。猶工人之製造廠也。或曰樓。或曰館。或曰室。或曰閣。其餘廬也。龕也。庵也。軒也。舍也。簃也。不一而足。總之齋而已矣。然齋名都加以色澤。有莊重者。有詼諧者。有絕豔麗者。若有美一人。呼之欲出者。爰錄以寄老友濟羣。俾刊諸紅雜誌。以餉閱者。

紙帳銅瓶室

普陀朝山納稅。到了什麼時候。該到杭州燒香納稅。這些定期稅。比通常稅來得厲害些。倘使到期不納。除非是你生病。否則總有些對着人說不出口。

最厲害的是特別稅。那與通常稅定期稅等的照常辦事不同。與那外國人殖民地的人頭稅相彷。大概人人派得到。他們那種特別稅。不一定是什麼時候做的。不一定是用什麼方法的。必須要那抽稅人用盡腦力。絞盡心血。想出一個十拏九穩的抽稅法來。可以告示一出。大家就蜂也似的擁上來納稅。總稅額能夠收到預算以上。要有了這種計劃。他們纔肯下手做這麼一次。那麼這方法很難。一定不可多得罷。不然。他們那些苛稅家。竟無日無夜在那裏挖空心思的想。怎麼會想不出呢。你看李雪芳來了。大家去納稅啊。梅蘭芳來了。大家去納稅啊。新出了什麼影戲片了。大家也趕緊去納稅。你也

小說家之怪癖

逸梅 撰

載於《紅雜志》一九二二年第十二期。作者逸梅，即鄭逸梅，見一九一九年《小說瑣談》提要。文章譯載了西方七位小說家的各種怪癖，如有的撰稿時必以一手撫貓，有的撰稿時必對一裸女雕像凝思等等。譯自英國《滑稽日報》。

譯英國《滑稽日報》

法言情小說家佛琳，愛貓，撰稿時必以一手撫貓。

梨昂斯，美之少年小説家也。每撰稿，必置花案頭，謂清芬最足鈎起文思。葡萄牙小説家洛埃脱，喜用嫩緑紙撰稿，且字迹娟細，不知者幾疑爲好女郎手筆也。英喬痕嗜酒，右手執筆，左手執杯，嘗撰一説部《白巾婦》，計二十萬言，飲香檳至九十四瓶。意大利小説家華馥爾，撰稿必對一裸女雕像凝思。美社會小説家阿來德臨文必弄一小紈扇，寒暑不離手。瑞典小説家芬孫撰稿，惡聞人奏批霞那，蓋批霞那爲其亡妻生前所愛弄。今一聞此曼妙之音，則挑撥心絃，文思紊亂，不可名狀矣。

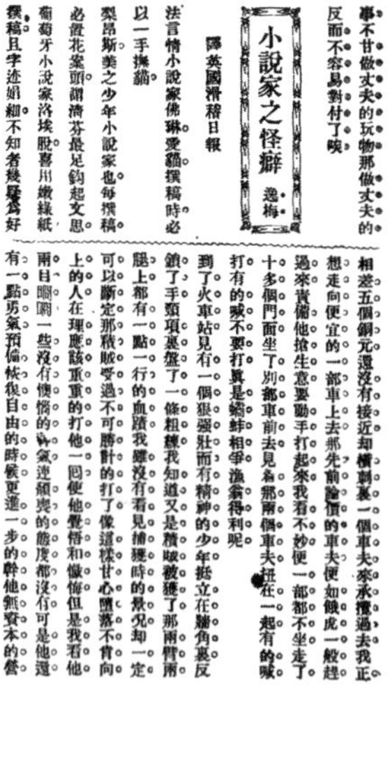
事不甘做丈夫的玩物那做丈夫的反而不容易對付了唉

小說家之怪癖　逸梅

譯英國滑稽日報

法言情小說家佛琳愛貓。撰稿時。必以一手撫貓。

梨昂斯。美之少年小說家也。每撰稿。必置花案頭。謂清芬最足鈎起文思。

葡萄牙小說家洛埃脫。喜用嫩綠紙撰稿。且字迹娟細。不知者幾疑爲好

相差五個銅元還沒有接近却横刺裏一個車夫來承攬過去我正想走向便宜的一部車上去那先前論價的車夫便如餓虎一般趕過來責備他搶生意要動手打起來我看不妙便一部都不坐走了十多個門面坐了別部車前去見着那兩個車夫扭在一起有的打有的喊不要打真是鷸蚌相爭漁翁得利呢

到了火車站見有一個狠强壯而有精神的少年挺立在牆角裏反鎖了手頸項裏盤了一條粗練我知道又是積賊被獲了那兩臂兩腿上都有一點一行的血蹟我雖沒有看見捕獲時的景况却一定可以斷定那積賊受過不可勝計的打了像這樣甘心墮落不肯向上的人在理應該重重的打他一回使他覺悟和懺悔但是我看他兩目瞷瞷一些沒有愧悔的神氣連頹喪的態度都沒有可是他還有一點勇氣預備恢復自由的時候更進一步的幹他無資本的營

小說家之怪癖　打　四五

讀《水滸傳》的感想

涵 秋 撰

載《星期》一九二二年第二十七期。作者涵秋，即李涵秋（一八七三——一九二三），名應璋，字涵秋，號韻花，別署沁香閣主人，揚州人。清末秀才。先後在安慶、武昌、揚州任教。一九二一年赴上海，歷任《半月》、《快活》、《小時報》、《小説時報》主編，寫了大量的小説、詩與筆記雜著。代表作爲《廣陵潮》。本文是讀《水滸傳》後將當時的市價與當前相比，覺得現在的物價高漲，賄賂的代價也遠遠高於古代。

歷代小說話

長夏靜坐，偶翻《水滸傳》，於此得兩種感想：

（一）吴用取出一兩銀子，付與阮小七買了二十斤生熟牛肉，一瓮酒，一對大鷄，何其便宜也。若在今日，只够買一隻半鷄，牛肉和酒，恐怕吃不到嘴。

（二）知府送太師爺禮物，僅僅十萬貫，便鬧得煙舞漲氣。若在今日，偉人運動一事，百萬千萬，亦所弗惜。覺古人用款，未免寒酸。

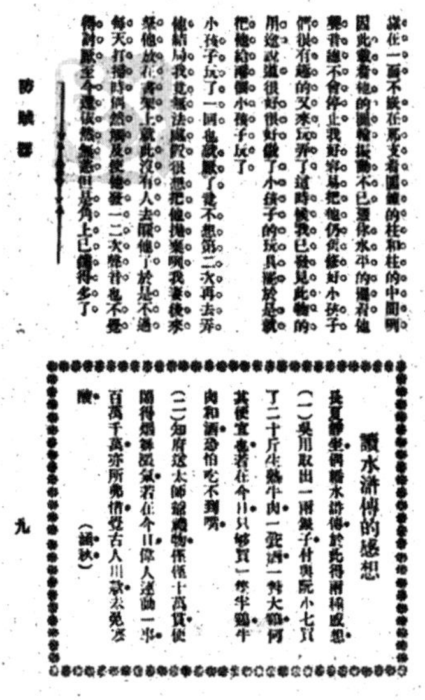

讀水滸傳的感想

長夏靜坐偶翻水滸傳於此得兩種感想。

（一）吳用取出一兩銀子付與阮小七買了二十斤生熟牛肉一甕酒一對大雞何其便宜也若在今日只夠買一隻半雞牛肉和酒恐怕吃不到嘴。

（二）知府送太師爺禮物僅僅十萬貫便鬧得烟舞漲氣若在今日偉人運動一事百萬千萬亦所弗惜覺古人用款未免寒酸。

（涵秋）

九

四三五〇

告小説家

天倪 撰

載《星期》一九二二年第四十期。作者天倪，即劉襄亭。天倪是其號，亦作筆名，另有筆名無諍、欽光、迦公等。編輯過上海時報館的《餘興》、《晶報》等。本文批評當時有些小説違背了歷史常識，可見他心中的小説，還是以忠於歷史事實爲主。這些小説，恐以筆記、文言爲主，與近時主觀上就想『戲説』還有所不同。

今之作小説者，謬妄亦甚矣。有謂順治七年，湯斌爲蘇撫者，有以吴鴻爲咸同間人者，甚有指畢秋帆爲洪稚存弟子者。此猶年代稍遠也。其最近者，則謂誅肅順時，榮禄已用事，而袁世凱已參預甲申中法之戰，又譚鍾麟曾任江督，而瞿鴻禨乃有兄爲侍郎，則尤健忘而善夢矣。如此類者，更僕數而難終。昔漢雋不疑，或誣其盜嫂，則曰我乃無兄。由今思之，雋不疑不妨有兄也。黄魯直書楊誠齋詩，紀曉嵐記爲怪事，由今思之，黄魯直亦不妨書楊誠齋之詩也。

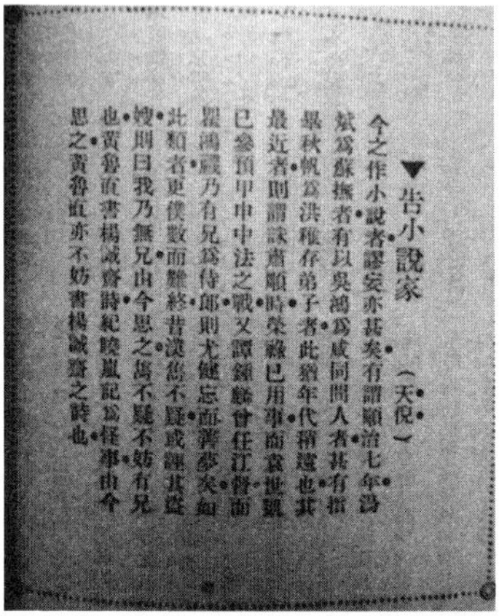
▼告小說家　（天倪）

今之作小說者謬妄亦甚矣有謂順治七年湯斌爲蘇撫者有以吳鴻爲咸同間人者甚有指畢秋帆爲洪稚存弟子者此猶年代稍遠也其最近者則謂誅肅順時榮祿已用事而袁世凱已參預甲申中法之戰又譚鍾麟曾任江督而瞿鴻禨乃有兄爲侍郎則尤健忘而善夢矣如此類者更僕數而難終昔漢雋不疑或誣其盜嫂則曰我乃無兄由今思之雋不疑不妨有兄也黃魯直書楊誠齋詩紀曉嵐記爲怪事由今思之黃魯直亦不妨書楊誠齋之詩也

小説鱗爪談

羽白　撰

載於《星期》一九二二年第四十三期至四十五期。本文署名，或署『羽白』，或署『吴羽白』。吴羽白，即吴承仕弟，徽州昌溪人。曾在《小説旬報》上發表不少小説，後多爲《星期》等雜志寫稿。本文談了四部小説，都是一得之見。言《醒世姻緣》之文筆，『不在《紅樓》、《水滸》以下』。尤難得者，全書皆用山東白話，『可與《兒女英雄傳》之京腔，《海上花列傳》之蘇白，鼎足而三』。談《野叟曝言》，點出了我國舊式文人處專制壓力之下，受孔教束縛至深且酷，『終不脱奴性的人格』。對《肉蒲團》的文筆評價甚高，認爲在文野之間，并從其『筆致』推測，其作者可能是李漁。關於《紅樓夢》，他指出，『胡老名公號山子野』，即指當時現實中的『傳眉字青主』。這對於『考據家不無裨益』。

《醒世姻緣》真本

《醒世姻緣》洋洋數十萬言，一氣呵成，魄力之雄渾，文筆之細緻，不在《紅樓》、《水滸》以下。寫景狀物，描繪入微，叙述悍婦懦婦，可謂窮形極致。尤難得者，全書皆用山東白話，描寫各人口吻，可與《兒女英雄傳》之京腔，《海上花列傳》之蘇白，鼎足而三，共垂不朽。略嫌間涉迷信及有一二猥褻處，然瑕不掩瑜，本書自有其存在之真價值。余所見者爲木板古本，卷帙浩繁，并有詳細之圈點。海上已無購處，惟某書局有石印節本，改名《惡姻緣》，一經删節，便全非真面目矣。

（一九二二年第四十三期《星期》）

《野叟曝言》之抱負

《野叟曝言》之叙述文素臣，超凡入聖，富貴至極，但位不過人臣，富不過敵國。我國舊式文人處專制壓力之下，受孔教束縛至深且酷，雖以著者之浩瀚天才，極力描寫超人，發揚抱負，終不脱奴性的人格，束縛、卑怯之道德也。然此書頗可代表數百年來一般文人之最大欲望，吾殊不以其誇誕爲可嗤，以其結晶心理之不過如斯爲可慨也。

（一九二二年第四十三期《星期》）

《肉蒲團》作者之臆測

《肉蒲團》爲『非人的文學』中之首選，非如《金瓶梅》失之野，《癡婆子傳》失之文。歷歷寫來，描摹如繪，行文則起伏迴合，着筆則透闢玲瓏，極八股家起承轉合之能事。考其筆致，頗與著《覺世十二樓》之李笠翁相類似。此公風流放誕，縱肆不羈，難保其不作此書。而字裏行間，口吻一切，如出一人之手，可爲明證。閲者如對照讀之，當知吾言不誣。

（一九二二年第四十四期《星期》）

讀《紅樓夢》之一得

《紅樓夢》必非全係空中樓閣。本書曾點出一極重要人物之真姓名，觀者多忽之，考據家亦無按此綫索加以尋繹者。竊不敏願就所見以與海内紅學家商榷之。按大觀園落成寶玉試題名一回，有云：此園的布置點綴，皆出之於當代胡老名公之手。胡老名公號山子野，言之一若鄭重其詞者。夫清代名人之以三字爲號者，祇山左傳眉字青主，號公之佗。傅胡同音，公之佗與山子野雖若極不相蒙，然亦有關合處，非若詹光之爲沾光，單聘人之爲善騙人，隨手拈來者可比也。此事未經人道過，似於考據家不無裨益。

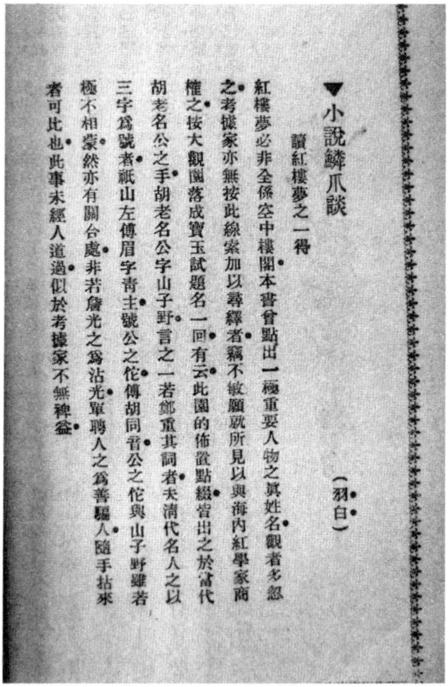

▼小說鱗爪談

讀紅樓夢之一得　（羽白）

紅樓夢必非全係空中樓閣本書曾點出一極重要人物之眞姓名觀者多忽之考據家亦無按此線索加以尋繹者竊不敏願就所見以與海內紅學家商権之按大觀園落成寶玉試題名一回有云此園的佈置點綴皆出之於當代胡老名公之手胡老名公字山子野言之一若鄭重其詞者夫清代名人之以三字爲號者祇山左傅眉字青主號公之佗傳胡同音公之佗與山子野雖若極不相蒙然亦有關合處非若詹光之爲沾光單聘人之爲善騙人隨手拈來者可比也此事未經人道過似於考據家不無裨益

（一九二二年第四十五期《星期》）

家庭與小説

張凰 撰

載於《申報·自由談》一九二二年二月十九日。作者張凰，待考。本文主張家庭中不要不分青紅皂白地禁止閱讀小説，做家長的最好利用家人歡迎小説的心理，獎勵閱讀有價值的小説，『作爲輔助教育』，以『增進智識』。

我敢大膽説，不論那一個家庭中，至少總有一兩本小説在着。不是前輩遺傳下來的，便是小輩新買的。代價果是極微，估地也是很少。有了但供閒暇時候的消遣，没有了也不妨事。看來家庭和小說的關係，似乎細小不足論了，但我不是故意説得利害些，那薄薄的紙頁裏，正夾着家庭禍福的源流呢。

從前有許多竭力齊家的家長，認定小説是利少害多的，禁止家人看小説。一在家中發現了小説册子，就立刻抛擲字紙簍裏去，或是一把火燒掉了。他的用意，在要家人不致受那壞小説的影響，自然是好的，不過那辦法却完全錯誤了。小説中的事情，不論結構得怎樣，多少總有引人興趣的能力。所以稍稍識得幾個字的人，就是七八歲的小孩子，也没有不喜歡看小説的。家庭中閒息的時間最多，自然是一個給家人們紀念小説的好機會。當家長的縱使十分嚴厲，十分明察，難減家人們對於小説的興趣，就難禁得家中絶無小説。那專個禁看小説，以防遺害的法子，委實愚笨得必無效果的。現在那些當家長的，大都明白了這層道理，取着寬放主義，不加干涉了。不過完全不加干涉，又是不行的，做家長的極該負那鑒别小説之責，至少要揀不足穢損人心的册子，才纔家人去看。

據我説來，做家長的最好利用家人們歡迎小説的心理，設法獎勵，將小説作爲補助教育。因有甚多有價值的小説，使人看了實足增進智識不少。家用項中可隨時支出買小説的錢來，家人們看看，可將小説中的事實默述，或記所感，或加批評，種種方法，隨時可定。誰能講述得最好的，還可得獎物。如此既是考練記憶力，研究文藝，又可博得合家的雅趣，豈非一舉數得。

我有一個朋友，他家中人可説全是有小説癖的。他家每星期有兩次限時看小説的聚會，大家聚在一室中，各執一卷，悄没聲兒的出神細看，到了限止的時刻上就齊掩卷了。每月有兩次小説獎勵會，能做文的動筆寫，不能作文的用嘴講，家人們輪流推出評判員來，獎物由家長籌備着。據説他們因此都很有進步，這個辦法倒很有趣，我想有許多人家可以照辦。

壬戌正月二十三日 (八)

家庭與小說 張恩

我敢大膽說。不論那一個家庭中。至少總有一兩本小說在着。不是前輩遺傳下來的。便是小輩新買的。代價果是微微。佔地也是很少。有了但供閒暇時候的消遣。沒有了也不妨事。看來家庭和小說的關係。似乎細小不足論了。但我不是故意說得利害些。那薄薄的紙頁裏。正夾着家庭禍福的源流呢。

從前有許多竭力齊家的家長。認定小說是利少害多的。禁止家人看小說。一在家中發現了小說冊子。就立刻撕擲字紙簏裏去。或是一把火燒掉了。他的用意。在要家人不致受那撥小說的影響。自然是好的。不過那種法則完全錯誤了。小說中的事情。不論結構得怎樣。多少總有引人興趣的能力。所以稍稍識得幾個字的人。就是七八歲的小孩子。也沒有不歡喜看小說的。家庭中閒息的時間最多。自然是一個給家人們紀念小說的好機會。當家長的縱使十分嚴厲。十分明察。難被家人們對於小說的興趣。就難禁得家中絕無小說。那專制禁看小說。以防遺害的法子。委實恐怕得必無效果的。現在那些當家長的。大都明白了這層道理。取着寬放主義。不加干涉了。不過完全不加干涉。又是不行的。做家長的應該負那鑑別小說之責。至少要揀不是使損人心的冊子。才許家人去看。

據我說來。做家長的最好利用家人們歡迎小說的心理

《紅樓夢》雜評

聽强　撰

載於上海《時報》一九二二年三月十九日。作者聽强，姓劉，清華大學校友，曾爲中國工商管理協會委員。本文指摘了《紅樓夢》描寫中的一些疏漏不實之處，而主要則是否定賈寶玉爲「情之聖者」，而認爲寶玉「乃情之賊耳」。他認爲「愛情爲神聖不可侵犯之物」，而寶玉則「隨隨便便，得愛便愛，濫於用情，則流爲輕薄，與無賴何異哉」。後劉家銘在《讀石頭記雜説》中也有類似的看法。

《紅樓夢》一書，文筆秀麗，纏綿悱惻，久已膾炙乎人口，無庸贅述。余於暇日嘗披覽一過，覺其中不無有所缺點。所謂智者千慮，必有一失。余信口雌黄，隨筆寫來，聊以發揮謬見而已。閱者勿笑我妄也。

余讀『寶玉初試雲雨情』一節，疑竇滿腹。驚十二齡幼童，已能領略其中風味，無乃嫌其太早乎？按人之發育，男爲二八，載諸典籍，證之事實，亦相符合。間有知識早開，發育較易者，亦須十四五歲，諒過來人都能道之。寶玉此時纔十二歲，程度相差未免太遠。

蘇揚與金陵之距離，相隔不遠。而《紅樓》描寫自金陵至蘇揚，非常艱難，有若北人南下者，未免失之太過耳。

或謂寶玉情之聖者也。後世閨女，閱《紅樓夢》一書，輒神志昏迷，戀戀於寶哥哥之情深者，不亦顛歟？余謂寶玉非情人也，乃情之賊耳。夫愛情爲神聖不可侵犯之物，貴乎專一。目的不達，宜赴湯蹈火而不辭，若隨隨便便，得愛便愛，濫於用情，則流爲輕薄，與無賴何異哉！夫寶玉者，博愛性成，上則家中閨女，下則婢僕優伶，無處不用其情，無處不施其技。雖受賈政痛責，亦不能改變其毫末，尚可救乎？黛玉妹妹果其心中所愛，何不請諸祖母，以了其願？賈母愛孫心切，諒能允其要求。賈政雖嚴，亦無奈我何。而計不及此，鑄成大錯，後雖追悔亦云晚矣。遁跡空谷，豈足以雪其辜負黛玉之過耶？

中華民國十一年三月十九日

小說觀

紅樓夢雜評

瑞璧

紅樓夢一書，文筆秀麗，纏綿悱惻，久已膾炙乎人口，無庸贅述。余於暇日，翻閱一過，覺其中不無有所缺點，所謂智者千慮，必有一失。余信口雌黃，隨筆寫來，聊以發揮鄙見而已，閱者勿笑我妄也。

余讀寶玉初試雲雨情一節，疑竇滿腹。寶玉十二齡幼童，已能領略其中風味，頗乃嫌其太早乎？按人之發育，男爲二八歲，驚異稽諸之事實，亦相符合。間有知識早開、發育較易者，亦須十四五歲，諒過來人都能道之。寶玉此時僅十二歲，程度相差未免太遠。

蘇揚與金陵之距離，相隔不遠，而紅樓描寫自金陵至蘇揚，非常艱難，有若北人南下者，未免失之太過耳。

咸謂寶玉，情之聖者也。後世閨女閱紅樓夢一書，輒神志恍惚，戀戀於寶哥哥之情深者，不亦傎歟？余謂寶玉非情人也，乃情之賊耳。夫愛情爲神聖不可侵犯之物，貴乎專一，目的不達，宜赴湯蹈火而不辭。若隨隨便便，得愛便愛，濫於用情，則流爲輕薄，與無賴何異哉？夫寶玉者，博愛性成，上則家中婢女，下則倡優優伶，無處不用其情，然處處不施其技，屢受賈政痛責，亦不能改觀其志，尚可救乎？黛玉妹妹果其心中所愛，何不請諸祖母，以了其願？賈母愛孫心切，諒能允其要求，寶玉畏嚴，亦無奈我何，而計不及此，鑄成大錯，後雖追悔，亦云晚矣，遥睇空谷，豈足以雪其辜負黛玉之過耶？

詩話

當代著作家奇號志

逸　梅　撰

載於《紅雜志》一九二二年第三十期。作者逸梅，即鄭逸梅，見一九一九年《小説瑣談》提要。本文記載了何海鳴、趙苕狂、周瘦鵑等小説家的綽號，頗爲奇特，如呼何海鳴爲『歡喜團子』、趙苕狂自稱『門角裏福爾摩斯』等。

歡喜團子，阿鴻嘗呼何海鳴爲歡喜團子。

門角裏福爾摩斯，趙苕狂自稱『門角裏福爾摩斯』，見《星報》。

哭匠，周瘦鵑善著哀情小説，讀之使人淚下，因有『哭匠』之號。

腳編輯，余大雄任《晶報》編輯，奔走名士之門以索稿，自號『腳編輯』。

張蛇，張丹斧文字刻毒，無聊客喻之以蛇，丹斧即以張蛇自居。

吴跛，吴雙熱足微有病，人戲稱之爲『吴跛』。

當代著作家奇號志

逸梅

當代著作家奇號志

唐書薛仁貴三箭定天山。天山南北兩路。均爲通西域之要道。人但知漢張騫通西域。卓然有功。而不知唐之薛仁貴平定天山。衹憑三箭。其功更偉。噫、仁貴一身。既跨海而征東島。又越山而定西疆。武功之盛。其孰能與抗衡乎。吾不能不爲白袍大將心折矣。

小説雜談

琴樓等　撰

連載於《星期》一九二二年四月三十日至十二月三日第九、十、十四、十五、十六、十八、十九、二十二、二十七、二十九、三十三、三十六、三十七、三十八、三十九、四十號。《星期》爲包天笑編輯的周刊，創始於一九二二年二月，至一九二三年三月停刊，共出五十期。内容以白話小説爲主，曾出「婚姻號」、「生育號」、「婢妾號」、「武俠號」四個專號。該文體例似當年梁啓超在《新小説》上所刊之《小説叢話》，由多位作者分别撰寫，隨寫隨載。作者署名依次有琴樓、馬二、無虚生、琴倩、伊凉、以剛、賡夔、靈蛇、鵑魂、董希白、吴興、轉陶、鄭逸梅、無諍、吟秋、戴夢鷗、醉緑、鏡水生等十八人。其中多數似爲當年的文學青年、小説愛好者，其真名難以查考。所知者如琴樓，似爲陳希亭（一八八五—一九七三），字仲經，號琴樓，福建閩侯（今福州）人。早年就讀於南洋方言學堂，後轉入南京高等學堂，辛亥後回鄉從事教育工作。馬二，爲當時小説戲劇評論界中比較活躍的人物馮叔鸞，見一九一九年馬二先生《我之閒談》提要。以剛，即王以剛（一八九五—一九四三），字家蘊，浙江紹興人。曾爲紹興《民國日報》主編，後任紹興成章女校校長多年。庚夔，即姚庚夔（一九零五—？）筆名姚蘇鳳、蘇鳳等，室名静香樓。江蘇蘇州人。長期從事報刊業，上世紀三十年代曾任上海明星影片公司編輯。轉陶，即黄鈞，吴縣人，星社社員，曾主編過《芳草》、《星報》、《小日報》等。無諍，爲劉謙的號。劉謙（一八八三—一九五九），字約真，號無諍居士，亦署無諍，室名峭嶙吟館。湖南醴陵人。早年參加南社及長沙分社，畢業於湖南優級師範學堂，執教於湖南各中學，曾參加南社及長沙分社。吟秋，即蔣鏡寰（一八九七—一九八一），字瀚澄，號吟秋、平直居士、滄浪舊侣等，室名平直草廬、碧秋吟館等。江蘇蘇州人。版本學家、書法家。一九三五年曾任江蘇省立蘇州圖書館館長。戴夢鷗，即戴昌熙之號。戴昌熙，字冰溪，江蘇長洲（今蘇州）人。主要活動於清末民初，曾與汪郁年、包天笑等在蘇州倡勵學譯社，出版《勵學譯編》，全譯『東西政治、格致之學』，中間有小説《迦因小傳》等。這些論者，先後發表意見，觀點并不一致。討論得較多且有價值的，是關於小説的『新』與『舊』的問題，以及與此相關的如何對待與翻譯西方小説的問題，如何對待小説的『消遣』與『爲人生』的問題。比如琴樓就批評『做中國社會小説的作者，有一種極大的劣性根，就是「保守主義」太濃厚。無論説一件什麼事，總是説「舊」的好』。但同時，他又説：『對於新式的譯品，却不愛看。因爲他叙述的情形，總有些生硬，再加上原樣不動，文字冗拖，所以更有不能卒讀之勢。』靈蛇在批評『新派小説作者，抱著勇往直前的態度，只知道創造新的小説，（對）舊派小説，不屑一顧』的同時，又批評了『舊派小説作者肆口詆誚新派小説』，認爲兩家『犯的弊病是一樣的』。他的態度比較客觀，表示既欣賞舊派如包天笑、畢倚虹的作品，也欣賞新派如冰心、葉紹鈞的小説；既讚歎冰心《遺書》的『活潑而流麗』，也指出沈雁冰評價的不當。他號召：『舊體小説家，也要稍依潮流，改革一下子。新體小説家，也不要對於不用新標點的小説，一味排斥。大家和衷共濟，商榷商榷，倒是藝術上可以放些光明的機會啊。』可惜的是，在中國現代文學史上，『新』、『舊』小説家始終未能將『和衷共濟』形成主流。從《禮拜六》起，舊派小説家强調小説的『趣味』與『消遣』，而這常爲提倡『人生的文學』的新派作家所指責。對此，靈蛇説：『「消遣」兩字，是新文學家所絶對否認的。他説小説是人生藝術，極高尚的一種文學，舊小説把『消遣』兩字做了商標，那纔根本錯咧。這幾句呢，固然是合乎現在的潮流，可是試一細想，人家正事忙迫的時候，誰有功夫去看小説，當然是消遣的。原來小説是把人生真切的藝術在閒空的時候，指導給人們的。』這最後一句話，雖然還可説得更爲圓滿些，但大方向是不錯的。他們在批評當時流行的新舊小説種種的弊端時，主張『批評小説，要取研究的態度和公正的精神』；在標榜小説創作的目標時，希望小説『能引導社會，改造思想』，同時要追求『含蓄』、『曲折』、『有趣』；在談到作家的創作時，强調『經驗是小説家最要緊的原素，没有經驗，决做不出好小説』，要寫得合乎『人情之常』（醉緑）。這些都是可以稱道的。另外，在談到古代小説的研究時，就《花月痕》而批評紅學中索隱派、自傳説等的牽强附會，也值得注意。以剛説：『我以爲吾人讀《花月痕》，僅可作爲《花月痕》而讀，且僅當《花月痕》讀，不必牽强附會，致亂思緒。蓋作者興之所致，自爾成文，即偶有一二相似處，亦機會使然耳，吾人不必膠柱鼓瑟以求也。如此，則紅學種種争論，似可偃旗息鼓矣。』最後，要點出的是，以剛談到，扁舟子的長篇小説《酒惡花愁録》當時曾得到教育部的『表奬』，可是它在現在的各本《中國現代文學史》中竟没有一點位置。這樣的歷史事實，難道不可以引起我們的思考嗎？

一

作哀情小説，不在乎叫幾聲郎耶、妹乎。

作偵探小説，不在乎一定要説大偵探吸雪茄，更不貴乎常常化裝。化裝是偵探小説的一種救濟方法。

作社會小説，不是專描寫幾個破靴黨，寫幾個迂夫子，算是登峰造極。因爲社會甚大，不是這一種狹社會中人，所能代表的。

有一種人，談起小説，便提《紅樓夢》；所下的批評，亦是人云亦云，依草附木，了無新義。一若不提《紅樓》，仿佛是没讀過小説似的，不批評《紅樓》，仿佛是不會看小説似的。

一個人的精力有限，聰明有限，生平的著作，好的也當然有限，不見得篇篇皆是無上上品。然而現在往往有一種迷信『人』的現象，仿佛某人某人的著作，東也是好的，西也是好的。久而久之，弄得他自己也忘其所以，偶然有人批評他半個不字，他還要生氣。怪極！

我的意思，批評小説要取研究的態度和公正的精神，專就小説的『思想』、『文字』上，下適當的批評，良善的糾正，不涉作者個人的事，不夾感情作用的謾罵諷刺。這樣的能公開批評，小説的進步，一定很速；文藝的價值，一定增高。何以如今的許多小説家，對於當代的作者評論，諱莫如深呢？我真不解。

小説易作而難工。名士派的小説不好，市儈氣的小説不好，蕩婦浪子式的小説不好，迂儒學究式的小説不好，村落意味的小説不好，中國人喬裝外國人的小説不好。今之小説，月産數十萬言，能打破上項的弱點，與有特種的精神者，則有幾篇？此非我之眼高於頂的妄談，請大家平心静氣的想想看。

小説中夾載連篇累牘之詩詞，最爲討厭。蓋小説自小説，詩詞自詩詞。喜小説者，未必解詩詞。解詩詞者，未必愛小説。混雜一起，小説、詩詞，兩樣俱減了精彩。如今做小説的人，漸漸的覺悟到文藝分類的思想。長篇大牘、剌剌不休的詩詞，却不多見了，也算是小説界的一種進步。可是有一派能做詩詞的小説家，却在一旁竊笑。他説這是如今新産出的小説家，奚囊中没有自家的舊作存稿罷了，如果有了，一定也要附載出來，出出風頭的。……這句話只要讓他們『詩家、詞家而兼小説家』的人自命不凡了。

四六句子的小説，半通不通和胸中空洞的人，最爲歡迎，最爲佩服，最爲驚詫。可是給一派新文化的人，大張旗鼓的罵跑了，却也是一件痛快的事，近來却不多見了。不過最近出版的《小説月刊》中，還有一兩篇碰見，并且還叙的是在外國的事體，駢四儷六的本領更大。我們見了，真是覺得『黄鐘大吕』了，又好像在舊書攤上，翻著一部《大題文府》。

滑稽小説，近年很消沉了，簡直没見著什麽佳作。有人説，近來連短的好笑話，全没聽見，漫説滑稽小説，漫説是長篇了。劇界中自從趕三兒、羅百歲、趙仙舫、諸名丑歸道山以後，没有好的丑角。小説界如今與舞臺上，一樣恐慌，亦正缺乏滑稽人才呢。（琴樓）

（一九二二年第九期《星期》）

二

哲理太深、文字晦澀的小説，看了有些使人頭痛；但是一覽無餘、味同嚼蠟的小説，也非佳品。我的意思，小説不論文言白話，小説的書面上，只能説三分之二的話，其餘那三分之一，要含著不露，意在内，言在外，留給閱者咀嚼的餘地。大家爲什麽説《石頭記》好？《石頭記》的好處，正是咀嚼的意味，比别的小説豐富。如今的新出版小説，我雖不敢武斷，説『耐人尋味』的著作没有，不過可以咀、可以嚼的是居少數罷。不信，請各位大小説家，自家咀嚼咀嚼看，其味何如？（琴樓）

童話和小説，又是兩件東西。童話是越淺顯，越單純，越好。小説是越含蓄，越曲折，越有趣。童話作用，不外給兒童一個智識，或則增兒童一點興味。小説的功用，包含得很廣，不僅這兩點而已。他能引導社會，改造思想，他的力量很大。如今有一般作者，以童話的態度來撰小説。在他的意思，無非要想假極淺顯單純的途徑，表明他最幽渺高尚的哲理。可是缺乏了小説的精神和文字的美感，往往減少了閱者的信仰，誤認他是單純的『童話』了。豈不可惜！（琴樓）

做中國社會小説的作者，有一種極大的劣性根，就是『保守主義』太濃厚。無論説一件什麽事，總是説『舊』的好。每每露出許多憑吊歔欷，不惜反復證明舊之可貴。對於『新』的事物器具，以及交際禮儀，全加些諷刺的意味和非難的態度，種種表示『新』之不滿人意，不足重。在作者的意見，也不過是迎合閱者保守的心理，可是無影無形中，更種下社會頑固性根。中國新事業的没進步，這種『舊』思想由小説灌輸進去的也不少。我的意思，很願意小説家從這一點上略注意些，不要死命的認『保守』是一種極好的根性。（琴樓）

白話文字貴能簡練，最怕拖遝，而最易犯的毛病亦正是拖遝。嘗見一白話小説作者，叙述一般婦女駡人，把『什麽小烏龜，小殺千刀，小浮屍，小短命，小殺坯，小强盗，小死人，小鬼，小賊』，都寫出來了。這種語言，也居然入得白話文字中，真可謂爲白話文字的大不幸。（馬二）

胡適之説：『白話文學有什麽説什麽。』這句話，流弊極多。假使有一位崇奉胡先生這句話的人，要想描寫街巷中吵嘴的一件事情，却把那些污穢不堪的字面都填滿了紙上。不知胡先生還能承認他是一個白話文學的作者不能？（馬二）

林琴南所譯之偵探小説中，有『拂袖而起』一句。有人挑剔出來，問：『不知這位偵探所穿的是劍橋大學的禮服呢，還是中國式的方袖馬褂呢？』此問甚謔。其實林先生而外，此種小説家，却尚大有其人。曾見某小説中，叙述西洋女子家居景况，竟有『他從被中探出身來，隨意喝了幾口咖啡』的話，也不知這位西方美人，還是床頭上開著一爿咖啡店呢，還是桌上燉著一只燒炭基的咖啡壺呢？（馬二）

我讀小説，對於新式的譯品，却不愛看。因爲他叙述的情形，總有些生硬，再加上原樣不動，文字冗拖，所以更有不能卒讀之勢。……貴刊不大採取譯稿，最好。就是選入，也要注意本國讀者情况。新小説要新他的意思，不可取新他的形式。這雖是我個人的私見，實在我許多好看小説的朋友，也多主張如此。（無虛生）

讀了第四期《誰是我的親愛？》，覺得天恨生的按語，是不十分準確的。因爲致遠的愛妻，是由他的母親做主訂婚的。若是致遠能够沏底主張自由，那末在所傳説的『才貌雙全性情温淑』上，又加了一層實地接觸。難道還有這樣的結果嗎？要曉得真正的情愛，决不是金錢惡勢力所能支配的，假使不可以這樣説，世界上豈非要起厭世的熱潮嗎？（琴倩）

貴雜志完美極了，使我佩服到無地。不過諸位自處於批評地位，除却《活動的家》一篇外，都是不滿意現在社會與人生的文字。我希望你們於每期中載些指示的作品（如《半月》中包可永君《蘋果

樹》一篇，指示青年如何修學同類的作品），使人一面能拔足邪路，一面亦知正路的門徑。諸位先生以爲何如？（伊凉）

（一九二二年第十期《星期》）

三

胡適之在《水滸傳》序文中有云：『《水滸傳》在中國文學史佔的地位，比《左傳》、《史記》還要重大的多。這部書，很當起一個閻若璩替他做一番考證的工夫，很當起一個王念孫替他做一番訓詁的功夫。』金聖歎亦云：『天下之文章無有出《水滸》右者，天下之格物君子無有出施耐庵先生右者。』金亦以爲《水滸》非但描寫個性十分深刻，而且寓有深意，誠小説中空前之作品也。

何仲英先生云：『從《水滸傳》一直到《老殘游記》，其中經過有價值的白話小説，不下若干部。雖因爲舊思想形式所束縛，動輒一百回、八十回。抒寫的技能，難免有缺恨。全體的結構，難免有拉攏雜凑，欠緊嚴的地方。或是冗長散慢，没有一定的人生觀，隨意嬉笑怒駡，無言外之意。或是寫到男女戀愛奸私和武人强盜，顯他特殊勢力的時候，作者往往自己動心，寫上許多肉麻字句，以致意境不高，文情俗惡，難免有誨淫誨盜的批評。然而寫情記事，實在有的比現在國語的散文，描寫得好。内容所含問題，實在有的比現在空洞的國語議論文，見解得深，而且所用的白話，有的非常純粹簡净，可以爲模範。』

何仲英先生有一南京友人，曰：『王伯沆，詞章家也。曾以硃筆細楷批注《紅樓夢》，而且頗有心得，是直以《四庫全書》目《紅樓夢》矣。然《紅樓夢》實有不少佳處，重寫實，不尚武斷。用北京語，不著色彩。實中國唯一寫實派小説也。』

現在各學校均教國語，而均感缺乏良好的國語教本及課外讀物。余於諸小説中，覓得吴敬恒先生著、文明書局出版之《上下古今談》。以爲是書實最良之理想小説，亦一部極有興味之科學小説。書叙述宇宙、星辰、日月、風雲、雷雨均有來歷，關於天文、地理、理化之常識頗不少。惜僅一集，前年吴先生尚對人言須續著，今則先生任法國里昂中國大學校長，恐無暇執筆矣。

《老殘游記》，洪都劉鐵雲先生著。後半不及前半，恐非一人所作。其文學上描寫之技能，細膩深刻，實不易多覯。而以大明湖盪船一段及明湖居白妞説書一段，爲尤佳。

《儒林外史》，安徽吴敬梓著。是書將名流、書生、富人。勇士……等社會上各種人之性情心術，俱爲深刻得描寫。讀是書後，覺處世之不易，而社會諸色人等之言行，多落《儒林外史》之窠臼，爲可笑耳。

余於李伯元之《官場現形記》外，又在《繡像小説》（是一種半月刊）得讀其《文明小史》，其描寫光緒年間變法維新之社會狀況，極乾净，而有段落。

《鏡花緣》，爲前清嘉慶時音韻家李汝珍先生所著。其理想，其主義，均超當時人一等，而談音韻學，尤多創見。

《花月痕》，爲閩縣魏子安晚年手筆，眠鶴主人其托名也。書凡十六卷，先生生平所作詩詞，悉填入。文筆哀豔凄婉，結構亦佳。人多以書充滿詩詞薄之，余以爲此尚不妨。可厭者，爲後半述妖亂事太荒唐也。書中韋癡珠或言影李次青，然事蹟殊不合；韓荷生或謂即左宗棠，讀者争論頗多。我以爲吾人讀《花月痕》，僅可作爲讀《花月痕》而讀，且僅當《花月痕》讀，不必牽强附會，致亂思緒。蓋作者興之所致，自爾成文，即偶有一二相似處，亦機會使然耳，吾人固不必膠柱鼓瑟以求也。如此則紅學種種争論，似可偃旗息鼓矣。

《孽海花》，東亞病夫撰，即曾孟樸先生也。初登《江蘇》雜志（是一種留日學生刊物），爲吴江金松岑君所發起，後刊單行本。書中專記洪文卿侍郎與傅彩雲佚事，而清季三十年之遺文軼事，網羅無遺。描寫名士習氣，尤爲淋漓盡致。閩縣林畏廬先生稱道是書，歎爲觀止，其價值可想見矣。惜書僅廿餘回，後爲某傖夫所續，已非廬山真面目矣。

金聖歎評《水滸》，汪澹漪評《西遊記》，彭城張竹坡逐卷逐段分注批點《金瓶梅》，毛茂[宗]崗評點《三國演義》，發潛德幽光之功實偉。（以剛）

（一九二二年第十四期《星期》）

四

每一種新雜志出現，必有若干應名點景的文字刊布。我以爲這種作品，在初出版的時候，尚可視爲祝詞，以後如果常登，就大大的不可。因爲他纏帶些廣告的色彩，就免不了諛詞。雜志果然好，何必自誇。如係聲聞過情，豈不愈彰其醜？而且收受這種文字，不免要教投稿家生那種阿諛迎合的奉承惡習，又何必爲自己好看，去糟蹋人家的人格。（無虛生）

小説與舊文字裏的『書事』不同。『書事』不過記載這人或這事的始末而已，小説却要細細描寫人情心理。必要使人看完了，於那文字之外，得一種説不出來的感想。必如是，纔可稱爲好小説。（無虛生）

古人論作詩，説是平鋪直叙，一點没有涵蓄的就不算詩。我説作小説也是如此，如果自己没一些主旨涵蓄在内，也就不算是小説。（無虛生）

琴樓君説：『小説要有留給閲者咀嚼的餘地。』也就是涵蓄的説法。不過現在小説耐人尋味的固不多，然而現在讀小説的人，不把他當作消遣解悶的故事看，知道咀嚼裏邊餘味的人，又能有多少？深怕就是有耐人尋味的好小説，也被他們忽忽閲過，不知好在何處呢。（無虛生）

琴樓君又説：『中國小説作者有一種劣性，就是對於「新」的方面，每加以諷刺和非難的意態。』我説這也是無可奈何的辦法，似不能一筆抹殺。因爲現在謂新的，實在有不免偏激的地方。他們又鋒芒太烈，你要作正式論文與他討論，不特没人替你刊布，就是登了，也没有與他們對罵的那種能力。所以纔把他歸納在小説裏邊，作個側面攻擊，也正是譎諫的主意，不知琴樓君以爲如何。（無虛生）

第十期的《女校對員》中，有一句是『將完未完的父親』，這種造句法，可謂别致的很。（無虛生）

新的小説，遇見問答的言語，每每都將某人問某人答注在言語的末尾，或是第一句話的底下。看來真覺著費事，一個字也不省。順序叙下去多簡便，何必要找這累贅。（無虛生）

錢唐梁應來先生《兩般秋雨盦隨筆》云：『小説起於宋仁宗時，太平已久，國家閒暇，日進一奇怪之事以娱之，名曰小説。而今之小説，則記載矣。……其實小説由來已古，所謂《虞初》九家，豈自宋

代始邪？ 第白話小説當以《大宋宣和遺事》爲鼻祖耳。』（以剛）

《曠園雜志》載唐鄭太常恒及崔夫人合葬墓在淇水西北五十裏，即古淇澳地。明成化間，淇水泛濫，土崩石出，秦給事貫所撰志銘在焉。志中盛稱夫人四德咸備，則《會真》一記，特寓言九八耳。（以剛）

《花樓》諸書，及北宋初紀中葉之戲劇，均有所謂路化王（即八大王）者作詞人。有人因其所歷時代久遠，疑并無其人。余亦以爲人壽幾何，八大王無論如何高手，斷不能曆宋太祖至仁宗而不死，疑爲杜撰。近閲秦東軒《筆録》首一條，即記云：『李太后始入掖庭，纔十餘歲，惟一弟七歲。太后臨别，手結刻絲鞶囊與之，扶背泣曰：「汝雖淪落顛沛，不可失此囊。異時我若遭遇，必訪汝以此物色也。」後其弟傭於鑿紙錢家，然常以囊懸胸臆，未嘗斯須與離也。一日苦下痢，勢將不起，爲紙家棄於道左。有大内院子者見而憐之，收養之。怪衣服百結，而胸帶鞶囊。問之，具以告。院子愁然驚異，蓋嘗太后旨令物色訪其弟也。遂解其囊，入示太后，具道本末。是時太后封宸妃，真宗已生仁宗矣。聞之悲喜交集，遂以其事白真宗。遂官之爲右班殿直郎，即李用和也。及仁宗立，召用和擢以顯官。後至殿前都指揮使，領節鉞，贈隴西郡王，世所謂李國舅者是也。』據此則其人并非杜撰。（以剛）

《酒惡花愁録》，係章回體新著之長篇小説，經教育部表獎，中華書局出版，作者自署扁舟子。書雖描寫光復前後擾亂狀况，然於教育則特别注重。讀是書可以知前清官僚辦學，知腐敗與革命時土匪乘機擾亂之情形矣。（以剛）

余從前在某雜志見瑞典女文豪拉倚爾羅甫所著《耶誕節來客》之譯文，覺拉氏對於人類本性之觀察，頗抱樂觀。近在十四卷三號《教育雜志》見沈雁冰所譯拉氏原著《羅本舅舅》一篇，則全然悲觀矣。本篇爲拉氏短篇小説集《不可見之圖》之一篇，讀後覺社會上一般成人，不及小孩之天真爛漫，勇於懷疑。以中國爲尤甚，年紀愈大而成見愈深，以孔道舊禮教之因循利用，致牢不可破，亦即拉倚爾羅甫書中之第二第三……羅本舅舅。而一般牢守舊習，利用孔道體教者，即第二第三……培達也。新陳代謝，本是佳事，乃新未代陳，而新即陳，中國其終於爲老大帝國歟。哀哉！（以剛）

《石頭記》之所以能膾炙人口者，以其描寫得法，情節佳妙耳。然多事者輒謂是書爲曹雪芹寄諷之作，於是索隱也，釋義也，風起雲涌，以研究個中真相。如此讀《石頭記》，直味同嚼蠟，有何樂趣？（賡夔）

吾友『嘖嘖』喜讀《石頭記》，然其讀之奇也，一反昔人眼光。謂寶玉獃鳥也，黛玉妬婦也，獨不信

寶釵之奸猾。持論雖不免偏，然自有獨到處，較之隨波逐流、人云亦云者，似高出一籌也。（賡夔）

譯本小說，佳構殊少。如《空谷蘭》者，實不易多觀。吾初讀之，愛不忍釋，至廢寢忘食焉。而再讀，而三讀，不覺其乏味。寫紉珠之天真爛漫，和藹慈愛；柔雲之心地陰險，潑辣狠毒；蘭蓀之愛情懇摯，體貼入微；真如初寫《黄庭》，恰到好處，嘆觀止矣！（賡夔）

（一九二二年第十五期《星期》）

五

我們看小説，因爲各人環境的不同，便覺得那一篇有興趣，那一篇有感慨，就下一種批評。其實這種見解，完全是錯的。總要仔細閲讀，看出這篇的立意在什麽地方，描寫的藝能，是不是依照了自然的一切而描寫的，是不是用過一番剪裁功夫的。譬如裁一件衣服，無論是男女大小，第一要合著群衆心理，要把一匹青布，裁成一件龍袍的式樣，是完全不適用的。要是男衣服上釘幾個盤花鈕扣，也是不合常情的。所以我們看小説，固然不可苟求，但是總要求『真切』兩字的小説來看：有『真切』兩字資格的小説，便是好小説。至於他的布局，他的措詞，又是藝術上另外的一種手段。

不過有一種新浪漫派小説，却也不能一概抹殺，這是對於世界進化上很有關繫的。這派小説，有人叫做未來派，也於〔有〕人叫做理想派。他的思想，是進步的，是入世的，是積極的，他的藝術却完全不真切的，完全是浪漫的。不過經一定的年月以後，也許成爲自然的，所以要别具只眼的看著，不能當他是舊浪漫旗幟下的《天方夜譚》、《西遊記》并爲一談。

近來上海做小説的人，有幾個乖巧些的，便把最近時代社會上的環境，寫了出來，只要加一些剪裁工夫，修辭工夫，就一編問世，不脛而走。這是什麽緣故呢？原來就是我所説各人環境的不同是了。你想最近社會上的環境，大家都是浴身其中，朝夕相見，有些耳聞，有些是目睹，經了小説一寫出來，讀了好似身歷其境，也似温著舊書，所以覺得格外的親切有味。其實這種東西，還算不得是藝術，藝術是一方面要顧實質，一方面又要發揮作者的個性。所以做小説，仔細考究起來真難啊！有些人能做不能看，有些人能看不能做。

舊派小説有幾篇，委實太難〔爛〕了。可是新體小説裏，何嘗没有敗類呀？我們看小説的人，不管是新舊，好的總要贊還他的。有的人只愛看舊小説，只顧排斥新小説。或者有人只迷信新小説，把舊小説一概抹殺。我敢説他們都是不能看小説，都是像信基督教的譏嘲佛教，信佛教的譏嘲基督教一般。

近來處於舊小説旗幟下的人，也有好些買新小説看了。可是揭著新旗幟方面的人，却勇往直前，頭也不回，却把舊小説遺棄如遺。我不信舊小説裏面，竟没一篇足以研究參考消遣的麽。咳！我又説差了，『消遣』兩字，是新文學家所絶對否認的。他説小説是人生藝術，極高尚的一種文學，舊小説把『消遣』兩字做了商標，那纔根本錯咧。這幾句呢，固然是合乎現在的潮流，可是試一細想，人家正事忙迫的時候，誰有功夫去看小説，當然是消遣的。原來小説是把人生真切的藝術，在閒空的時候，指導給人們的。

從前看小説的人，大都是教育界中的人，如今商界中人很多了，這也是一種好現象。從前做小説的人，也是限於教育界的人，如今商界裏也漸漸有了。那投稿信面上，不是有某某錢莊書緘，便有某某洋貨字型大小的戳子。這等現象，編輯先生們留一下神，很容易瞧得到的。小説本是民間文學，只因從前做小説的人，不懂怎樣提倡，看小説的人，也當他是《三笑》、《倭袍》一般的看待。士大夫所不屑道，所以小説的真義倒失了。如今雖也没到成爲民間文學的地步，却也動脚走上真詮的路上去了。做小説的人，怎樣好好的導引他們麽？

我敢直截説一句狂話：『那完全舊體的小説，是没有這可能性的。可是那完全外國文法鈎輈格傑的新體小説，怕也没有效驗罷。』所以我很希望舊體小説家，也要稍依潮流，改革一下子。新體小説家，也不要對於不用新標點的小説，一味排斥。大家和衷共濟，商榷商榷，倒是藝術上可以放些光明的機會啊。（靈蛇）

（一九二二年第十八期《星期》）

六

近來處於舊派小説旗幟下的小説作者和讀者，也有幾個忍了他的煩悶，去讀新派小説了。可是有幾篇新派小説的語調，歐化氣太重，鈎輈格磔，生澀得都讀不下。譬如説『女士曰天風朗朗，海水蒼蒼，安得乘桴一游』。在新派作品者叙述起來，便寫做：『這美麗而蔚藍自在的海水，和著輕瑟瑟的無邊吹著的海風，我要是乘一只船，飄在這海面上蕩漾著，何等快活地的活潑心情啊！　是不是不可能的事呢？　這女士道。』

這兩種叙述法，還是那一種經濟，那一種有飄然出世的感想，讀了以後，很容易辨别的。

新派小説作者，抱著勇往直前的態度，只知道創造新的小説；舊派小説，不惜一顧。與舊派小説作者肆口詆誚新派小説，犯的弊病是一樣的。

歐化的語調，未嘗不可以學，如冰心女士所著的《遺書》第十一書中有兩句道：『……月下人影清切，輕綃的衣裳，竟淡至欲無。……』這『欲無』兩字，何等活潑而流麗，且含著一種詩境，確是令人佩服。沈雁冰答復吕芾南信中，所舉的例，却不敢恭維了。他所舉的例是『海浪自由自在地，而且有規則地滚成他們峰狀的彎形……』我很希望舊派作者從速覺悟，改良一下，也希望新派作者，不要矯枉過正。

我在近今短篇小説的創作，最欣賞的舊派小説是天笑的《愛神之模型》、倚虹的《雪窖騎兵語》，新派小説是冰心女士的《遺書》、葉紹鈞的《旅路的伴侶》。舊浪漫派小説和自然派小説，各有他的長處，不妨擷採一些。不過完全採用自然主義，是教導民衆以服從環境，流弊甚大。照中國的環境，還是象徵的新浪漫主義，最爲合宜。作者自己立在超人的地位，引導民衆過渡到彼岸，所以理想小説，我以爲很可以做得。不過這類小説，如今很感著太少了。

但是做小説先以主義自限，是做不好的。那些外國名小説家，他們的什麽主義，都是一般批評家和後人想像而來的。也許這名小説家落筆的時候，并没什麽主義，横亘在胸，只憑他的經驗和學識爲去，便成爲絶世妙文，所謂妙手偶得之耳。這也和專講小説作法的作者，自己做起小説來，一定不行，正復相同。

我們看小説，我也以爲不必區别這是什麽主義，這是什麽作法。不過這篇小説的主旨，也許絲毫含蓄未露，那麽我們至少要到紙背後去找到了纔行，纔能算把這篇小説讀過了。（靈蛇）

（一九二二年第十九期《星期》）

七

排字的人一不注意，影響所及，足以損作品的價值。如十七號《星期·適館授餐的新方式》，

『酒』之上妄增了一個『煙』字。我當時看了就頗以爲異，如今《星期》記者算是已查出來聲明了。今日（七月二日）閲《禮拜六》一六八期《離婚案的判决》，有一段説：『兩造到堂。……男子有十多歲的年紀，頭髮已經花白了。那女子不過二十歲左右。……要不知道這回事，還以爲他們像父女呢。』這段文字，要不是排字先生把『十』字上落了字，那還成話説嗎？（無虚）

何一雁評倚虹的《北里嬰兒》，説篇中蕙娟有句話道：『唉！世界上什麽喜怒哀樂，全是金錢在那裏操縱罷了。』以爲一個雛妓，未必能説得這樣圓熟，硬裝上倒不真切。這雖説有些近於挑眼，然而責備的確屬至當。不知他看了《倡門之女》之後，對於他裏邊那些的言談，又以爲如何？（無虚）

《半月》的《刑場歡聲》，寫候蓉士臨到刑場，在車上唱。説那隨著他的兵士，聽得他多唱一聲，就多淌一點眼淚。那兵士暗暗的想：他唱的是闋結婚歌的音調，要佐著美人兒彈那悲霞娜，那纔是件韻事等語。像這樣慈悲文雅的丘八先生，不知求幸福齋主人見了又作何批評。或者不嫌那倡裁兵的大殺風景嗎？（無虚）

我國舊日小説，均係章回體。每回之前，有回目兩句，爲本回的提綱。自新小説興，除章回體的仍舊如是，那分第幾章第幾章的長篇小説，有的也仿效這種辦法，取一句或二三字作爲一章的提綱。

我覺得這種辦法，大不相宜，其中尤以偵探小説爲甚。因爲長篇小説的特點，就是在引人入勝，令讀者急欲知其究竟，不忍釋卷。如把那裏邊的重要綫索事蹟，預先前提明瞭，那麽人就選著大略一看，就可以了，就不然，仍舊一章一回的看下去。因爲預先已知其大概，讀者的興趣也必因之大減。況且偵探的耐人尋味處，實在這『葫蘆裏不知賣什麽藥』，一爲挑明，豈不索然了嗎？（無虚）

觀偵探小説，須字字熟讀，不可脱略一字。將近結束處，則掩卷静思：此案宜如何結局？犯案者爲誰？將前後情節，融貫之，細心剖置，如置身偵探然。如是則趣味彌永，極耐咀嚼，而易記憶。（鵑魂）

社會小説，於世道人心，關係非小，繪聲繪色，窮形盡相，要皆以近人情爲率。閲之者，宜細心讀之，視同針砭，非可泛然作説部觀也。（鵑魂）

（一九二二年第二十二期《星期》）

八

小説不難做，難於布局設色。雖有好筆墨，而無好資料，供我布局設色，則勉成一稿，亦必黯然無生氣。其斧鑿之痕，終不能掩也。

做小説莫佳於白描，蓋生趣盎然，讀者亦滋味雋永，不忍釋手。次之以倒提亦佳，或能用襯托之法最好。若平鋪直敘，讀之殊覺乏味。

自何海鳴先生之《老琴師》、《倡門之子》諸篇行世後，一時關於倡門中作品大流行。此亦作者菩提心腸，運其如花之筆，爲人類中被壓抑者呼籲。但人類中被壓抑者，正不止娼妓一項。即以女子而論，如婢女、坤伶等，其所受痛苦，亦未始不較娼妓爲殘酷。作者何不一爲呼籲，而獨斤斤於娼妓耶？

太史公謂：『游歷名山大川，然後文章工。』余謂：作小説亦然。緣山水多明媚之氣，足以陶冶性靈。人常涉足其間，思想自較在塵市爲清敏，而著墨則活潑雋逸，自然流露於字裏行間。（董希白）

小説裏的人物，能少，就少寫幾個，要到不得已的時候。須把各人的口吻描寫清楚，使讀者一目了然纔好。

小説固然是意思要好，然而文筆辭句也不可不講究，務須清爽明白，使人易解。但是那種駢四儷六的文字，讀的時候，礙格不入，還要費許多光陰解釋他的意思，却終脱不了『郎乎』、『吾之愛妻乎』幾個刻板文章，只好騙騙那不懂看小説的。

無論短篇或是長篇，全篇的意思須要打好。所以就分出兩種法子來：一演繹法，是先將意思說出，然後舉出種種條件來證明那意思；二歸納法，先舉種種條件來，然後在結論的時候將全篇大意說出，但是有一種是不把意思寫明出來的，須要讀者自己仔細滲透。前頭兩個法子，不但適用於做小說，就是作文章也很有關係的。梁卓如先生，他作的文章，皆脱不了以上兩個法子。

現在坊間所出的雜志多極了，試細細看看，不是屬於社會的，就是關乎愛情的，還有許多筆記，也滲在裏面。偵探小說雖然有幾篇，却不見得怎樣高明。滑稽、冒險的，真如鳳毛麟角。我很奇怪那些著作家，爲什麽喜歡作那種嗚呼哀哉使人喪氣的文章，却不樂意作幾篇滑稽的，使人常開笑口，作幾篇冒險的，使人增長些冒險精神。我有一位朋友，他現在做一個小學教員，他說：『我心裏充滿了很多滑稽材料，但是對於修辭學很欠研究，不敢獻醜。』觀此可曉并不是無作著的人，却是要重賞之下再有勇夫呢。（吴興）

作哀情小說，未必皆情場失意人；作偵探小說者，未必皆偵探。故作小說不必限於何種人作何種小說，惟科學小說，則非富於科學經驗者不能作也。

理想小說難結構，言情小說難柔媚，哀情小說難結局，偵探小說難布置，社會小說難描摹，滑稽小說難造意。

十餘年前之新小說，今已視爲舊矣。今日之新小說，十餘年後，未嘗非舊小說也。

理想小說能啓人智識，言情小說能怡人心情，偵探小說能引人警思，社會小說能導人迷惘，滑稽小說能發人志趣。

小說不在乎長短，貴有深意。我常見今日之小說，冗長乏味，其弊在於故意延長而乏真意也。長篇小說難在收尾兼顧，一氣貫注。今見之長篇小說，往往有前半事實與後半事實迥然不合，儼若兩篇者。此長篇小說之所以難於著手也。（轉陶）

人說社會小說難做，我說不然。社會小說只要閱歷深，見識廣，自然說得出，做得出。不比那些科學小說、哲理小說，没有真實的學識、高尚的理論，所不能輕易下筆。

偵探小說重理想和推測，格鬥冒險，猶其餘事。若是一味的格鬥冒險便味同嚼蠟。

迻譯法，有的譯其意，有的譯其文，有的用白話，有的用文言。總之只要不脱原著者的精意罷了。

問題小說，創自美小說家施督唐氏（FRANK STOCKTON）。他的好處，是使人看完之後，有一種難解决的疑問。要看小說的仔細去推想，去研究，頗覺耐人尋味。

滑稽小說，總要帶幾分諷刺，不可一味的說獃話。那便極趣横生，百讀不厭了。

哲理小說，行文最難。要用冷淡的筆，去表明那高超的理論，使人看了起一種感想。但是要做到這等地步，却談何容易。

我也不知道爲什麽，一拿起本新文體小説，便和受了催眠術一般，沉沉欲睡。真是屢試屢驗，百發百中。其實新文體中也不乏名著，有幾本移譯的，又直譯其文，詞句多雜遝費解。所以這一類書，我不喜看他。

我國舊小説裏所描寫的人物常多，即如《紅樓夢》、《五才子》、《西遊記》這幾部書裏，已可見其一斑了。歐美小説裏所描寫的人物常少，不過叙三五人多至十餘人之事而已。

（一九二二年第二十七期《星期》）

九

凡是小説，看過之後，覺得趣味很濃，印象很深，這一定是篇好小説。如若看了之後，一些趣味也没有，覺得非常枯淡，印像是模糊不明，這篇文字，必不見佳。我常常用此法去判斷小説的價值，是不差毫釐的。

舊小説的取材，大多是常人所不經見，没有身歷的。如同一槍一刀的戰争，飛檐走壁的絶技，甚至神怪妖異，多是小説的絶妙材料，足敷那些『齊東野語』、『閉户造車』、『向壁虚造』、『子虚烏有』的形容詞。小説是供消遣，無足輕重的，習俗心理，恐怕是如此造就的。

小説是學藝的一種，是改造社會的劣點和發揚民衆心理的；也可以補助教育的不足，使人類潛移默化，趨向光明之途。小説確有此能力，所以小説的取材，最好在人人的心目中，所含蘊而未發的，如此則必然受人歡迎。因爲人人懂得，不啻出自其口。不然高談哲理，非但人所厭看，而且犯著鑿枘之弊了。（馬鵑魂）

良好之小説，千里馬也。閲小説者，伯樂也。千里馬常有，而伯樂不常有。吾滋爲千里馬惜。

『筆記小説』四字，最不可解。筆記自筆記，小説自小説，豈可相混。筆記而名之以小説，是何異畫蛇而添足乎？

小説家以腦汁易人金錢，此應有之事也。而近日小説雜志中，偏多抄襲他人之作，或一稿兩投者。此等小説家，我名之曰『小説賊』。

在新體小説全盛時代（前年），所作新體小説之題目，幾可立一公式，曰『一個○○的○○。』

人謂瘦鵑爲哭匠，我謂卓呆爲笑匠。

今之閲小説者，必先觀著者之名。吾滋不解著者之名與小説之良否有何關係也？

小説之材料，必無缺乏之時。社會上形形色色，何一非是？覓小説材料者，但散步街坊間，即可得之矣。

譯小説，當不背全篇之原意而意譯之，不可斤斤於一字一句而直譯之也。

馬二先生譏何海鳴，謂其著作實研究嫖學。何先生之研究嫖學與否，我不知之。第觀其《倡門之子》等作，實有功於世道人心非淺，豈得謂之研究嫖學乎？

小説之題目，當於既成篇後定之，否則失題旨。

吾友嘖嘖謂新體小説可謂之催眠小説，閲之能令人安睡。余曰：『汝自不解耳。彼莫柏桑、托爾斯泰之信徒，其言自是深奥，豈庸人所能解耶？』

襲他人之作爲己作者，其實至愚。蓋一編既出，四海風行，豈盡人能被蒙過乎？自欺欺人，是誠愚之至者矣。（姚賡夔）

（一九二二年第二十九期《星期》）

十

讀《星期》二十九號《小説雜談》，馬君鵑魂云：『凡是小説，看過之後，覺趣味很濃，印象很深，這一定是篇好小説。』予以謂此未可一概而論，因讀小説者之程度有差也。讀小説者之程度而幼稚，則其覺得趣味濃、印象深者，必不能濃深程度高深者之趣味及印象。反是，讀小説者之程度而高深，則其覺得趣味濃、印象深者，必不能濃深程度幼稚者之趣味及印象。即以予一己證之，幼時讀書不多，知識亦淺，偶讀《征東征西》、《昭君和番》等舊小説，覺得眉飛色舞，趣味之濃，可想而知，印象於腦，至深且刻。及知識稍進，再檢前書，則曩之覺得趣味濃、印象深者，遂鄙視而不屑讀，幾與前時判若

兩人矣。然則以趣味濃、印象深，定爲好小説，尚非善法，願與鵑魂君一研究之。（鄭逸梅）

（一九二二年第三十三期《星期》）

十一

我説無論什麽小説，都有益處。有人問道：『哀情小説呢？這不過陪兩滴眼淚罷咧。』我道：『益處怎麽没有。譬如説，某人濫用情，以致情場失意，於是閲者在情場上，便謹慎些。譬如説舊家庭的父母頑固，以致釀成哀情，於是那些頑固或者有些覺悟。這豈不是益處嗎？』

滑稽小説是尋尋開心的，很有益於身心，可是很難做，要不外於『誤』、『獃』、『頑』這幾個字。我最歡喜看卓呆君的滑稽小説，如今卓呆君看了我這條評論，不知以爲如何？

偵探小説最不好的是弄起評注來，閲者在評注中，便能看得出罪人是誰，看下去便索然無味了。還有一事要注意的，便是封面畫。若是畫一個犯案時的樣子，也能猜得出罪人是誰。小説取的名字也要注意，我從前看見一部偵探小説，叫做《辣女兒》，封面畫是一個女子，拿著一柄長刀，内容説是一個老人被刺，他有一女一子，我也不必説出凶手是誰，讀者自然就明白了。（無諍）

吾友伊凉，做小説很好。我常對他説：『你小説的思想很詭異，可以做偵探小説。』他摇頭道：

『我要到三四十歲纔做。到了那時，閱歷也深了，智識也多了。』我心想這話很對，同我年幼識淺，做起偵探小説來，不免有些不對，即如我那篇《空室》，便有不對之處。這是夢鷗告訴我的，説假使是抽抽空氣死，那屍首没有這般好看，第二天，便寫一張條子給我，説：『屍身無損痕，面色青黯，眼開睛突，口鼻内流出清血水，仰面口開，舌有嚼破痕。』我笑道：『若有人罵我，我也有遁辭。』不過我現在聲明瞭，便請閲者諸君原諒。（這雖是『小説雜談』，却是『無諍聲明』。）（無諍）

（一九二二年第三十三期《星期》）

十二

作小説者須有三種眼光：一、藝術的；二、美術的；三、社會的。新文學家做小説，對於第二項不甚注意，所以不能引起讀者的美感。舊小説一味胡纏，更等諸自鄶以下。今日諸小説家，一二兩項，都甚注重，惟第三者尚少研究。吾希望諸大小説家有以改革之也。（賡夔）

做小説難，定題目更難。因題目爲全篇之結晶體，既要暗藏作者寓意，又要動合閲者心理。故有先定題目而下筆者，亦有先成全篇而標題者，皆所以重視題目也。（吟秋）

每見小說之題目極佳，而内容不堪寓目者；亦有内容極佳，而標題令人生厭者。前者固足以引動閱者，而後者因此埋没佳作實屬不少。做小說要能短能長：短者使人看之不嫌其短，長者使人看之不覺其長。斯乃小說之上乘。（吟秋）

小說文言難做而易好，白話易做而難好。因白話小說，最易拖遝，令人讀之生厭。能文言者類能白話，能白話者未必能文言。（吟秋）

本刊第十一期有《兩等邊三角形》一篇，設想極佳，令人欽佩。惟當雨生因竹人之索債而告貸於香瑛時，香瑛既疑爲設計，恐其假試，則雨生自當以債主姓名實告。彼此既屬相契，似可無所不談，以釋其惑。此固情理内事也，且香瑛既疑之於先，豈旨不得其真相，而即一口應允。況款數非細，宜如何審慎出之。此亦合乎情理之顧慮，雖然一經説破，即不能成此好小說。有此巧事，乃有此巧作，聊以供卓呆君一笑。（吟秋）

有人説，《紅樓夢》在中國小說界裏，可算得數一數二的傑作。我説《紅樓》自是佳作，不過曹雪芹的宗旨是顯揚自己的才力，不在當時社會的改良著想。所以他才大如海，若是論到社會影響與否，却還遜英國的却耳斯、狄更斯、美國的馬克吐温一籌咧。（戴夢鷗）

社會小説，是描寫社會的污濁，人情的冷暖，善善惡惡，形形色色，都加以針砭，自然是名貴得很。不過這些作品，是治標，不是治本。講到治本，最好是那些理想和未來的小説。那些小説能够開社會文化的先聲，暗暗的指導社會，改良社會。本刊第三期《活動的家》，第八期《三十年後之西湖》，都是寓有改造社會的意思，實是有價值的作品。我很希望天笑一篇一篇的續下去，在下伸長了脖子老等著咧。（戴夢鷗）

我生平最喜歡兩件事：第一看戲，第二看小説。我看小説，尤歡喜尋那些著作者的毛病。近年來出的新小説，長篇短篇，我也不知道看過多少，可是要尋一篇一些毛病没有的，短篇還有，長篇簡直一篇都找不出。這毛病大概有兩種：一是文字上的毛病，二是事實上的毛病。第一種我不敢説，第二種實在覺得犯的太多。要知道小説雖都是理想的事，總該不出乎人情之常。譬如一個小孩子，他決不會談時事，若是把時事叙在一個小孩子口裏，就是出乎人情之常。像這樣差不多的毛病，舉不勝舉。所以描摹一個人的口吻，最不容易，也最要仔細。還有些小説家，没有到過北京，偏要説北京的情形；没有到過花月場中，偏要説花月場中的事。也不打聽，也不調查，糊糊塗塗的就下筆寫了。你想他這篇大作，怎樣會不糟。所以經驗是小説家最要緊的原素，没有經驗，決做不出好小説。要得這種經驗，必須一方面旅行，看看各處地方上的狀况和那風景，問問風俗人情。一方面和上中下男女老少各種人，都要交接。空時各種書報雜志，都要看看，研究研究。平時須要不耻下問，纔可多長些見識。否則就不免時時鬧出大笑話來了。（醉緑）

小説還有幾種通病，我希望一般小説家快快先改：

（一）書中人結婚，不要老在禮拜堂。須知你是基督徒，不見得人人都信基督啊。

（二）情人聚會，不要老在公園裏。須知中國有公園的地方很少呢。上海這麽大的地方，也没個中國人的公園呀。

（三）腦筋切不要太舊，也不可過新。

（四）凡是自己不十分知道十分明白的事，還是少説説。更不可瞎批評，瞎描寫，瞎贊瞎駡，瞎發議論，免得讀者笑歪嘴。

（五）不可專重思想，須要顧全事實。那書中人的身份、人品、年歲，同書中假定的事、地點、時期，切切不可粗心。做好之後，自己應細細的讀他幾遍，再想想，前前後後，還有没有毛病，修改好了，然後問世。

（六）不要亂凑事實，隨意胡寫。只顧拖長賣錢，忘了自己的大名。這是我的忠告，諸位大小説家，可不要見氣呀。（醉緑）

（一九二二年第十六期《星期》）

十三

長篇小説何以社會與偵探爲多？ 大約此二種，容易著手。

小説在文學上所佔的地位，同社會小説在小説上所佔的地位一樣。

中國人做小説，何以要把外國文譯音做上去，如『密司脱某人』……這種小説，我名之曰中西小説。我勸一般做小説的，不要把許多俗語寫上去，如『天曉得』、『瞎三話四』、『滚蛋』等等，叫人看了肉麻。（轉陶）

（一九二二年第三十六期《星期》）

十四

寄塵的《心血與糞土》（《半月》）説小説家得意精心之作，出版後竟被人包了油炸餅，抛在垃圾堆。煙橋的《燈下》説主筆的垃圾箱，等於歐戰戰場，有多少投稿家對之作春閨之夢。一個是被選出版的，一個是落擯被選的，寫來都是無限感慨。我以爲各主筆、主任先生，將來對於退還原稿一層，應當設法辦辦。雖説是手續過繁，然而此種稿子，除去抄襲家不計外，都是心與血製成的。一日任

其離流於外，被人蹧蹋，若叫那原作者看見，試代他一想，是何種滋味？（無虚生）

（一九二二年第三十七期《星期》）

嘗見一般小説，譬如寫一個乞丐説話，引用了許多古典。試想乞丐的話，那裏會引用古典。做書人不顧事實不符，祇要文法深奥。

小説之名，非常要緊，總要求其簡括切當，能令人見了，即覺有無數意思包含在内。小説的結尾，總要留一些餘波，使人讀了，有欲盡不盡之意，讀者便不覺乏味。且能使是篇深意，繚繞在讀者腦筋中。

言情小説以平叙爲勝，偵探小説以曲折爲勝，二者適反。（轉陶）

（一九二二年第三十七期《星期》）

十五

現在普通一般人的眼光，都把小説作爲一種『消遣品』和『游戲物』，專注重在『好白相』、『引人笑』一方面，和以前所謂『閒書』一般，唉！　這都是不知小説真價值的。

近來有人説小説界惡習，就是喜歡把大名家做牌子。這話我亦很以爲然，因爲小説的好壞，不

怕人看不出，公論自有人品評。倒可以免去感情作用，得到真實批判，况且新進作家，也未必無佳著啊。（蔣吟秋）

（一九二二年第三十八期《星期》）

近來仿作偵探小説的，可謂不乏其人了，然而大都自造一福爾摩斯式的偵探，必附帶着造一同華生式的助手書記。我以爲叙述偵探案，不是一定得有華生。既要創造一個中國大偵探，何必定要人亦步亦趨的效顰。

徐卓呆的小説，遣詞命意，都有一種特異的意味，始終一樣，他人摹仿不來。人都説他是滑稽小説的唯一作家，我覺着他倒真是中國小説的創作者。

近閲《笑》雜志第三，有徐君一篇《牛前潑水》，命題造句，迥乎不類其素常之作，不知何故。《笑》三裏又有一篇小説家比戲子，他説卓呆似徐半梅，恐怕他比的過於相似了，這真名實相符，令人可笑。

（一九二二年第三十八期《星期》）

卅三號本誌，逸梅君《小説雜談》，謂馬鵑魂君閲後趣味濃印象深即爲好小説之言，爲不盡然，以讀小説者之程度有差故，并引幼時往事爲例，以證其説。愚謂若依此種前提爲評論，不特無好小説，抑且無壞小説。且不特小説，世上一切事物，亦將無有定評，因人之學問閲歷不同，自不能盡徇各人一己之見强令盡同也。小説閲後，覺其趣味濃印象深，即評爲好小説，此本不移之理，不過要觀發爲此評者，爲何如人，然後再定己之意見。比如聞國民學生言人刀山弓長枕大被之教科書爲至好，成人聞之亦許此書爲一般任何人均須誦讀欽佩之作，是理通耶？故鄭君之言，乍視理由頗足，實則根本已誤，蓋評小説須視評之之人，須從大多數着眼，武斷盲從，其失惟均。馬君之言，似無討論之餘地。（無虚生）

（一九二二年第三十八期《星期》）

十六

吾國今日之名小説家，其志多在侔利，苟有以説稿請者無弗應。於是擔任稿件或編輯至十餘處之多，振筆直書，惟求字數足以敷各方面之用。其作品之價值如何，不之顧也。其實覆閲且不暇，遑問其他。吾嘗聞人言，名小説家間亦雇助手撰稿，署己名而欺書賈。書賈志在得名小説家之名，稿件如何，原非所問。欺之可也，欲欺讀者則愚矣。讀者（指善讀小説者而言）讀小説之内容，非讀作者之名。苟爲劣品，雖非冒牌，亦未必震其名而阿諛之。吾勸名小説家稍稍自重其名也。（鏡水生）

（一九二二年第三十九期《星期》）

小説重在描寫，須生動而不板滯，有一類履歷式之記述體，詳述某生某女郎家世事蹟，即欲濫竽小説之林，令人生厭。

小説重描寫，固也，然須深刻而不膚淺。所謂深刻，半雖由於藝術，半亦由於取捨得法。因小説之叙一事，貴於扼要，初不必詳述無遺。故描寫之道，首宜明取捨也。質言之，不知取捨，即不能盡描寫之能事。

作小説不可無資料，猶之畫家必求畫材。資料既得，略略點綴即成篇矣。較之向壁虛構，苦思力索而成者爲佳。（鏡水生）

（一九二二年第三十九期《星期》）

十七

天笑先生《盗得年譜》，煞尾謂『毛郎槍斃之日，即彼二十年前初出母胎之日，整整活了二十年』。我以爲此語應爲整整十九年，因二十歲之生日，實生後之第十九年整也。不知天笑先生以爲如何？（無虛生）

善做小説者，街頭巷尾之所聞，皆足取爲資料，在描寫之得法耳。若必搜求神奇事蹟，終年不可一二覯，勢將無從著筆矣。且神奇事蹟，不切合人生，無描寫之必要。

余以爲人生最切近者，爲家庭瑣碎，層出不窮，大足供小説家之描寫。

短篇小説者，描寫某事扼要之一點，亦即最精彩之一小段。今日類似之雜志至夥，皆以短篇小説爲主要材料，一般小説家筆頭乃大忙。於是佳作品少，多瑜不掩瑕者，甚至勉立一題，敷衍成篇，作者且不自知所寫爲何物，閲者耗目力，費光陰，其所得祇莫名其妙而已。此類作品，志在欺人騙錢，然其罪編者與作者實共負之。（鏡水生）

（一九二二第四十期《星期》）

十八

短篇小説宜簡潔，不得滋蔓其辭以充篇幅。吾觀今日之所謂短篇小説，竟多有滿篇空話者，不能得其描寫之主點。

詞藻不宜於小説，尤不宜用於短篇小説。在今日竟尚有專以詞藻寫短篇小説者，吾謂此輩不如專著文集爲佳。

專寫才子佳人一類小説，已成過去之時髦品，作此類小説者，僅有一長。而違時作品，苦不能維持衣食，於是祇能改頭換面，以换湯不换藥之小説騙錢。（鏡水生）

（一九二二年第四十二期《星期》）

凡事不能抱偶像主義，讀小説亦然。名小説家之作品，未必篇篇皆佳。故讀小説，祇以精確之眼光，判其優劣，不必顧及著者之爲誰何也。（鏡水生）

（一九二二年第四十七期《星期》）

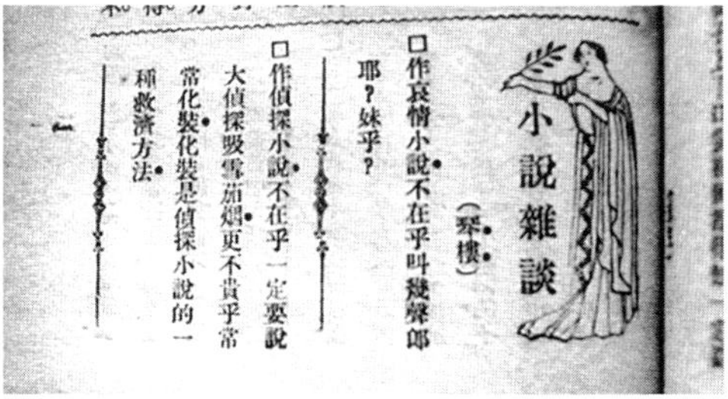
小說雜談
（琴樓）
□作哀情小說不在乎叫幾聲郎耶？妹乎？
□作偵探小說不在乎一定要說大偵探吸雪茄烟更不貴乎常常化裝化裝是偵探小說的一種救濟方法

星期
第九號
THE SUNDAY

星期
第七號
天笑主任
THE SUNDAY

星期
第十一號
天笑主任

《羅星集》小説話

黄轉陶等　撰

《羅星集》，是星社的紀念文集。星社是一個以蘇州小説家爲主的文學團體，成立於一九二二年七月七日，由范煙橋、趙眠雲、鄭逸梅、范君博等九人發起，創辦過《星報》，出版過《星光小説集》、《星宿海》等紀念集。《羅星集》，由鄭逸梅、顧明道編輯，於一九二六年四月由聯益貿易公司的潮音社出版。其中收録了黄轉陶（見一九二二年琴樓等《小説雜談》提要）、范煙橋（見一九一六年《益世報》、《小説話》提要）等小説話。范煙橋的《星友點將録》與團圓生的《星花燦爛》雖然帶有遊戲的性質，但都用一種形象的比喻來點出小説家的形神風貌、寫作特點與興趣愛好等，有一定的參考價值。黄轉陶的《小説雜論》都是他與程小青的『心得之言』，如談及小説創作與作家個性的關係、各體小説的不同的寫作特點等，都是有一定道理的，可惜的都只是點到而已。另外如説『小説除誨盜誨淫者外，無論何篇，均能使讀者有益』，對侈談高大上，也有針對意義。

小説雜論

黄轉陶

偶與程君小青論小説。程君謂：『吾國小説，久感蕭沈，現小説之興，尚爲初基，小説之發達，當求之十年後也。』又謂：『將來小説之趨向，必注重於偵探。但偵探小説非易作，恐他日小説人材有感缺乏耳。』

小説之性質，以作者個性而定，不可强也。若擅言情者欲張之作滑稽，若擅偵探者欲强之爲社會，非但不能描摹盡善，抑且有野狐參禪之誚矣。

予以爲理想小説將來必能於小説界中佔一席地。蓋小説本爲揮發思想之文字，理想則尤名符其實，且科學進化，人民智識愈開，腦筋必愈富思想，故小説必趨於理想一途。餘如偵探、社會亦皆在不廢之列；哀情、掌故，則恐淘汰也。

予嘗於《星期》中論小説作法，謂理想小説難結構，言情小説難柔媚，哀情小説難結局，偵探小説難布置，社會小説難描摹，滑稽小説難造意，此皆爲予心得之言。蓋理想小説，必於通篇之大局結構完善，然後着筆，庶不出於理想之範圍。須知理想者，非妄斷十年百年後世界之景象也。言情小説偏重描寫，雖平叙亦必細膩熨貼，不背乎柔媚之旨，但切忌涉豔，情而涉豔，論者必以淫辭目之矣。哀情小説之結局，大都雷同，不免有千篇一律之嫌。哀情小説之不易作，僅此而已。偵探小説於前後布局須安置切當，然後着筆，則不致有中間不貫通之弊。程君小青，爲中國偵探小説作者之第一人，嘗謂作偵探小説切不可率然下筆，誠旨言也。社會小説專注重於描摹種種人物之口吻，不擅描摹者，不能作也。滑稽小説則在乎有含蓄深意，造意不善，非但不能得滑稽之旨，仰且惡俗肉麻矣。近世佔滑稽小説之勝長者，惟徐君卓呆。徐君之寫滑稽，妙在不以滑稽口吻出之耳。

小説除誨盜誨淫者外，無論何篇，均能使讀者有益。予於《星期》中論小説之益，有理想小説能啓人智識，言情小説能怡人心情，偵探小説能引人警思，社會小説能導人迷綱，滑稽小説能發人興趣，此論猶不能狀小説之益於萬一也。

團圓生

星花燦爛

程瞻廬　　牡丹　　（齒尊名重）

程小青　蕙蘭（性情淡清）
江紅蕉　紫微（嬌小玲瓏，著作名貴）
范煙橋　老少年（君年雖長，而喜諧謔，作品清華典雅，有少年氣）
趙眠雲　荷花（有瀟灑出塵之態）
鄭逸梅　菊花（沈默寡言笑，不與俗伍）
顧明道　茉莉（幽香恬適）
尤半狂　玉蘭（其人肥白）
陳蓮痕　繡球（若書甚富，密如繡球）
金季鶴　白鶴（其人頎長）
蔣吟秋　梅花（孤芳自賞）
范佩萸　木香（清雅香潤）
范菊高　玫瑰（近作多言情）
徐碧波　薔薇（淡幽如其人）
姚賡夔　桃花（姣豔異常男）
尤卓厂　瓊花（君作客長安，不常返鄉，瓊花不常開）
吴聞天　百合花（君擅酬應交際，遇人無不合）

黄若玄　鶴冠　（常蓄髪如鷄冠狀）
黄轉陶　夜飯花　（同儕疑我晏起，因自比夜花）

星友點將録

范煙橋

天魁星程瞻廬（君年最長，文名亦最盛）
天閑星趙眠雲（君曾編《消閑》月刊，且公孫勝綽號入雲龍，與君别署亦吻合）
天巧星顧明道（君新訂婚）
天暗星鄭逸梅（君沈默寡言笑）
天捷星姚賡夔（君於詩謎稱長勝將軍）
天勇星金季鶴（君拇戰極擅長）
天擷星程小青（君機敏過人，且擅撰偵探小説，有東方福爾摩斯之稱）
天慧星蔣吟秋（君能詩能文能書）
天貴星尤半狂（君有公子哥兒風度）
天究星陳蓮痕（君閉户著書）
天速星范菊高（性燥）

天空星范佩萸（因病廢學，閒居無事）

天微星徐碧波（君作客他鄉）

天退星黄轉陶（君遇事恬退）

天異星黄若玄（君抱獨身主義，且蓄髮不修，與劉唐之綽號赤髮鬼亦相合）

天滿星吴聞天（君有時滿口京語，新得青年會徵求之錦標）

天劍星范煙橋（前别署劍雄，且亦行二）

小說雜論

黃轉陶

偶與程君小青論小說。程君謂吾國小說。久被淪沈。現小說之興。尙爲初基。小說之發達。當求之十年後也。又謂將來小說之趨向。必注重於偵探。但偵探小說非易作。恐他日小說人材。有感缺之耳。

小說之性質。以作者個性而定。不可强也。若擅言情者。欲張之作滑稽。若擅偵探者。欲强之爲社會。非但不能描摹盡善。抑且有野狐參禪之誚矣。

予以爲理想小說。將來必能於小說界中占一席地。蓋小說本爲抒發思想之文字。理想則尤名符其實。且科學進化。人民智識愈開。腦筋必愈富思想。故小說必趨於理想一途。餘如偵探社會。亦曾在不磨之列。哀情等故。則恐淘汰也。

星友點將錄

范烟橋

天魁星程瞻廬。（君年最長。文名亦最盛。）

天罡星趙眠雲。（君曾編消閒月刊。且公孫勝綽號入雲龍。與君别署亦吻合。）

天巧星顧明道。（君新訂婚。）

天暗星鄭逸梅。（君沈默寡言笑。）

天捷星姚賡夔。（君於詩謎稱長勝將軍。）

天勇星金季鶴。（君擅戰棋擅長。）

天機星程小青。（君機敏絶人。且擅撰偵探小說。有東方福爾摩斯之稱。）

天慧星蔣吟秋。（君能詩能文能書。）

紅樓話

鶯鳴新友　撰

載於《禮拜六》一九二二年四月十五日第一五七期。原刊「鶯鳴新友」署名下注：「上海三友實業社。」餘不詳。作者反對「釋真」、「索隱」之作，也討厭《圓夢》、《續夢》、《補夢》等狗尾續貂。對《紅樓夢》讀之甚細，有的體味自有見地，如云「黛玉初進榮府，雖爲熱鬧文章，而讀之陰氣慘慘，姑娘死矣。」、「劉老老宴大觀園，種種怪狀，令人捧腹」，「正可見此老身手矣」等等即是。

《紅樓》一書，膾炙人口，余童時即喜讀之。其所影射之事實，或謂清宮秘乘，或謂和相家事（見《東方雜志》某君之小説考），而袁隨園又謂爲南朝金粉，聚訟紛歧，各衷一説，因有釋真索隱諸事出現。余謂鄧、蔡諸先生，亦未免多事，蓋有此可歌可泣之事實，供吾人茶餘酒後之談助足矣，何必釋真索隱，反同嚼蠟。至若《圓夢》、《續夢》、《補夢》等書，或爲淫穢之詞，或爲不稽之論，是誠狗尾續貂者矣。

『不荒唐處却荒唐，假語真情兩渺茫。』此枕霞閣主人咏《紅樓》詩也，可謂深得我心。《紅樓》、《西廂》，同爲絶妙文章，而小兒女往往背人讀之，吾不知其何心。

黛玉初進榮府，雖爲熱鬧文章，而讀之陰氣慘慘，姑娘死矣。

劉老老宴大觀園，種種怪狀，令人捧腹。或謂老老受鴛、鳳所弄，余謂鴛、鳳受老老所弄，觀其『給老太太開心』等語，可知此老老身手矣。

賴尚榮因未借銀與賈政，遂辭官以去，若睹今日馬弁之跋扈，余知其決不出此。

成大禮回爲雪翁得意之作，蓋黛之財勢既不敵釵，理難成偶，不若以一死了之。俗云死了死了，舉凡《好了歌》上所忘不了者，皆了之矣。而以寶玉出家爲之酬，使黛得一知己，死而無憾。而彼釵者，方諧金玉之緣，已誤巫山之夢，燈燼衾寒，嘗盡柏舟滋味。細玩此篇，喚醒癡人不少。

寶玉三入太虛，讀者皆謂雪翁多事。余謂不然，蓋此乃文章筆法，若寶玉不再入此境，受種種打擊，則欲根不能斷，色相不能空，即不能跳出孽海，而一部《石頭記》亦不能就此輕輕完結，決非『書不狗神仙湊』者可此也。

舊曆新年，乾坤大劇場大演其《紅樓》戲，而以張少泉飾寶玉。少泉之藝，自有識者，余不敢妄加月旦。然以一天公加圈之半老徐娘，而飾一風流漾洒之余年公子，余不禁爲怡紅一大哭。

曾記某説苑載有『某氏子醉心《紅樓》，因癡成病，纏綿牀笫間，猶手不釋卷。其父怒，奪而焚之，彼乃哭呼燒殺我寶哥哥、林妹妹矣。』此兒乃天下第一情癡，《紅樓》第一知己。

禮拜六

父親急說道『什麼……你……』

他的母親連忙差人尋覓那張家媽媽却已不知去向但有人傳語道道是你們自已在新世界看中呀……與吾無干涉呀』

那鬧熱熱的新婚堂倏的變了哭哭啼啼的悲慘室了王婉英在他母親懷裏哭得如淚人兒一般他的母親漸漸的引到他臥房裏安放着牀上苦苦的勸他他總不住的慘哭不一會他的父親躡躡着走來唉聲說道『我兒現在木已成舟無法可想幸他家是富有人家也可以過你一世的快活日子我看還是好好的過去呢

王婉英聽了他父親的話知道他父親是個古板人物同倔他強也是無用的所以他就咬緊牙齒揩乾眼淚痛說一聲』罷……罷……我的後半世的幸福就此犧牲了罷』猛的從牀上跳起整整蓬鬆的髮鬟說道快些的過去

那鮮明燦爛的汽車載着新夫婦兩個似乎得意洋洋發出歡樂的聲音嗚嗚……嗚……唉可憐那王婉英將他的幸福葬也就斷送在這嗚嗚的的聲裏了

▲紅樓話　鶯鳴　新友　上海三友實業社

四九

小説叢談

瞿寒影　撰

載於《禮拜六》一九二二年二年四月十五日第第一五七期。《禮拜六》，創刊於一九一四年六月，周刊，由王鈍根、周瘦鵑主編，至一九一六年四月滿百期停刊，主要發表小説。至一九二一年三月復刊，兼登雜作，又出一百期終刊。所發文章强調興味性、消閑性的同時，也注意揭露社會黑闇與宣傳社會教化，且重視西方名著的介紹，富有開創性，一時廣受讀者的歡迎，有力地影響了小説雜志的兩度繁榮。但長期遭到污名化，以致主編王鈍根憤然痛斥道：『有人以《禮拜六》與市上淫穢小説等量齊觀，我直欲抉其眸子！』（《禮拜六》第一八四期《不是處女的處女》『編者按』）作者瞿寒影，曾任職於上海寶山路商務印書館，在

《禮拜六》上連載《梅影簃漫墨》、《禮拜六談屑》，多警語，如云『富家翁之眼孔比窮措大更小』，『能解情字何義者，千百人中不得一二』，『小說家不受劇烈之刺激，其作品必平淡無奇』，『小說家最不畏齷齪，雖極卑鄙傖俗之人，亦恒爲之設身處地著想』等，另在《申報》、《紅》、《禮拜六》上發表過若干短篇小說，有被《紅》雜志第一次推舉爲『奪標小說』者。在當時《禮拜六》上發表文章的也有吴瞿安。瞿安爲現代戲曲理論家與教育家吴梅的字，即瞿寒的諧音。吴梅（一八八四——一九三九），號霜厓，江蘇長洲（今蘇州）人，後長期在中央大學與其前身東南大學任教。本文第一則即强調小說的接受者本身要『思想高尚』，假如以『卑濁』的心理來閱讀《紅樓》、《西廂》等，必然會得出荒謬的結論。這類小人，金聖歎就名之曰『仵奴』。後談到翻譯小說時說，這些名著『善則善矣，然吾人讀之，不過可以略知彼邦之風俗人情而已，非吾國現在所急需也』，且不能僅『讚美欽佩』，而當『奮臂急起』：『彼西方有福爾摩斯與亞森羅蘋，而吾國之東方福爾摩斯與東方亞羅森蘋亦於以産生。我國人苟奮然而起，與西方抗衡，而有益於吾人也必矣！』其看法雖有片面之處，但其主要精神還是可嘉。

某君之言曰：『必有高尚之思想者，然後可以讀《紅樓》、《西廂》。』誠哉言乎！人生於世，思想斷不可不高尚，譬之觀裸體畫，在思想高尚者，惟知注意其天然之美觀，與夫藝術之程度而已，他非所知也。若思想卑濁者，則吾不知其作何感想矣。讀小説亦然。《西厢》、《紅樓》、《水滸》，思想高尚者，但知注意其千變尤化之文法。豔麗絶倫之辭藻而已。而《西厢》、《紅樓》之所以能永傳於後世者，亦以其文足傳，非其事足傳也。無如彼思想卑濁者，偏取其事而不取其文，甚或編之爲劇，而於紅氍毹上演之，尤屬荒謬之極。此種人，聖歎名之爲忤奴。可謂曲盡小人之狀。

英國柯南達利所著《禍爾摩斯探案》，不下數十種之多，其情節之離奇，構思之縝密，可謂至盡矣。然吾竊有不謂然者。何則？社會愈文明，人心愈巧詐。吾國社會之至於今日，其險詐可謂極矣。若再使此離奇變幻莫測之小説掩映於其腦府中，街談巷議，皆津津樂道，不將愈益其刁詐之術耶？即如近日美國影戲家亞拔格爾之案，余謂亦影戲有以致之。影戲之感人，尤甚於小説。蓋小説不過感覺上之關係，而影戲則使人目睹也。彼扮演影戲者，視格鬥危險之事，如家常便飯，殺人於談笑之間，彼固已習見習聞矣，不宜其釀成此命案耶？

舊小説中叙詩詞之多者，當以《花月痕》爲最。匪特詩詞也，其駢散文皆自成蹊徑，不落巢臼，即燈謎酒令，亦莫不各盡其妙，於此亦可想見作者之才矣。

梁溪瘦鶴詞人之説部《斷腸碑》，又名《海上塵天影》，纏綿悱惻，一往情深，直可上逼前無古人後無來者之《紅樓夢》。而此中情景，不佞亦似曾恍惚遇之，寒夜擁衾，耿耿不寐，孤檠煑夢，萬念潮洄，覺英雄肝膽兒女心腸歷歷如在目前，洵名構也。詞人又署瀟湘館侍者，其傾心於若人可知矣。《斷腸碑》書中之韓秋鶴，懷才不遇，滿腔經濟，不得一展，有如《花月痕》之韋癡珠，殆作者自謂耶？余讀其書每至沈痛處，輒爲之欷歔於邑，不能自已。吁！小說感人之深，如是如是！惜其書今已遺失，余曾於坊間物色久之，竟不可得。

短篇小說之要點有三：一曰命意，命意者，全篇小說之宗旨也。我何爲而作此篇小說？此篇小說既撰成後，能否使讀者所發之感想與所受之刺激，有益而無害？胥賴乎命意之佳否爲斷焉。故無論長短篇小說，此層皆極爲重要，否則成爲無的發矢矣。二曰結構。命意既佳矣，即當進而求其結構。結構者，段落之安排，情節之次序也。結構佳則篇幅齊整，朗若列眉矣。三曰辭藻。命意與結構固須佳矣，而辭藻亦不可不講求。蓋短篇小說亦猶如人命意其魂靈，結構其骨骼，而辭藻則其肌膚也。人之肌膚修整豐潔，然後能得人之美感。小說若有淵雅樸茂之辭藻，而名語雋言復時時流露於字裏行間，則讀者必覺其興味倍常，愛不忍釋矣。短篇小說有此三者，然後能精彩煥發，字裏花飛，讀之而不心曠神怡者，吾弗信也。繙譯小說，盛行於今日，移異國之名薦而植之中土，善則善矣，然吾人讀之，不過可以略知彼邦之風俗人情而已，非吾國現在所急需也。若挽回頹俗，勸善懲惡，非創作不爲功。常人讀小說後，不過讚美欽佩而已，實則天下無難事，亦斷無我做不到之事，彼能如是，是我寧不能如是耶？吾人惟有奮臂急起耳，何歎讚爲哉！彼西方有福爾摩斯與亞森蘿蘋，而吾國之東方福爾摩斯與東方亞森蘿蘋亦於以產生。我國人苟奮然而起，則與西方抗衡，而有益於吾人也必矣！讀者其有意乎？

我國人謂讀小説爲看閑書，此實大謬。夫小説爲吾人應有之文學，何閑之云乎？夫人生莫不有文學之觀念。小説者，文學之一種，而最饒興趣者也。蓋比事屬辭，雖則寓言十九，而挽回頽俗，指斥利弊，亦各有微旨存乎其間也。豈特僅供茶餘酒之談助而已哉？雖然，讀小説亦必有定時，宜在公餘之暇，休憩之時，萬不可因之而妨害公務。每見有人於袂服務之時，而手小説一篇讀之，其取咎於主事者宜矣。我國人於休憩之日，每喜聯袂而游於酒樓戲館間，及作種種妨害道德名譽之事，以視居家爲適宜之運動後，静坐而讀小説，豈不有霄壤之别耶？

人生於世，捨衣食住而外，其最重要之問題即爲婚姻。其君謂人類一墮地，即不翅游情海而浴愛河。誠哉斯言！此言情小説，所以佔小説中最重要之位置也。雖然，言情小説易近於褻，一褻則毫無價值之足言矣。曩曾見某説部，雖爲言情，而其意實勸人愛國。此種小説，誠别開生面，其有益於讀者，不可以道里計矣。

第二天某報紙上果然登出一段更正的文章來說的是

茲據剪刀胡同錢君來函內云閱二十日貴報慘無人道之主人新聞一則不勝詫異查敝處婢女阿巧因在外貪游不過略責數句并未有鞭箠等事貴報想係傳聞失實於鄙人名譽大有關係相應函請更正等因合亟更正特此申明

唉！新聞界事業之神聖……新聞……更正……

▲小說叢談

上海 瞿紫影

某君之言曰『必有高尚之思想者然後可以讀紅樓西廂』誠哉言乎人生於世思想斷不可不高尚譬之觀裸體畫在思想高尚者惟知注意其天然之美觀與夫藝術之程度而已他非所知也若思想卑陋者則吾不知其作何感想矣讀小說亦然西廂紅樓水滸思想高尚者但知注意其千變萬化之文法鮮麗絕倫之辭藻而已而西廂紅樓之所以能永傳於後世者亦以其文足傳非其事足傳也無如彼思想卑陋者偏取其事而不取其文甚或編之爲戲而於紅氍毹上演之尤屬荒謬之極此種人盡壞名之爲作奴可謂曲盡小人之狀

英國柯南達利所著福爾摩斯探案不下數十種之多其情節之離奇構思之慎密可謂至盡矣然吾竊有不謂然者何則社會愈文明人心愈巧詐吾國社會之至於今日其險詐可謂極矣若再使此離奇變幻莫測之小說俺映於其腦府中街談巷議皆津津樂道不將愈益其刁詐之術耶即如近日美國影戲家亞拔格爾之案余謂亦影戲有以致之影戲之感人尤甚於小說蓋小說不過感覺上之關係而影戲則使人目睹也彼扮演影戲者視格鬥危險之事如家常便飯殺人於談笑之間彼固已習見習聞矣不宜其釀成此命案耶

舊小說中敘詩詞之多者當以花月痕爲最匪特詩詞也其駢散文皆自成蹊徑不落巢臼即燈謎酒令亦莫不各盡其妙於此亦可想見作者之才矣

梁溪復鶴詞人之說部斷腸碑又名海上塵天影纏綿悱惻一往情深直可上追前無古人後無來者之紅樓夢而此中情景不佞亦似曾恍惚遇之寒夜擁衾耿耿不寐孤檠熒熒萬念潮洄覺英雄肝膽兒女心腸歷歷如在目前洵名構也詞人又署瀟湘館侍者其傾心於若人可知矣斷腸碑書中之韓秋鶴懷才不遇滿腔經濟不得一展有如花月痕之韋痴珠殆作者自謂耶余讀其書每至沈痛處輒爲之欷歔於邑不能自已吁小說感人之深如是如是惜其書今已遺失余曾於坊間物色久之覺不可得

《良晨》小説話

張枕緑等　撰

載於《良晨》一九二二年五月十四日至六月十一日的第一號至第五號。《良晨》由張枕緑創辦。張枕緑，見一九二二年《小説小説》提要。何海鳴，見一九一九年《古今小説評林》提要。周瘦鵑，見一九一九年《小説雜談》提要。范煙橋，見一九一六年煙橋《小説話》提要。黄厚生，見一九二一年《論今後小説之趨勢》提要。張舍我，見一九二一年《短篇小説泛論》提要。聽潮生，見一九二二年《小説日報小説話》提要。周浩泉（一九九五—？），字彦卿，江蘇無錫人，南洋大學畢業，曾任教於中國公學、澄衷學校等。一九二二年被選爲上海滬南區商會常務委員，後經營多家工廠與公司，一九三七年曾受聘國民政府中央經濟委員專門委員。然雅好文學，在當時各類雜志上發表過不少詩詞、彈詞、粤曲等。朱天石，宜興人，二十年代在《最小》等刊物發表了大量長短篇小説和劇本。曾獲得《最小》舉辦的偵探小説比賽第一名。周鳳雲，張枕緑妻，也發表過一些小説。張敏笙，一九二一年上海澄衷中學畢業生。程松齡，曾在《良晨》、《紅雜志》、《禮拜六》、《紫羅蘭》等雜志上分别發表不少文章。本文其他作者吴渺僧、林藴華、沈菊如、周庸安等具體情况不詳。張枕緑辦《良晨》，編發了不少小説話文字，這是由於他比較重視當時的小説批評。他認爲，開展正常的小説批評，是『小説讀者應有的事，并不是政客的鼓吹和攻擊，也不是劇場的捧角』。『好的地方應該欣賞贊美，鼓勵小説作者的興會；壞的地方應該指點研究，可以把做看兩方面溝通融洽起來』，因此在當時不太重視小説理論批評的情况下，他專門在《良晨》上開闢這片園地，希望能『建設一個新興的「小説批評界」』。當然，他組織的一批小説話作者是『還守著中國式普通的樣子』，明顯地站在傳統的立場上説話的。其中《小説正宗》一篇將當時的小説以用語的不同分爲四派：白話體派、古文體派、駢文體派、歐化體派。作者認爲古文體、駢文體已日落西衰，而歐化體『堅深奥妙的地方，或者過於古文』，且『實在還屏絶了中國的一切文學』，故四體中只有白話體爲『正宗』。這個分析是從當時小説創作的實際出發的，儘管後來歐化體的一派打著新文學的旗號，長期以『正宗』自居，但從民國時期小説語言發展的實際情况看來，總的面貌是歐化體的語言向白話體靠攏，而不是中國的小説都演變爲歐化的語言，因爲中國人寫的、給中國人看的小説，畢竟離不開中國的根。正因爲他們所持這種觀點，故對當時熱衷於試用歐化的語言譯作小説的《小説月報》提出了諸多批評，雖然有時也語帶成見，辭氣尖露，但大體上是中肯的。至於面對新文學家批評他們所强調小説的『興味』性與『消閒』性問題，他們則正面地闡述小説當有興味，當有消閒的作用，但這與關注小説的社會功用是并行不悖的，清楚地認識到『小説的本質，是對社會宣導的』，『在一方面看去，小説是消閒文字；從另一方面觀察，小説的確是文藝的，決不是消閒的』，假如寫小説與看小説都是『專爲消遣』，那必然成爲『小説界墮落的罪人』，因而『讀者與作者』都『須要把小説的價值認明，不要專在那墮落和消遣的小説上讀作』，作者要『慎重考慮』自己的小説對社會影響的『爲善爲惡』，要『對於社會上的遺傳性，宜有深切的觀察，而加以攻擊或建設的批評』。總之，小説要對人類社會的進步起到積極的作用。在這基礎上，他們認爲小説不要分『這是新文學，那是舊文學』，只要符合三條標準，即『是爲人生的，是大（多）數人的代表的，是有極細膩的描寫的』，就是一部文學作品。反之，則是不好的，或者是不成功的作品。據此，他們對所謂『舊的一些朋友，從徐枕亞、李涵秋到包天笑等，都也提出了程度不同的批評，有的提得也非常尖鋭。這些見解都對我們全面地認識所謂『舊派』小説家是不無意義的。

最近名小説家亂評

周庸安

中國最近名小説家的作品，大概我都時常領教的，據我一時所記得的，陸續混統評一下，開罪之處，不暇顧及，滄海遺珠，尤所不免。喏、喏、喏，當我起始勸筆之時，就在這裏唱一個肥喏，要請包容則個了。

胡寄是近來不大做小説，偶有所作，篇幅極短，總以少許勝人多許。你看他的《可憐相愛不相識》（載《禮拜六》愛情號），布局既別出新裁，寫意又何等感慨啊。小説界中添了一個何海鳴，也是生色不少。就今而言，他寫娼妓方面的小説，實具悲天憫人之概，有托爾斯泰那麼受人感戴的偉力。周瘦鵑創作不如繙譯，譯筆清楚婉遠，可推獨步了。包天笑所作，每篇總有□些用意。徐半梅的勝處，在乎有趣而非滑稽無賴。張枕緑的近作，能示人以進一步的趨向，一二千字的短篇，尤其緊峭深刻。張舍我思想新穎，耐人尋味。江紅蕉摹致流麗，具見天才。程小青的偵探小説，研究很深，可以獨樹一幟。張碧梧作決不錯，大可進取。嚴芙孫雖少含蓄，還算用功。李涵秋的長篇，最合普通人心理。短篇作法，却似長篇中的一片段，完全不合。范煙橋、吴靈園兩人，一則做得太多，一則做得太少，倘用精神，同屬有希望的。許指嚴的小説，全應編入筆記欄，才不致混亂小説的界限。這句話也是爲姚民哀的小説説的。程瞻盧的長短篇都很不錯，兼擅所以難得。許廑夫做得太多了，但尚有供人消遣的價值。周作人可惜歐化了。胡適之爲什麽不創作？葉紹鈞很能寫□，飯辭細精，作品的内容雖過偏於文藻一方面，要在裝着新式圈點的創作小説中尋出第二個及他的來，却難覓了。王蓴農、鐵樵兩人的小説，雖成『過去的時髦』，倒也別有風味，不致惹厭。徐枕亞的筆墨，却無論做什麽都不配，莫談小説了。

求幸福齋小説話

何海鳴

近來滬上出版界中的小説定期雜志出得很多，内中有一兩家是外國派，主張語體歐化，其餘都遵守着中國式普通的樣子。我以爲小説的好壞，絶不在那圈圈點點的形式上，但是那家『語體歐化』的月報，很能介紹些世界文藝消息，我們做小説的人，都□□□□□。不過我們却另外還有一種要求，請他們把那幾篇很好的外國小説更顯明些。

《申報自由談》近來有婆娑生所著的長篇小説《人間地獄》，的是佳作。叙薇琴在一品香不肯回牯嶺路家去一段，寫哀情真哀得沁人心脾。叙一位獃漢開房間等候阿婉，寫滑稽尤涉筆成趣，不期於《留東外史》以外，又得見此種好文字。

瘦鵑説我善於描寫娼妓疾苦，其實我不如故瀨簣大家林步青。他老人家《禁小先生》的百代戲片，有一段道：『我説別人做生意，闢仔耐篤商量啥事體？倪耐説拐子挪別人家好男好寶拐仔去，男小倌，弗必說，女寶寶，硬要賣到堂子裏，倪耐行情出得起，請個先生教教倪。擬得會，阿媛阿媛鑾歡喜；要是教勿會，耳光就要敲上去。格末敲兩記，還是小事體。有個挪仔六月炎天煙籤子燒紅仔，皮肉裏向戳進去。我想阿是弗該應，别人家也是爹娘十月懷胎養出倪，身體上也是肉勒皮，爲啥當倪磚頭瓦板爛汚泥？故所以禁脱小先生，倒是一樁好事體。』真仁者之言也。我做『娼門之子』一篇，就套用了此段幾句。如今我還抄襲家自行檢舉了，哈哈。

小說小話

周浩泉

幼年的人喜看神怪小說；壯年的人喜看言情和偵探小說；老年的人喜看社會小說；還是天性的相近。

看看愜意的小說，勝於飽餐一頓；做着愜意的小說，勝於賭錢而贏。

做小說是最苦惱的職業，却又是最快活的職業。

已享大名的小說家，便少佳作。

太陽的□光有盡時，小說的資料無完日。

成一個小說家難於成一個富家翁。

小說的感化力，大於父母師長的教訓。

喜看小説的人，必不是個思想簡單的。小説中最容易做的，是理想派的小説； 而最難好的，也是理想派的小説。□□□於人們的小説，比捐錢救災還好。

説海一漚録

周鳳雲女士

定期出版物上登載長篇小説，那用意無非是賣關子，拉顧客罷了。不過現在小説讀者，除了極少數有長篇小説迷的外，誰有記性可將零星灌入腦海的小説事實，往後連貫記憶得看。更怎能始終不懈，得讀完篇呢？ 日報中的長篇小説登完還快，周報、旬報、月報之中，隔了好久時期才供給人家全篇中很小的一部分，可把人悶死了。所以大多數讀者對於定期出版物上的長篇小説，竟視爲贅疾，從不過目的。那豈非枉化了稿費，白佔了篇幅麽？ 我聽得那班主筆先生的話説道：『聊備一格而已。』

海外文壇零拾

周瘦鵑

法國名小説家巴比塞（H. Barbuats）的《火綫中》已譯成德文，德國的工人幾乎人手一編。這書是講歐戰中的事，宗旨是非戰。統計法國方面的銷數，已達到三十三萬七千本。出版至今還沒有幾年，看來人心厭戰，未來的世界，或不致再陷入血泊中去麼？

英國譚福氏（D. Defos）的名作《魯賓遜飄流記》已拍成影戲，近在巴黎映演，小學生趨之若騖，這真是教育上極大的助力呢！

英國現代著名戲曲家亨利亞瑟瓊司氏（H. A. Jones）說，他苦苦研究了戲曲十五年，纔敢着手編劇本。像我們率爾操觚，真真慚愧得很。

本年三月二十四號法京巴黎舉行大小説家盎利梅爾伊（H. Miirger）誕生百年紀念慶典，梅爾伊的傑作是《布希米亞的生活》享名最大，如今還譜入管弦，傳遍歐美的歌場。往年我曾譯過他的短篇哀情傑作《黄葉》，悽惋得落下淚來。心想重譯一通，列入我未來的小月刊《紫蘭花片》。

英國名小説家福爾摩斯偵探案作者柯南道爾爵士（Sir C. Doyle）近來同着他的夫人和三個子女赴美國，大講靈魂學，主張有鬼論，美國人很歡迎他。

英國大小説家狄根司氏（C. Diekaus）的好友約翰福斯德氏（John Forffer）也是一個文學家，曾給狄根司作傳，傳遍歐洲。他圖書室中掛着一隻鐘已好多年了，近已送給倫敦圖書館懸掛起來。

美國名小説家傑克倫頓氏。（Jack London）去年亡故了。據他夫人説，他生平賣文最高的價格，是每字值金幣二角五分，每千字值五十二金磅（在戰前合的墨銀五百二十元）。這是英國《柯利愛周刊》請他做一篇記舊金山地震的文學酬他的。唉，把我們中國小説家所得的和他比起來，我們真是乞兒不如了。

小説正宗

（一九二二年《良晨》第一號）

朱天石

以現在論，中國小説可分四派：

（一）白話體的小説派。此派淺顯通俗，自爲小説正宗，不過從前專注於長篇的，現在却因時間經濟和種種關係，以短篇流行了。

（二）古文體的小説派。此派自推林杼爲代表者，效顰者都畫虎類了狗。現在受新文化運動的抨擊，已有銷聲匿跡的現象。

（三）駢文體的小説派。此派全失小説的功用，較古文派更壞，以野狐禪的駢文寫許多肉麻詞句，欺道一般空疎的人，真可謂小説界中的洪水猛獸。此派作者，居然不少在四五年前曾經風行一時，現在可拆穿了紙老虎哩。

（四）歐化體的小説派。此派是最新從西洋販進來的，名曰語體，其實歐化太甚，堅深奥妙的地方，或者過於古文。此派作者，都張着新文化運動的旗幟，不特藐棄了古文派、駢文派的小説，并且藐棄了正宗的白話派小説，實在還屏絶了中國的一切文學，可以置之勿論。

總上四派，實在只有白話派的小説是小説正宗，是小説。古文、駢文兩派，已失了勢，再不見得死灰復燃，可毋慮了。現在所最爲正宗小説之敵，便是歐化體的小説派。平心而論，歐化的小説，純粹是外國文學的格式，便於外國社會的風俗人情，施於中國，總有些格格不入。中國原來的文詞何嘗不好？何嘗不够用？何必棄而他顧？有些舊的地方固是陳腐，不合時代，只要把陳腐的思想洗刷一下，陳腐的格調也整頓一下，另换進了簇嶄新鮮的建設，不是成功了嗎？

小説家月旦

沈菊如女士

何海鳴的短篇，决計不是一兩天工夫做得成的。他的描寫精神方面，可謂至矣盡矣，大有俄國作家的氣味。可笑日來小説家，都算學俄國派的，有那一個及得到何海鳴、葉小鳳的小説很多滋味？可惜他近來做得不多，《弄堂小史》一篇，有趣極了。

鄭正秋演戲也演不像，編戲也編不好，别説做小説了，做幾篇《菴堂相會》、《孟姜女》等，或者還配。

劉豁公、姚氏哀二人，還是去做戲評與花史，可得一部分人的信仰，在小説一面不是天才。畢倚虹越做越好，確是老手。

李涵秋的長篇，一部《廣陵潮》罷了，其餘的幾篇，描寫幾個人物，個個是《廣陵潮》裏攢過來的，但是近來幾篇別人代作的東西，不在此例。

誰願幹這件事的舉手

張枕綠

外國小説譯成中文的，近來很是不少，有幾篇名家小説，也經幾個人譯過的，但是我國小説，我從未見有譯成外國文，介紹到外國去的，這實始因於我國小説産品的劣弱，也繼因於外國治文學的疎忽。我國向來只有長篇小説，無論那思想不合時代潮流，没有介紹的價值，就是作法也混統贅煩，不易整理。近十年來，短篇小説大行，但除長篇的弊病應有盡有外，加着駢文古文兩體，爲長篇所少有，更多一層譯文上的妨礙，外國人對於中國的各種情形素多隔膜，文學尤甚，便有有心人也難着手，即使着手，也無權於外國小説界，反足暴露我國小説程度的幼稚。這三四年中，我國人研究小説的却漸多了，死守老法不變的勢受淘汰，打算改革的有一部份果然趨向合理之途，長篇的進步還未見。短篇呢，我不是誇張得過分，實有幾個人創作得很出色，實質既合深意，描寫又能動人，組織合於小説的制度了，文法也曾經一番整理工夫。這等樣的小説，就在外國小説中，也不可多得，不過還在極少數，外國人注意及此的，自然更没有了。我想我國治文學的人，兼長中外文的很多，何不將這等樣的小説譯成外國文，介紹到外國小説雜志裏去，使他們驚歎中國小説界的新成績，此後不得不打疊精神來留意我國的小説呢？ 如此，中外小説家互相攜手的日子到了，我國的小説不難挨佔世界文壇的一席地，本國人對於小說也要重視許多了。

誰願意幹這件事的請舉手！

小說小話

張舍我

做小說而要限字，我寧可不做。

有時小說的意志很微妙，但一般讀者看了竟不明白，這是作者最苦惱的事。

社會學和哲學，爲小說作者應有的常識。

小說作者能多觀察，多考慮，而少作，再加以一部修辭的功夫，其小說必有可觀。

小說須爲文藝而作，至少須含有美的性質，使讀者得到一種快感，纔不失小說的真意。無的放矢的小說，其價值直等於廢紙。

我的小說罪言

周浩泉

我還記得在十一二歲的時候，常常歡喜拿了小說書胡亂看着，不管那是好是壞，是新是舊，同那初生的小孩子吃東西一樣，也不顧那是好吃的不好吃的，只顧塞在嘴裏。咳，這是何等可憐！然而當時我却無此不倦。這，我讀小説的第一步。到了中學的時候，那看小説的熱度，也隨着年齡漸漸高了。那時候新小説正風行一時，什麼愛情小説哩，偵探小説哩，便□日□看一個不休，差不多和入了迷的一樣，不知道費了我多少寶貴的光陰和有用的精神。咳，這是何等可憐！然而當時我却也樂此不倦，這便是我讀小説的第二步。那第三步幸而有些覺悟了。那時我已由中學升入專科，覺得長此以往，我那真實的學問，可要就求不成了，於是轉過念來，空閒了才去看看，昔日裏與他坐卧不離的小説，現在竟作了我的消遣品了，自以爲看小説的程度已到。這第三步，比較第一第二兩步雖好，可是可算得看小説的正當方法麽，現在我又敢很奮勇的答道：不是。於是我又從第三步上轉入第四步了，才明白小説不是瞎看的，是應該選着看的，也不能專拿着消退的眼光去視的。小説是文學，是人們的文學，是藝術，是美的藝術。換言之，就是人生觀上學問的一種，可以促進社會，扶助人格，引起活潑的精神，灌輸人們的思想。此外，還能避迴種種不良的游戲。所以我讀小説的時候，不以爲破寂寞，簡直以爲一種文學和藝術的研究。然而目下小説的出版品，雖屬不少，察其能有文學和藝術的研究價值的，實是很少。因此我看小説，也没有以前那麽的濫了，可者讀之，不可者就棄之如敝屣了。還有一層，我以爲也是很要緊的。看小説不專在乎『事』和『文』，而最要在乎『意』。因爲『意』是小説的『魂』，而『事』和『文』不過是他的『肉』和『骨』而已。

有人説，看小説原是消遣的，照你講來，豈不太苦麽？我便答道，專爲消遣看小説這句話，就是中國小説界墮落的一大原因，而造成這一大原因的罪惡，就在讀者身上。假使人們都讀了那有價值的小説，那末那些墮落的和專事消遣的小説，也就自然而然的淘汰了。我現在狠悲傷我以前曾作了小説界墮落的罪人，所以我願以後的讀者和作者須要把小説的價值認明，再不要專在那墮落和消遣的小説上讀作呢。

（《良晨》一九二二年第三號）

小説和題目

張敏笙

做小説的有了一篇小説，好似商店裏有了一種出品，他們出品的銷場，完全是靠着廣告的效力而定。小説能否引起讀者的興味和注意，將首尾讀全，委實也是看着那題目的吸力如何。所以題目是小説的廣告，也可以説是引誘讀者的香餌。

往往做小説的費去了許多腦力和光陰，才做成了一篇富於精彩或是結構很好的小説，却因爲頭上放着一個不適當的題目，使得讀者發生厭倦，竟將這篇好好的小説擱着一個字也不看。這不是爲了題目的妨礙，就枉費了作者的一番心意麽？

小説既然和題目有如此密切的關係，所以有了好小説，必須要用好題目，但是有了好題目，自然更加要有好小説了。

小説讀者所應有事

范煙橋

這一年來，小説界放了許多異彩，好似一盆文竹，□着春氣的轉動和春光的煦沫，便東也一芽，西也一尖，發出無數的稚竹來，但是看小説的，一定覺得有些應接不暇，要是兼收并蓄，多多益善的看着，難免等於走馬看花，所以我希望讀小説的好友，看了一篇小説已經完結，把所刺激的感想寫些出來，一方使做小説的得了一種商榷的友助，一方多少使小説得在中國文壇上添些價值。

大凡看了一篇小説以後，總有幾許感觸，只是普通的都從事實上聯想，或者把耳邊曾經聽過、眼下曾經見過的影象比擬起來。這一種感想，并不是文學的目的，只是把他和戲劇一律看待罷了。要是真正目的，須得把全篇結構上精密觀察，把深閉的含蓄的旨趣抉别出來，然後加以批評，那麽做小説的便心悦誠服的領教，以後對於他的作品一定可以免掉許多缺點。

這是小説讀者應有的事，并不是政客的鼓吹和攻擊，也不是劇場的捧角。好的地方，應該欣賞贊美，鼓勵小説作者的興會； 壞的地方，應該□□研究，可以把做看兩方面溝通融洽起來，那豈不是盛事麽？ 但是這回事兒，現在的小説雜志上還是很少，我以爲可以指『良□』的片地，建設一個新興的『小説批評界』。

只是有一句約言，須得聲明着： 凡是批評的話，須得以文學的眼光觀察，以藝術的筆墨發表，要是做奉直戰電那段村婦駡街的論調，那是不如其已了。

評改制後的《小説月報》

黄厚生

小説閥、小説閥這個名詞，我實不願在這廿世紀武人跋扈的當兒聽得了。因爲小説事業，是極其高尚而純潔的生涯，我們如何能拿那極不堪的『軍閥』之『閥』字來形容我們小説界内的情形呢？但是揆諸事實，小説界内却果有這種情形。《小説月刊》的發行，我雖屬不敢説他們有什麽閥不閥，但是我看他每期後面所預告的作品，時常先有著作者的姓名，而題目未定。唉，《小説月報》向來不是持公開的態度嗎？爲什麽先有著作者的姓名，而没有題目的呢？《小説月報》既先有『人的問題』發生，那末他們的作品自然也是『有所爲』而作，所以我看今年《月報》上面的創作，較之上年相差多多。這相差的原因，没有别的，就是太不公開的緣故。對於作品，太不加審慎。須知道一個人的作品，未必篇篇都是好的，就是名畫家畫起畫來，還有幾筆敗筆呢。《小説月報》呀，我希望你脱去一方面的覊絆，真實公開，容納國内的文學家的作品，才有滋長發榮的希望呢。

什麽叫做新文學呀？什麽叫做舊小説呀？我心裏却一視同仁，没有什麽你疆我界。我以爲一篇作品，衹要問他是爲人生的，是大數人的代表的，是有極細膩的描寫的，如果這作品内是備有這幾種要件的，我們儘管把他叫做文學作品了，又何必分而别之曰這是新文學，那是舊小説呢？我看

《小説月報》，不是掛着新文學招牌的嗎？ 然一審他的内容，差不多是大半翻譯外國的作品，而創作的東西每期登不過三分之一。 那些題目，如『網網勞蛛』、『换巢鸞鳳』、『空山靈雨』等肉麻的老名詞，也居然在掛新文學招牌的雜志上面發見了。 而我最不可解的有一樁事體，説破了煞是好笑，就是我有一次做了一篇小説投到他家，竟然被他家登出來了，但是那篇小説很長，他就在前一期登了一半，下面又未曾注『未完』和『持續』的字樣，所以當那篇東西發表之後，就有許多朋友寫信來問我，説道：『你那篇東西似乎還没有完呢，難道新文學作品就這樣嗎？』我當時無話回答，衹好向該社致問，原來是編輯先生和手民的大意，竟忘却這『未完』二字了。 唉，俗語説的好，人無兩樣心，狗也不吃矢。 假使我這篇小説是某會員做的，恐怕無論如何總要重重的看待了。 嗳，我心裏時常打算，以爲一個人要想做一個文學家，第一是要把私偏之心、個我之見消除净盡才好。 所以我很希望無論那一個團體，那一個結社的態度，都應如此。

《小説月報》爲什麽要開『讀者文壇』呢？ 表面上雖是歡迎讀者的盛意，實質上每三期不過在卷尾上添了寥寥的幾頁，彷彿是應酬門面起見。 咦，我們治文學的人，豈不是要養成國人對於文學之興趣的嗎？ 而讀者的啓發，惟有辦一種讀物，教讀者得着諸多的趣味和多數的反應。 可是這《小説月報》對於讀者轉劃爲特别區域，彷彿是什麽『唐人街』，表示讀者都是卑下層的作品，像這種態度，豈不較嫌偏窄嗎？

我末尾更要聲明一下，就是我們讀該《月報》論文中，有一篇是説翻譯文學書的，必定有創作的天才，但是我看該報中翻譯書的人并不多，何不出其天才供獻給我們後生小子呢？

零評幾個上海小說家

林蘊華女士

李涵秋的小說如狂波怒流，讀了總不覺寂寞，形容下流社會，維妙維肖，真有窮形盡相之概。其不善短篇，正如本刊庸安所言，作品中自屬《廣陵潮》最好，近來所作雖多，比較的似稍差了。

海上說夢人善寫閨閣瑣事，筆致淋漓，形容細膩，自非他人所及。

周瘦鵑可算今日最時髦的小說家了，作得也多，幾乎没一雜志没有他的作品。從前曾在某誌上讀他的《亡國奴日記》、《貧富之界》、《冰刃》、《無國之人》等篇，覺字裏行間，都含不平之血，真是有功人類之作。我說瘦鵑與其作使人看了徒增棖觸的哀情小說，還不如作此類小說的好。

徐半梅的作品，雖是別出心裁，另有一格，近來所作滑稽短篇，更有含蓄了。

新劇家鄭正秋近來也做小說起來，可是俗極不堪，如『小娘子威風不小』、『大娘子面子不大』、『小巴戲爲什麽怪會貪小便宜』等節目，以及其他下流口吻，正同他演戲一般的描摹，似於小說不甚相宜。

小説的滋味

朱天石

我從前署一個別號，叫做味癖子，足見我是個貪口味的人，所以對於小説，也喜歡辨一個甜酸苦辣。

豔情小説，當然是最甜的滋味了。滑稽小説，有時酸，有時辣，有時也很甜。社會小説辣的居多。哀情小説是苦的了，有時又能極酸。如今小説題目上的什麽什麽小説，却取消了，倒也爽快，那麽讀到終篇，方辨出個甜酸苦辣，愈嚼愈有滋味，何等巧妙。否則，譬如讀哀情小説，便先存個不愉快的心理去看，未免減少興會。

近今的小説家，天笑是有些甜味的，瘦鵑是苦中名將，不必説了。涵秋辣得利害，海鳴却近於酸，其他也不必一一列舉了。

小説小話

張舍我

滋味還有濃淡之别，味濃的如奇山突危，味淡的如流水潺潺，各極其妙，正可不必軒輊。

做小説没有好意思，不如不做。

若做小説專以敷衍了事，决不能做出好小説來。

作者自己不覺得有濃厚感想的小説，萬不能使讀者感生深刻的印像。

短篇小説的意志最宜單純，越單純則趣味越濃。

做應時小説，對於社會上的遺傳性，宜有深切之觀察，而加以攻擊或建設的批評，方有價值。若專從應時兩字着想，則人云亦云，其味勢必同於嚼蠟。

小説的目的須深藏，不可淺露，只須給讀者以一綫的引導，使其自尋，則目的必更明白而越有興味。

説海一漚録

周鳳雲女士

做小説總是這一班人，新進的未必無人，究屬少數，所以現在各種小説雜志中的材料，總是這一班人的著作，不過編輯得體，材料豐富的雜志就佔勝着，銷路擴充了。好比唱戲，名角總是這幾個人，换了合宜的舞臺，唱出拿手雙齣好戲，就賣座了。

（《良晨》一九二二年第二號）

《星期》婚姻號偶評

張枕綠

新出版的小説雜志多極了，我實在没有工夫一一細讀，自是憾事。昨天晚上，躺在牀上看《星期》婚姻號（牀上看書是我的習慣），只看得小半本，覺得乏了，把其餘的翻過一遍，就完事了。那時我略有些感想，如今寫出來。

天笑的《愛情之彈力》，寫夫婦間的衝突，不過是一種愛情的變態，實近至情，實有至理。天笑所作的第三代名詞，不分男女性，都有『他』的，只該篇近末第三節，全節用『伊』字作女性的第三代名詞（不，有一個用錯了，仍舊是『他』），并且幾乎每句中有『伊』字了，寫來固是着力，可惜犯了全篇文法不統一的毛病。我望他以後索性常用『伊』字，不要弄錯，使讀者醒目。該篇叙事也有一種小毛病，那丈夫本預備和他妻子同去遊玩，忽然頭疼，所以罷議，受了妻子過分的搶白，才賭氣走入醫院去，足見得那頭疼病是極輕微的，但那末節却説：『愛神戰退了病魔，高子玉中心愉快，病也漸漸兒好了，過了幾天，便出了醫院，回到家中，經夫人的看護，已占勿藥。……』那丈夫的怒氣已清，那些些頭疼病，爲什麽要『過了幾天』？要『回到家中，經夫人的看護』才扭扭揑揑的痊癒呢？倚虹的《傀儡婚姻》寫一個傀儡式的婚姻，劈頭一句『邱青如女士道』，接連一口氣説了紀下來尚有五六千的話，這是倚虹紀那女子説話的情形（雖非寫在，讀者總作如是想），似不合理。倘將第一句抹去，作算全篇的話，是一個女子自己紀録下來的，才對了。自述體就有這等樣的難處，不可不慎。瘦鵑譯的《維繫》，我没有見過原文，原文中的第三代名詞，當然有男女性之分的，他譯文也統用『他』字，有幾處總不免有些模糊，要使讀者意會的（這原是各有主張）。除此以外，通篇顯達能書譯事，至於原來的設意和布局，自是名作了。半梅的《抱牌位做親的離婚廣告》，自有他特長之趣。紅魚的《郎曼婚姻》，蓄有預言。篇末所謂郎曼先生做的『郎曼婚姻論文』的一頁，那一節直把他『預言之鐘』敲得震天價響了。我以爲有了這一節，該篇開端從郎曼先生口中說出郎曼婚姻主義的來由一節，等於贅疣了。不如删去，更顯得全篇精神團結。

據我所看過的幾篇講來，實都是上選之材。天笑個人做了三篇小説，還有許多補白，也才算大賣其力了。我以上批評的話，不敢吹毛求疵，但本《春秋》責備賢者之意，希望他日《星期》的成績，還有勝過此號的罷了。

我順便說起《星期》的編制來，有幾篇的題目是横排在上面的，也有統直排列的，而文字有統直的，也有一頁分兩塊或三塊的，變化太多，適足亂目（一頁分三塊的，使人看了，更亂目力）。題目旁邊的圖書與篇中情節無關，反足引人疑竇。又《星期》文字，是以白話爲主體的，那《編輯室餘墨》何不以身作則，也出以白話。這一得之見，還請天笑準酌改良爲是。

小說小話

張舍我

我曾說，一般讀者不能明白小說微妙的意志時，是作者一件苦惱的事。但我現時轉想，若有少數人能明白了解，已足抵大多數人的不明白，作者已可藉此自慰。又想即使現在的讀者不明白，也不足爲怪，因爲自來者有後會看出其中的真意，而加以適當的批評和讚美的。如此，不更可大膽我行我素麽（以己之矛，刺己之盾，這是何等光明誠實的態度啊。枕緑注）。

小說的本質，是對社會宣導的，但是出版商人決不肯如此說的，因爲讀者要買小說的原意，祇在乎消閑，并不是來受教訓。不過於消閑中，却感受了小說本旨所欲生的印像，那麽作者的苦心和壓力，便不妄費了。所以可以說，在一方面看去，小說是消閑文字；從另一方面觀察，小說的確是文藝的，決不是消閑的。

我的偵探小說熱

程松齡

我歡喜看小說，還不多幾年哩。起初看《中華小說界》有幾篇創作，狠有精神，中推周瘦鵑先生的翻譯，最有滋味。但是我那時間，還不大懂得小說的原素。有時我看見『密斯脱』、『密昔司』、『勃來脱』、『康納生』等外國名字，真覺厭煩。後來讀他譯的《福爾摩斯偵探案》，就引起我的看小説精神不少。

從此以後，我頂相信看偵探小説了，可是别種小説，也時常手執一卷，孜孜不倦，比學校觀讀書題要認真。曾記得《中華小説界》裏有一篇某君的《福爾摩斯大失敗》，真逸趣横生。最好在讀了情節繁雜的偵探小説之後，一讀這種小説，能使胸襟頓時一暢，很合衛生。

小説周刊《禮拜六》去年復活後，登着兩篇長篇小説，是程小青先生的《斷指黨》和《長春妓》。我們眼光和腦筋裏，都藏着一個理想中之東方福爾摩斯霍桑和東方革生包朗，這實是我國小説界的好消息。至於程小青的偵探小説，頗具偵探智識，决非胡亂造成的，讀他《快活》第三期裏一篇《貓兒眼》，情節離奇，奥妙無窮，字句又淺顯，大可算他的傑作了。像江南燕改扮霍桑，包朗受騙，計策固妙，霍桑將貓兒眼藏在墨水盂裏，計更高妙了，賊人再聰敏些，在這急忙的當兒，也一定不會找到水盂裏去的。這是心理作用。像這種新小説，近代作者中狠難得的呢。

（《良晨》一九二二年第四號）

□□的勢力

聽潮生

□□□□□的出版物可謂極一時之盛了。於是引起社會一般人的兩種論調：一種是□□小說是能開通民智，啓迪文明，他日臻社會於無憾，非此不行。一種却是說：『小說大都是浮詞邪說，足以傷風敗俗，那害處好比洪水猛獸，有心人憂之惟恐不及咧。』這兩種說數，孰是孰非，暫且不論。總之，小說的勢力，足以左右社會，潛移風化，已很明白了。歡喜讀《紅樓夢》的，必以寶玉自居；喜歡讀《三國志》的，必定竭力爲劉備捧場。這就是小說具有薰陶和感化兩種勢力的明證。有人說，讀一國的小說，可以觀察其社會的文明。如此說來，我國治小說的人，當在秉筆撰稿時，也曾想到一篇出世後，果具有何等的勢力麽？那種勢力爲善爲惡，可不慎重考慮的麽？

小說小話

吴渺僧

明清小說，都以情節的離奇變幻爲長。現在的小說，都以寫事真確有意爲長。白話文流行之遠，功在短篇小說，而不在長篇。

小說雜志售價昂貴和一班作家用深奥字句，都是小說讀者的不幸。

經驗多的人，倘做起社會小說來，一定神氣活現，惜他們不能動筆，所以只有三四個文人做做。

海外文壇零拾

周瘦鵑

十年前轟動法國文壇的巴黎縫衣婦瑪棄利島度夫人(M□□□. M. Audons)，在當時曾做了兩種小說：一種叫做《瑪麗克蘭兒》，一種叫做《瑪麗克蘭兒的工場》，都是自述他的身世，費了十多年的心血，再三改削，方始成功。文字上儘有不通之處，然而自有一種動人的力量。法蘭西人稱他做『文壇上一時代的牝獅』，真推重極了。譯成英文本後，一禮拜中就銷去了五千本。如今歐美全土的文學家，幾乎都知道了他的名字。聽説夫人近來又新著一種書，不久便須在巴黎出版了。

俄羅斯大小説家高爾甘氏(M. Gorky)近來選了世界最好的文學書列一張表，預備一心譯成俄文，輸入俄國。選入的有比利時一種，葡萄牙二種，美國三種，西班牙六種，□□七種，丹麥八種，瑞典九種，英國十四種，意大利十八種，德國二十二種，法國二十三種，但我們中國没選入，大概是爲了一部好文學書都没有麽？唉！

英國名小説家烏本希姆氏(P. Oppenheim)，他是因奇情小説著名的，近來也到美國遊歷去了。有人問他爲甚麽不演講，他説：『因我没有甚麽話可説。』這就足見西方作家的謙下了。

美國現在銷場最廣的小説，有一部叫做《倘冬天來》(*If Winter Comes*)，不知道是誰的手筆。

英國大小説家狄根司氏(C. Dickens)曾做過一卷《耶穌基督傳》，是專給他兒女讀的，臨終曾再三叮囑，不許刊印行世，不知道是甚麽意思。

美國著作家俱樂部部員二百六十人，投票公决一千九百二十一年間刊行的文學書中，那一種於美國文學上最有價值。投票的結果，是哀德温羅蘋生氏（Edwin A. Rohinson）的詩集得最多數。

記者

海上雜志界新消息

商務印書館現在組織一種周刊，名稱尚未定，圈點從舊，文言白話雜用，精神却力求維新，曾似本報，主體是短篇小説，長篇一概不登，聞編輯者爲南洋公學畢業生某君。林琴南也有稿件。

取一個字作爲雜志的名稱的，東方書局有月刊叫做《笑》，世界書局有周刊叫做《紅》。《笑》雜志已經付印，内有一稿，把現在中國幾個名小説家比喻婊子、淌白、鹹水妹、私門頭等，窮凶極惡，淋漓盡致。《紅雜志》的内容，都是極簡短的作品。還有一種叫做《小》雜志，由廑父、芙孫諸人創辦，歸清華書局發行，現也正在籌備中。

周瘦鵑近致全力於《紫蘭花片》，已經預備好了二期的稿件。他除爲幾處有編輯關係的雜志，及爲有友誼關係的本報，隨時撰稿外，别處就要得到他幾十個字也很煩難。

本報不日將刊袁寒雲的短篇小説。

（《良晨》一九二二年第五期）

挖完。又替他們衣衫換掉。放出監。儼正像化子模樣。大約這回這個人。也是如此。聽啊這裏有鄉紳。呵護。總算大便宜呢。」

唐大哥回來。一路看見他呂二人。招呼一聲。各人也就散去。

原來燕呂二人。和唐大哥本來十分交好。見有烟鬼吃烟。就去報信。也時常有二三百文賺手。唐大哥有時節遊。就借重他們二人。所以他們終不曾弄了做賊到官。就是這幾一番傑作。也不過遮遮耳目罷了。

批評　一星期婚姻號偶評……張枕綠

新出版的小說雜誌多極了。我實在沒有工夫一一細讀。自是憾事。昨天晚上。躺在牀上看星期婚姻號。（牀上看書是我的習慣）只看得小半。不覺得乏了。把其餘的翻過一遍。就完事了。那時我略有些感想。如今寫出來。

天吟的「愛情之彈力」。寫夫婦間的衝突。不過是一種愛情的變態。實近至情。惟有還碧天所作的第三代名詞。不分男女性。都用「他」的。只該篇近末第二節全體用「

小説拉雜談

寄塵　撰

載於《游戲世界》一九二二年六、七、八月第十三、十四、十五期。作者寄塵，見一九一九年胡季人《小説管見》介紹。本文對長、短篇小説的分類，特别是對短篇小説的特點談了自己的看法，對當時的一些短篇小説家如陳冷等也作了評價。他認爲中國古代文集裏的傳記多半可作小説看，如陶淵明的《桃花源記》、柳宗元的《捕蛇者説》、韓昌黎的《圬者王承福傳》、蘇東坡的《方山子傳》，都可視爲小説，所以清初張潮編《虞初新志》將這類文字作爲小説編入，獨具卓見。而以前的教書先生們禁止學生讀小説，實際上他們所教的古文强半是小説。

近來出版的小説雜志實在多了，但多是小説的作品，没有什麽小説的評論。只有《良晨周刊》裏有了幾篇，然可惜太少。我現在要嘗試嘗試做這種小説拉雜談。我是不顧忌一切并不徇情，而完全自由説我的話。至於説的是不是當然，另一問題了。

長篇小説有長篇小説的作法，短篇小説有短篇小説的作法。善於做長篇的未必善做短篇，善於做短篇的未必善做長篇。譬如李涵秋的長篇，無論取材如何，作法可算是不差了。然他不善做短篇，這仿佛是大家公認的，不是我一人如此説。善於做短篇的，從前推《時報》裏的冷血。不過，目前他亦不做小説了。他的短篇雖然好，長篇却非所擅場。我做短篇小説當然是不能好，然却自信能獨出心裁，不落常套。《神州日報》大雄君嘗説我做短篇小説在上海要算第一。這句話，我絶不敢受。

短篇小説大約分爲兩種。一種是長篇的縮本，一種是長篇的節本。何謂長篇的縮本呢？便是將長篇裏的事實從頭至尾一一叙明，不過用縮小的方法减省描寫的字句，略記大概便是了。何謂長篇的節本呢？便是揀長篇中頂有精彩的一段節録出來，首尾都可不要。譬如拍照，縮本便是全身，節本乃是半身。然只要有了半身，那人的相貌如何已可概見了，胸以下半個身體很可以不要。不過在普通社會裏，人家多歡喜看縮本，不喜歡看節本，好像是小孩子們見了半身的照片，他反要大驚小怪，説是一個不完全的人。

小説固然忌平鋪直叙，然直叙真能經過絢爛的功夫復歸到平淡的境地，反要算是第一流的作品了。不過很難得博一般人的歡迎罷！前幾年的小説有什麽駢文體，現在又有什麽歐化體。兩體制剛立在反對的地位，但是價值相等。

有人向我説道，新文學裏的小説好比前幾年的新劇，鬧了幾年便自然而然的消滅了，這不是新劇本身不好，只是做新劇的人將做新劇看得太容易了，任便會説幾句話的人，都可以做成一個新劇家。其實新劇家的技藝那裏有這樣容易呢！現在的新文學多半也是這樣，任便寫幾個字的人，都可以稱爲新文學家。其實新文學家又何曾有這樣容易呢？我常時聽了這一席話，覺得還有些對，後來仔細一想，這番話實在不對，因爲新劇不是日用必須的一件事，白話文却是普通人日用必須的一件事，所以新劇做得不好便當然不能支持下去，白話文雖然做得不好，只要能够表明自己的意思，在實用一方面已有存在的價值。譬如口吃的人，半啞的人，説的話雖不好，却勝於全啞的人連一句話也不能説，因爲他能説半句話到底還有半句話的用處，所以這半句話决不會消滅，不像新劇，倘然半瓶醋便决定没有用處，這是一個不相同的地方。再者，新劇在當時盛行，在今日仍是盛行，并不曾消滅，不過略有變化罷了。你不見《閻瑞生》、《諸葛亮招親》等等不是從新劇裏變化出來的麽？倘然在前没有新劇大家做戲的朋友，還是守著老規矩不敢輕言創造，自從有了新劇把老藩籬一齊撤了，而真正的新劇却又做不出來，在起初做新劇的人，何嘗不是抱著很高的思想。奈一方面社會程度太低，不能領會；一方面真好的人材有限，胡調的人多，因此愈演愈下，便發生出《諸葛亮招親》來。我所怕的新文學裏的小説也是如此。

新出的《社會學雜志》第一號裏，有一篇用白話文做的《社會現狀一斑》，這篇文可算是一篇絶好的社會小説，不過在作者自己不曾名爲小説罷了。

有人别號叫殘柳，他問我道：『以前做小説的，還有一種風氣，喜歡沿襲老名字，如《紅樓夢》之後有《青樓夢》，爲甚麽《西厢記》之後没有《東厢》呢？』我笑著答道：『我先問你爲甚麽《老殘游記》之後没有《小殘游記》呢？』他雖明知我拿他的名字爲戲，却也無可奈何。

有一天我去訪一個雜志編輯人，那編輯先生向我道：『我近來連接著三篇投稿，題目都是叫《一個可憐的黄包車夫》，這真算是單調極了。』我道：『這是一個很流行的新名詞，不算單調，只算是英雄所見大抵相同罷。』那編輯先生一笑而罷，當時我便回來了，將這件事寫出來當個笑話，題目也叫做《一個可憐的黄包車夫》。第二天，那編輯先生來看我，他見了這篇笑話，他向我道：『以前有三篇《可憐的黄包車夫》，如今有四篇《可憐的黄包車夫》了。』我道：『倘然再有人評論我這段笑話，那麽便有五篇了。』

舊文集裏的傳記多半可作小説看，如陶淵明的《桃花源記》，當然是一篇寓言小説了；便如柳宗元的《捕蛇者説》，又何嘗不是寓言小説呢？他如韓昌黎的《圬者王承福傳》，蘇東坡的《方山子傳》，他的材料都是野史，他的做法都重在藝術，又何嘗不是小説呢？不過前人都將他們劃入文集裏去了，不名爲小説，只有清初張山來編《虞初新志》，獨拿小説的地位處置這一類的文字，可算是卓見了。以前的教書先生們，禁學生讀小説，又誰知他們所教的古文强半是小説呢？可笑極了。

我對於學生看小説的意見，以爲不看不如多看。因爲多看以後自然能將各種不同的感念相互調和融化起來，不但不著魔，而且能增長閱歷。倘然只看一兩種便很危險，譬如專看言情小説，便要養成兒女情長，英雄氣短的觀念；倘然同時看冒險小説以相補救，可免去此病。其他各種無不如此，故謂與其不看，不如多看。一般的教書先生不知以爲如何？

《游戲雜志》第十三期所登的小説拉雜談中有大雄對我説的一句話。因此，便有人反對我。我説這句話没有反對的必要。因爲大雄不是平心之論。不過當我的面如此説説罷了。分明是騙我的話。大雄對我拿這句話騙我，對人當然也拿這句話騙人。但是人家不受他的騙，只有我肯受他的騙。分明我是個書獃子，却不料我做了書獃子，還有書獃子來反對我。獃碰著獃，豈不要使大雄好笑麽。我偶然和朋友談起出風頭三個字。我説這三個字須分開來説。『風頭』是個名詞，『出』是個動詞。或則有風頭而不出，或則無風頭而硬出。無之而出固不可，有之不出亦何苦。出不出關於有不有，吾何所容心哉。呵呵！

筆記變爲演義是小説的進步（其詳另見拙著《中國小説溯源》），長篇變爲短篇也是小説的進步。此兩説若相衝突，而孰知大大不然。蓋近人誤筆記式的爲短篇，而不知短篇之所以爲短篇也。

在眼前小説潮流極盛的時候，有兩個名小説家忽然擱了筆，不做小説了。一個是葉小鳳，一個是姚鵷雛。

我從民國元年到現在，共做過幾百篇短篇小説。雖然不好，但是都蒙他人不棄，採用過了。其中只有兩篇還放在家中自己看，一直没有發表過。一篇題目叫做《老嫗説怪》，是民國六年做的，所取的材料是鄉下老太婆講給小孩子聽的神話。我在當時以爲很特别，送到《小説月報》裏去，竟退了回來。在那個時候，他們不收這種小説，原是當然的事，只怪我太不識時罷了。倘然在今日看起來，可算是絶妙的民間文學。不過，我還没有拿出來給人家看。等到有了機會再拿出來罷，所以這篇還有發表的希望。再有一篇題目叫做《一個奇怪的清道夫》，因爲説人家的壞話説得太多了，所以不便發表，現在還存在家中，預備永遠存在家中了。

小說拉雜談

《紅樓夢》新評

汝衡　撰

連載於上海《時報》一九二二年六、七月。作者汝衡，即陳汝衡（一九〇〇—一九八九），原名陳鈞，江蘇揚州人。一九二四年畢業於東南大學英文系。曾任中央大學助教、暨南大學講師。建國後，任上海戲劇學院教授。長期從事曲藝史和説部研究。曾有《説書小史》、《宋代説書史》、《吴敬梓》等著作，曾校訂《説唐》、《萬花樓》等小説。本文談《紅樓夢》，『自信實已窺全書之大體』，『其爲前人所已道者，則皆略而不及，固不欲落人之窠臼耳』。他認爲《紅樓夢》的妙處在於作者真正『明瞭文學原理』，不去有意的『懲惡賞善』。而『寶玉之特色』，不僅在『不虚僞』，而且在於能『解脱』世事。所以就全書主角而言，『斷定寶玉爲主，黛玉爲賓也。夫寶玉於功名富貴，早經解脱，其不能驟然解脱者，則爲兒女之情。有黛玉則寶玉之情有所寄，黛玉死而寶玉信空矣。黛玉不死，則寶玉不能解脱，是黛玉者不啻爲解脱寶玉而設。物必先有之而後能解脱，黛玉陪襯寶玉，是處於賓之地位也』。此論雖與王國維的『解脱』説有點接近，但并不相同，且能具體移之於小説的人物安排與情節結構。另外，他對《紅樓夢》的若干具體的描寫的得失也作了一些點評，如認爲小説寫寶、黛幼時如成人，這是『不明孩童心理之故』；以淫辭穢語濫入小説，是『并非欲描寫人生，實不過迎合社會心理耳』。他認爲『《紅樓夢》寫情之妙，即在故意流連，忽進忽退，令人難窺底蘊』。最後他批評了當時流行的如認爲『《水滸》代表革命思想，《紅樓》代表種族思想』等等。他指出，『使《紅樓》僅僅代表種族思想，則此書不過代表一時代而已』，而『文學上之價值，雖放諸四海，通諸六合而不變者也』。假如用一種狹隘的觀點來評價小説，貌似提高了小説的地位，實質上是『大貶本書之價值耳』。

近人評《紅樓》者衆矣，兹不辭淺陋，亦有所陳。雖所作不逾兩千字，然自信實已窺全書之大體。其爲前人所已道者，則皆略而不及，固不欲落人之窠臼耳。海内文士，尚祈有以匡正。附識。

余之喜讀《紅樓夢》者有二故：其一，作者明瞭文學原理也。中國舊説部有共同之特點焉，即書中好言悲歡離合，往往矯揉太甚，與人世實況不符。如叙一賢人，則其先必受若干之挫折，顛沛流離，性命不保呼吸，然卒以否極泰來，小人受創，而後悲者歡、離者合矣；其叙一惡人，則作者往往不惜筆墨，力寫其得志之況，富貴顯達，志得意滿，有不可一世之概。迨君子先抑而後伸，而後惡者亦由高至卑，遽加打擊。此等處幾爲舊小説家不可破之慣例，不知真正文學上之褒貶（Poetic Justice），不在作者懲惡賞善。縱使書中人結果竟得其反，然讀者對於賢人則已發生同情心，揄揚哀悼，不期然而自生。對於惡人則惟有痛加詆毁，恨之徹骨而已。苟小説家能使讀者發生此種情感，則其褒貶人物之道，即可謂爲得體，固不必浪費筆墨，囿於成例，爲無謂之詞耳。《紅樓夢》之爲千古奇書，即以作者能别開蹊徑，打破此種積習。其叙黛玉之死，寶玉寶釵結婚，作者一路寫來實爲書中不可少之結局。黛玉雖香消玉殞，然古今讀者不知灑却若干熱淚，較之寶釵，僅一時以狡黠遂其欲，終至受人唾駡者，相去奚啻天壤耶？若在笨伯，則必刻意寫黛玉情場上之轉敗爲勝，寶釵初得志而後受懲，一起落尋常窠臼矣。試思如此做去，則黛玉之身價何在？其人其事，尚能若是之動人心臆否？作者欲褒實貶，徒費苦心，空無所償耳。

其次則書中寫寶玉具獨到之見也。余嘗思寶玉者實千古之藝術家。寶玉出身貴族，苟欲希圖利禄，誠如掌間取物，不難立至，然寶玉獨不兢兢以此爲念。終日混迹於姊妹行中，一若緑窗兒女之樂，較之名韁利鎖之中，其趣味有不可言喻者。是則富貴浮雲，寶玉早已窺破。彼寶釵、賈政之流，特世間人耳，何足望寶玉之項背哉？ 寶玉之特色，即在不虚僞，富貴利達，固無論矣。即垂名青史，不過好名心之表示，亦爲虚僞。在寶玉視之，皆一錢不值。然此猶未足以窺寶玉也。

夫美術家不問世事，其故有二：其一，即恐自溺於世事也。人海升沉，一失足爲千古恨。與其沉淪世中，孰若逍遥世外？ 其二，即世間不可救藥也。風俗墮落，人心險詐，殆有日甚一日之勢。此時雖欲救無門，猶不若置之不問之爲愈。故秉此二故，藝術家恒不願與聞世事。然而猶不能忘情於兒女者，此其所以爲藝術家也。古今中外，文人詞客，其人格之高，骨格之奇，往往不落凡庸。然稽其平生事蹟，則於兒女之間，多有流連顧念。足以爲名之累者，寶玉即爲其中之一人，過此即仙佛矣。書中叙寶玉結婚後，遁迹空門，一去不返，寶釵則空房獨宿，飲恨終身，是則藝術家失敗，庸人亦失敗。藝術家猶能解脱，庸人則一迷不悟矣。

就上之所論，則《紅樓夢》中主要人物不難立定，自來論者不曰寶玉即曰黛玉，聚訟紛紜，莫衷一是。吾則斷定寶玉爲主，黛玉爲賓也。夫寶玉於功名富貴，早經解脱，其不能驟然解脱者，則爲兒女之情。有黛玉則寶玉之情有所寄，黛玉死而寶玉信空矣。黛玉不死，則寶玉不能解脱，是黛玉者不啻爲解脱寶玉而設。物必先有之而後能解脱，黛玉陪襯寶玉，是處於賓之地位也。

西洋論愛情結構者，有三角法（Eternal Triangle）之説。意謂此種結構，必由三人而成。三人者必爲兩男一女，或爲兩女一男，此三人中又必有一人挑撥其事，使全書結構逐漸發展。證之《紅樓》中寶、黛、寶釵三人之事，頗暗合此種學理。《紅樓夢》爲最佳之寫實派小説，其體大思精，雖西洋小說亦罕有其匹。此吾中土文獻，有足令人歎觀止者。今人粗解外國文，便高談異邦文學，視本國名著往往鄙棄不屑道。其數典忘祖，可歎亦可哀也。

寶、黛等幼時之舉止，一如成人。其發達似嫌過速，此不明孩童心理之故。

中國舊小說家，往往喜以淫辭穢語濫入小說。推其用心，并非欲描寫人生，實不過迎合社會心理耳。《紅樓夢》中如鬧學等節，未免爲全書瑕疵。

《紅樓夢》寫情之妙，即在故意流連，忽進忽退，令人難窺底蘊。如叙黛玉，則有時覺寶玉誠心愛己，婚事可以立成；有時則覺寶玉移情寶釵，因之咨嗟絶望。此外黛玉忽而進食，忽而廢食，皆所謂將軍欲以弓射人馬，彎弓故不射也，如射之則無文章矣。

《紅樓夢》純係描寫貴族人生。人謂貴族人生虛僞，不知其趣味即在虛僞。大抵小説家之所欲得者，在取人生前趣味之事，點綴以入小說。貴族人生往往繁文縟節，人見其虛僞，小說家見其趣味濃郁也。而况小說之可寶者，本在筆墨瑣碎，揣摩至無微不至，如是方得寫實之微旨耳。

今人治學，往往務尚考據。其引證事實，穿鑿附會，頗堪發噱。人有謂《水滸》代表革命思想，《紅樓》代表種族思想者。此種造意，頗見今人學究氣太重。使《紅樓》僅僅代表種族思想，則此書不過代表一時代而已。種族思想，一時代之問題也。文學上之價值，雖放諸四海，通諸六合而不變者也。縱考據家論斷精確，亦足大貶本書之價值耳。

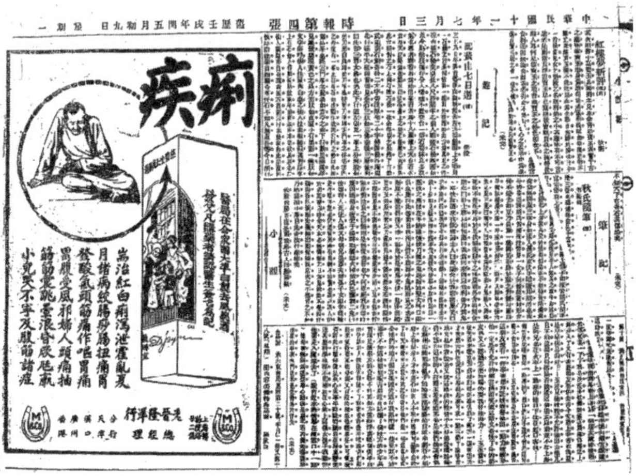

中華民國十一年七月三日
時報第四張
舊歷壬戌年閏五月初九日
星期一
痢疾
筆記
遊記
小說
總經理

THE EASTERN TIMES
時報
中華民國十一年
七月三日
星期一
聯業銀行敬謝來賓
美豐銀公司廣告
財政部七年短期公債第九次付息通告
財政部通告
舊國會議員石銘鑒
上海市自治講習所
招考學員
第一工業學校招生
暑期學校招生
澄衷學校招生
上海愛國女學校招生
函授學社英文科
第五屆獎案揭曉

稗官别傳

寄塵 撰

此文載於一九二二年《新聲雜志》第七期。《新聲雜志》於一九二一年元旦創刊，由施濟群主辦。内容龐雜，帶有消閒性質，後蜕變爲《紅雜志》、《紅玫瑰》，一時頗有影響。本文作者寄塵，即胡懷琛，見一九一九年胡季人《小説管見》介紹。本文用擬人的手法，將當時的小説界的新舊兩派寫成甲乙兩人，通過兩人的對話，説明了新舊兩派各有短長：新派的特點是『生性好奇，喜歡創造』，另一派則『生性好舊』，然也不死，因『死了可以復活』。最後通過第三者來下結論，當是『二人各走各路，并行不背』。作者對所謂『舊派』小説，實即是中國小説的傳統説成是『死了可以復活』，并不十分確切，因本没有真正『死』過。不過，文章總的精神是强調中國的小說傳統即使在新思潮的强烈衝擊下，仍然生命長在，這是十分可貴的。

話說稗官乃是中國最古的小說家，人人都知道的，不必細說。單說稗官之中，有位某甲，生性好奇，喜歡創造。同時又有一位稗官，叫做某乙，生性好舊，他又得了一種秘傳的仙術，死了可以復活。

一天，某乙在上海大馬路上，遇見某甲，只見某甲著了一身西裝衣服，但是乙認得他分明是甲，便招呼著和他談天。誰知甲見了乙，不覺大驚道：『你不是某乙兄麼？我們久不相見了。』乙道：『正是，久不相見。』甲半吞半吐的問道：『真是怪事，前幾年不是傳說你死了麼，如何今天又在這裏遇著你呢？你是鬼麼？或者以前說你死了的話不確麼？』乙笑道：『老兄不要見怪，我前幾年確是死了。』甲不等他說完，早已嚇得一跳，說道：『你真是鬼了？』乙連忙摇手道：『不是不是，我不是鬼，我是死了復活的。』甲道：『原來如此……死了復活……』乙道：『正是，我是死了復活。但我却不知你爲甚麼著了這樣一身衣服呢？』甲道：『咳，你們那裏知道，這都是我創造的。』乙聞言，將甲望了一望，看見甲手裏拿著一根棍子。乙不知道是什麼東西，問道：『這是何物？』甲道：『這是司的克。』乙道：『有甚麼用處？或者是拿著打狗麼？』甲道：『不是……』乙道：『分明是根拐杖，豈不是打狗用的麼？』甲道：『不是。拐杖是因襲的名詞，我們不再用了。司的克是創造的名詞。須知我們事事都講創造，你不見我頭上所戴的「咳脱」麽？這個也是創造的。你不見我脚上所著的「布癡」，這個也是創造的。你不見我……』甲没説完，乙道：『老兄，你不要説了，你説的話我完全不懂。』甲道：『我們講的創造，你自然是不懂。你雖然是這個世紀裏的人，却還是前世紀裏的腦筋，你那裏會懂呢？』

乙聞言歎了半天，才慢慢的説道：『我活了這許多年紀，死了又復活了，自以爲世上的事，我無所不知的了，却不料竟遇見你，開口也是創造，閉口也是創造，真把我弄入五里霧中去了。究竟創造是甚麽東西呢？不過是騙騙人罷了。』甲聞言大怒，説道：『豈有此理，你怎能説我騙人？恐怕你自己真是騙人罷。』乙也大怒道：『你説我騙人，有甚麽憑據？』甲道：『你説你死了復活，便是你騙人的憑據，因爲一個人死了，斷没有復活之理。』乙道：『你説没有此理麽，却偏有此事。前幾年我不是真死了麽？我死了的報喪帖子，恐怕也送到你家裏去的，你記得麽？』甲道：『不錯，好像是有這一回事，好像我也送了你一副輓對的。』乙道：『正是。我前幾年確乎死了，是已證明了，但是如今又復活了。』甲道：『復活有什麽憑據呢？』乙道：『我假使不復活，何以現在能和你談話呢？現在和你談話的我，分明是死而復活的我，這豈不是個確憑確證麽？』

這一席話，説得甲默默無言，只得認承乙是死而復活的，但是自己也要説明他所主張的創造，便道：『老兄，你確乎是死而復活了，但是我的創造，也是很有價值的，你怎樣可以輕視我呢？』乙道：『創造是甚麽意思，你説來説去，我總是不懂。』甲道：『你的腦子太舊了，須把他剖開來洗一洗，輸灌些新思潮進去，那便懂了。』乙道：『這樣豈不是没了性命麽？』甲道：『不要緊，橫竪你能彀死而復活的。』

乙聞言，又回答不來，只得說道：『你要我明白創造，也很容易，只消你手裏那司的克給了我，我便可以向人家冒充創造了，橫竪創造也没有甚麽意思，不過拿根司的克做個創造的標識罷了。』甲道：『瞎說。創造那裏有這般容易呢？你真不配談創造。』

當時二人相争不决，剛巧有某丙從旁走過，聽見二人的說話，替他們解紛道：『你們二位都是有理，我希望你們二人各走各路，并行不背。甲兄每天創造一個新樣子出來，越是讓人家不認識越好。乙兄活了又死，死了又復活，復活了又復死，復死了又復活，越顯得你本領大。』某丙這一番話，說得甲乙二人，各各歡喜，無言而退。

稗官別傳
寄塵

小説點將録

大膽書生　撰

《紅雜志》一九二二年八月創刊起連載至第十八號。作者大膽書生，不詳。本文仿《東林點將録》及《乾嘉詩壇點將録》的體例，取近今小説名家七十餘人，根據作家的某一特點，與《水滸》人物相比附，如云吴趼人是托塔天王晁蓋，蓋因吴是『説林前輩，文壇宿將，英雄老去姓名揚。一時豪俊，齊拜天王』，是由吴的文學地位所决定的。也有的是根據作家的創作特點或生活中的某一經歷或細節所决定的，如云陳冷血是智多星吴用，因吴『好爲冷語，善運巧思。先是學究（先爲學校教師），後作軍師（迭任報館總編輯）』。如此等等，多有相關聯繫，可資參考。

前人有《東林點將録》及《乾嘉詩壇點將録》之作，兹仿其例，爲《小説點將録》。取近今小説名家，與《水滸》人物相比附，本領不同，性質各異，天罡地煞，隨意雜凑，尚未足百單八人之點數。姑就設想所及，一一記之，不依次序，且多遺漏，亦甚無當於忠義堂之大局面也。書生大膽，信口開河，敬告諸公，幸勿見罪。

托塔天王晁蓋　吴趼人

贊曰：説林前輩，文壇宿將，英雄老去姓名揚。一時豪俊，齊拜天王。

及時雨宋公明　林琴南

贊曰：文章有價，化雨及時（琴南先生主教各大學，及門甚衆）。領袖群英，衆口一辭。

玉麒麟盧俊義　曾孟樸

贊曰：孽海回頭，富貴莫愁（曾先生以《孽海花》一書得名，富貴莫愁亦紀實也）。

智多星吴用　陳冷血

贊曰：好爲冷語，善運巧思。先是學究（先爲學校教師），後作軍師（迭任報館總編輯）。曰『智多星』，庶幾近之。

入雲龍公孫勝　王鈍根

贊曰：公孫通道，王孫信教（鈍根爲基督教徒）。揮麈清談（《自由談》爲王所闢），語多玄妙。六丁六甲憑呼召，自是君家法力高（王迭主各小説雜志編輯，能號召諸文人，有飛符召將之才）。

豹子頭林冲　李涵秋

贊曰：禁軍教頭（涵秋爲師範學校教師有年），冠絶時流。見擯王倫，有志莫酬（涵秋曾有紀事自述昔年初作小説時，有稿投某書局未録）。怒潮澎湃起英雄（涵秋以《廣陵潮》得名），匹馬單槍孰與儔。

雙鞭呼延灼　陳蝶仙

贊曰：舞雙鞭者號大將，舞雙翅者稱仙蝶，蝶似人兮人似蝶。能征慣戰，是曰無敵（蝶仙爲無敵牌牙粉廠主人）。

霹靂火秦明　何海鳴

贊曰：碗箸紛飛鬧學堂，性急如火怒欲狂（見《半月》雜志中何海鳴君自著《新年之回顧》，言兒時在學校中大鬧飯碗風潮）。夜走瓦礫場，當年鬥老張，將軍雖敗威名揚。

大刀關勝　包天笑

贊曰：躍馬横刀，仰天大笑。獨當一面，其志不小。

雙槍將董平　周瘦鵑

贊曰：一手作，一手譯。雙管齊下比雙槍，兒女英雄俱本色（董平好近女色，瘦鵑亦以言情小説見長）。

小旋風柴進　袁寒雲

贊曰：皇皇華胄，翩翩公子。開閣延賓，從之者如歸市（從之者如歸市，其中當有古董掮客）。

花和尚魯智深　蘇曼殊

贊曰：超凡拔俗，取法乎上。兼擅風流，是花和尚。

行者武松　嚴獨鶴

快活林中，惟君稱雄，景陽打虎力無窮。

黑旋風李逵　葉楚傖

亦粗豪，亦嫵媚。使酒善戰，一條好漢（楚傖善飲，爲文如大刀闊斧，殊有黑旋風粗豪之氣。然間爲香豔體，又如鐵牛之偏饒嫵媚）。

神機軍師朱武　談老談

贊曰：神機鬼藏，早著才名。軍師先生，八卦高明（老談早年曾爲神怪小説《夢游地府記》及《逐日演義》等，頗負時譽。其人又善謀劃，因以神機軍師稱之）。

没羽箭張清　程瞻廬

贊曰：筆鋒銛利，層出不窮。是没羽箭，别具神通（瞻廬君於小説外，尤擅長諧文，筆鋒銛利，層出不窮，亦紀實也）。

小李廣花榮　王西神

贊曰：清風馳譽，智勇兼具。百發百中，神乎其技。

病尉遲孫立　孫漱石

贊曰：卓哉老孫，聲名久著。大千世界，獨樹一幟。

九紋龍史進　畢倚虹

贊曰：翩翩少年，跌宕人間（倚虹著有《人間地域》小説）。卓犖爲傑，紆徐爲妍。

拼命三郎石秀　徐枕亞

贊曰：才大心細意氣昂，登山入海兩三郎（枕亞别署東海三郎，與梁山好漢之拼命三郎，一山一海，相映成趣）。

美髯公朱仝　楊塵因

贊曰：美髯公，氣概雄，一場春夢，寥落新華宫（塵因有楊翁子之雅號，故擬爲美髯公，著有《新華春夢紀》）。

插翅虎雷横　張冥飛

贊曰：虎而插翅虎能飛，飛而食肉，當者披靡（冥飛於友朋雜坐，議論風生時，確有當者披靡之概）。

金槍手徐寧　徐卓呆

贊曰：練武勤，馳名久（卓呆往年，曾爲體操教師，又編有體操教科書多種）。卓而不獃，戰亦能守，神妙變換金槍手。

没遮攔穆宏　馬二先生

贊曰：口也没遮攔，筆也没遮攔。時而奔放疑是馬，時而和鳴則似鸞（馬二先生每值賓朋會，最健談，滔滔不絶，口若懸河）。而下筆爲文，筆犀鋒利，亦正似辭鋒，洵可當没遮攔之雅號）。

混江龍李俊　胡寄塵

贊曰：大江滾滾風濤急，新潮舊潮相混合。識時務者，是曰俊傑（寄塵著有《大江集》）。

急先鋒索超　陸澹盦

贊曰：猛且勇，急先鋒，偏師直擣逞威風（澹盦性急，爲文亦甚速，因擬以急先鋒。澹盦善爲影戲小説，風行一時，是亦小説中之偏師也）。

神行太保戴宗　余大雄

贊曰：大雄自號，曰腳編輯（大雄著《晶報編輯紀略》，自稱曰腳編輯，言奔走於各著作家之門也）。擬以神行，可稱雙絶。款洽各路頭領，算來不少功績。

神醫安道全　惲鐵樵

贊曰：以文會友（鐵樵曾主編《小説月報》多年），以醫濟世。知幾其神，高明之至。

聖手書生蕭讓　天臺山農

贊曰：文苑蜚聲，詞林播譽。號曰聖手，多才多藝。

玉臂匠金大堅　徐天嘯

贊曰：毛錐何足論，鐵筆久馳名。邃於金石，是曰多能。

雲裏金剛宋萬　李常覺

贊曰：丈六金身，赫然不壞。高視闊步，昂頭天外（常覺以長脚著，故擬以雲裏金剛。丈六金身，識長覺者當知非虚語也）。

矮脚虎王英　姚民哀

贊曰：矮脚虎，偏能幹。四字定評，短小精悍（民哀身材短小而多才智，著作亦甚夥，擬以矮脚虎，殊虎虎有生氣也）。

小霸王周通　周劍雲

贊曰：劍氣凌雲，不平則鳴。暗嗚叱吒，頗具威名（劍雲性情豪爽，才氣發皇，頗有霸王暗嗚叱吒之概）。

金眼彪施恩　施濟群

贊曰：結識武行者，得個好夥伴（《小説點將録》中，以武行者擬嚴獨鶴，濟群與獨鶴同編《紅雜志》，是好夥伴也）。大大有名，江湖人稱施老闆（濟群素有施老闆之稱，金眼彪施恩，亦酒店老闆也）。

白面郎君鄭天壽　朱大可

贊曰：美秀而文，白面書生。

丈青扈三娘　朱瘦菊

贊曰：碩人頎頎，精武藝，美丰儀。一場春夢（瘦菊自署爲海上說夢人），撲朔迷離（瘦菊以社會小說著名，《歇浦潮》一書，尤膾炙人口。其人身長而善修飾，亭亭玉立，真仿佛一丈青也。因戲以女將擬之，當此尊重女權之時代，瘦菊當不以爲忤）。

母大蟲顧大嫂　某英雌

贊曰：某英雌，隱其名。虎威赫赫四海聞，獨樹一幟娘子軍（某英雌非小說家也，然近曾爲某小說，登諸某雜志，則亦可認爲女小說家矣）。

百勝將韓滔　許指嚴

贊曰：多才多藝，百戰百勝（指嚴能爲各種文俱，供擅勝場，是百勝時也）。

天目將彭玘　朱天目

贊曰：天有目，能遠矚。目光炯炯，燭照世俗。

撲天雕李應　李浩然

贊曰：健翮凌空，氣壯（浩然之氣）心雄。一莊之主，坐鎮雍容。

浪子燕青　姚鵷雛

贊曰：身手矯健，體格風流。

鐵叫子樂和　鄭正秋

贊曰：銅琶鐵板，慷慨悲歌。自號藥風，意有足多。

鐵面孔目裴宣　陸律西

贊曰：案牘勞形，簿書鞅掌（裴宣掌管案卷，律西亦在海關公署任文牘）。顧名思義，請任法長（律西二字，析言之，仿佛是西方法律大家，裴宣則不啻梁山之司法總長也）。

赤髮鬼劉唐　張丹斧

贊曰：丹翁自號，曰通紅老頭子。頭老且紅，擬以赤髮殊可通。文奇而詭，鬼斧神工，單刀直入，筆陣之雄。

短命二郎阮小五　朱鴛雛

贊曰：雕肝縷心，盪氣迴腸。才人命短，千古同傷（朱鴛雛君好爲哀情小説，文多哀豔。讀其著作者，大有迴腸盪氣之慨，然朱君卒以此不壽，言爲心聲，至足傷已）。

混世魔王樊瑞　嚴芙孫

贊曰：魔術專家，人間游戲。進號曰王，無窮玄秘（芙孫擅魔術，故錫以嘉號曰魔王，魔王而能混世，亦可謂神通廣大矣）。

喪門神鮑旭　苦海餘生

贊曰：苦海無邊，餘生有幾。何以慰情，盈門桃李。喪家遠走，亦可哀已（苦海餘生，創國文函授社於滬。初頗發達，後竟敗壞不可收拾，論者惜之）。

船火兒張横　張舍我

贊曰：出語驚人，是亦俊才。横行湖海，捨我其誰。

浪裏白條張順　張碧梧

贊曰：身長面白（凡識碧梧者，當知此四字之確），可謂白條。風急浪頭高，年少逞英豪。

錦豹子楊林　程小青

贊曰：精神抖擻，武藝高强。善作偵探，獨其專長（錦豹子常奉令打探軍情，小青擅長偵探小説，以此相擬，殊爲切當）。

鐵扇子宋清　任矜蘋

贊曰：膾炙人口，管理筵席。食指既動，皆大歡悦（宋清職司管理筵席，任君爲一品香協理，亦善管筵席，且常請客，此各頭領之所最歡迎者也）。

鎮三山黄信　向愷然

贊曰：煙波縹緲，海客奇談。乘風懷壯志，威鎮三神山（向愷然君，别署不肖生，留學東瀛多年，作《留東外史》，爲小説中巨著。是真能於海上三神山間，大顯神通者也）。

轟天雷凌振　許東雷

贊曰：平地一聲，千人辟易。雷自東來，轟轟烈烈（許東雷君不恒作小説，然偶一爲之，頗有一鳴驚人之概，《新聞報》集錦小説中，時見其佳作）。

飛天大聖李袞　李定夷

贊曰：舉世汶汶，誰分清濁。一飛衝天，不染塵俗（李定夷君才氣發皇，亦小説中健將也。顧以某事，幾受俗累，潔身遠引，别具苦衷。有知其内容者，則謂李實代人受過云）。

病大蟲薛永　李東埜

贊曰：生氣虎虎，赫然大蟲。病魔不仁，忍困英雄（李東埜君爲數年前小説界出色人才，著作頗多。夙好飲，酒酣耳熱，下筆千言，殊虎虎有生氣。嗣得咯血病，體驟弱，乃從醫言戒酒，且謝絶文字緣。休養久之，宿疾漸愈，然無複當時豪氣矣）。

翻江蜃童威　嚴天侔

贊曰：江水奔騰，翻新立異。蜃樓海市，中有奇氣（天侔擅英文，於所作小説外，譯有《西笑瀛談》之屬頗多，殊有蜃樓海市之觀）。

出洞蛟童猛　嚴諤聲

贊曰：衆人皆濁，一士諤諤。久蟄思啓，騰蛟起陸（諤聲曩居浙，來滬後乃聲譽鵲起，殆不啻蛟之出洞也）。

小温侯吕方　陳小蝶

贊曰：馳名無敵，勇冠其儔。良弓良冶，克紹箕裘，錫以嘉號小温侯（小蝶蓋無敵牌牙粉之小主人也，淵源家學，頗有父風。號曰小温侯，則老蝶爲温侯矣，不識擅轅門射戟之技否）。

賽仁貴郭盛　沈禹鐘

贊曰：身手好，膽氣豪。將軍年少，努力立功勞。

小尉遲孫新　孫劍秋

贊曰：劍光騰，秋氣高，當年善戰著勛勞。將軍不老，解甲歸田亦足豪（劍秋昔年，著小説甚多，亦文壇健將也。今則歸隱衡門，久已棄小説不爲，急流勇退，實行解甲。今之武人，視之當有愧色）。

小遮攔穆宏　趙苕狂

贊曰：游戲三昧，意興欲狂。遮攔不住，馳騁文場（苕狂主任《游戲世界》，狂放好飲，酒酣耳熱，意興勃然）。

石將軍石勇　劉豁公

贊曰：巍然屹立，孔武有力，是石將軍，勇猛無匹（豁公曾隸軍籍，其人亦赳赳有雄武氣，誠一勇將軍也）。

菜園子張青　張枕綠

贊曰：菜根香，菜葉緑。大好園林，自得其樂。活潑潑地，風頭十足。

青面獸楊志　王均卿

贊曰：將門之子，壯氣仡仡。自有寶刀，豈爲廢物（均卿爲世家子，長於文學，著作頗多，亦勇將也。年來别署新舊廢物，殆别有深慨焉）。

毛頭星孔明　吴覺迷

贊曰：無事忙，不少休。若迷若覺，似喜似愁。頭緒紛繁何所求？錫以嘉號曰毛頭（覺迷使酒豪放，終日碌碌，爲無事之忙。而其人頗伉爽可喜，戲以毛頭擬之，喻其紛亂也）。

獨火星孔亮　吴雙熱

贊曰：彼獨火，此雙熱，恰成妙對。如火益熱，文氣蓬勃，意態雄傑。

笑面虎朱富　平襟亞

贊曰：笑口呵呵，生氣虎虎。相君之面，眉飛色舞（襟亞所主任之雜志，以笑名，殆笑口常開者也）。

火眼狻猊鄧飛　蔣箸超

贊曰：火眼金睛，異樣精神。超以象外，不染纖塵（箸超常患目疾，雙眼時赤，故以火眼戲之）。

摸著天杜遷　范煙橋

贊曰：至高者天，云胡可摸。手掇明星，燦耀衆目（煙橋身長，故以摸著天擬之。近方主任《星報》，手掇明星云云，頌其進步也）。

跳澗虎陳達　陳達哉

贊曰：虎能跳澗，本領不小。同名同姓，天然湊巧（陳達、陳達哉，不過多一字，可謂同名同姓。陳達哉君，曾有短篇小説多種，載各雜志。其人身瘦小而舉動活潑，蓋確乎爲善豁虎跳者也）。

一枝花蔡慶　周拜花

贊曰：不拜石，且拜花。一枝解語，珍重芳華（周拜花君翩翩年少，言語舉動，頗近女性。其爲文亦多香豔之作，蓋不啻一珍重芳華之好女子也）。

通臂猿侯健　侯疑始

贊曰：通臂猿，一何健。細針密縷，功夫不淺（疑始善談劇，其評劇文字，討論頗精審，殊有細針密縷之致）。

金錢豹子湯隆　劉薝廬

贊曰：銷金有窟，客游已倦。不作蝶戀，且爲豹變（薝廬亦號醉蝶，曾著《銷金窟》小説，蓋亦倦游知返者也）。

操刀鬼曹正　屠守拙

贊曰：游刃有餘，操刀善割。批郤導窾，大巧若拙（守拙姓屠，故以操刀鬼戲之）。

九尾龜陶宗旺　張春帆

贊曰：九尾龜，最奇幻，龜名空自擔，文章真不壞。相提并論，請君休怪（張春帆君，著《九尾龜》

小説，膾炙人口，以此得名，與陶宗旺之雅號，天然巧合，因借來一點。 黿亦靈物，其目爲污濁者實世俗不經之談。 張君通人，當不致擬作者爲善戲謔也）。

鼓上蚤時遷　繆賊菌

贊曰： 獨有先生，以賊爲號。 身手輕佼，似鼓上蚤（繆先生獨取『賊』字爲號，因戲上以鼓上蚤之尊稱，當不以爲忤。 至先生之文，則誠玲瓏活跳也）。

大膽書生附白

《小説點將録》，原擬滿百零八人，今纔七十餘人耳。 固不應戛然而止。 但其中事蹟名號，可以比附者，搜索枯腸，只有此數。 若必拘於原書，强爲牽合，轉失真趣。 爰自本期止，暫告結束。（以後如興到，當續作，但不能按期供《紅雜志》材料矣。）自知諸小説家，未經點及者，尚不乏其人，遺漏之譏，所不敢辭。 倘荷同文代爲賡續，毋任歡迎。（或任舉數人亦可，當由大膽書生，送請《紅雜志》隨時刊載，但須附以贊詞。 來稿請書名『點將録』字樣，由《紅雜志》社轉大膽書生收可也。）

小說點將錄　　五百元　　三四

小說點將錄

大腹書生

前人有東林點將錄及乾嘉詩壇點將錄之作。茲仿其例。為小說點將錄。取近今小說名家。與水滸人物相比附。本領不同。性質各異。天罡地煞。隨意羅湊。尚未足百單八人之數。姑就設想所及。一一記之。不依次序。且多遺漏。亦甚無當於忠義堂之大局面也。書生大腹信

目。瞑。矣。嘗時嗚咽不能成聲。面眼枯已。勿復有淚。婦注視此白花花之五百洋蚨。頻點其數。而對曰。母欲以此事託黃先生。黃先生斷弗負託。者儀可代矣。天日母其但寬懷。今乘彼在樓房飯後之便。即當為母了卻此事。使渠將洋錢入鐵箱。免致疏失。一面嘗飛函至鄉也。王氏伏枕嗚謝者再。並執耕寶之手。而哀呼曰。兒乎兒乎。爾豢如鹿豕。來日必大難。今而後我嫗不能復顧爾。然爾嘗不致作餓殍矣。言訖幾暈。而婦以五百元力阻不能取。急呼其夫至。相攜。攜之以去。至晚王氏病益亟。哀婦至榻前詢之曰。黃先生收洋後。已馳函至梁溪未。婦曰已立由郵局遞快函。設耕寶之叔在鄉。明日必可蒞滬也。王氏曰。耕寶之叔以務農為活計。足不出里閈一步。焉得不在鄉。明日抵滬必矣。第不知苦命人能度此殘宵與之一面否。婦慰藉之曰。

小説的研究

瞿世英　撰

載於《小説月報》一九二二年第十三卷第七、八、九號。瞿世英（一九〇〇——一九七六），字菊農，原名士英。江蘇武進人。一九一八年考入燕京大學哲學系，五四運動中爲北京學生聯合會代表。一九二〇年底，與鄭振鐸、茅盾、葉聖陶等發起成立『文學研究會』。一九二二年畢業於燕京大學研究科。一九二六年獲美國哈佛大學哲學博士學位，歷任清華大學、北京大學、北京師範大學等校教授，晚年從事教育理論、教育史的教學與研究。一九七六年八月病逝。本文是一篇力圖打破舊的小説觀而用當時的新理論來探討小説問題的文章。他認爲，『小説的範圍便是人生，小説家的題材是人們的經驗和人們的感情』，所以『熱烈的情緒與精細的觀察是小説家必具的資格』。在這前提下，他分别討論了小説與詩歌、戲劇、科學、哲學的區别與聯繫，分析了小説内在的三種必備元素：人物、布局與『安置』(相當於『環境』)，强調了小説家要有經驗、思想、感情與想像力，形成自己的個性，也剖析了『現實派』與『浪漫派』的不同創作方法。最後，他描述了中國古代小説發展的歷史與弊病，也指出了當今創作的『弊病』與『好處』。他認爲中國古代小説的弊病在於『能記載而不能描寫，能叙述而不能刻畫』，結果使『作品中没有個性存在，無明瞭的人情』。至於現在的小説，雖然不少，『而真正成功的作品也極少極少』，其『弊病』是：觀察不精細，對於材料太没有選擇，描寫淺薄。但現在的作家也有三個好處：一、作家的態度不是消極的態度，是爲人生訴苦的態度，是人生的藝術；二、知重描寫；三、對於人生有相當的見解。因此，他認爲，『現在我們的中國，正是小説作家「殺入重圍」的時候了，將來的成功，一定是有希望的。』

上篇

中國素不以文學看待小説，我們爲恢復小説在文學上應有的地位起見，不得不研究它。這篇文字只想打破舊的小説觀而代以新的觀念而已。不能説是什麽切實的研究。

一

從前的文學觀念與我們現在的文學觀念很是不同。他們以爲文學的唯一作用只是『載道』。但我們認定文學廣大無垠，是批評人生、解釋人生的。在他們的舊觀念下，多少真正的文學爲舊觀念所壓迫，竟失了它們的真價值，而爲一般人所輕視。最可憐的便是小説，他們亦讀小説、做小説、愛小説，但却始終拿消閒的態度來對付小説，以爲小説是不能稱做正宗文學的。他們以爲小説是『出於稗官，街談巷議，道聽途説者之所造也。……君子弗爲也』。而不知小説之所以重要，所以成爲文學的重要部分，正因爲它是『街談巷議，道聽途説』，街談巷議、道聽途説中纔能將人生的真相表現出來。文學的好處正在此。這纔是『真的文學』。

他們雖然輕視小説，但是他們仍舊是很迫切地要知道他人的感情與動作，他們受了生之壓迫，感覺生之苦痛，仍舊很迫切地要求安慰，要求同情。他們仍舊向小説家喊道：『請你們安慰我，使我樂，使我快，使我歌，使我泣，使我富於情緒，使我夢，使我笑，使我震動，使我飲泣，使我思量。』（莫泊桑語）所以仍舊差不多是無一人不讀小説。小説依然存在，并且很有勢力。因爲人是富於情感的，所以凡能達出人生之喜樂苦痛，申訴於人的情感者，永久有勢力。

有許多人雖然受了舊文學的觀念的束縛，但是所爲『道』也者，究竟敵不住情感。他們自身領會了人生的意義，看清楚了人生的真相，創造的衝動永久催促他們，同情的血流，繼續地在身體裏鼓蕩，所以仍舊有好小説出現。

一方面有許多人要求讀小説，一方面産生許多小説作品來，所以我們還保留著幾種極好的小説，但是少得很呵！現在世界的文學作品中，如以量言，小説恐怕是最多的了。所以我們研究文學，不得不研究小説，而在未著手研究之先，先要將舊的觀念完全打破，代以新的文學觀念，否則決不能瞭解小説的真價值。

認識字的人們有誰不看小説呢？不管他是有學問的人，是無學問的人，『九流三教』、『諸色人等』没有不喜歡看小説的。但各人的地位、環境、思想不同，所以他們對於一本同樣的書，就可以各人有各人的見解。在作者一方面只要將他所要説的説出來，他個人對於人生的見解亦未必與讀者相同。所以武斷的批評要竭力避去。我們并不是説『批評』没有對的，是説一個人對於一種作品的興趣與領會完全是主觀的，是感情的領悟與感動而不是理智的分析。一樣的音樂，此人聽了便歡樂無量，那人聽了便莫名其妙也是一樣的。我們研究小説最要緊的便是不可對於某一種小説，武斷其好壞。武斷是領會藝術的美處的一個魔鬼。

打破舊的文學觀念，避去武斷的批評是研究文學的第一關，此關不破，將永無所得。研究小說自然是一樣的。

先問什麽是小說的範圍？小說的範圍便是人生，小說家的題材是人們的經驗和人們的感情。他們所寫的是他們觀察人類之所得，人們的情緒與思想。有些將他們眼中的人生，赤裸裸地寫出來，不管他是善是惡，還有些人便將表現在他們的想像中的理想生活寫了出來。但不論他們是怎樣地寫，總以人生爲對象的。一種作品可以引起人的興趣，激發人的好奇心，將其中的事實取來與自己的經驗對比。這些都是小說所做得到的事。——又豈止此，小說中充滿了人道主義的，濡浸於愛的精神的都能激發人的同情心，又能使人歌頌人生導入於理想的人的生活。

自然與富於情感的作品纔能使人發生深厚的同情心。文齊使德説情感是文學的主要的元素，這句話是很有道理的。小説以能申訴於人的感情爲第一條件。有人説小説中有十分之九是關於青年人的兩性之愛的。這句話雖未免言過其實，但因爲兩性之愛的情緒是最普遍的、最顯著的、最易得人同情的。在作者呢，又以此問題爲最切己，所以關於兩性之愛的小説佔大多數的事，并不奇怪；便足以證明小説的第一條件是要能引起人的同情心，感動我們最高貴純潔的感情——愛。

小説是人生的一部或一片斷的圖書。人生原是不斷之斷，不能强爲分割。小説家任取一片斷以文字表現之，最要緊的有一件事便是精細的觀察。觀察不精細，則所繪之圖畫必不真。不真即不能爲好小說。現在中國人的小說，便大半生此病。

總之，熱烈的情緒與精細的觀察是小說家必具的資格，没有做這一篇小說的情緒便不要做，因爲自己既不會有非做不可的情緒，别人亦未必能引起情緒。没有成熟的果子，不待其成熟而摘取之，仍舊是不曾成熟的果子，不中吃的果子。自己不曾真瞭解，不曾見到人生的實在，亦决不能使人真瞭解，人既不能真瞭解，又何能動得人的真情，『小説的價值，便在乎能描述人生至於若何程度』。愈能將一幅人生之圖描畫得逼真的，便愈有價值。小説家很要注意上説的這兩點，而讀者亦未嘗不可以此去衡量小説作品。有名的世界文學家的作品，没有不具備這兩種好處的。依我個人意見，我們在托爾斯泰與陀思妥也夫斯基的作品中最感覺得出來他們的熱烈的情緒與精細的觀察來。

二

文學的最重要的三部分，是詩、戲劇與小説，我們研究小説，不能不將小説與詩和戲劇的關係略述於下。

我們無論誰，平常都知道什麽是詩，但是一問我們要定義便説不清楚了。然而我們不妨將幾個通行的定義説出來，也好使我們知道什麽是詩的要素，便不至於毫無把握了。中國人素來不注重定義，所以詩的定義不常見。《文心雕龍·明詩》篇亦不過爲『詩言志，歌咏言』六字下一番注釋而已。西洋論詩者頗多，然而不是太空泛便是太狹窄，能概括各體下一完全之定義亦甚少。詹森説詩是快樂與真理聯合起來的藝術，是用理性來幫助想像的。又有人說詩是什麽？詩不過是：自然而然地爲情感所鍛煉所濡浸的思想與字句。麥皋來則以爲詩足以使想像中發生一種幻象。雪萊則以詩爲想像之表現。獨以耳則以爲詩是表現我們對於『現在』的不滿足的心意的。這樣的定義還很多。不必贅述，徒增紛亂。但即就上列諸說便可以看出詩的要素來。詩必須有兩種要素：一爲感情，一爲想像。此并非謂詩只是感情與想像，唯以此二者較爲重要耳。詩的形式與散文不同，這是很容易看得出的。有些人說凡不是散文而有詩的格律者便是詩。這句話是有錯的。詩的特點，須在本質上注意，不宜以形式判定之。誰又能說散文詩不是詩呢？

詩可分三類：一戲劇的詩，二抒情詩，三叙事詩（戲劇與小説之關係，後再討論）。抒情詩差不多完全是表現個人的情感的。是詩人的個人情感的自然流動，是詩人的心的聲音。雖然有許多人心弦上敲出同情的調來，而究竟是詩人自己的心琴的琴聲。小説中自然也有許多是表現自己的；一種小説作品之中，自然也有小説家發抒自己的情緒的地方。這種動機和作抒情詩的動機一般無二。還有許多小説竟完全是寫自己的，將他心中所恨、所戀、所思量、所讚美的用小説的體裁寫出來。這種作品，很可以作詩看，這樣的作品，并且很不少。但是個人的偉大或抑鬱的，深厚或静默的情感，是不容易歸納成片斷的。小説則有其結構，有其本事，成爲片斷的，所以小説與抒情詩究竟有别。而小説中却是常有抒情詩的元素在内的。

至於叙事詩則與小説較近。叙事詩是説一件事，小説也是要説一件事（但是他們的方法不同）。

詩人與小説家手頭都有許多現成的材料。他們取來重新選擇過加以組織。所謂現成的材料便是他們的經歷，他們的記憶，他們的印象，他們的觀念等等。但無論是詩人是小説家，這些材料在他們心中，原來是割裂的，都要重新聯結，俾有系統。常常初民的傳説，有的寫成詩，有的寫成小説。有的先有詩，後又以詩爲本編成小説。如希臘荷馬的詩，在中古便有人以詩爲根據做成散文。所以説敍事詩與小説較近。

詳細説起來，詩原有許多與散文小説相同之點，亦有許多相異之點。關於相同的幾點，第一、他們的材料是相同的。他們都是以人生爲對象的，取材於人生的，有的是取材過去的人生經驗，有的是描寫現代的生活，有的更想像未來的不可知的理想生活。總之，他們所注重的是人。『人』是他們共同的注意點。第二、他們都用『藝術的』文字來表現他們的思想與情感。他們的作品，都在『美』上注意，藝術的美原來是文學的一個主要元素。小説與詩又焉能外此？現代好些小説家便常喜歡用『詩的』字句。新近看見一本《烏提孩》，一本英譯，很看得出這本小説有許多地方是『詩的』。中國新近作家如友人葉聖陶、許地山、謝冰心女士等的小説上都常發現有『詩的』氣息的字句來。愛羅先珂的作品亦是如此。

這兩點可以説是詩與小説相同之點。斯蒂芬説得好，他説小説家是立足在詩與散文之間的，好的小説應當是用詩浸透了的散文。這一句話是很可供小説家玩味的。

但是小説究竟不是詩，詩也不是小説。關於體裁格律上的分別自不必説，大家一看就知道。還有别的幾種不同之點，也不妨説一説，第一、詩與小説的材料雖然都是人生，然而詩人在材料之選擇上，其範圍要比小説狹窄些。因爲詩人是用文字來溝通情感的，所以他的文字必須要能在感情上感動我們。便是小説家却自由多了。他觀察之所得，無論什麽都可以寫上去。便是用上一兩章來叙述一個人的家譜，或他遊歷所經的地方情形也不妨事。有些小説還附帶插圖。巴爾塞的小説，可以寫了十幾頁還是描述屋外的布置，還不曾進入屋裏。他取的材料的範圍比詩人大得多。第二、詩的主觀色彩比較濃厚，情感比較熱烈，而小説家足可以爲客觀的描寫，情感比較冷淡些。差不多可以説是歷史家的態度。此雖未必盡然，然而却是很重要的分别。

總之，詩與小説是不同的，但同爲文學中的重要部分，亦有許多相同的地方，我們略一比較便可知道詩與小説的關係。此外還有一個方法可以知道詩與小説的關係。這個方法比從前説的還要有趣得多。我們知道有許多文學家，是詩人亦是小説家，如司各特輩。我們可以取他們的詩與小説來比較，便很可以曉得詩與小説的關係。我常常試驗在讀完泰戈爾的詩以後讀他的小説，有時竟覺不出是一個人的作品（諸君有功夫，不妨試試）。或者採取一種有小説亦有詩的故事，取來并讀，亦可以看出來。歐洲作家常有將希臘的詩改做散文小説的，亦可資比較。詩能委曲婉轉達小説所達不出的情緒，而小説能深刻精細叙述詩所不能叙述的瑣碎的事實。故一兩首詩便可成一長篇小説。有時長篇的小説，亦不如詩之深入人心深處，能激發其同情。詩非小説，而小説不可無詩的好處。其爲人生之批評與解釋，其爲藝術，都是無可置疑的。

三

克勞福說道：近數百年來人們發明了一種可以放在口袋裏的劇場。這是什麽？這便是小說。小說是袖珍的劇場，不但有情節、有結構、有人物，亦有行頭、有景色。和戲劇一樣，應有盡有。他這一句話是很可以表示戲劇與小說之關係的。

不論是戲劇是小說，有一個共同的特點，劇中人與小說中人都是有動作的。戲劇在劇場上表示動作，小說用文字暗示動作。

小說與戲劇的普通的結構上，頗多相似處。我們任意取一種小說或一種劇本來，讀完之後，便可以知道這句話是不錯的。劇中的每幕每場在小說中皆可爲一段落。許多戲劇，都是取材於小說的。小說也有取材戲劇的，然較少。

小說家和戲劇作家一樣。最要緊的是要使他人瞭解這種小說或戲劇中的人物及他們的境遇。所以在第一幕或第一章上便要設法使人瞭解劇中的人或小說中的人。免得人不了解這種作品的全部意義。不能將所寫的人物的圖畫涌現於觀衆或讀者的作品，差不多是失敗的。這是小說與戲劇的相同點之一。

小說家可以用叙述與記事的方法來表現戲劇家在劇場上所表現的種種印象。他們都是向公衆表現的。但是小說流行的範圍較戲劇爲遠。戲劇向有限的觀衆表現，而小說則爲無數個人所誦讀。

況且一種戲劇，最多演上三點鐘，但是一本小説很可以許多天看不完。然而這決不是説戲劇感人不深，但不如小説之能永久與讀者相處耳。此似爲小説勝於戲劇之一點。

但小説家佔的便宜不僅於此。因爲戲劇有種種束縛，小説却自由多了。小説家可以清清楚楚地將一人的心理描寫出來。戲劇只能將劇中人的動作表演出來，而此人的思想則很難以『表情』傳達其心之所思。小説家却很可以放膽寫去。戲劇要使我們去推測劇中人的思想，而小説則徑直寫出，用不著讀者去推論。還有許多自然現象如山嶺、海洋等等，用文字來描寫較布景上的山嶺海洋完全多了。雖然是現在戲劇藝術發達，可以用種種方法布景，然而究竟不如小説所描寫的逼真。即如一段描寫戰事的小説，很可以將兩方的軍事布置、壕溝、炮位、地勢，以及附近村落所受之損害，戰場的横七竪八的死屍，道旁的馬骨，甚至於兩軍軍官之指揮情形作戰方略，兵士們的心理都可以詳細説出來，而戲劇則決不能如此詳細。劇場上亦決不能表現出來。

戲劇不能如小説一般可以將與本題無直接關係的材料插進來。小説家却可以很自由地將社會上各種學問都引入他的作品中。可以將小説中的人物加以一種批評。

以上説的都是小説佔便宜的地方。但是戲劇也有許多好處，爲小説所不及者。有許多人看不出小説上所繪畫的想像的景色，所以總不覺得小説上所説是真的，不覺得在他面前有許多人。所以現在戲劇家用種種方法使觀者能瞭解，能看得出、聽得見。使人們直接感覺著『美』，并且可以激起人們的想像。其次，戲劇表現一人的動作比小説更有力、更真切。戲場上一人自殺立刻可以激發吾人的同情心，若小説上叙述一人的自殺，則决不能如戲劇之直刺人心。赫得遜説：『戲劇是文學的藝術中最有力的，小説是最自由的。』這句話是不錯的。戲劇確是一種深透感情的能力。

總之，小説家和戲劇家一樣，要使我們知道有許多人物在我們面前動作，我們看他們看得很清楚。但是這還不够，更要使我們對於他們的行動，有一種同情。戲劇與小説是不同的方式，所以雖有許多相同處，小説自小説，戲劇自戲劇。上面所説的，只足以表示其關係。

有許多人將小説改做戲劇。中國也很多。皮黄戲有三分之二是取材於《封神演義》、《西遊記》、《水滸》、《施公案》、《彭公案》等書的。後來所謂新劇家編劇本，又有幾本不是小説改做戲劇的呢？這是一件事實。但嚴格説來，這種辦法是不好的。柏利氏説小説家和戲劇家的界綫應當以各人所用的藝術上的方法的性質而定。什麽方法好呢？這却要看其人的人格與訓練了。這兩個方法是不同的。小説不應當改作戲劇。『魚和鳥是不同的。』若要使他們互换形體，必致弄成一種非魚非鳥的東西，亦能飛，亦能游泳。實則不能飛，亦不能游泳。柏利氏從小説和戲劇的本體上來反對小説改成戲劇，自然是很有道理。其實小説之不應改做戲劇，還有别的理由。文學的特點是創造，是真的情感。小説改做戲劇之後，這兩點都要失去。現在雖然有許多很好的戲劇是小説改的。這却不得不歸功於他們藝術手段之高了。

四

因自然科學與實證哲學之發達，文學亦受了極大的影響，產生了自然主義的文學。這一層我的朋友謝六逸在所著的《西洋小説發達史》上説得很清楚，務請讀者取來參考。現在所要説的只是小説與科學的關係，對於左拉的意見尤其要特別注意。因爲他是文學的革命家。『將科學的研究法，運用於文學的創作，以研究自然現象的態度來研究人生』，是研究近代小説之一重要關鍵。

藝術家研究的是『人』，科學家研究的亦是『人』。但是他們對於人的態度却大大的不同。生物學家、優生學家所研究的是人類的遺傳。人種學家與社會學家研究的是民族的影響、家庭社會之組織與進化等等。以至心理學家之研究人類心理，物理學家、化學家、地質學家之研究都是分析的。但是藝術家所研究的是整個的人。藝術家還有一層與科學家不同。藝術家所努力以求的是美。雕刻、畫家、詩人、音樂家都是這樣。科學家的職分是研究，藝術家的職分是創造——是美的創造。就文學論，文學的要素是情感，而科學家的研究却是冰冷的客觀態度，不能夾雜感情的分子在内。這幾層都是極顯著的分別。我們研究近代科學對於小説的藝術的影響，不可不緊記心頭。

現代的小説家如威爾士輩很有幾種所謂科學的小説。但最忠實於科學方法、最有勢力、爲文學界張異軍者，不得不推法之左拉氏。他有一篇論文名《實驗小説》。他對於小説的意見可於此文見之。兹略述其大意如下：

他說一種以觀察爲根據的科學與以實驗爲根據的科學是不同的。天文學與化學是不同的。觀察的人不過像照相師一樣，將觀察所得的現象，攝出影來。外面現象怎樣，照出來的照片也怎樣，絲毫不能改換。但是實驗便與此不同。先有一種假設，然後可以任意改變其實驗的方法與條件，看是否合他先前所定的假設。實驗不準，或者改換其假設，或再用别的方法來實驗。

左拉氏以爲小説家也該和實驗的科學家一般取一個人物，置諸自己所選定的特殊的條件下，以實驗的方法來考究這個人物的行爲。『物理學與化學都已成爲精密的科學。生理學與心理學亦皆爲一定的法則所支配。一切都是預定的，受法則支配的。路旁的石子與人的頭腦都是受定命論支配的。人也不過是機械。小説家的任務是要將精密的科學方法，應用在人的知識的與感情的活動上，再寫出來。純粹以想像或玄想爲基礎的小説應當排斥。代以用科學方法、觀察實驗所得的作品。理想派作家所説的虚無玄想，空中樓閣的話太多了，他們所説的都是不可知的，神秘莫測的，是不容分析的。這種作品，於我們現在的人生又有什麽興趣呢？又何能有什麽同情呢？小説家應當以實在的知識爲根據。先在科學所征服的範圍内活動。直到科學勢力所不及的處所，然後纔可以逞其直覺，利用他的理想。』

這便是他的小説觀。他更很勇敢地説道：『阿奇利絲的怒與狄度的愛永久是美麗的描寫。但是我們的任務是要去分析怒和愛，看此種情感對於人類究竟有什麽作用。我們要用實驗的見解代替哲學的見解。總之文學和科學一樣，實驗的方法正要决定個人的與社會的自然現象。從前的玄學，對於此等現象不過給了些非理性的超自然的解釋而已。』

以上便是左拉對於小說的主要意見。他的意見自然有許多受人批評的地方，現在我們不必詳述。總之我們不得不承認科學對於文學有極大之影響。拉萊說英國作家在十七世紀便發生一種新精神。注重觀察，注意小節目和事實。這不是科學的精神嗎？在大陸方面，也是一樣。無論如何，近代的小說受賜於科學精神者不少。如巴爾扎克，如左拉，如福樓拜都可以算代表這種精神的。

科學精神對於小說至少有三種貢獻：一，小說家的材料增加了不少。小說家更學了一種新的方法。二，小說家因受了科學的濡浸，對於人生肯老老實實地寫出來，不論是如何齷齪污穢、貪婪狡詐，都赤裸裸地寫出來。這真是近代小說的特別優點。三，因爲科學發達，人們的世界觀與人生觀都改變了，於是小說家也不得不改其對於人生之見解，另從一個方面去觀察人生。於是出産的作品也因以不同。

這是小說所得於科學者。然而普通說起來，文學因科學之發達亦有所失。小說家因爲注重事實的緣故，想像因之受莫大的損失。因之失却精神的真理。柏雷氏說得很有趣，他說蜜蜂須在蜂房裏釀蜜，如果它要帶許多的蜜，它的翅膀就不能用了。

其次科學精神常帶有唯物的傾向，這種精神在左拉的話裏已表現得很清楚了。但是人不是機械，人生不是機械的運動，科學顧得到知識却顧不到感情。顧到物質却顧不到精神。對於人生的一面固然很清楚，但對於人生的全部却遺漏了不少。便是人的心理活動，也用機械的心理學去看他，這是很容易減少人的同情的。這也是文學吃了科學的虧。

利害相權起來，科學對於小說究竟是好是歹正不易說。但我總以爲利多害少。現在或者看不出，到五六十年後，便知道這一時期的小說在文學史上的重要了。看得出新浪漫派的作品與浪漫派的作品的異同便是看得出科學對於小說的貢獻的一部分了。

科學增加一般人的知識與能力。凡科學家認爲真的，在没有證明是假的以前，永久是真的，反乎此便是假的。文學以求真爲其任務之一。所以現在的小說家不可無科學常識。科學的精神是巨細彌遺。所以現在的小說家在未下筆寫小說以前，對於他所要寫的，不可没有精細的觀察與瞭解。

五

小說與哲學初看似乎是没有關係的。但是我看小說家的成功與否與他的哲學觀極有關係。我所謂哲學不是什麼玄之又玄的東西，學問中最實在的要算哲學了。他直接支配我們的生活。我們的行爲是受我們的人生觀支配的(本來哲學的效用是給我們的行爲以一種途徑，指導我們過合理的生活。要緊的是行爲，是生活，若研究一輩子哲學，無改於其盲目的生活，則爲世之大愚)。我們對於人生的見解，便是我們的哲學。

小說呢，是直接與人生發生交涉的。小說所表現的是世上的人，他們的關係，他們的情感與思想，他們的憂愁與快樂，他們的成功與失敗。無論如何，小說家所表現的只是人生。他對於人生必有其見解(或者是極模糊的觀念),即使不想用小說來傳播他的觀念,然而自然而然地在他的作品中就包含了他的人生觀了。他對於小說中人物的批評,要將此人表現成怎樣一個人,此人與小說中其他人物的關係。這些都是他的人生觀的表現。所以一篇小說無論是長篇,是短篇,都有作者的人生哲學在內。一個以人生爲悲慘的作者與一個以人生爲快樂的作者,其作品是絶對不同的。有一個法子可以試驗,就是同樣的一件事,若是兩個人寫這一件事,結果兩篇的意思常是不同的。除非他們兩人的人生觀相差不多。但是讀者却就受了很大的影響了。先不説西洋的小說,即以中國流行最普通的小說而論,如《三國演義》、《水滸傳》、《封神演義》、《說岳》、《石頭記》等書,各有各的見解,各有各的風格,我們便可以斷定這些書的作者是各人有各人的人生觀。若是我們能明白瞭解他的人生觀,便更容易瞭解他的作品。一個作家的人生觀好像一柄尺,是他取來度量人生的。我們說小說是小說作家的哲學的表現。我們的意思并不是說小說家在他的作品裏一定要系統地發表他的哲學觀。或者要解釋一種倫理的規條。文學之要點在自由地創造。反此則失文學之精神。但是小說家在創作的時候,他的人生觀已經在指導他。不必一定要有意爲之。他所寫的不論是事實或是理想,或是提出問題,他自己對於這篇作品必定是有個主意的。

小說家大致用兩個方法表現他的人生哲學。一是間接的。一是直接的。什麽是間接的方法呢？就是小說家也和戲劇家一樣只將他對人生的解釋扮演出來。就在他的選擇材料、布置材料上,小說家便將他對於人生的觀念發表了出來。讀者只要看他怎樣布置劇中人,怎樣叙述這件故事，注意什麽地方，便可以知道。小説家的小説是他的小宇宙，他是小宇宙的創造者，他主宰一切。其中情節都是他整理的。從他的作品中便可以見到他。直接的方法便與此不同。小説家除用上法外，更可以直接將他所要説的説出來。這一種方法，無論哪個小説家都要應用。任取一本小説便看得出的，用不著徵引了。

一種作品的好壞，重在本質，不重在字面上的美麗和形式上的整齊。要注意本質便不得不有確定的人生觀，所以我觀現在的小説作家，最好能確定人生觀（我反對盲從的人生觀，要真是自己的）。人生觀不確定，則自己的尺尚且没有預備，怎樣能量别人呢？

這是説作者方面的。須知做小説固難，讀小説亦不易。若要明白一種作品，必先明白這作者，這真是文學批評家的責任呵！

（一九二二年七月第十三卷第七號《小説月報》）

中　篇

一

上篇所講的是概括的説到小説與詩和戲劇的關係，也提到近代科學對於文藝的影響，更略提到小説與人生的關係。

本篇所要説的，與上篇比較起來，可以説是换了一個新方面，注意小説的本身與組織。要想將小説的幾種重要元素解釋明白。一篇小説，無論是長篇短篇，有三種元素是必備的。這三種元素便是人物、布局和安置。换言之，就是小説家是要説明某某人（或許多人）在某某環境下做的什麽事，説的什麽話，或者想些什麽。若没有人物，没有事情，没有背景的文字，還能算小説麽？

在這三種元素中，現在請先論『人物』。第一，小説家從何取得他們的作品中的人物呢？這可以説是有三種來源。一是觀察，到戰場上去，看見傷兵的慘狀，難民的慘狀，到街上看見乞丐或苦力，到學校去看見學生……凡所觀察的人物，都可以取來作材料。這些所見的傷兵、難民、乞丐、苦力、學生等等都可以做小説中的人物。然照這樣説來，觀察愈多，接見人物愈多的小説家必佔許多便宜。這句話固然是有道理，其實又不盡然。歷來的小説家未必都是這樣的，一則在觀察的精細與否，一則還在他的表現的手腕。觀察而不精細，固然是不會有切實的作品出來，而表現能力薄弱的人，也不會有好作品的。有許多小説家如美國的霍桑，他個人經驗很少，但其所描繪的人物，却無一人不逼真。這就不得不説是他富於藝術的能力了。

一個人所見的究竟有限。凡是他所聽得來的，書報上讀取的都是他取得人物的來源。做歷史小説（此名似不妥，然以其取材於歷史上的事實，故仍此名）的人物大半是如此得來的。只要看《三國演義》大半是以《三國志》爲藍本的，這可以説是小説家取得人物的來源之二。

但是這還不够。小説家要能想像。他作品中的人物，譬如《鏡花緣》中人物，豈不是從想像取來麼？『Undine』這個女子，不是從想像來的麼？想像力富的作家，更可以使所見所聞之人物理想化了。

這樣説來，作者取得人物的來源真是廣大無涯。若説藝術手腕表現不出來則可，若説没有材料這句話，真是騙人的。

既然有了人物，現在最要緊的就是作者對於這些人物的態度，他的態度，是極有關係的。是這種作品的樞紐。《水滸傳》上的人物，若换一個作家説，或者就只是百十個小毛賊作亂，也未可知。在各種小説中，作家對於他的『人物』，或者是極端崇拜，讚揚，或者如自然派的毛柏桑與福羅倍爾將他們的『人物』送進了實驗室，純粹的以客觀去表現。上説兩種態度，一則熱烈，一則冷酷，都未免太趨極端了。許多有名作者，對於他作品中的人物是取同情的態度，有錯處，却不曲爲之諱，有好處，亦表現出來。這種態度是不錯的。極端的態度是無取的。

小説家描寫他作品中的人物有兩種描寫法，一是直接的，一是間接的。什麽是直接的描寫法呢？就是由作者直接叙述他的行爲，表現他的思想與情感，描寫他是怎樣的人物。譬如許地山的《黄昏後》中描寫關懷説道：『他的外貌像一位五十歲左右的日本人，因爲他的頭髮很短，兩撇髫子也含著外洋的神氣』云云，便是一例。有的時候，作者在描寫中便加以批評，使這小説中人涌現在讀者眼底，使讀者明白作者對於這種人物的態度，不但容易瞭解這作品的本身，更容易瞭解這作者。

間接的方法則與此不同。譬如要描寫小説中的某甲，不直接描寫他，却去描寫他對於其他人物的影響，以反襯出他來。這種方法，如果善於應用，比直接的描寫更爲有力。看虎的人的口中的武松，比打虎的武松更要勇敢，更使讀者知道武松是怎樣的人。

雖然方法有兩種，但作者常常是兩法并用，并無軒輊的，只要用心去看，很容易看得出來。我們萬不可説那樣好那樣不好。

小説中的人物，更可以分爲兩類，一是所謂單純的，一是複雜的。單純的人物，是一看就看出來他是怎樣一個人的。譬如《紅樓夢》中的林黛玉，在第一卷上便可以知道他是怎樣的人了。但是《水滸傳》上的宋江，便不大容易確定他是怎樣的人。越是複雜的人越難描寫。單純的人物，須要寫得純潔乾净，全篇一致，不可紛亂，使讀者誤解。

小説家最難的事，是要使小説中的人物，描寫得確如其分，使他的個性活潑潑地涌現在我們心裏。《紅樓夢》與《水滸傳》之所以可貴，便在此，所謂『確如其分』者，便是將此人與其他人物之不同點(或特性)表現出來。使人知道某甲之所以爲某甲而非某乙。有些小説家便在介紹此人入他的作品的最初的時候，用一大段文字儘量的表現這個人的性格。如司各脱便常爲此。在表現個性上，現在的作家中，依我看恐怕要以魯迅和聖陶爲最好了。

一種職業有一種職業的特别情形，我們看作家描寫某一種職業的人的特點是很趣味的。又如某一階級的特點，和一國的特質都要描寫得出。貴族與農民不同，猶太人與英國人不同。因爲原來各人，各國的生活不同，所以小說家不得不使讀者得一種明確的瞭解。但是在這種地方，不可單注意他的職業，他的階級與他是那國人等等普通的描寫，尤其要注意他個人的個性。有許多作者，對於這層忽略了。推原其故，一則由於作者對於他所描寫的人并不曾有明確的瞭解，還不曾弄清楚他的人格。其次則作者對於他所要描述的人，雖有明確的瞭解，此人可以涌現在他想像之中或竟能看得見。但因爲他的藝術手腕薄弱，表現力差。故此人特點，未能表現。這處事情，也是有的。

自古以來，小説極多，但究竟創造出來的『新人』很少，大半是離不開舊窠臼的。

總之，小説作家從人生之流中拈出一斷片來，製成他的作品，其目的就是要將他所見到的，所觀察的，所想像的人物表現出來。使讀者對於他所描寫的人物，覺得在想像之中，這些人物是真的，直覺上覺得紙上有人説話走路做事。并且使人對於這紙上的活人活事發生同情（誰能看了《少年維特之煩惱》不對這煩悶的青年表同情呢）。但是這還不够，真正成功的，要使人感覺著在現實生活之上（或之外）還有一理想化的生活存在。能到這樣地步的，便是成功的作品。這句話，或者有朋友説太偏，但是我終這樣的信。

二

小説家有了人物，假如這些人物都是獃板的，没有行爲、思想、情感的，那還做什麽小説來。無論怎樣説，小説之中總是含著一個件事，這件事便是那些人物的遇合，他們的關係。這樣，就將我們引到小説的布局上去了。布局這個字，在英文是『Plot』，譯布局實在不甚妥，但是大家既是這樣譯法，又想不出别的譯名來，只好仍用他。所謂布局者，就是『小説中人物的遇合』。

人生之流是不斷的，小説家取一片段來，表現出來，這一片段，既爲小説家所攝取，在小説家的心目中是有結構的一件東西。在人生之流中，這自然是一小片段，但人生原是『一元的多元』，即此小片段，亦爲許多分子的合成，所以這結構，便是這些分子的遇合，即此便可以説是小説的 Plot。然而不要忘記，這些分子的遇合是有動機支配的。

至於布局的來源和人物的來源，一般無處不是的。可以從觀察中得來，可以從他的記憶中得來，或者竟從想像中創造出來。這三種來源，誰也不能説那個好，那個不好。有些小説家的布局，大半從觀察得來，如巴爾塞克，如狄更司，如吉伯齡輩，凡他一生所見所聞都是他的材料。又有些作家獨靠想像。美國小説家霍桑氏説道：『我實在不曾多看見現實世界，我寫小説，没有别的東西，只是從輕細的空氣中計畫出來的。』有些作家，更不過將神話故事，野老所傳聞，村夫所告語，他書所記載的，重新組織，描寫出來，有時比别的更好。這樣的作品也很多，如《水滸》與《西遊記》。

小説的材料是最重要的，我們不妨詳細的説一説。從廣義説來，自然是無論是人生的那一方面都是小説的材料。但各人所取的方面却不一定相同，所以各人的作品之所表現，當然亦不相同。然此無礙於作品之價值。成功的作家的作品，無論題材如何不同永久有他們的價值。爲什麽呢？因爲他們所描寫的是人類的情感，與人們的衝突和人們中間的問題，是最深切，最懇摯而最普遍的。

無論方式如何變换，説的都是人生深處。文學是人生的表現與解釋，在這個界説下，則小説作品的好壞當以其是否能各方面適合爲最要的試驗。所以小説的材料當然是極重要的了。須要材料好，纔有好作品出來，好材料是好作品的基礎。要以壞材料製好東西是雖有良工也不行的。

但是，小説怎樣纔有好材料呢？最要緊的是一個『信』字。有人説小説不是事實，所以小説與事實是毫無關係的。這實在是大錯。小説家寫小説，不論是説的那方面，必須深切的知道這一方面，所不知道的，便應當不寫。小説家應以此爲限，不曾經歷戰事的人，描寫戰争，不但決定（絶對）描寫不好，并且還要説外行話的。喬治愛略特攻擊當時的婦人作家，説他們不曾顧及性的根本不同，却要像男人一般，或從男人的眼光見解去創作，是不對的。現在報章常見許多小説，其主意都是非戰的，但我因親見復辟、安福兩役的戰事，今次又到戰地去了兩天，曾親自到野戰病院去看傷兵，村莊上去放米，和軍人談話，不客氣的説，在我所看見的範圍内，没有一篇是好的。因爲這些作家實在没有到過戰地。如何能做到一『信』字。材料不可靠，布局不會好的。

然而我們不要説得太極端了。人生的知識自然不一定全靠個人的經驗得來。有創作天才的作家，有能力可以吸取并利用各種材料，依然可以保得住一『信』字。做《魯濱孫飄流記》的作者，不但是一輩子不曾在荒島上住，便連海也不曾見過，但這一種作品却真是有永久價值。這樣看來，上面所説的『信』字是要附以條件了。總結起來説，小説家『應有多方面的經驗，對於人生有深切的充分的知識，應用在特殊事情上，便可以將無論什麽布局都吹進生氣去』。作品便也有生氣了。

前面因談布局而及小説之材料，今則再論布局。

有許多不怕煩的批評家，支離割裂的分了許多種的布局。殊不知一則太嫌煩瑣，二則人生廣大無垠，亦決分不清楚。反不如採取簡略的分法。小説的布局，極粗率的分法可分爲自由的（其實只是鬆泛的）與有機的（其實只是組織嚴密的）。這兩種布局在批評家手裏是很清楚的，到了創作家手中便不一定這樣清楚。什麼是自由的布局呢？一件故事是許多不相連接的事情合成的，其統一不是靠動作乃是靠這小説中的主人公，以他爲中心，他將一切分立的分子結合起來，這樣的小説在事實上只是一人一生的經歷的歷史。《西遊記》説的是唐僧的經歷，庶乎近之。《魯濱孫飄流記》與《虚榮市》都是這一類的布局。這種作品可以隨筆做下去的，正如薩克萊所説他的作文法子是先創造兩三個主要人物，有個大概的意象，然後一章一章的寫下去。又如 Anthony Trollope 之語亦可説明此意，他説道：『我坐下來寫小説的時候，我不知道，我也不甚注意要怎樣結局。』這樣的布局與有機的布局就不同了，有機的布局，作者只有大意是不成功的，必須要顧到全局的各部分。人物與事情各有其適宜的地位，不能改變，全文趨向一個結局，結構極其嚴密。如《紅樓夢》便是有機的組織。

這兩種布局原來不容易分得很清楚，若要説有機的布局在藝術上比自由的布局好，便是大錯。況且有機的布局，組織嚴密，或者更不自然些。

布局另外還有一種分法，分爲單純的與混合的兩種。前者是始末一件故事的，後者是二三個故事混合起來的。混合的布局最難的是統一。有人批評薩克來的《虚榮市》，便説這篇小説，原來是兩件事混合起來，但却不曾支配好。混合的布局，中國小説中也很多。

至於小説家表現的方法可以説是有三種，一敘述體，這是最普通的。二自傳體，自身亦爲小説中人物之一，如《老殘遊記》。近人大半用這種體裁，便是《小説月報》中的小説亦大半屬此三記載體。此一類主要的是書信體與日記體。這種體裁也很多。如安特列夫的《大時代中小人物的懺悔》，本志六號裏，冰心女士的《遺書》即此體。

前面説過，布局是人物的遇合。然則人物與布局究竟那樣重要呢？赫德孫説是人物重要，因爲若僅爲一故事，則在讀時或亦極有興趣，然終不如人物之足以引起深厚久遠的興趣來。如果注全力於布局，則必以人物遷就布局，人物乃大受損失。説人物重要我極相信，然而我不信人物較布局重要，兩者都是重要的；事實上決無没有人物的事情，也決没有了事情而没有人物的。兩都不相協和的作品是不會成有價值的作品的。

然而布局不僅是與人物有關，這件事的背景，也是要注意的。狄更司的《雙城記》大概知道的人很多，這本書最要緊的是不要與法國革命的精神與事實相背。又如《三國演義》這本書，就不得與當時情勢相背，因此就引出小説的又一要素來。就是『安置』。

三

什麼是『安置』（Setting）？這是很難解釋的。譯名譯做『安置』也不甚佳。所謂『安置』者，就是境遇，亦可説是人物活動的所在，動作的環境。有時像戲劇的布景一般，是小説中人物的背景。簡單的説就是小説中人物動作的時間與地位，凡小説中所及的情狀、習慣、生活狀態以及自然環境皆是。

小説作家取得安置的基礎，與取得人物與布景的來源是一樣的，不必再復述了，無論如何，他們的作品必有其背影。便是建設烏托邦的小説，似乎是完全創造的，爲我們現在的人所不知的境界，但是細加分析總脱不了現世間的空氣。天才的作家，他們作品的背景原是平常的田地、川流、山嶺、村莊、城市，但想像所及却全换了新的景色，使看的人覺得如入超自然界一般，這真是成功的作品。

安置可以分做兩種：一是社會的安置，一是物質的安置。什麽是社會的安置？就是小説中叙述的某一階級、某一團體、某一民族、某一國家、和某地的生活狀態。歷史的安置亦是此類。有許多小説家，不甚注意他們的作品的背景。但是有些小説家如狄更司與巴爾塞克便要將街上的情形、室中的面景，都詳詳細細的叙述出來。這些便是物質的安置（請翻閲《紅樓夢》）。

歷史的小説不但在外國受人讚美，便是在中國亦很有勢力。如《三國演義》、《東周列國志》、《説岳》、《説唐》、《征東》、《征西》等等都是很有勢力的作品（好壞又一問題）。這没有别的，不過是有歷史爲其安置耳。但因爲要描寫得切確，要將前數百年以至數千年的生活狀態描寫出來，所以成功的作品比較少些。

近代精神是注重實地觀察的，是注重寫實的，所以地方色彩在小説中是極重要的一件事。譬如一種作品的背景是北京，那不曾到過北京的，萬萬描摹不出北京的地方色彩來。他必須要深切瞭解了北京人的生活、北京的習慣、北京地方的情形，要使别的北京人看了覺得説的真是北京的事情纔好。許地山的《命命鳥》有很濃厚的地方色彩，可以説是在這一方面成功的作品。不但地方色彩是如此，便叙述各種職業，也是如此。學生在屋子裏描寫勞動者狀況是不曾成功的，因爲他真的不曾知道勞動生活的背景。

自然是小説的極重要的背景。近百餘年來，在西洋小説裏，風景成爲極重要的元素。自盧騷的『New Heloise』出現後，便引進一種新勢力來。山川湖沼均成爲小説中主要部分。自此以後許多作家便極端承認自然對於人們的感情與思想的影響。小説家如喬治山德、巴爾塞克、毛柏桑等的作品中，都表現出這種影響來。在英國方面，此風亦彌盛。十八世紀之初，可以説没有什麽好的自然背景的作品。但在狄福（Defoe）的作品便有很好的自然背景。到了十九世紀之初，許多詩人都極注意自然。用風景來激刺人們的情感的，可説是始於狄更司後來喬治愛略特與哈提都很注意這一點。俄國作家如托爾斯泰與屠格涅甫的自然描寫都是極可愛的。這種自然描寫不但使我們面前涌現極精細美麗的圖畫，更使我們確實瞭解其中的人物與其動作。

安置足以支配小説的人物與布局。在沙漠的背景裏，不會有極忙碌的商人，在手工業的鄉村的背景裏，不會有現代工業中心地方的勞動運動。更極端的説，没有提到河流，小説中的人物不會淹死，或投河。在熱帶地方，不會有寒帶的生活。縱使你描寫得如何詳細，但說的是寒帶生活，在熱帶中不會有的，若不符合起來，何得稱爲成功的作品。地點、時間，與人們的行爲是一件整個的事情，所以說人物、布局，背景是一篇小說的三要素。

但是藝術的作品是自然的流動，自動的創作。是個性的自由發展不可以支離煩瑣的範疇來限制的。所以我談到這三個要素的時候，將這些文學批評家造出來的範疇大半都去了，只求得一大意，說明這三者之關係而已。可惜限於篇幅，不曾多引幾篇小說的全文來說明，但這也够了。在本志近來登載的小說中，《命命鳥》篇是在這三方面都注意的，可以作一模範。

（一九二二年八月第十三卷，第八號《小說月報》）

下　篇

譬如我們研究圖畫，先研究了這種藝術與別種藝術的關係，先知道圖畫是什麽；然後進一步精確的去研究這畫家所用的各種顏色與他圖畫的幾種專門的技術；第三步就不得不想到這畫家了。我們研究小說也是這樣。前兩步的工夫我們已經做了。我們已說過小說之所以爲小說及其與他種文學的關係。我們亦已略略的將小說家所用的材料討論過。但我們認文學是自由的，文學的作品是要自由表現的，所以將一般獃板的批評家所定的種種範疇規律都略去不提。現在便要研究這作品背後的作家了。因爲個性在文學裏是極重要的，所以我們對於小説的作家尤其要注意。

其實小説作家是最重要的了。没有小説作家那裏來的小説？正如有了顏色紙張，若没有畫家，怎樣會有圖畫呢？然而這還是極概括的説法。某一種小説背後的小説作家與其他一種小説背後的另一小説作家是完全不同的。因爲各人有各人的個性，原是不同的。文學作品亦可以説是個性的表現。本體非一，所表現的亦必非一。若僅知現象，究竟不是本體。若僅看一種小説，而不知小説作家，只是不曾明白，也不會領會的。從前有些看小説的人，只求事實有趣便滿足了的，他何曾感到小説的好處。

如果相信馬太阿諾特的文學定義，説文學是人生的批評，則必定有個批評者。一人對於人生的批評，便是他心目中的人生，便是他的人格的表現。他的作品是從他心裏發出來的；作品裏便有他。所以我們要研究他的作品，不得不研究他個人。文學的作品便是作者個人的經驗所得，從他眼中看見，心裏想到感到，用他的天才加以藝術而成的。

現在我們不妨分析起來講。小説作家的材料第一是他的經驗。小説家是要爲我們解釋人生的。但是他所能爲我們解釋的一定是他知道的——他的經驗。他決不能完全無中生有的。或者説，這樣説來豈不是抹殺想像麽？退一步説，難道《西遊記》與《封神傳》的作家都經歷過那樣的經驗麽？不是的。他所見所聞實在不能供給他的材料的全部。但是却足以給他一種暗示。小説家根據這暗示便可以構造許多事情。無礙於他的想像。他的想像正是這舊經驗的暗示所發生的新結合。『個人的經驗是一切真的文學的基礎』，這句話是不錯的。《紅樓夢》與《水滸傳》的材料不同，根本上也因爲曹雪芹與《水滸傳》的作者的經驗不同。

作者的經驗固然是與他的作品極關重要，然而作者的思想亦是極關重要的。麻菘（Masson）教授説道凡藝術家皆爲思想家，不管他自己曾否知道。這句話是極有意味的。他的思想影響於他的作品甚大。雖然他未必能如哲學家一般自己知道他的思想的統系，然而他總能在混雜的人生中尋出一條綫索來，在人生給予他的紛亂的印象中建設一『統一』。有許多小説更從事解釋一種哲學的學説。在屠格涅夫的著作中便正式的解釋虛無主義。佛羅貝爾的作品中常有悲觀主義的氣息。他的思想可以説是他的經驗的範疇。思想是一切藝術（除掉音樂）的基礎。思想不同，作品亦因之而異。世間絶少思想相同的人，所以世間也絶不會有絶對相同的作品。也更不必摹仿别人，别人的經驗思想與自己的經驗思想不同，姑不論摹仿是否合宜，也必不能相似，徒然自己加上鐐銬而已。

文學的要素是情感。這是我們所萬不能否認的。依心理學家説，心理現象只是動境與反應（Situation and Response）。我以爲感情也只是對於動境的一種反應。文學上絶對各人不相同的，没有再如各人的情感的了。因爲人的環境没有絶對相似的，所以情感不同。因而其表現——作品——亦各不相同。作家對於一件事的愛惡不同，其作品亦必不同。

最終我們要提到想像了。想像是極神秘的，極難解釋的。不是一種單純的事情。但是小説家創造想像的新環境事實，新人物，也是不可掩滅的事實。我們雖不能爲想像下一定義，但我們却可以説想像是將斷片的經驗得新結合而發明的，是一人的經驗、思想與情感的結果。想像是一種結合；但是這種心理的過程大致是自然發動的，所以結合的結果是新的。我們知道想像是文學的要素，當然也是小説的要素，所以小説家的想像與他的作品是極有關係的。

一種作品背後有一個作家，這個作家的經驗、思想、情感與想像是造成他的作品的原素。但是他還有兩種限制。其一是他雖然具備以前所説的四者，然如没有最終之創造的衝動，依然是不會成好作品的。這就是與他的人格很有關係了。其次是時代的限制，我們看文學史常覺得這幾位文學家一定是這一時代出現的，那幾位一定又是别的時代的，似乎時代足以支配他們的作品。不錯的，作品間接的是時代的産物。作家不得不説他當時的話，思想他當時的思想。因爲他是生活在那一時代，受時代的影響的。時代直接影響作家，便間接影響了作品。不受時代影響，而可以自由選擇者只有少數的作家。

總結上面所説的話，最要緊的是要説明小説作家是小説作品的主體，如畫師之與圖畫一般。由此可以得三條結論。兩條是爲作者的，一是爲讀者的。第一各人既各有其個性，不可强同。而如此紛繁複雜的人生更不愁没有材料。磚瓦木料都盡够，造房子只要有工程師與工匠來。我的意思在這裏是反對摹仿。認爲是不應摹仿并且不能摹仿的。第二要誠實。柏拉圖最初就説文學中一切最好的作品的基礎是要對自己完全誠實，對他自己一生的經驗，與他所見到的事物的真理亦必要完全誠實。意思是説作家應當將他的經驗、思想、情感、想像誠誠實實地寫出來；不可做假，不可造作，不可虛僞。紐斯(George Henry Lewes)說道『文學所帶來的潮流的價值是以他們的真確性而決定的。固然我們不必人人有深遠的見解與特別的經驗；但我們只求作家將他們的最好的給我們，而他們的最好的決不是別人的』。我們要要求的作品是真的作品，不要假的作品。只有說真話的作品是真的文學。是有永久性和普遍性的作品。不真誠的決不是好文學。不真誠亦決不能有好文學。不論作者的生活是否複雜，經驗是否多，藝術的手腕是否高，最要緊的是要將他的生活，他所見、所聞。所知、所感老老實實的寫出來，留住一個『真』字。真的作品是好的作品，是表現人格的作品，是有個性的作品。好的事情可以描寫，壞的事情又何以不能描寫呢？文學的一個標準便是他的真確性。這是作者要特別注意的。

讀者對於作者，爲要真能領會某種小說作品起見，必須要對於這種小說的作者有同情。若對於作者没有同情，便不能知道作者是怎樣的一個人。要得到文學的好處，像人生一般，要得到最好的生活，同情是必要的。『只要靠著同情纔能與別一個人有精神上的接觸。』若對於作家有偏見，當然是更不應該了。

現在關於小說作家，只有這一個問題了。他爲什麽要做小說呢？小說是文學，文學的原動力便也是作小說的原動力。小說是可以直接表示作者的思想與感情的，而且人都是願意別人知道他的思想與感情的。都極願意將他所受的激刺與情緒發表出來。所以自己表白自己是作小說的原動力之一。這樣的小說專一表現自己的，很不在少數。任意取十篇今人的創作來察看，必可以有三四篇是表現自己描寫自己的，然而我們的生活決不是隔離的。人原是社會的動物，環繞他的人們的生活，與個人有極密切的關係。他對於人們的感情，人們的思想，人們的行爲（簡言之人們的生活），是極有興趣的。既有興趣，便亦要表現出來。所以表現他人亦是作小説的原動力之一。我們對於環繞我們的自然界，感莫大的興趣。而對於我們想像中的理想世界亦感莫大的興趣，極願意發揮出來。這亦是作小説的一個動機。文學亦是藝術，所以藝術的情感，或謂之人們對於美的感覺，人們的美的表現之滿足，亦是作小説的原動力之一。

但是人生是整個的。這些動力是沉浸在人們生活之中的，是混在一起的，所以在文學中亦是混在一起的。要詳細分析某種作品是某種原動力是萬不可能的。因爲原來是不容分析的。分析起來説是四樣，其實只是『表現』兩個字，小説作家因爲要表現，所以纔有小説作品出現。也謝謝這變化流轉的人生，供給他的材料。

小説作家呵！我們深深的感謝你們。我們默默的爲過去的、現在的你們祝福，讚美你們；我們亦深深的崇拜你們；我們更欣欣的歡迎未來的你們。你們是明月，在黑暗裏引導我們。你或者亦是極煩悶的，但我們却因你而得慰安。你們使我們各人感到自己的痛苦。你們的作品是人道主義的，使我們發生極强烈的同情心，不但自覺痛苦，更瞭解人的痛苦。使我們自覺現社會的不滿足而想到將來的理想社會，更使我們感到美的滿足。……這些都是小説家做得到的。

二

現在文學界裏很多有許多談寫實派文學的人，寫實派的代表作品亦介紹了不少。但是『寫實派是什麼』的問題，實在是很難下定義的。有的說，寫實派主張表現實在的人生，不但描寫美的亦描寫醜的；不但描寫憂愁，亦描寫苦痛，更注意那些不完全的現象，如左拉、杜斯退益夫斯基、哈笛（Thomas Hardy）的作品中所表現的。又有的説寫實派表現實在的事實……對於美惡精粗無所偏頗，無所選擇；與理想派與浪漫派是相反的。上述兩説，雖然是不錯，但總似乎大泛，還不能令人滿意。

寫實派這個名詞，所以難於下定義的緣故，亦是因爲這個名詞是與別的名詞相對而言的。顧慮到這一點便或者忘記了別的。第一寫實派是對理想派而言的。寫實派以爲人的真性情，是在日常生活普通經驗之中，而不是理想。小説家應當切實描寫日常生活。人生的實況怎樣，便怎樣地描寫。理想派的描寫却將人生都理想化了。其不完全的原素都除去了。所保存的只是那些合乎理想的。這兩派的分別也和哲學上惟心論與惟物論一般，是恰恰相反的。

第二寫實派是對想像的而言的。這一層分別很清楚，用不著詳爲解釋，第三寫實派是對惟情主義而言的。寫實派以爲對於人生的描寫，應當忠實，不應當夾雜感情的元素。對於人生的各方面不應有所好惡於其間。所以寫實派是與惟情主義不相合的。

小説上的寫實派與上面所説的，是一致的。但是西洋在近百年來，寫實派的作家出現不少。所以一般人對於寫實派亦有幾種概念。第一小説上的寫實派是要描摹實事的。寫實派的作家常被人稱爲攝影機。外面是什麽情狀，照片出來亦必絲毫不差。并且應當絲毫不差。小説家取出攝影機來，任意攝取，一種作品，只是一張照片一般。或者有人以攝影機的譬喻太機械了。便説寫實派是『人生的抄本』。小説家只是將人生的實事，謄寫起來的。

第二個普通概念以爲寫實派是一種方法，并不一定是將一切實事都攝取成影片。作家可以自由在平常的事情上有合宜的選擇，再描寫出來。還有一個概念，以爲寫實小説是『不痛快的』。這種概念是從歐洲大陸上（尤其是法國）的作品上發生的。然而這種概念并不是由於他的方法，仍由於作家的選擇材料。這些都是一般人的概念，但是這些概念并不一定是誤解。若只提到一層而不顧到其餘的便失之太偏，是錯誤的。抽象説來，寫實派只是描寫實事，描寫生活的實在情況務存其真而已。我們若從别一方面説，倒可以爲寫實派下一反面的定義，説『凡没有浪漫氣息的小説便是寫實派的小説』。這句話雖然仍似太泛，但却是很對的。不過我們又要先討論了什麽是浪漫派的小説纔真能瞭解這個定義。現在我們若總結上面所説的，也未嘗不可以得個結論。説寫實派的小説努力描寫事物的實在狀况，描寫現實的人生不避免平常的凡庸的事情，亦不避免不痛快不悦意的事情，譬如用一個鏡子，照取人生的實在狀况，鏡子裏照著怎樣，便怎樣地描寫，毫不加粉飾，更用不著遮掩。

我們在未説明寫實派小説在文學史上的地位以前，且先將寫實派小説的優點，與其缺點研究一下。看他究竟有什麽貢獻。

我們就西洋文學的潮流看來，寫實派實在是浪漫派的反動，從理想的變成平凡的，從純主觀的變成客觀的，從情感的變成理知的。文學上經過一次反動的運動，便開闢了一次『新園地』。寫實派小説在小説史上真是開闢了『新園地』。從前浪漫派有『返於自然返感情』的呼聲。但所謂自然是浪漫的自然，所謂感情亦是浪漫的感情。然而感情不完全是浪漫的，自然亦不完全是浪漫的，在寫實派的小説家，以爲世間一切無不可在小説家手頭，無所謂平凡的事情，亦無所謂不乾净的事情。樣樣都可以自由描寫，都是合適的材料。

寫實派不僅開拓了新園地，更創造了一種新技術。我們看寫實派的著作，恒使我們感到這種作品的忠實，人類生活的情形活現在紙上，如同影片一般，使我們真與現實的生活相接觸。似乎無一點不是把捉得住的，無一句不是實在的。

第三，寫實派的小説是人生的藝術。浪漫派小説的理想生活滿足不了現實生活的欲望，解决不了現實生活中的問題，更不能安慰減少現實生活的煩悶與痛苦。寫實派確是此種缺點的反動，寫實派并不是要做浪漫派小説做不了的事。寫實派只是因爲人生中有某種現象，便將他描寫出來，是人生的文學。第四點是寫實派所引以自豪的，便是客觀的描寫。他們以冷静的態度去觀察，將主觀的意見除去，作者似乎是被動一樣。

這幾點確是寫實派小說對於文學的貢獻（又豈止是對於文學的貢獻，是對於人生的貢獻）。我們對於左拉、毛柏桑輩應當表相當的敬意，他們在文學史上是應當有地位的。

上面所說的，都是推崇寫實派的話。難說我們從公平的眼光看來，寫實派就真能如一般人所想的毫無缺點麼？我們常聽見說寫實派的作家是描寫現實的生活的。然而此所謂現實的生活，實在是作家心目中的生活，不一定是實在如此。他眼中所看見的不一定是真相。縱使竭力爲客觀的描寫，但終究是戴著有色眼鏡的（作家的環境，人格等等）。他所描寫的真未必便是真。作家眼中的世界，不過是他眼中的世界而已。他所謂實在的世界或者只是左拉的世界，毛柏桑的世界，佛羅貝爾的世界。這樣的情形豈不是寫實派的致命傷麼？豈不是直搗寫實派的立足點麼？

寫實派不但有這種限制，更有許多危險。一、寫實派缺乏同情心。依照寫實派的格言，他一定要描寫實在，客觀的去研究人生的各種現象，從事精密的觀察，除去感情的元素，這樣的作品一定缺乏同情心。結果或者將人生看得冷酷而機械，似乎與我毫無關係一般，這是很危險的。二、寫實派主張描寫事實，但只是事實實在不够。藝術的目的，實在不僅是事實。藝術的目的是真是美。事實與真理是不同的。事實可以表現真理，却不能說事實即真理。除非小說家是用事實去解釋真理的，若僅是事實，一定是没有生氣的。小說家僅取其所觀察的來做材料，實在是不够的。三、人類生活不僅是物質方面更有精神方面、心理方面。但我們所能客觀觀察的只是物質方面、身體方面，精神方面、心理方面，是爲感覺所不及的。若依照寫實派的信條，純用客觀描寫，便只是描寫了半個人

（物質方面的）。不是人生的全部，不但如此，因爲他只見到身體，所以人類也都看做冷酷而無情的動物，只是一架會活動的機器一般，是烏乎可！　寫實派的成功，是受了科學的影響，但在這些地方却又受了科學的阻礙了。

寫實派的成功既如此，其失敗之點又加彼。　究竟應當怎樣批評呢？　寫實派無論如何，永久是文藝上的大運動。　他的影響永不會磨滅。　我以爲新浪漫派的發生，便是寫實派的大成功。　從文學進化的過程看來，自信這句話不是没有理由的。　如有人能先取讀一種浪漫派的作品，再取一種寫實派的作品讀之，再取一種新浪漫派作品讀之，便可以證明我這句話了。

我原來想略述西洋寫實派作家的，但因爲朋友謝六逸的《西洋小說發達史》上述說自然主義頗詳盡而明顯。　所以不用我再說，讀者自去看他的文字罷。　至於我對於小說的『派別』與『主義』的問題的意見，且等說完了浪漫派再說。

三

前段討論寫實派小說的時候，曾說過寫實派是浪漫派的反動。　我們若能記住這句話，想一想什麽樣的作品纔能引起寫實派的反動，則對於浪漫派的意義，必可知道了。

浪漫派的定義，也是很難找到的。　有人說浪漫派是『自我之解放』，又有人說是『文學裏的自由主義』，還有些别的說法如『好奇心之復生』，『愛新奇之美不要規律之美』等等。　這些話各有其對的方面，亦各有其謬誤的方面。更有人説浪漫派精神的兩個重要之點是好奇心與愛美心，由這兩點可以説浪漫主義是中代主義。

好了，我們現在又得了個比較具體的説法了，浪漫派也只是古典主義的反動。浪漫派一方面代替了古典派，一方面便爲寫實派開了一條大道。從前黑格耳在他的『美學』上曾説道，藝術之進化可分爲三個階段。第一期爲象徵時期，第二期爲古典時期，第三期爲浪漫時期。在浪漫期裏精神的元素是足以支配物質的要素的。換言之，是重精神輕物質的。他的分法雖然有許多人批評他，但我們從文學進化的過程上看來却也不是没有理由的。

我們雖然不能簡截了當爲浪漫派下一定義，却也未嘗不可先將他的要點提出來，然後再談别的。

古典派的作品注重形式，以至於造成許多没有生氣的藝術，浪漫派却一反其所爲，不事模仿而事創新，重自由，重感情打破形式的束縛，因襲的裁制。努力發揮個性，創造文學的新生命。古典派既重形式，自必不注重主觀，浪漫派却是極端的注重主觀，簡直是純主觀的作品。是精神的，是想像的，是超現實的，是超自然的。浪漫派生活於高而且美的理想中，努力發揮自我的熱烈的情緒，用理想的眼光來察看人生，努力求最高的藝術的美之實現。所描寫的是遠大的，精神的，理想的，神秘的，非平凡的生活。

浪漫主義在歐洲有極普遍的影響，在英法德諸國皆卓然成一時期，產出許多不可磨滅的作品。雖然各國有各國的特點，但是本源上是同一的。英國的浪漫派運動在文學方面，至華特華茨、庫列力治、斯各脫、濟慈、白朗(Byron)與席萊而登峰造極。但此輩除斯各脫外都是詩人。而斯各脫的小說作品確可以算英國浪漫派小說的代表。德國的浪漫派可以福克(Fouque)、希利格兒兄弟與泰克(Tieck)輩爲代表。法國則盧騷開其端,以後有許俄承其緒。浪漫派至此可謂極盛。餘如俄國,義大利、瑞典、西班牙諸國,亦均爲潮流所激蕩而有所創作。

在西洋小說批評家的眼裏,Novel 與 Romance 是不相同的。其實就我們看來不過是略有分別而已,若欲爲劃清界限亦是不容易的事。柏雷的話很是不錯,他以爲一切『批評的名詞都是相對的』以 Ro-mance 與 Novel 相較,不過 Romance 比較注重那特殊的、神秘的、想像的而已。但是我們却要進一步,這些作家爲什麽忽又注重這幾點呢? 直言之,浪漫派是怎樣出現的呢?

浪漫派的作者不以日常生活所供給的材料而滿足,或竟不滿足,於是就别尋新奇美麗神秘的材料。他所描寫的人不是街市上的人而是想像中的人、夢中的人。作品中都有一種浪漫的氣息。怎樣便能得到這樣的氣息呢? 至少有三要點:第一要使時代久遠,歷時既久,則一切事情似乎都理想化了,有一種歷史的想像。因此,有許多浪漫派小說的材料,都是以千百年前的神話傳説爲根據,因爲是神話,是傳説,是歷史事實,所以就會含有神秘的、奇異的、理想的、特别的,或者超自然的性質。簡言之,就是含有浪漫的氣息。第二要地點奇别。我們常以我們日常生活的環境爲平凡,爲單調,爲煩悶,所以浪漫派作家常創造理想世界,與理想生活。第三是熱烈的情感。若僅有久遠的時代,新奇的環境,若没有熱烈的情感,還只是没有活氣。一加入情感便立刻有了動力了。

在讀者方面，對於浪漫派的作品，更是十分急切的歡迎。何以呢？一則因爲一般人的好奇心，一則因爲一般人的愛美心。浪漫派的作品差不多都是新奇的，美麗的。不但如此，人們對於現狀恒苦不滿足，讀浪漫派作品確可以有實現理想生活的感覺，至少在當時可以遨遊於理想之邦，忘記悲哀的現狀。這確是人們需要這種作品之一因。

浪漫派怎樣變成寫實派，寫實派便也怎樣進化成新浪漫派。新浪漫派是寫實派的反動。但是寫實派的好處却一點不曾喪失，同時却又將寫實派的流弊都糾正了。這確是一大進步。

上面所說的話大半是以柏雷的《小說研究》一書爲根據的，應得聲明。但是有好些話，因爲我的意見與他不同，所以竟有恰恰相反的。

我對於文學上的各種主義與派別，認爲只是文學進化的潮流，不但是文學的潮流，竟是思想的潮流，所以我們不應有偏頗的見解。而所謂『寫實派』、『浪漫派』只是批評家的話，略示其分界而已。在作家方面，絶對不應有什麼主義什麼派別之謬見横於胸中，自己爲自己加上鐐銬。小說家的對象只是整個的人生，他以爲人生是怎樣，便怎樣的描寫，要創作不要摹仿。環境與思想自然是有意無意的支配他的作品，换言之，他原是受時代精神支配的，但是小說家（文學家）最重要的是自由，不應當做奴隸。

四

現在我們要研究中國的小説了。然而中國自始没有人下過系統研究的工夫，所以實在是極難的。

小説始於神話，各國如此。中國并没有專門採集神話的書，有惟散見於各書中（如《列子》、《莊子》）。《山海經》亦是一種神話。但這些只能算做小説的材料，却不就是小説。中國『小説』一語始見於《漢書·藝文志》。依《藝文志》所載，有小説十五家，一千三百八十篇（即《伊尹説》二十七篇，《鬻子説》十九篇，《周考》七十六篇，《青史子》五十七篇，《師曠》六篇，《務成子》十一篇，《宋子》十八篇，《天乙》三篇，《黄帝説》四十篇，《封禪方説》十八篇，《待詔臣饒心術》二十五篇，《待詔臣安成未央術》一篇，《臣壽周記》七篇，《虞初周説》九百四十三篇，《百家》百三十九卷，共十五家，千三百八十篇，閱《前漢書》卷三十），然此類作品，大半假托。張衡《西京賦》雖有『小説九百本自虞初』的話，但似乎不過是『九百餘篇短文匯刻』，而不是我們現在所謂的小説。此後漢代小説有《神異經》、《海内十州記》、《漢武故事》、《别國洞冥記》、《飛燕外傳》、《雜事秘辛》、《吴越春秋》諸書，到東西晉六朝時候有秦王嘉所撰《拾遺記》，晉干寶所撰《搜神記》，陶潛所撰《搜神後記》，宋劉敬所撰《異苑》，梁吴均所撰《續齊諧記》等在一方面均可稱之爲小説。若《世説新語》、《水經注》等書則僅可爲小説材料。

中國小説至唐代實爲一大進步。中國文學在唐代可謂極盛，故小説亦極發達。有《唐人説薈》一書，爲唐人小説之中心。但此種小説皆以文勝而不以情勝。如《虬髯客傳》、《李林甫外傳》、《高力士傳》、《梅妃傳》、《長恨歌傳》、《大（太）真外傳》、《紅綫傳》、《霍小玉傳》、《李娃傳》、《會真記》諸篇頗多描寫人生的作品。（此書坊間有售，并不貴。）

但是唐代以前的小説，都是文言，至宋代而有白話小説，小説家得了一種極適當的工具所以小説乃大爲發達。到元明兩代小説更爲發達，中國之代表作品爲《水滸》、《三國演義》、《西遊記》、《金瓶梅》等，皆於此時出現。清朝則小説大發達，著作如林，然數百年來要以《紅樓夢》爲代表著作。明朝小説除上列數種外，佳作亦不少，如《平妖傳》，梁伯龍之《紅綃記》、《紅綫記》，以及《平山冷燕》之類均是。清朝小説極多，如《儒林外史》、《兒女英雄傳》、《施公案》、《彭公案》、《七俠五義》、《小五義》、《七劍十三俠》、《濟公傳》、《征東》、《征西》、《五虎平西南》、《包公案》、《隋唐演義》、《岳傳》等書，其中實在有許多極好極好的材料。這些小説十餘年前我都讀過，深信如《七劍十三俠》等書，如經人修改，必可比肩《水滸》，到清末也有許多作品。此時已有譯本小説輸入遞嬗進化，以至今日。

我研究中國小説，覺得中國小説的病全由於兩句話。即『能記載而不能描寫。能叙述而不能刻畫』。所以中國小説只有事實。後來的作家必須要避去這種缺點纔好。中國小説中成功的作品都是能於『描寫』上見長的。如《水滸》、《紅樓夢》諸書。《施公案》上的黄天霸與《彭公案》上的馬玉龍，只是記載他們兩個人的事實，叙述他們兩個人的行力，却没有描寫這兩個人的人格。若與《水滸》上的武松、林冲比較，便知道《水滸》是善於描寫的了。好小説作品中的人物各人有各人的個性，是宋江决不是晁蓋，是薛寶釵决不是林黛玉；而在《施公案》、《彭公案》上黄三泰與褚彪竟似從一個模子裏出來的一般，不能發揮各人的個性。所以這些作品不算成功。

中國小説的缺點，在不能描寫，不能刻畫，結果作品中没有個性存在，無明瞭的人格。讀者只能知道一件事或許多件事，而不能瞭解作品中的人。因而不大能激動人的情感，使書中人與作者和讀者有同情的接觸。而且老實説，有些作品對於材料之選擇太不注意了。所以中國小説雖多，而完全的成功的作品實在很少。

中國的舊小説可以分做三類。一、成功的作品，如《紅樓夢》、《水滸》之類。二、待修改的作品，如《説岳全傳》、《施公案》之類。三、小説材料，如各種雜志筆記之類。第三種雖或者有好的短篇小説但總體并不能算是小説。這種的分法只從一方面立論，自然不能説是絶對的分法。

自有清之末至民國，小説大體可分爲譯品與作品。雖也不乏好作品，那些半譯半做的譯品，雖然對不起原作者，對不起讀者，但西洋作品却也一半是他們輸入的，其功亦不可没。至於前數年流行的許多『濫調小説』，平心而論，却亦間或有一兩篇能描寫的，只是這些作品的動機太不好了，結果之所至亦太不好了。這只能算小説史上的一變態，已成過去之物，正可存而不論。

五

中國過去的小説，雖不算極盛，但却也有幾種代表作品。我們就西洋文學史看來，小説也是到近幾百年來纔發達。俄國的小説，是極發達的，然而也是近百年來的事。現在我們中國，正是小説作家『殺入重圍』的時候了。將來的成功，一定是很有希望的。

現在的創作家實在不多，又大抵是正在前進的時候，所以要批評現在的少數創作家，實在還嫌早。實際上近年來的作品。雖然不少，而真正成功的作品也極少極少。

就現在的創作而論，有三種弊。第一、觀察不精細，因此作品中多模糊影響之談，無切實之描寫。既無真切的描寫，便不能引起人們的同情。有人説現在的幾位作家，都是有其他事業的，沒有觀察的機會；這句話是有錯的，因爲作家的觀察人生，正不必擇地而施，無處不是好材料。第二、對於材料太沒有選擇，小説的材料來源是人生之海，海中什麽都有，所以不能不有極精確的選擇。中國舊小説也是因爲材料太亂，所以成功的作品不多。但是現在的作家仍有此病。第三、描寫淺薄，此有二因，一則因爲觀察不精細，二則因爲描寫的藝術太差了，只描寫外表，而將内面的精神忽略了，實在覺得淺薄的很。這三種雖然不是説是人人的通病却是人人要注意的。現在的創作家對此似應格外努力。

現在的創作家也有三個好處。一、現在的作家的態度不是消閒的態度，是爲人生訴苦的態度。

是人生的藝術。二、知重描寫。三、對於人生有相當的見解(即我所謂哲學)。這是現在作品的成功之點。

我做這篇文字感受許多困難,一則中國論小說向無專書。二則本文是預備做小叢書的,又不能完全取外國小說來引證。三則小說即使是短篇,也有好幾千字,不容易引入文中。所以這篇文字一定是很不完全的。要請讀者原諒。現在且用從前在別的地方說過的幾句話來作一結論。

『文學家的創作所以能歷久不磨,是由於這些作品是他們對於人生的表現和批評,從他們的人格裏濡浸過纔寫出來的,決不是任意寫來的。是根本著他們的人生觀的……這是真的。……因爲是真的,所以纔能那樣親切誠摯……具有永久性和普遍性的。』這纔是好作品。

小說的研究

瞿世英

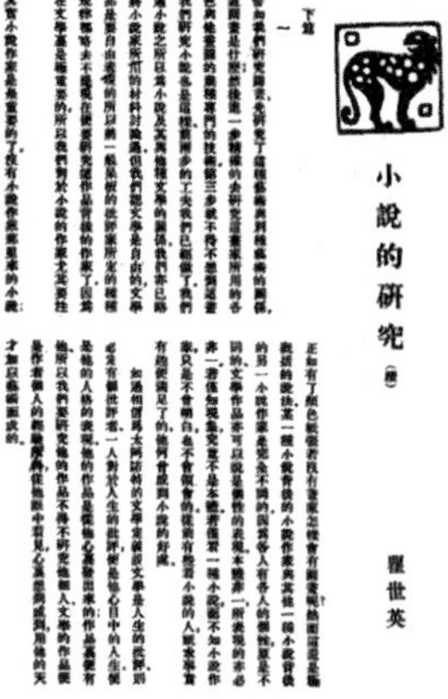

小說的研究(續)

瞿世英

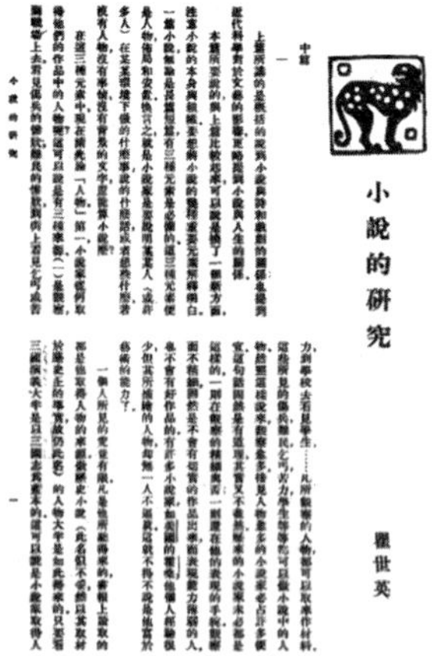

小說的研究

瞿世英

説苑拾零

蕣波 撰

載於《星期》一九二二年第十四期。作者蕣波，即畢倚虹（一八九二——一九二六），原名振達，字几庵，筆名倚虹，亦用虹、天䀚、春明逐客、清波、婆婆生以及妻名楊芬若等名投稿。江蘇儀徵人。民初知名小説家，曾主《時報》筆政，尤用力於《小説時報》、《婦女時報》，又手創《小時報》。後從事律師業。著有《未來之上海》、《光緒宫詞》、《清宫談舊録》、《銷魂詞》等，小説以《人間地獄》最著。本文就筆記所載王世貞欲以所作《金瓶梅》毒死唐順之的傳説，認爲今日之作小説用石印固毒，而作淫穢小説，其毒更不在《金瓶梅》之下。

某筆記載：王鳳洲值唐荊川於朝房，荊川曰：『不見鳳洲久，必有所著。』答以《金瓶梅》。其實，鳳洲無所撰，姑以誑語應耳。荊川索之切。鳳洲歸，廣召梓工，旋撰旋刊，以毒水濡墨印刷，奉之荊川。荊川屢以指潤口津揭書，書盡毒發而死云云。今日我輩撰小說，亦正是旋撰旋刊。石油調墨，亦不殊毒水。何與撰《金瓶梅》者，如出一轍。或云，今之小說，淫穢如《金瓶梅》，亦正不少。誘惑青年，墮落道德，毒豈在《金瓶梅》下。思之悚然。

畢倚虹

說苑拾零

慕波

某筆記載。王鳳洲值唐荊川於朝房。荊川曰。不見鳳洲久。必有所著。答以金瓶梅。其實鳳洲無所撰。姑以誑語應耳。荊川索之切。鳳洲歸。廣召梓工。旋撰旋刊。以毒水濡墨印刷。奉之荊川。荊川屢以指潤口津揭書。書盡毒發而死云云。今日我輩撰小說。亦正是旋撰旋刊。石油調墨。亦不殊毒水。何與撰金瓶梅者如出一轍。或云。今之小說淫穢如金瓶梅。亦正不少。誘惑青年。墮落道德。毒豈在金瓶梅下。思之悚然。

星期
第十四號
浴室
THE SUNDAY No. 14.
上海大東書局發行

説海披沙

無虚生　撰

載於《星期》一九二二年第三十九期。作者無虚生，曾在《星期》上發表過一些雜談，具體不詳。本文指責《快活》雜志將當時小説界的前輩王藴章的小説排名於後，認爲這可能是爲了『麵包問題』而有失體面。實際上，《快活》的編者恐怕未必有意貶抑，而《星期》發此類文字倒似乎在有意挑撥。不過，從中可見國人對『排名』位置之重視。

西神殘客以詞章名手，爲小説家言，吐辭雋永，名著一時。自退出《小説月報》，頗不輕易動筆。近某雜志中，迭有其作，然而以他人崇以特刊者，竟被抑置中篇以下。其篇首《編輯餘瀋》中，且直名之曰王藴章若何若何，而附於諸新進之末。不知先生何以竟自貶如此，而不一校。是殆受麵包問題之支配耶？雖然，吾滋爲先生惜之。

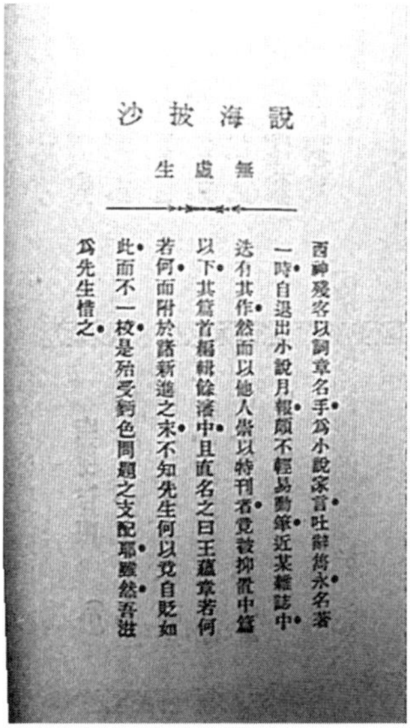

說海披沙

無虞生

西神殘客以詞章名手。爲小說家言。吐辭雋永。名著一時。自退出小說月報。頗不輕易動筆。近某雜誌中。迭有其作。然而以他人崇以特刊者。竟被抑置中篇以下。其篇首編輯餘瀋中。且直名之曰王蘊章若何若何。而附於諸新進之末。不知先生何以竟自貶如此。而不一校。是殆受麵包問題之支配耶。雖然。吾滋爲先生惜之。

傭餘小話

阿茗 撰

載於《遊戲世界》一九二二年第十五期。作者阿茗，當爲趙苕狂，見一九二二年《最小報》提要。所謂『傭餘小話』，即爲編後記。這篇小話，道出了當時小説雜志既風起雲涌，又迅速淘汰的情況，作者抱著『秉穩健之態度，隨潮流以漸進，雖無赫赫之稱，倖免庸庸之目』的宗旨，以求生存與發展。

今年小說雜志，風起雲涌，與去年交易所潮流，同其盛況，然而各交易所不旋踵即倒矣。吾雜志界，或不致蹈其覆轍乎！　斯誠今日之一疑問也。若吾志者，秉穩健之態度，隨潮流以漸進，雖無赫赫之稱，倖免庸庸之目，與他之徒震爍一時者稍有間。浩劫縱臨，庶幾倖免。顧一返觀前乎吾出版之某雜志，今已停刊，不得不懔懔矣。

口 傭餘小話 （阿・咨・）

美國有露意斯臘哀司 Louise Rice 女士者・能就人之筆跡・察出人之性質・并能知以後之休咎・往問者甚衆・我國今日惜尚無擅此術者・否則大可於星相術數界中・別開一新紀元・生涯之盛・可操左劵・彼吳鑒光・小糊塗之徒・當紛紛退避三舍矣・

上期余之一篇小說上所用題頭畫・係一紫羅蘭花圖・夫紫羅蘭固瘦鵑所特嗜・而於文字上時用以爲標識者也・今余妄一用之・是冒牌矣・敢鞠躬而謝曰・冒牌一次・下次不敢・

小説閒話

姚民哀 撰

載於《遊戲世界》一九二二年第十五、十六期。《遊戲世界》，月刊，一九二一年創刊於上海，至一九二三年停刊，共出二十四期，内容除小説之外，另有説苑、談薈、歌場、諧林等各類遊戲文字，曾出過『新年號』、『滑稽小説號』、『家庭號』、『偵探小説號』等特刊，由大東書局發行，周瘦鵑、趙苕狂爲編輯主任。本文作者姚民哀，見一九一九年《息廬小説談》提要。文章評述了李涵秋、徐枕亞、程瞻廬、葉小鳳四位作家的主要作品，如《廣陵潮》、《玉梨魂》、《茶寮小史》、《牛與媳婦》等，都能直言其短長，自有獨到之見。尤可注意者，對程瞻廬、葉小鳳兩人之作特多推重。

《廣陵潮》原名《過渡鏡》，李涵秋因之得名者。綜覽其半生著作，自以《廣陵潮》爲第一，但篇幅過長，入後逐漸鬆懈，較之前半部細膩熨貼，已有上下床之别。俠鳳奇緣，幸早結局。若再賡續，又恐覆轍重蹈。《戰地鶯花録》情節甚奇，惜乎時事趣聞，俯拾即是，難免敷衍之譏。近則分任數處，長篇精神渙散，而細味旨趣皆變相之《廣陵潮》也。於斯可見作小説之難焉。賢如此君，恐尚不免五百年後譏評，愚拙如余，雖亦東塗西抹，直牛溲馬勃，何足道哉！何足道哉！

徐枕亞《玉梨魂》一書，下筆膩直，爲世詬病，并其《雪鴻淚史》亦抹殺之。其實《淚史》一書，以憶語日記體裁化爲長篇，未始匪小説創格。不能因其膩直而棄之。信如是，元微之《會真》一記，亦可删燬，何以至今有人稱道耶？枕亞近頗自懺，所作亦較前大異。余嘗晉言可多作社會或俠義小説，毋再著香豔文字，奈枕亞篤於友誼，往往徇人之請，以他人之著署己之名，甚有疑其坐享厚利者。噫，盛德爲累，竊爲不取。

（一九二二年第十五期《遊戲世界》）

程瞻廬之筆墨，實探得古人作小説之門徑，思想高尚，胸又淹博，運用靈巧，匠心獨構。又善於死中説出活來，《茶寮小史》可當近代社會小説傑作之目。即《申報》刊登之衆醉獨醒，亦多警策處，余所深佩者也。

葉小鳳之短篇小説，足稱近代第一手，新舊兼擅，能人不能。《新中國雜志》所載《牛與媳婦》之造意，即歐美名家亦不過如此。他如《徜堂小史》、《經紀人》等作，皆非近代略明『她』、『伊』，用『：』、『?·』之小説家所能效顰。以言詞藻，七襄中之《情殤奴籲》、《清河生伴娘》等作，又直逼唐人堂奧。所著長篇小説似絀於短篇，然亦聚精會神之段落，《古戍寒笳記》述楊生絶塞遇五兒，見彈弓、吊孤影，即起耐庵於地下，必當欣吾道不寡。餘如《如此京華》、《官僚醜史》等作，均有精妙絶倫之處，惜乎年來不輕易落墨，著作不能多見，使余望眼欲穿也。

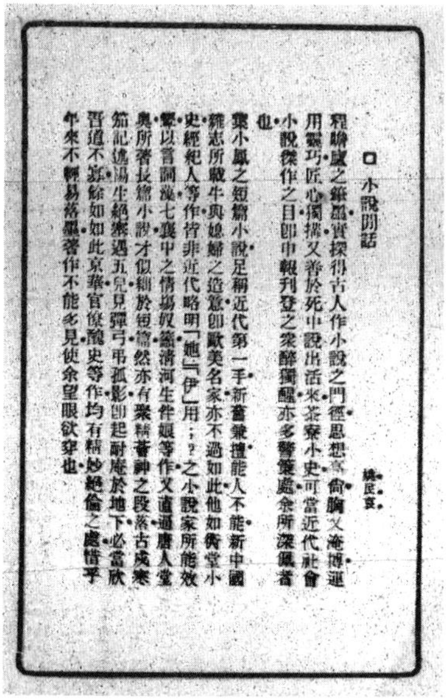
□ 小說閒話

程瞻廬之筆最實探得古人作小說之門徑思想高尙胸又淹博運用靈巧匠心獨播又善於死中說出活來茶寮小史可當近代社會小說傑作之目即申報刊登之衆醉獨醒亦多警策處余所深佩者也

葉小鳳之短篇小說足稱近代第一手新舊兼擅能人不能新中國雜志所載牛與媳婦之造意即歐美名家亦不過如此他如徜堂小史經紀人等作皆非近代略明「她」「伊」用：？之小說家所能效顰以言詞藻七襄中之情殤奴籲清河生伴娘等作又直逼唐人堂奧所著長篇小說才似細於短篇然亦有聚精會神之段落古戍寒笳記述楊生絕塞遇五兒見彈弓弔孤影即起耐庵於地下必當欣吾道不寡餘如如此京華官僚醜史等作均有精妙絕倫之處惜乎年來不輕易落墨著作不能多見使余望眼欲穿也

（一九二二年第十六期《遊戲世界》）

星期談話會

耐　冬等　撰

載於一九二二年《星期》第五期。《星期》見一九二二年琴樓等《小説雜談》提要。本文以『談話會』的形式集中發表各家對於小説等的看法，形式活潑。作者有耐冬、羽白、芬意、去惡、文新、四維等，其中羽白，即吴羽白，見一九二二年《小説鱗爪談》提要。其餘不詳。『談話會』内容涉及到古代小説《西遊記》、當時小説如畢倚虹的《雪窖騎兵語》、徐卓呆的《老牧師》，以及外國作品如托爾斯泰的《活屍》、法朗斯的未來小説《歐羅巴聯邦》等，一般是對作品的介紹與評價，也有對有關研究的的肯定，如耐冬的一則，即是肯定胡適認定《西遊記》『不過是一部很有趣味的滑稽小説、神話小説』的觀點。

胡適批評《西遊記》，他說《西遊記》不過是一部很有趣味的滑稽小説、神話小説，他并没有什麽微妙的意思，他至多不過有一點愛駡人的玩世主義。這點玩世主義，也是很明白的。這幾句話，我很贊成，可免種種穿鑿附會之説，因爲《西遊記》一書，的確被道士、和尚、秀才們，弄得他不知歸宿。道士説金丹妙訣。和尚説禪門心法。秀才説這是部正心誠意的理學書。這些解釋，都把《西遊記》，引入迷途。（耐冬）

本刊第一期《雪窖騎兵語》，用筆遒勁可喜，行文亦有長戈躍馬殺賊塞北之勢。余亦深信文中事實，語語有徵。余曾隸戎行，一度從軍漠北，其所見聞，尚不止此。某營長，余亦能意度其人也。卓呆君之《老牧師》，命意高超。此君另有一種冷雋筆墨，淡淡數語，蓄意無窮，頗不落一般文人窠臼。（羽白）

共學社之《文學叢書》，余最愛文範村君新譯之托爾斯泰劇本《活屍》（Live Corpse）。讀之深印入人腦。托爾斯泰最反對法律家，故處處對於法律，深致不滿之意。（芬意）

嘗見里巷中有捉賊者，群呼捉賊，賊亦呼捉賊。捉賊者以爲賊亦捉賊者，縱去不問，而賊因此得逍遥事外。今者國民均訴詈軍閥，以爲軍閥之足以蠹國殃民，而我嘗見軍閥之通電，亦訴詈軍閥之蠹國殃民。人讀其電文，竟忘此即蠹國殃民之軍閥也。此與賊之大呼捉賊，又何以異。（去惡）

希臘的詩家阿奇奴舉，創一種抑揚格的詩。下兩句是他的詩：

什麽時候妻子是她丈夫的快樂呢？ 只有兩次：
她嫁的那一天，和她死的那一天。

此等文章，何等深刻啊。見瞿世英君《希臘文學研究》。（文新）

法朗斯所著的未來小説《歐羅巴聯邦》中，他説將來婦女和男子，着同樣的衣服，頭髮也一樣剪短，無論何時，容貌總是快活嬌美的。也没有結婚制度，男女同居，不用什麽契約，像從前耻於性欲等僞善，也絶迹了。我觀現在的上海，漸漸兒也有進化到這步地位的，而於不耻於性欲的僞善一項，尤爲適合。所以發揮性欲，毫無顧忌，因爲這個耻字，將來字典上要没有了。（四維）

小説家别傳

王錦南　撰

載於《遊戲世界》一九二二年七、八月第十四、十五期。作者王錦南，自稱於一九一四年起在進步書局、文明書局、大東書局『當一個跑龍套角色』，故對上海各小説家多有接觸。本文就將他『曉得的幾位大小説家的性情和行爲等等記録出來』，共寫了包天笑、趙苕狂、周瘦鵑、胡寄塵、江紅蕉、姚民哀、張毅漢、葉小鳳、姚鵷雛、駱無涯、畢倚虹、陳蝶仙、陳小蝶、朱子佳、徐卓呆、孫玉聲、許厪父、貢少芹等十八位。

小可從民國三年到上海，由進步書局、文明書局，迄於現在的大東書局，在出版部裏當一個跑龍套角色，已有九年。對於上海各位小説家，嘗有接近的機會。因此，有許多喜歡讀小説的朋友都争著要我講某小説家是怎麽一個人品，某人是怎樣的一種性情。我就偷空把我所曉得的幾位大小説家的性情和行爲等等記録出來，以告一般有小説迷的讀者。

包天笑先生　喜歡讀小説的人在十餘年前已經都知道上海有兩位大小説家，一個是『冷』，一個是『笑』。『笑』就是現在主任《星期》的包天笑先生。他的教育小説和言情小説可謂并世無兩。他今年四十七歲，望去還像三十歲左右的人。他性情和藹，從没有疾言厲色的時候。交遊很廣，晨興極晏。工詩，善小楷，酬應甚繁。我所認識的幾位小説家當中，近視眼的資格要算他最老了。江蘇吴縣人。

趙苕狂先生　此君有兩種嗜好，第一歡喜喝酒。他喝酒的程度雖然及不到古時候的劉伶、李白，但是在狂興大發的當兒，却没有一個人可以追得他下場的。言茂源啊、豫豐泰啊，幾家紹興酒店的堂倌没一個不認識他的。他酒喝醉了，却有一種『今朝喝酒明日吐』的特性。他從喝酒以來没有一次『當場出彩』，這是人家所學不到的。但是一喝高粱便得吐紅，連他自己也不知是什麽緣故。第二歡喜看跑馬。逢到跑馬的一天，哪怕有天大的事情，必得坐著摩托車趕去江灣咧、上海咧，從不曾缺席一次。可是丢掉的$却也不在小數了。他祖籍浙江吴興，卒業於上海南洋公學，今年三十一歲，短小精悍，目有威機。在學堂的時候，玩得好一路棍棒。他的近視眼已有高小的程度。以偵探小説名家。（余不過喜譯偵探小説耳，甯能以之名家。芶附識。）

周瘦鵑先生　君今年纔二十八歲，撰稿已一百萬言以外，在著作界中要算他的出品最多咧。爲人很是圓和，没一毫兒名士架子。與他相識的人，個個都稱道他的。他在上海民立中學讀書的時候，因爲用功過度，生了一場大病，把頭髮眉毛一齊脱光，到現在還不曾恢復原狀。他有一種特性，無論幹一件什麽事，總是十分的負責任，而且很是迅捷。行路極快，每日晨六時起身治事。他没一星兒嗜好，也不妄用一個錢。他看《半月》的校樣總在進膳的時候，不肯白糟蹋一秒一分鐘的光陰。他屬稿非常之快，『倚馬萬言，立而可待』，這句語他纔當之無愧呢。他所辦的《半月》很費心力，大得一般讀者的美譽。現在更擬出其緒餘編著一種閒人的小月刊，定名叫做《紫蘭花片》。第一集的稿本我已拜讀一過，内容很有精彩。從前譽滿一時的《禮拜六》，他只編到第一百二十期爲止，以後的《禮拜六》却不是他編的了。人家因爲他的説部每多哀怨之什，總以爲他是個抱悲觀的人。其實，他是個很活潑的人，世故極熟，而無一絲虚詐的行爲。因爲外面想望他豐采的人很多，所以把他寫得詳細一點。他是蘇州人，讀者要瞧他的照片，請看《紫羅蘭集》的卷首。

胡寄塵先生　君安徽涇縣人。擅新舊文字，曾給名聞全國的胡聖人改過詩。好講俏皮話，善製短篇小説。身材瘦小，不喜歡修邊幅。暑天的白汗衫要在醬油缸裏洗净了纔願著上身去。他在上海擔任了六個學校的教課，還能出其餘力爲小説家言，而且出品很快，小小的腹公司竟藏得下許多資料，真瞧他不出啊！

江紅蕉先生 諸公阿曉得蘇州有位做小説格朋友俚耐，姓江叫江紅蕉先生。講到俚耐格人品伲野嘸撥啥閒話好去形容。俚篤上海人打話『那馬温』格名頭俚耐倒蠻真俚耐。今年春天格辰光約仔幾幾化化朋友一淘倒西湖去，白相羅裏曉得勒浪平湖秋月。碰著一位標緻娘娘，倒説把俚耐格魂靈野吊脱格哉。阿要氣數諸公篤勿相信俚耐，還有憑據刊勒《半月》浪耐看噓：

無量春愁驀得生（發作哉），西泠小雨記前因（俚耐説歸格標緻娘娘，勿知勒浪上海羅搭碰見過格），柳絲遮斷蘭舫影（倒説楊柳樹同俚耐作對），爲望雲鬟釣未成（𡡉實梗樣式極噓）。

欲將心事拖微波（西湖裏格水爲搭耐拉皮條末上海灘浪格鹵肉莊要關門撥耐看者啘），贏得佳人一笑過（阿是搭耐一幹仔笑）。踏遍春堤芳草路，紅樓斜日照雙螺（别人家格事情管耐啥事）。

巢居閣外費疑猜，樓外樓前去又回（阿是吊耐格膀子，耐格一厢情願噓）。空穀不知歌哭恨（勿見得山神土地野來搭耐做媒呀），回聲多是撲船來（省省罷）。少年多事復多愁（歸是耐自己勿好啘，人家拿仔幾幾化化庚帖搭耐做媒。耐横挑竪揀，總歸一百廿個勿情願，歸是耐自討苦吃呀），似水風華去不留（𡡉實梗樣式極噓）。芳影争從寶樓認，凄迷猶是説杭州（阿是伲勿冤枉俚耐）。

姚民哀先生　做小説的人大概都有幾個别號，但是我所曉得别號最多的人要算常熟那位姚民哀先生了。他不但别號比人多，連姓氏也比别人多一個。他上場説書，另有一個朱蘭庵的名氏。因爲他有一個親戚姓朱，在説書業中很有些兒名氣，他既要説書，爲號召座客計，所以不得不姓朱了。他身體極瘦小，一雙敲釘鎮活像婦女的裙下雙鈎。他有一種特長，無論上中下三等，凡是上海社會裏面的情形，他都能如數家珍的一一背得出來，人頭很熟悉，好個老白相。

張毅漢先生　君粤人而能吴儂軟語，好學不懈爲小説家中最肯用功之一人。精横行文字，擅圖畫，工八法，多才多藝，洵難得之才也。平時不輕言笑，惟儕輩之以學問相切磋者則罄其所知以陳，未嘗有所隱諱。體格極强健，遇不平事輒勇赴不少餒。某夕散步於黄浦灘，瞥見一碧眼兒拳擊一苦力，君操英語詰之，聲色俱厲。彼夷卒辭窮，逸去云云。

葉小鳳先生　某年夏，我到《民國日報》館去訪畫家錢病鶴，却見他老先生正赤著膊，趿了一雙稀破的鞋子，右手執一柄芭蕉扇，左手握著挺長的旱煙袋，褲腰一直散到肚臍以下，活像是個田舍老農。案上擺著一瓶酒，兩包花生米，他一面嚷著熱，一面吸煙喝酒，一手搧著扇，正忙得不可開交。忽地街上摩托車的喇叭呼呼呼喊了一陣。病鶴向樓窗下一望，教他來看，他見著好多婦女，打扮得花枝般，從汽車出來。忙即放了酒杯和扇子，順手搦了一枝紅墨筆，叫聞野鶴快來聯句。一面高聲吟道：『幸接芳鄰楊慶和。』（這時的《民國日報》館還在棋盤街楊慶和銀樓對門。）迫野鶴接下去。野鶴也到窗口去望了一望，便道：『紅男緑女往來多……』還没有説第三句呢，忽地樓下茶房送上一張很精緻的妃紅名片。我湊上去一看，却是通國皆知的英雌沈佩貞女士，側邊還用鉛筆寫著『專謁葉楚傖先生』一行小字。他趕即擲下紅筆，扔去名片，連説『擋駕擋駕』，就一溜煙躲入編輯室中去了。（關於此君豪放的情狀，讀者可查閲六月三十日《申報·自由談》娑婆生所著的《人間地獄》，篇中所述的華稚鳳就是指他。）

姚鵷雛先生　琴南翁嘗稱述的南中第一得意門生。姚鵷雛先生不做小説已有半年多了，喜歡讀他小説的人很有許多想念他的，所以我也把他介紹一下與讀者相見。他以前在南京實業廳裏當一個科員，很是氣悶。後來吾家鐵珊來長江蘇。他盡平生所學上了一封萬言書，鐵公即時請見，大爲欽倒。到現在漸晉漸高。他既抱負克展，所以也無暇做小説了。他有一個綽號叫做姚大頭，無論什麽洋貨店裏總没有他可戴的草帽，其大可知了。他是松江人，名錫鈞，南社四大將之一。

駱無涯先生　今年二十四歲，紹興人，是青年著作家中很有希望的一人。他的作品一篇有一篇的寄託，一篇有一篇的力量。他性情和藹，有忍耐性，不喜歡與人争短長，什麽事都很隨便，但是做小説却極不肯隨便。所以他的作品從來不曾含含糊糊發表，而且從來不肯做言情小説。有時偶然説到兩性問題上去，却仍也不肯卿卿我我的去描寫。他身軀極長，自頂至踵長六十八英寸又二分之一（讀者如疑我虚開尺寸，經人證實後，著者情願認罰）。有許多人呼他做長子，他也笑嘻嘻地答應。他是一個幸運之兒。百般都好，將來自也是成功人傳中的一個人物。

畢倚虹先生　先生邃於國學，所爲説部，一以糾扶世俗爲歸。洹上袁豹岑氏至，有一時時彦與抗手之譽。先生早歲入仕途，熟於遜清晚季京師上下之狀況。當時包天笑先生所主任之《小說畫報》曾刊其《十年回首》一書，爲時所重。嗣主《時報》筆政，所論多箴時匡世語。現僑居武林，嘗攜其佳侶徜徉於名山勝水間，璧人一對，杭之人咸目爲神仙中人焉。

陳蝶仙先生　先生別署曰『天虚我生』，字栩園，泉塘人，精詞章之學。初來海上時，名不甚著。嗣主任《女子世界》月刊、《申報·自由談》後，交遊日廣，名亦鵲起。所作小説處處切合文章義法，國内各學校至有採其説部爲課本者。曾獨立辦栩園函授學社，造就甚衆。自創辦家庭工業社於海上，藉其文名，深得全國學生界之信仰。於是無敵牌牙粉打倒東瀛之金剛石牙粉。爲今則不復再事著作矣！

陳小蝶先生　先生栩園先生之長公子，淵源家學，聲譽卓盛。工繪事，善修飾服御，極漂亮，翩翩佳公子也。自海上投機事業狂興後，君運其靈敏之手腕，投資於驃金買賣，獲利甚豐，已摩得摩托車一乘，不甘再埋頭楮墨間，效措大行徑矣。

朱子佳先生　年二十四歲，紹興人。他爲人很沉静而富於思想，在舊文學上頗有根底。他投身著作界雖還不到一年，但已嶄然露頭角了。他很喜歡吟詩，也喜歡批評人家的詩。有一次他對我説，曾見一個新進著作家做的詩，别的語病倒也罷了，獨是他老人家把一部詩韻也完全給推翻了，那真不成話説呢！

徐卓呆先生　先生常熟人，體格極壯碩，日文很好，曾做過某師校體操教員，某交易所市場監督。與人談話，語聲極沉重。他做的小説大都含有哲學意味，耐人尋思。他兼擅新劇，往往寓勸懲於詼諧，能予觀衆以極深刻的印象，所謂『腹有詩書氣自華』也。

孫玉聲先生　十餘年前言叙述海上花事之説部者允推《海上繁華夢》、《九尾龜》二書。《海上繁華夢》著者孫玉聲先生，别署警夢癡仙，亦曰海上漱石生。著作界之先進者也。現在上海之《新聞報》，即其所手創。當時民智未開，報紙銷路甚滯，竟至公司破産。嗣後數次經營戲園均不得意。今則垂垂老矣，現爲其故人黄楚九氏掌文牘。

許厪父先生　浙江蕭山人，以前曾做過南方的什麽秘書。爲人極是灑脱，用錢像灰沙一般。他的錢囊中難得有銀幣逗留著十天八天的。撰稿很快，一夜可做七八千字。

貢少芹先生　爲揚幫小説家健將之一，資格頗老，自視甚高，嘗謂中國小説家以短篇言，除衡陽何一雁君外，不作第三人想。曾主漢口某報筆政。單行本小説極夥。今年已届知命之歲，遇事大聲疾呼，無異莽少年也。爲某書肆編輯《黎元洪傳》，云得黄陂來函道謝，并媵以番佛百尊。此言果確，亦吾國著作界佳話也。

本篇（上）（下）兩稿遺漏尚多，篇中所述雖非盡屬無稽之談，要無絲毫愛怨之見。上篇江紅蕉先生云云，著者一時興至，奮筆書之。雖事實根據《半月》所載，而紹興人强打蘇州白，未免爲大雅所笑。江君『律己甚嚴』（此四字雖係江君所自道），著者雖與江君有數面之雅，但無深厚之交。幸拙稿明言爲小説家别傳，而雜志亦曰《游戲世界》，不則幾唐突大賢矣。謹志數言以告讀者。　著者識。

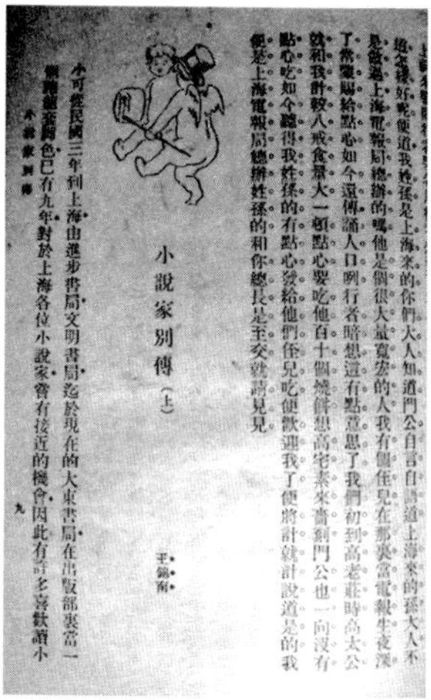

追念孫好吃便道我姓孫是上海來的你們大人知道門公自言自語道上海來的孫大人不是做過上海電報局總辦的嗎他是個很大量寬宏的人我有個侄兒在那裏當電報生夜深了常蒙賜給點心如今還傳誦人口咧行者暗想這有點意思了我們初到高老莊時高太公就和我計較八戒食量大一頓點心要吃他百十個燒餅想高宅素來嗇刻門公也一向沒有點心吃如今總得我姓孫的有點心發給他們侄兒吃便歡迎我了便將計就計說道是的我便是上海電報局總辦姓孫的和你總長是至交就請見見

小說家別傳（上）

王鈍根

小可生於民國三年到上海由進步書局文明書局迄於現在的大東書局在出版部裏當一個辦報紙的角色已有九年對於上海各位小說家曾有接近的機會因此有許多喜歡讀小

小說家別傳　九

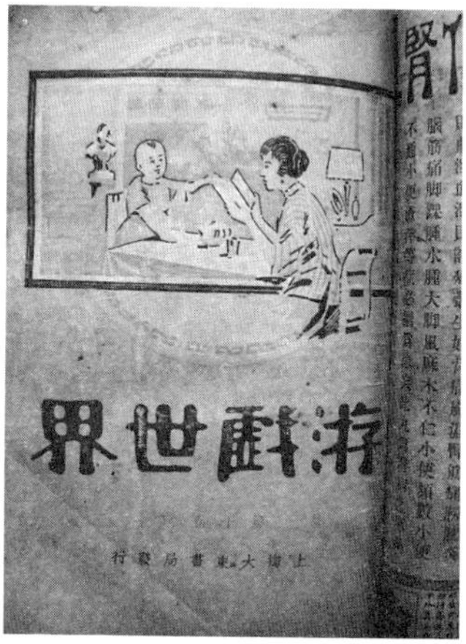

小說家姓名別號表

王錦南　撰

載於《遊戲世界》一九二二年九月第十六期。作者王錦南，見一九二二年《小說家別傳》。本文記録了五十四位小說家的別號，計有：畢倚虹、袁寒雲、林琴南、趙苕狂、包天笑、周瘦鵑、葉小鳳、王鈍根、王西神、李涵秋、胡寄塵、姚鵷雛、嚴獨鶴、江紅蕉、何海鳴、孫玉聲、朱瘦菊、陳蝶仙、劉玠玉、張春帆、馮叔鸞、駱無涯、朱子佳、張毅漢、許廑父、管際安、張丹斧、貢少芹、李定夷、范君博、聞野鶴、范煙橋、吴綺緣、李髯翁、劉復、王蘭仲、姚民哀、陳小蝶、李常覺、吴雄倡、徐卓呆、許指嚴、惲鐵樵、徐枕亞、吴雙熱、程小青、程瞻盧、劉豁公、張舍我、張碧梧、陳冷血、奚燕子、戚飯牛、景梅九。

霞碧生讀了我做的《小説家別傳》，就跑來與我説：『你何不把小説家的姓名別號也説個明白，讓大家曉得曉得？』我道：『小説家的別號我雖也曉得幾個，但是有好幾位小説家除確定的別號外，有許多臨時的化名，如果要一氏不遺，統統説出來，一則遺漏必多，二則也許人家或有忌諱。』他説：『你只要認清題目，以真姓名和已經發表過的小説等等爲主體，那就没有什麽不便了。』於是我就把我所曉得的幾位小説家的姓名別號寫在下面。其中如袁寒雲先生、張丹斧先生等都是文學家，但因爲這幾位有時也喜歡做做小説，所以也寫在其内了，本表所列姓名隨手寫來，不分先後，請讀者鑒之。

畢倚虹　几庵　娑婆生　蕁波　老牌春明逐客　……
袁寒雲　克文　抱存　豹岑　孝質　……
林琴南　紓　畏廬　冷紅生　踐卓翁
趙苕狂　澤霖　雨蒼　憶鳳　D. K.
包天笑　朗孫　公毅　包山　憶英　拈花　釧影
周瘦鵑　國賢　紫羅蘭盦主　情海歸槎客
葉小鳳　葉　楚傖
王鈍根　晦
王西神　蓴農　蘊章　西神殘客

李涵秋　應璋　漱香　葫蘆……
胡寄塵　懷琛　塵夢　葫蘆……
姚鵷雛　錫鈞　雄伯　蘿湘閣主　紅豆詞人
嚴獨鶴　楨　子材……
江紅蕉　鏡心　紅燕……
求幸福齋主　何海鳴　一雁……
海上漱石生　孫玉聲　警夢癡仙
海上説夢人　朱瘦菊
天虚我生　陳蝶仙　栩　壽祺　栩園
天臺山農　劉玠玉
漱六山房　張春帆
馬二先生　馮叔鸞
駱無涯　靈蘭　碌碌……
朱子佳　錫珍　心史
張毅漢　一廠
許廑父　一厂　許二　顏五郎　能静

管際安　義華　霽盦　湘夫

張丹斧　丹翁　通紅的老頭子……

貢少芹　璧　天懺生

李定夷　健卿　墨隱廬主

范君博　難哥

聞野鶴　宥　子威

范煙橋　鴟夷

吴綺緣　憶紅

李髯翁　髯　敏齋

劉半農　復

王蘭仲　蓺　無餓　毋愁

姚民哀　朱蘭庵　花萼樓主　芷卿　靈鳳……

陳小蝶　蘧……

李常覺　新甫

吴雄倡　傭傖

徐卓呆　半梅　築岩……

許指嚴　國英　十目　不才　甦庵
惲鐵樵　樹珏
徐枕亞　東海三郎
吳雙熱　一寒
程小青　青心
程瞻廬　觀欽
劉豁公　達
張舍我　建中
張碧梧　乃豊
陳冷血　景寒　冷
奚燕子　囊　生白
戚飯牛　牧
景梅九　定成　玫玖

陳蝶仙

包天笑

嚴獨鶴

民國以前的小說雜志

塵夢 撰

載於《遊戲世界》一九二二年九月第十六期。作者塵夢，即胡寄塵，見一九一九年胡季人《小説管見》介紹。本文勾勒了中國早期二十年間小説雜志的發展概況：清光緒三十年前後始有，但不大發達；到民國二三年盛行了一次，但不久又衰了；民國九年到現在又漸漸興盛起來。然後簡單介紹了《新小説》、《新新小説》、《月月小説》、《繡像小説》、《小説林》、《新舞臺》、《小説時報》、《小説月報》等八種小説雜志。文後的附識當爲編輯趙苕狂所作。

中國有小說雜志，不過只有二十年的光景，是前清光緒三十年前後始有的，而且不大發達，直至民國二三年以來纔盛行了一次，但不久又衰了，民國九年到現在又漸漸的盛起來。民國以來的小說雜志不下三四十種名目，但是頂著名的也不過這麽幾種，且時代不久，很容易知道。在民國以前的相隔較遠，便有許多人不知道了。我如今所說的便是民國前出版的小說雜志，除了兩種以外，其餘都停版了。兩種是誰？一是《小說時報》，一是《小說月報》。

（一）《**新小說**》　這種小說雜志恐怕要算是中國的第一種。他出版在光緒三十一二年光景。主任人是梁任公，印刷在日本，印好了運到中國來，由廣智書局發行，一時銷場很好。內容除小說而外，各種雜文也都有些，燈謎尤多。他的本子和現在（壬戌）的《小說時報》差不多，出了一兩年光景便不出了。其中作者除了梁任公以外，算是吴趼人頂著名（即我佛山人），現在人人皆知的《二十年目睹之怪現狀》便是先登在這個雜志上。

（二）《**新新小說**》　這種雜志就是跟《新小說》出的，不知是何人主任編輯。其中的作者有天笑、冷血，出得不久便停了。我還記得封面很樸素，只寫了字，没有畫花（《新小説》是畫得花卉）。

（三）《**月月小說**》　這雜志是每月一回，故名《月月小說》。主任編輯的人是吴趼人，却另外還有一個做書生意的替他擔任印刷，名叫汪維甫。現在書坊店裏拿辦雜志當一件生意經，恐怕要算從汪君起了（汪君現已死了）。其中的作者除了吴先生以外，還有位周君桂笙專門翻譯，天笑、冷血也常常有文章在裏面。再有一位名叫王旡生，在清末也很有名的，現在死了，知道他的人也少了。《月月小說》

出了兩年的光景，便停了版，但是現在四馬路群學社裏還有成卷的賣兩年的小説，還買得全。

（四）《**繡像小説**》　是商務印書館出的，用中國紙兩面印的，封面上好像是畫得花卉和鳥雀。其内容小説中多有插畫，所以叫《繡像小説》。現在人人知道的《繁華夢》便是先登在這雜志裏頭，所以現在他家印行的叫著《繁華夢續集》。《繡像小説》現在商務印書館還有得賣。

（五）《**小説林**》　這雜志是小本子，好像現在的《禮拜六》一般大，但是比他厚得四五倍。不知何人主任編輯，作者有天笑等人。後來雜志中的材料大都印成單行本，歸有正書局發行。

（六）《**新舞臺**》　這雜志也是小本的，大小厚薄都和《禮拜六》一樣，内容關於戲劇的作品比小説爲多，出到不知兩期呢還是三期便停了。

（七）《**小説時報**》　是有正書局出的，出版也在前清時。起初是冷血編輯，後來恐怕天笑也編過，再後來畢倚虹也編過。那中間忽然停了，今年復活起來，歸李涵秋編。以前瘦鵑、毅漢的作品很多，復活後没有了。

（八）《**小説月報**》　是商務印書館出版的，第一年第一期是在宣統二年秋天出版，編輯主任是王蓴農，民國元年换了惲鐵樵。第一年本子没有這麽大，是在惲鐵樵手裏放大的。民國七年又歸王蓴農編，民國八年改歸沈雁冰編。

以上八種都是在民國以前出版的，民國元年以後出版的一概不説了。在《新小説》之前，點石齋也曾發行一種畫報，是中國連絲紙石印的，圖畫和文字各半，但是内容新聞風景居多，不全是小説。

他的名目也不叫小說，所以也不把他列入。

據我所知還有《雁來紅》一種，是一本月刊，似在民國以前發行，大約出了七八期就停了，塵夢先生你看見過麼？ 我的老朋友王錦南先生亦有一篇講民國以來小說雜志的作品，跟著就要披露了，倒可與這一篇聯成一氣讀。

茗附識

小説家近事拾遺（一）

坤剛撰

載於《游戲世界》一九二二年第十六期。本文原署名爲『坤剛偶述、茗狂戲注』。坤剛，不詳。茗狂即趙茗狂，見一九二二年《最小報》提要。本文寫了徐卓呆、嚴芙孫、趙茗狂、周瘦鵑、李涵秋、胡寄塵、張舍我、沈禹鐘等小説家的一些趣聞逸事，可見當時他們生活之一斑。

打聽著一件，報告一件，有聞必録，不分前後。

徐卓呆在隔壁店裏買了幾塊牛乳餅乾，一家老小都吃得上吐下瀉，卓呆吃得最多，吐瀉得也最厲害，幸虧卓呆是大塊頭，還不要緊。

苕注：我今日曾經見過他塊頭仍舊這樣大，這件事情倒没有説起。

王鈍根住屋的大井是石板鋪成的，石板上居然會長出青草來，你道奇不奇。

苕注：石板上會生青草，這是添丁之兆，鈍根不久定要添兒子，或者就得討個小老婆（有人説鈍根是教徒，這是絶對不會的），你們瞧著罷。

嚴芙孫有一回給人家捉住演幻術，就拉趙苕狂做搭擋麻子。這位趙先生完全是門外漢，一共做了八套，倒有五套給趙先生拆穿西洋鏡。嚴先生真真無趣阿，要殺風景。

苕注：變得戲法，總要拆穿西洋鏡的，與其給人家拆穿，還是我做搭擋麻子的拆穿了罷。

趙苕狂最近在秋月家碰和，自己當莊和出來一副三元。嚴芙孫在朋友家裏，也和過一副四喜，都是難得的事。

苕注：我這副三元是規規矩矩和出來的，沒有什麽稀奇。芙孫這副四喜，那倒有點難説了，因爲他是會演幻術的呢。

周瘦鵑向來歡喜挖花，近來忽然戒掉了。

苕注：聽説他曾和過一副十萬八千八百八十道的牌，覺得和得太多了，所以就把挖花戒掉了。

李涵秋吃大菜，但吃一道湯，吃過了這一道湯就要换筷子吃中菜了。

苕注：這個我不注了。

胡寄塵的草帽有人説他是在醬油中浸過的，可見得他老人家儉樸可風。

茗注：坤剛先生，你弄錯了。人家說他在醬油中浸過的，乃是汗衫，并不是草帽呢。并且這位胡先生近來亦漂亮多了。一件雪白的汗衫，別說没在醬油中浸過，就是一點醬油漬亦找他不出來。

張舍我理想中的夫人，第一條要身體健康，免得將來討著一位病妻，精神上重感痛苦，所以他這頭婚事直到如今高不成、低不就。胡蝶女士想替他做媒也没做成功。張先生善作問題小說，這個問題倒要請他自己早些解決。

茗注：胡蝶女士就是嚴芙孫的夫人，所以有些人又喚芙孫是蜻蜓。至於舍我這個問題，他自己總會解决的，倒不勞旁人操心呢。

沈禹鍾天天蹲在家裏陪夫人，要他出一步大門邊很不容易的。

茗注：坤剛先生，這倒不是禹鍾一人如此，就是嚴芙孫亦是如此的，大概你没有打聽到麽。

他們是有專門學問的這是我們陰間的一種科學有許多鬼博士在那裏研究大聖可要自去訪問行者道旣然沒有八戒在那邊我就不去了我此來是專爲尋師弟來的判官道報告大聖得知天蓬元帥決計沒有到陰司來倘然來了我們當然知道請大聖留個住址在這兒倘然天蓬元帥到這裏來小判自會通知以大聖的聲望通個關節與十王自然放他還陽行者道多承多承我的住址八戒知道判官道大聖不妨在這裏多盤桓幾天別人小判不敢說這話大聖的軀殼修煉過的卻不妨事何妨在這裏遊歷遊歷

小說家近事拾遺（一）

埒剛僞遺　君狂戲註

■打聽著一件報告一件有聞必錄不分前後■

徐卓呆在隔壁店裏買了幾塊牛乳餅乾一家老小都吃得上吐下瀉卓呆吃得最多吐瀉得也最厲害幸虧卓呆是大塊頭還不要緊

別號話（一）

王錦南　撰

載於《游戲雜志》一九二二年第十八期。作者王錦南，見一九二二年《小説家別傳》提要。本文就林紓之所以號『踐卓翁』、陳蝶仙號『天虛我生』、吴趼人號『我佛山人』、王文濡號『新舊廢物』、劉文玉號『天台山農』、姚鵷鶵號『紅豆詞人』，一一作了解釋。

清崑山葛萬里夢航嘗以宋金元明人之別號，勒爲一集，署曰《別號録》，書凡九卷，雖遺漏尚多，已足爲案頭之一助。兹編所列，但就個人記憶所得，拉雜書之，若云比美萬里，則吾

豈敢？（著者識）

踐卓翁

閩侯林琴南先生紓，等身著作，籍甚文名，國人固久以國師目之矣。先生性情亢爽，誨人不倦，擅畫事，嘗以所入養其孤貧無依之戚族，其鬻畫啓云：『親舊孤孀待哺多，山人無計奈他何。不增畫潤分何潤，坐聽飢寒作甚麽。』可以知其概矣。曩任北京大學講師，一時皆賢俊之出其門者不可僂指計。民國四年，董某任教，次殊無狀。先生數斥不悛，憾之甚深。於是凡有所作，輒署其名曰『踐卓翁』，人有問之者，則切齒咒曰：『郿塢孽畜，摧殘教育，乃翁欲踐之以甘心耳。』

天虚我生

錢塘陳蝶仙先生栩，原名壽祺，今之柳耆卿也。少美豐姿，有璧人之目。中年即絶意仕進，嘗欲以實業裕民生，創業數四，屢遭失敗，其曰『天虚我生』者。以此，民國八年之夏，東瀛以二十一條逼我承認，國人大憤，群起爲抵貨運動，時先生適與青浦王鈍根先生等創無敵牌牙粉廠於海上，出品精良，大得國人之同情，於是廠務日進，今則無敵牌商標已巍然爲國貨光矣，虚生云乎哉？

我佛山人

晚清之季，以小説名家者，厥推南海吴趼人。趼人原名寶震，後更名沃堯，性抗爽，好作狹斜游，才緒甚都，顧嗇於命，所遇多不如意，曾在申江辦一兩等小學。一生著作甚富，而以《二十年目睹之怪現狀》一書爲尤膾炙人口。嘗自署其名曰『我佛山人』，按佛山爲南海之首鎮，其曰『我佛山人』者，猶言我是佛山之人也。現在上海各藥房在報章所登名流之保證書，即作俑於吴氏也。

新舊廢物

吴興王均卿先生文濡，其别署曰『新舊廢物』，蓋自謙之也。先生精邏輯之學，於書無所不讀，博聞强識，老而彌神。爲文融洽古今，溝通新舊，而嘗欿然若不自足，求之今世，亶其難矣。

天台山農

天台劉文玉先生玠，擅書，工文章，曾司伍老博士記室有年。民國成立後，參江北某司令戎幕，多所擘劃。近年，鬻字海上，硯田之入頗豐。有别署曰『天台山農』，合其故里姓氏於一爐，誠爲巧不可階。（《幽明録》：『漢永平五年，剡縣劉晨、阮肇共入天台山。』按：天台，今縣名，屬浙江會稽道。）

紅豆詞人

松江姚鵷鶵先生錫鈞，爲畏廬老人南中第一得意弟子。行文古茂樸雅，絶似乃師。曩在海上，眷一伎綢繆甚，至後乃爲一武人劫持以去，先生念之殊深，因自署其名曰『紅豆詞人』。實喻其相思之深也。上海新世界選花國大總統，時主事者邀先生相助爲理，其所眷之伎被選爲某里都督。曾見先生手書一聯，贈之曰：『玲瓏三犯聲聲慢，玉交枝頭步步金。』集詞名而不略露痕迹，又妙合若斯，蓋亦難矣。

別號話（一）　王[illegible]

清崑山葛萬里夢航，嘗以宋金元明人之別號，勒爲一集，署曰別號錄，書凡九卷，雖遺漏尚多，已足爲案頭之一助，茲編所列，但就個人記憶所得，拉雜書之，若云比美萬里，則吾豈敢。　著者識

▲踐卓翁▼

閩侯林琴南先生紓，等身著作，稱甚文名，圖

別號話

小説家言

東　撰

載於《新世界》一九二二年十月九日。作者東，不詳何人。本文以一個極端的例子，説明小説當爲虚構，不必强求『據情直書』。作者明知自己是『虚構成篇』，而却揚言『實事』以招徠讀者，則從一個側面反映了當時的讀者市場對『小説』認識的不足。

小説家某凡所著之書，每期閲者信認其弁言，必叙曰：『此段爲某處之實事，作者據情直書，如有虚言，即爲禽獸。』因是名大噪。一日，有説部居停書一柬招之。其文曰：『久仰鴻儀，無緣拜識。

敝部編員虛席，因思麟筆輝煌，是長文章價值，如蒙屈就，乞移玉至某處接談是幸。』某閱柬，當即赴往，居停讓之座，與語良久，意頗洽。忽謂曰：『吾憶小説家大都捕風捉影，虛構成篇。如君所有著作，處處皆講求實事，毋乃不可多得耶！』某笑曰：『余欲堅人信，故爲此云云，其實如有一句實在，余可立誓曰：「余即爲禽獸」。』居停見説大笑，即起止之曰：『君毋爾，苟如所誓，足下禽獸之名故爾不得辭矣。』某曰：『禽獸亦美譽也，奚必辭？苟非美譽，則尊柬中所謂鴻儀、麟筆，豈垢我乎？』

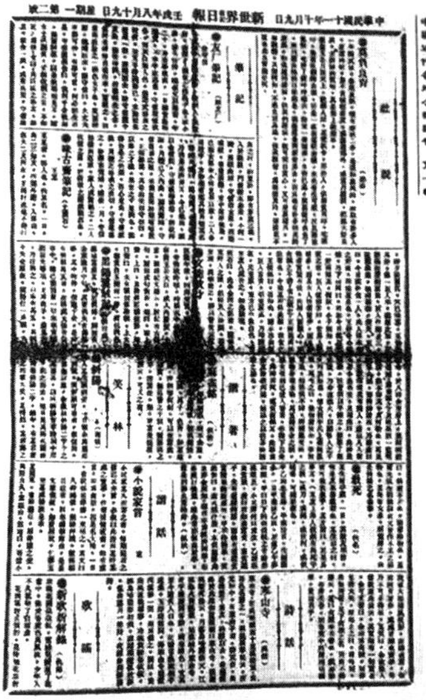

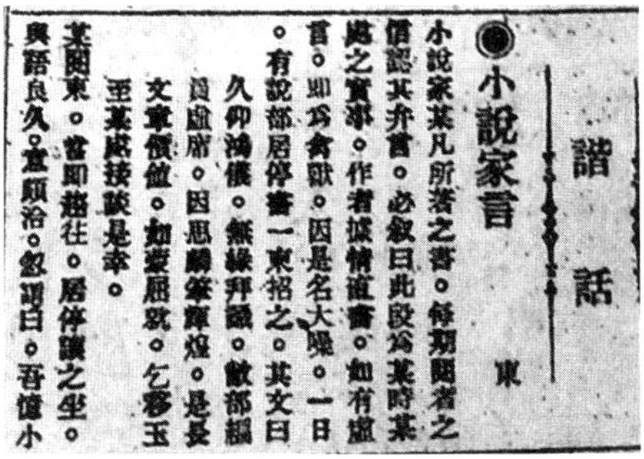
諧話

小說家言　東

小說家某凡所著之書。每期閱者之信認其弁言。必敘曰此說爲某時某處之實事。作者據情直書。如有虛言。即爲禽獸。因是名大噪。一日。有說部居停書一柬招之。其文曰

久仰鴻儀。無緣拜識。敝部編員虛席。因思麟筆輝煌。是長文章價值。如蒙屈就。乞移玉至某處接談是幸。

某閱柬。當即趨往。居停讓之坐。與語良久。意頗洽。忽謂曰。吾憶小

續小説家别傳

蓬壺 撰

載於《遊戲世界》一九二二年十一月第十八期。作者蓬壺，似爲蘇民生（一八九六—？），原名廷楨，號金沙，别署蓬壺等，雲南劍川人。白族。一九一三年留學日本，一九二五年回國，長期從事美術史研究工作。本文繼王錦南《小説家别傳》而作，補充了王西神、朱鴛雛、聞野鶴、談善吾、程善之、王旡生、林琴南等七位小説家的傳記。

此篇續王錦南君之《小説家别傳》而作，前傳已有之人概不再列，所列者亦不敢過濫。但見聞有限，仍恐有遺漏，尚望他人更有以續之也，至於語語是實，則吾所敢自信者。著者記。

王西神先生

先生名藴章，字蒓農，江蘇無錫人，故又自署梁溪蒓農，又署西神殘客，前清副榜，工小楷，娟秀如出閨閣，手善填詞，作小説亦以詞彩擅長，楚楚有致。前清宣統二年之第一册《小説月報》，即王君主持，後以事遊歷南洋群島，惲鐵樵先生繼之。民國七年，復由君繼編。《小説月報》出至十卷時，君繪《十年説夢圖》以爲紀念，遍徵題詠。後於《小説月報》歐化時辭職而出，擔任教館。胡寄塵先生與君同在滬江大學。胡君曾謂君云：『你兩個頭銜可做一個絶妙的對子。』君問何謂，胡君云『大學教習，小説名家』。君微笑。今年北京大學聘君教詞曲，君以欠薪問題不敢即往，仍在滬賣文賣字，生涯頗不惡。君年未滿四十，而令郎年已在二十上下，在大學三年級讀書矣。

朱鴛雛先生

先生今已物故，前數年亦以小説名於時者也，名璽，松江人，年少美豐姿，與姚鵷鶵先生同有二雛之號，爲文亦甚相似。初遊南社，後以論宋詩問題與柳亞子先生起衝突，爲南社中一大筆戰也。

聞野鶴先生

先生名宥，亦松江人，初登文壇時，年十五六歲，姚鵷鶵爲文學林琴南，君爲文又學姚君。有時握筆爲小說，署姚君名以發表，見者莫辨其爲真爲僞。近以體弱多病，不復作文，君於小說外尤工詩詞。

談善吾先生

先生姓談字善吾，作文自署曰老談，無錫人也。前清之末，《民呼》、《民籲》二報鼓吹革命不遺餘力，該兩報所有文藝欄即由先生主任。《民籲》被火時，先生方在館中剃頭，剛剃了半個，火勢已迫，即匆匆走出。民國之初，曾任《新聞報》文藝欄編輯，後任《中華新報》記者，前《甲寅》雜志所印之《名家小說》，皆係名人之作，其中先生亦有數種。今年約在五十以上，面團團如富家翁。

程善之先生

先生以字行，不知何名。民國二三年在上海《中華民報》主筆政，爲小說可與《聊齋》頡頏，成《駢枝餘話》一書，名重一時。又曾撰《倦雲憶語》一書，自述生平悲歡事，其佳不減冒辟疆之《影梅庵憶語》也。君於小說外精於輿地歷史之學，又通東文知算術。近則研究佛學，六七年來閉門誦經，不復與聞世事矣。本皖南人，世居揚州，故人多以爲揚人。

王旡生先生

先生名鍾麒，字毓仁，號旡生，今化去多年矣。前清時我佛山人吴趼人辦《月月小説》時，先生嘗有文字在其中，著名日報如《申報》、《民立報》等，亦嘗有先生文字。物故時爲民國三年，年未及四十歲也。工爲傳奇，善駢文，貌甚胖，聞有阿芙蓉癖，故體弱且不永年云。本皖南人，居揚州，故又自署江都籍。

林琴南先生

先生大事人多知之，不及記，記其軼事。先生工詩詞書畫，人所共曉者也，而不知其亦精技擊。先生律己甚嚴，少有鄰女挑之，先生拒而不納。《畏廬文集》中有《冷紅生傳》，即先生自傳也。拒鄰女事，傳中亦言及之。先生第一次所譯小説乃係木刻本，我當年曾見過，現已忘其書名，但知此書今已改印鉛版矣。民國以來，年已垂垂老矣，居京師以賣文賣畫自給。有某女士讀先生小説，以爲先生必翩翩少年也，心竊慕之。一日相遇於中央公園，始知先生乃龍鍾老叟云。先生雖不以遺老自號，而對前清故主拳拳不忘，有人謂其寓所之廳上常懸宣統御筆所書『福』字，是亦不忘故主之表示也。京師名人多師事之，推爲桐城文派之鉅子云。

續小說家別傳

此篇續王鈍根君之小說家別傳而作前傳已有之人概不再列所列者亦不敢謂

求幸福齋漫筆

何海鳴 撰

載於《遊戲世界》一九二二年十一月第十八期。作者何海鳴，見一九一九年《古今小說評林》介紹。本文談了自己以《老琴師》步入小説界之後，對畢倚虹、徐半梅的作品頗爲推崇，認爲『此二君者均以真本領得名』。他將『《小説月報》沈雁冰一派之人』的特點概括爲『以直譯歐美名家小説并仿其文筆爲中國小説之創作，而贅以横行式文字之新圈點符號，雖自居於歐化之新派而鄙薄一切不用新圈點符號之白話文言各小説爲陳舊』。對此，他頗多指摘，明確反對用歐化的語言來譯歐美的名作，但同時表示并不偏狹地完全否定『歐化體之《小説月報》』，而聲稱『最喜讀沈雁冰君等所譯著之海外文壇消息，借此知世界的小説之趨勢』。文中載録了張枕緑提議『將近代吾國小説之短篇佳作由善西文者譯出，俾佔世界文壇之一席』。他認爲此『用意實最善』，但實施有難度，故建議能成立『一種文會之組織，而後姑能著手者也』。

辛酉、壬戌之間，上海小説雜志風起雲涌，論者比爲上海交易所之潮流。考其初起，實由於中華圖書館《禮拜六》定期小説周刊之復活，而《禮拜六》之所以出一百零一期者，則又因緣於商務印書館《小説月報》改爲新體後，銷路驟減，故起而承之。及復活後，銷路果大增，於是各小説雜志多紛紛繼起。此後，究能一一維持否，殊不可必。吾竊謂以中國土地之大，人民之多，銷十餘種小説雜志，每種平均每期出三千册，總計三萬册左右，并不爲多。不過，優良小説之供給能不至缺乏否，殊爲可慮之問題耳。設使撰著小説者始終仍爲此海上小説家十餘人，而後起中殊少佳構，則此十餘人腦力有時而窮，浸漸不能常以精品饜閲者之目，於是閲者對於小説雜志漸生厭倦，而小説雜志亦將不免如交易所之倒閉矣！設有多數人於此時群致力於小説家之撰著，而出品又皆精闢新奇，匪特足以承此十餘海上小説家之乏，而且超過其成績，不能使此十餘海上小説家專美於前，則閲者對於小説雜志耳目常新，自不難維持此小説雜志出版界之命運而更獲廣大之發展矣。

吾自信尚有構造小説之腦力，遂於辛酉冬際加入小説界。第一次收買吾稿者爲《半月》雜志周君瘦鵑，其稿則《老琴師》也。其後各小説雜志亦均有予新著。其實，予純以虚聲得名耳。倘新近加入小説撰述界之人能以真正實力得名者，多有幾人，則小説撰述界爲不寂寞矣。

畢君倚虹亦於此時致力於小説，而人之稱許之者亦衆。又徐君半梅之新作品亦有最大之進步，此二君者均以真本領得名，予視之有愧色也。

《小説月報》沈雁冰一派之人，以直譯歐美名家小説并仿其文筆爲中國小説之創作，而贅以横行式文字之新圈點符號，雖自居於歐化之新派而鄙薄一切不用新圈點符號之白話文言各小説爲陳舊。其實，舊小説如漢唐人之作并不易作，而近人能仿作者亦少。其所以供歐化諸君之鄙薄者，除少數文言諸作外，仍以白話體爲多。持以與歐化諸君之白話體諸作相比較，除圈點形式不同外，則在文筆明顯與不明顯之各異，歐化之白話字句多冗長，不易使人瞭解。夫小説本群衆之文學，而不明顯若是，又何取焉？

或問予曰：『爾所作小説胡不學時髦而加新圈點符號乎？』予曰：『使予作而陋劣不堪也，則一度出版之後，行將無人道及，縱加新圈點符號，無補也。使予作果可以傳世，則將來歐化文字盛行，自有聰明之人一仿新體《儒林外史》、新體《西遊記》之例爲吾補加新式圈點符號，以翻版而牟利焉。固不勞予小子親自動手也。』

予并不取偏狹主義而反對歐化體之《小説月報》，且最喜讀沈雁冰君等所譯著之海外文壇消息，藉此知世界的小説之趨勢。但其所譯之歐美名家小説無一明顯易讀者，安得非歐化之白話小説作者取而重譯之乎？ 作小説之人貴在對於各種社會都有縝密之考察，今之歐化創作家其所曾經考察之社會僅爲學校，講戀愛，僅知有女學生講； 勞動問題，則僅知有校門外停車場之人力車夫； 講人生問題，則僅知有不能充分供給學費與干涉自由婚姻之家庭，所見既淺而自許又非凡。 作固可作，而未必能多所創也。

張君枕緑主張將近代吾國小説之短篇佳作由善西文者譯出，俾佔世界文壇之一席。 其用意實最善也，且由中國人自譯，選擇自精，而又能不失原著之神髓。 但兹事體大，非精於西文者不能，能者又未必肯爲此，實有賴於一種文會之組織，而後姑能著手者也。

有戲以小説家呼予者，予曰：『今世稱家者多矣，如慈善家、政治家、外交家等等皆能發財致富，以收其起家之功效。 賣小説得稿費至少，夫焉起家之望？ 如謂做小説做的多，恍惚做了一屋子的小説，則小説匠耳，又何可名家哉？』

歐化作者更喜譯西洋神話式之童話劇本，找出一册字典將原著一字一句照樣譯了出來，什麽神秘，什麽象徵，不惟閲者看不明白，就是譯者和發稿的人都通同莫名其妙。 然而自下批評什麽美呀，主義呀，色彩呀，説得天花亂墜，不惟哄騙了閲者，而亦哄騙了自己，吾無以名之，名之曰可憐！

何海鳴

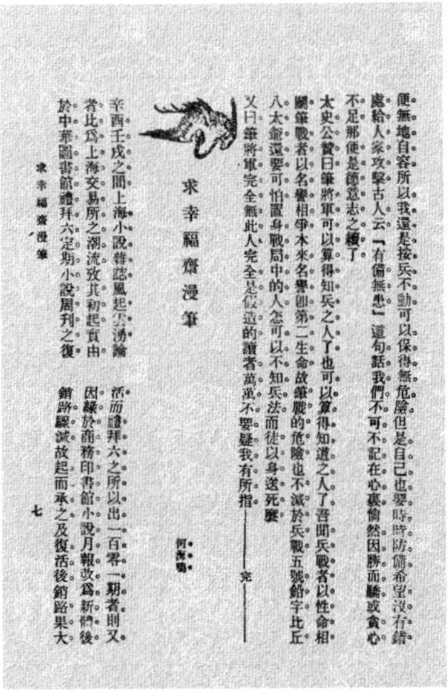

便無地自容所以我還是按兵不動可以保得無危險但是自己也要時時防備希望沒有錯處給人家攻擊古人云「有備無患」這句話我們不可不記在心裏倘然因勝而驕或貪心不足那便是德意志之續了

太史公贊曰筆將軍可以算得知兵之人了也可以算得知道之人了吾聞兵戰者以性命相鬬筆戰者以名譽相爭本來名譽即第二生命故筆戰的危險也不減於兵戰五號鉛字比丘八太爺還要可怕置身戰局中的人怎可以不知兵法而徒以身送死麼

又曰筆將軍完全無此人完全是假造的讀者萬萬不要疑我有所指——完——

求幸福齋漫筆

何海鳴

辛酉壬戌之間上海小說雜誌風起雲湧論者比爲上海交易所之潮流致其初起實由於中華圖書館禮拜六定期小說周刊之復活而禮拜六之所以出一百零一期者則又因緣於商務印書館小說月報改爲新體後銷路驟減故起而承之及復活後銷路果大

求幸福齋漫筆　七

前清的小說雜志

陶報癖　撰

載於《遊戲世界》一九二二年十一月第十八期。作者陶報癖，見一九〇六年新庵等《說小說》介紹。本文在塵夢《民國以前的小說雜志》的基礎上補充了《小說世界》、《新世界小說社報》、《小說七日報》、《競立小說月報》、《白話小說》、《揚子江小說報》、《揚子江小說日報》、《十日小說》九種雜志，并糾正了胡寄塵誤記的《新舞臺》與趙苕狂所說的《雁來紅》等情況。

□附日刊兩種

《**新小說**》 每月一期。光緒壬寅十月十五日出版，至第二十四期止。發起者梁任公，編輯者趙毓林，發行處日本横濱山下町。

《**繡像小說**》 每月二期，癸卯五月初一日出版，至第七十二期止。發起者商務印書館，編輯者李伯元，發行處上海棋盤街。

《**新新小說**》 每月一期，甲辰八月初一日出版，至第十期止。發起者俠民，編輯者陳冷血，發行處上海徐家匯。

《**小說世界日報**》 每日一張，乙巳二月十五日出版，至第七個月止。發行處上海新馬路。

《**小說世界**》 此即《小說世界日報》所改組者，每月二期。乙巳十月初一日出版，至第二期即止。發行處上海四馬路惠福里。

《**新世界小說社報**》 每月一期，丙午五月二十五日出版至第九期止。發起者新世界小說社，編輯者警僧，發行處上海棋盤街。

《**小說七日報**》 每月四期，丙午七月初一日出版，至第三期止。編輯者談小蓮，發行處上海英租界大馬路壽康里。（後改爲《戲曲改良報》。）

《**月月小說**》 每月一期，丙午九月十五日出版，至第二十四期止。發起者吴趼人，繼吴之後者爲許伏民。發行處上海棋盤街金隆里，日後遷平和里，復遷九和里。

《小説林》　每月一期，丁未正月出版，至第十二期止。發起者曾孟樸，編輯者徐彦士。徐病故後，由陳鴻璧女士繼任。發行處上海棋盤街中市。

《競立小説月報》　每月一期，丁未九月二十八日出版，第二期即止。發起者競立學社，編輯者彭遜之，發行處上海四馬路惠福里。

《白話小説》　每月一期，戊申十二月初一日出版，第二期即止。發行處上海新閘橋濱北長春坊。

《揚子江小説報》　每月一期，宣統己酉四月初一日出版，至第五期止。編輯者胡石庵，發行處漢口花樓寶順里中每日報社内。

《揚子江小説日報》　此即《揚子江小説報》所改組者，每日一張，乙酉十月初一日出版，至第二個月止，編輯者與發行處同上。

《十日小説》　此爲旬刊，隨《圖畫日報》附送者，每月三期，乙酉八月初一日出版，至第十二期止。發起者環球社，發行處上海四馬路中和里。

《小説時報》　每月一期，乙酉年九月初一日復活，發起者有正書局。編輯者陳冷血，發行處上海望平街。

《小説月報》　每月一期，庚戌七月二十五日出版，至今尚存，惟内容已大變動矣。發起者商務印書館，最初編輯者王蓴農，發行處上海棋盤街。

按，這份表（苕按，因表式在書本上不易排列，已爲改排如上式）是我在《揚子江小説報》執筆的時候編的，登入第一期，那後頭四種今兒才把他補上去，因爲《遊戲世界》十六期裏面塵夢君做了一篇《民國以前的小説雜志》，我仔細瞧了一遍，見他遺漏不少，所以將這表補成完璧，再行披露出來，供給當代小説家考證。

塵夢君那篇記述還有兩個誤點，待我來訂正罷：

（一）孫玉聲著的《海上繁華夢》起先本附在《笑林報》的末幅，後來才由該報另印成書，商務印書館又收買版權，重行付印（續集曾登在《圖畫日報》上，没有登完報就停版了）。簡直没登過《繡像小説》，塵夢君你記錯了呵。

（二）小説雜志裏頭并没有甚麽《新舞臺》，只有宏文社出過一本單行本小説叫做《新舞臺》，是翻譯日文的。要講關於戲劇的雜志用舞臺名稱的我却讀過一種名叫《大舞臺》，創辦人是伶隱汪笑儂，主編人是垂虹亭長陳佩忍，每月二册，只出到兩期便停了。照塵夢君的説法，一定是指的這種，不過誤『大』爲『新』，把戲劇雜志牽扯到小説雜志裏面罷了。（又《紫蘭花片》上印的時慧寶手書，就是將《大舞臺》上原版縮小的。）

苕狂先生所説的《雁來紅》，是月刊的叢書，不能算雜志，更不能算小説雜志，丙午年四月出版，我却看見了十期，内容除選刊中外學術專書，採集新舊的筆記、傳奇之外，也徵求近人著作，其中很有好幾種世不經見的秘本咧。

哈哈，像我一知半解，居然也信口開河，未免太不自量，很希望茗狂先生指教指教，并望塵夢君原諒我，千萬莫疑心是故意的挑眼呵。　報癖附誌。

前清的小說雜誌

小説

民哀 撰

載於《遊戲世界》一九二二年第十九期。作者民哀，見一九一九年《息廬小説談》提要。本文述姚鵷雛善於言情，『妙在不經心處，顯出自然』，而著社會小説，非其所長。

姚鵷鶵善於言情，初不限於兒女嫛婗，《恨海孤舟記》最有精彩，描寫秋桐與靈芝，深情款款，宛轉移人。或言其非經心之作，余獨謂正妙在不經心處，顯出自然。苟細針密縷，一旦爲人窺破，味如嚼蠟矣。不過姚子著社會小説，不甚擅長，蓋天生清才以寫名士美人則維妙維肖，萬難强之繪市井小人也。

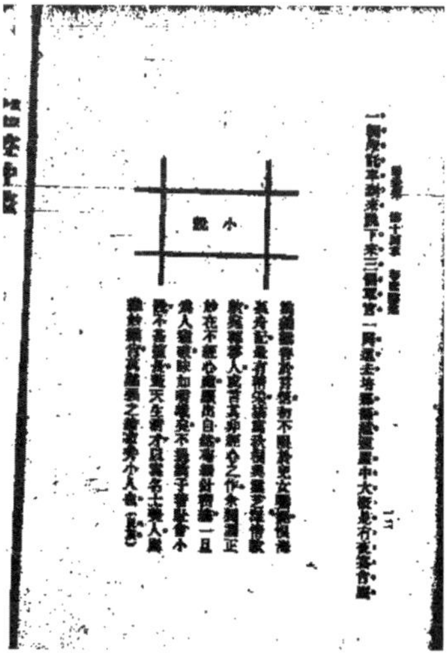

小說

他是小説家嗎？

香禪　撰

連載於《新世界》一九二二年十一月二十、二十一、二十二日。作者香禪，似爲王香禪，在《臺灣詩薈》等期刊發表過作品，具體不詳。這篇文章所寫的『趙獃翁』與他的『白社』，其名雖爲虛撰，其實當有根據。這反映了當時的小説家魚龍混雜、良莠不齊。

一

現在的世風愈趨愈下，道德愈墮愈落。面子上看起來，都是衣冠楚楚的文人墨客。要論到他的心理，差不多完全成一個反比例。别的不要去講他，就是拿頂時髦的小說家講起來，其中很有幾個卑鄙齷齪毛塞不通的混蛋。然而最不堪的，總要算以捧角家兼小説家的趙獃翁了。趙獃翁的祖上，傳説做過閹宦的，而且他這一支，還是有複姓歐陽的承繼過來，纔能够生出這混蛋的獃翁。獃翁的身材，生的很是魁梧，要是不認識他的，只叫看了戲中的武大郎和小説上的土行孫，就可以算作獃翁的代表了。獃翁的身材既然這樣可觀，就應該有點自知之明才好呀，哪裏曉得，他非但不自掩其醜，并且還别署了『獻公子』三字。列位想想看，照獃翁這個樣子，還配得上『公子』兩個字嗎？何况他又加上一個『獻』字。自古以來的獻公子，就是舊小説《紅樓夢》上的賈寶玉，還可以勉勝其任，要是獃翁也配稱這三個字，恐怕賈寶玉有知，在那冥冥之中，也該痛哭流涕，自歎不幸了。獃翁的祖籍，是著名來朝奉的地方，因爲那裏趙府的穢聲太大了，不由得立腳不住，於是就和搬沙鬼一樣，充軍到杭州去做流民。那時候，湊巧有個戲子，叫做白玫瑰的，在杭州唱戲，他就依仗一知半解的文字，和一般捧角家混在一處，久而久之，報端上常有他的不通的文字發表。

二

他自以爲很得計，居然以小説家自詡，目空一切，旁若無人，實在可惡到極頂了。再不想鈦翁本領倒没有，但是手腕却還可以。一鬧兩鬧，被他跑到上海，當了一個藥店官。有人看了病轉來的，這配藥料的職司，就是鈦翁日常的功課。做了幾年，他又自行加上一個藥劑師的頭銜，以爲榮耀的了不得。這個時候，白玫瑰也回到上海來唱戲，搭班在鳳凰舞臺。鳳凰舞臺倒亦很氣概，每天差不多都有一張日報出版。上面載些詩文、筆記小説和評戲的文字。鈦翁曉得這個道理，不知怎樣拍上了主筆先生的馬屁，做起一篇長篇小説來，他的宗旨，可就在捧白玫瑰身上，所以一加入這張遊戲報後，他的白社也立起來了。社員倒也很有幾個，這社裏又立了許多官銜，像國務卿呀、禮部尚書呀，又有什麽顧問呀，不三不四、不新不舊，亂七八糟的，不怕人冷齒。這國務卿一席，鈦翁便當仁不讓，居然自任，禮部尚書推了熱風子做，顧問就是粗蠢糊塗自以爲詩人的妄人萬西今擔任。這個社既然成立，他們三個人就朋比爲奸，肆意駡人，偶然看見别個捧角家，西今就指摘爲斯文敗類。他不想想自己是個什麽人，駡人家就是駡自己，麻木不仁，一些兒都不覺得，還自稱爲阿拉是有名的詩人哩。作者還記得，有一次，西今做了幾首歪詩，是調什麽人的，竟在三日之内，登了四種報，而且完全是托一個冒牌文人桂葉軒主去説項來的。列位請想：有價值的詩人，肯這樣糟蹋自己的大作嗎？

三

還有一件事，也是很可笑的。有一位先生，做了一篇文章，被某報編輯索去付刊。這位編輯和西今是同鄉，拿了去給他一看，他知道是諷刺他的，竟任意給撕碎了，還要說做文章的人，是托人捉刀來的，這豈不是有目如盲了嗎？那猷翁自從得西今做了後盾，他做小説就有了靠山，有時落回的結句，做不出來，就托西今代撰。西今仗著會謅幾句歪詩，就似通非通的瞎寫兩句。有一次猷翁正做到一個人要籌畫辦報的事，忽然被外面人聲嘈雜，攪亂了念頭，就在這裏要落回。那兩句韻語，足足做了兩三個鐘頭，還不能成功。弄到歸根，還是熱風子做了一句，萬西今湊了一句，這回小說，纔算還卷。咳！像這樣的做長篇小說，你想可憐不可憐呀！作者說到這裏，實在不情願再揭他的隱私。總而言之，像趙猷翁年紀尚輕，自稱爲翁，已是大不該應，何況他做的小說，讀的人竟有許多莫名其妙。因爲他裏面都是說杭州、上海的捧角事實，哪裏還可以算得社會小説呢？如今白玫瑰已經停演回東，猷翁這幾天好像失魂似的，神志不清，他那臨時抱佛脚的長篇小說，也就愈做愈壞了。列位請看：趙猷翁究竟可以算得小説家嗎？

他是小說家嗎？

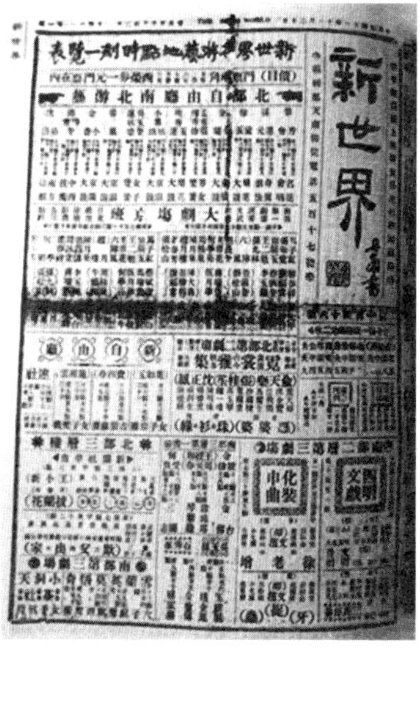

茶花女叢話

吴靈園　撰

載於《半月》一九二二年十二月三日第二卷第六號。作者吴靈園，見一九二一年《小說閒談》提要。本篇雖然以大量的篇幅描述了林譯《茶花女遺事》的本事與小說的内容，但從中能看到作者又一次表述了小說當亦『寓真情』的觀點（另見同名作者之《小說閒評》），并指出了這篇小說繼《西廂記》、《紅樓夢》之後，又一次『打破佳人才子遇合團圓的作法』，以悲劇結束，這『對於中國小說界，有莫大之影響與變動』。

曼殊上人前寄《每周評論》，謂琴南翁在悼亡之際，有友見其哀感，勸借譯述以自遣，從之。乃首成《茶花女遺事》一書，能寓真情致於字裏行間，使人讀之心動，又自號曰『冷紅生』也。我國言情小説戲曲，除《西厢》(《西厢》本至『草橋驚夢』止，後數出乃添述者，已有考)、《紅樓夢》外，鮮有以生離死别爲歸宿。自琴南翁《茶花女遺事》出，引起譯學界之興味。而後歐美小説有輸入中土之風，打破佳人才子遇合團圓的作法，亦即對於中國小説界，有莫大之影響與變動。考《莊諧選録》，茶花女實爲英酒家女，年十三爲法人某所誘，遂與偕逃至巴黎，賃屋同處。後爲父母覺，以其不自愛惜，不之顧。居數年，某棄之。女困甚，遂流爲娼，甚至爲沿街拉客之妓。然女方盛年，容彩焕發，眼目流媚，足以移人。有銀行主人之子某，悦之，因是聲譽鵲起。苟有所欲，無不購贈。最後約在巴黎最貴重之地，八羅巴沙沙立生街，營一屋，極華敞，樓梯皆以義大利白石爲之。工竣遷入，爲跳舞會三夜以慶。至終，夜半，會將散，某忽遁去，自戕池畔。明午即轟傳某父所設銀行隨倒，債家叢集，將構訟。始知某之死，實以供給女過巨，約有四萬鎊。盡傾其家資，不足則貸之他人，均約於是日歸償，故於前一夜先自盡也。登諸日報，人皆震女之美媚，遠近驚至。王公貴人，鉅賈豪賈，日燕飲其家。每日過午，車馬殷轔而來，輟夜不休。而女猶未滿意，嘗思得接天下富貴人名士多矣，不得一當人主以爲憾。會時拿破崙第三，爲法皇之三年。三月間，國中方有賽花會，觀者傾巷，自國皇至庶民，咸出遊行。女乃以玫瑰花飾車輪，又命人沿途撒牡丹花，車行從上碾過。女性喜茶花。時茶花貴，每朵價四鎊。手持盈把，復堆滿車。途中每過皇，輒遥以一把擲之，如是二日。皇初不爲動，至第三日下午，復遇皇，女嫣然一笑，遥以花投車中，咸落地上。皇乃下車，取一朵嗅之，并插衣間。女見之，即呼御者趨歸，命更潔室，異鋪陳，甫畢而皇至。備極殷勤，遂獲留幸。厥復皇常涖臨，恩寵無比。諸求事者咸願出重金請女爲先容。或懼得罪，亦求女爲解脱。女於是益富。已而拿破崙第三與德戰敗，爲民所逐，出亡。前與女往還諸富貴人，既經大亂，率貧困。女前蓄資，因購諸業股票，至是又均倒敗，無能支拄。而年且三十七八，煢獨誰復依。乃取生年經歷之事，詮次成書，并取名人所贈詩歌函劄，影照於後，託售書肆，取半價爲生活。然猶不足，不復能住佳屋，獨居人家最高樓上。冬甚寒，女數日不出。居樓下者怪之，遣捕入觀，則已凍死矣。蓋僅夾衣，不足禦寒故也。女既死，無過問者。乃由捕房草草盛殮，葬諸叢塚中。數日，忽有俄親王來訪女。知已前死，乃告捕房，欲親至墳前，盡追慕之意。捕房使與偕往。故事埋義塚者，其子孫及親友，可爲立一小石碣，其貧者立木牌。女家中無人，僅由捕房寫一木簑插墳前。大雪數日，木簑已被壓没，再三尋撥不得。親王竟命買花圈千餘。凡花園中土稍突起者，咸供一花圈，冀女墳亦得沾被。其□傾倒如此。女死，或爲核計，生平用人之財，約得八千萬鎊，亦泰西近代女中之雄也。後人追記女生平行事，勒成一書，各國争購之。而小仲馬則借其名，爲《茶花女遺事》一書。

《茶花女遺事》所稱述，有名亞猛著彭者，在巴黎邂逅名娼馬克格尼爾姑娘。心愛之，聞其病，潛往候門外，因紹進見。馬克憐其誠，遂互有情。而馬克初固習奢費，難以責亞猛，不得不取給於某公爵，佯與某公爵狎。而亞猛妬之。馬克曉以理，示以肺腑，亞猛乃悟。馬克之語曰：『君尤當知彼人因我破家者，非我毒如蛇蠍，足以螫人。彼特借我爲揮霍之豪舉。故我款接此種人，捨强笑佯歡以外，别無他技。豈能告以心緒？彼蓋視人爲物。在廣場中，則尊我爲第一等人，心坎中則視我爲不足齒數。我傷心已極。』寫盡勾欄中人隱苦，可爲墮溺之姊妹花，同聲一哭。

二人交往後，馬克賞識山光，移居郊外匏止坪。賃居之貲，出於某公爵，而公爵不能有馬克之愛。馬克常日與亞猛俱。此時二人之情愫，可謂纏綿固結，難解難分。書曰：『時長夏鬱蒸，林木純碧。余與馬克臨窗眺矚，覺二人情絲，兩兩交糾，飛在林梢草際，微微遊漾。』、『余與馬克，每值月明，輒依林陰而坐。夜氣冲融和悦，若將余二人鎔成一片者。向曉簾深，濃睡未寤，偶爲啼鳥驚覺。疑余身上之情，傾吐不了，幻爲汪洋巨浸，合馬克深沉其中，偶出口鼻，以受天氣，旋復墮溺水底，不可復出者。』蓋亦澹遠微妙，極寫情高潔之致。

某公爵既絶，馬克耗費不能任，出以質物。爲愛亞猛，未使亞猛知。而亞猛知之，將謀還償。馬克曰：『愛人不重在物。君誠愛我，即亂頭粗服，愛何嘗忘？豈賴此車馬衣飾？始堅其愛，君必極力□擋。力盡時，當復有離索矣。』、『今君每年所得可八千佛郎。盡我所有，轉以售人，歲得子金亦二千鎊。爾我同賃小屋而居，向夏更復適野。君無所苦，我亦殊愜，何必爲我謀復舊觀？』皆情至之言，尊重精神戀愛之言。□後亞猛父至巴黎，以大義暗逼馬克絶亞猛。馬克茹苦含悲，復不使亞猛知。臨别之前一夜，亞猛憶語曰：『乃余歸匏止坪，見馬克躁動，若有所愠，較昨日尤甚。見余即卧余臂上，哭不可仰。余大驚，叩其所以，馬克仍不以實對，讕語間出……馬克自觀父書後，恒含淚坐。

偶聞余聲，淚即涌出。是夜就枕，幽咽至無聲時。時以口親余腕。……然馬克自昨日止，意態神情，咸變其舊。余疑終莫能釋，乃移凳就榻。而馬克歷歷叙余舊情，雖時有笑容，然似極力爲之。睫上淚珠，瑩然未有乾時。余智盡能索，終弗得馬克真實語。已而漸睡，睡中時復躍起，見余在其側，復瞑目卧。』足以繪出馬克之宛轉愁腸。而亞猛疑馬克真負己，乃復追蹤其後。以嫉妒之情，發而爲仇恨，百計凌辱，使馬克不能受。因冒病來見，寫其哀感，亦終不明中絶之由。卒致亞猛得馬克日記，而明馬克受其父逼，欲全亞猛之家聲故，决與亞猛絶。其情愛深摯之見於日記，病死哀苦之見於日記，滿目凄凉，令人悲愴傷懷，有孤山小青，墓頭慘緑之感。與《紅礁畫槳録》取徑結局，約略相同，爲譯本言情小説中傑作。其享盛名也固宜。而亞猛譬猶賣油郎，獨佔花魁。從知富豪客，苟無真性情，有錢千萬，難買彼姝片刻之熱淚耳。以全書觀，小仲馬之結構，自述偶向馬克死後居第中，拍賣得亞猛贈馬克遺書。亞猛來覓，從其口中，得二人一段情史。以馬克遺書起，以馬克日記結。中間略有間斷，以疏文氣。長凡四萬餘言。此法我國初無，有之，蓋自《茶花女》始。馬克之病肺，數處寫來，氣象蕭瑟，與林黛玉同。讀之如果現一瘦削清寒之美人，在人目前。而馬克性喜茶花，所以得名。真有其人，及聲動一時之豔事，如前所引，小仲馬借之，欲以售其文，則假爲亞猛語曰：『吾父在，可以證此事之實。』小仲馬之計詐，小仲馬之傑作誠難得。漫郎攝實戈載漫郎臨命時，以首枕所歡臂上，此時性情，一歸於正。其人至欲以己之眼淚，滋土築其墳。亞猛曰：『吾將縮吾十年之命，併爲一日淚痕，哭我馬克也。』美人黄土，千古同悲。我讀此，我復憶孤山小青之墓前緑草，正不知沾受古今來幾許雅客詞人熱淚也。嗟乎！（小青非娼，嫁人爲妾。不見容於大婦，鬱抑而死，不得美滿之結果。彼此同之，故引以爲伴。茶花女墓，在巴黎附近，見一之旅歐觀察談，法人至今傳慕。亦如我國之西子湖頭，小青孤墳，彌足令人懷感也。）

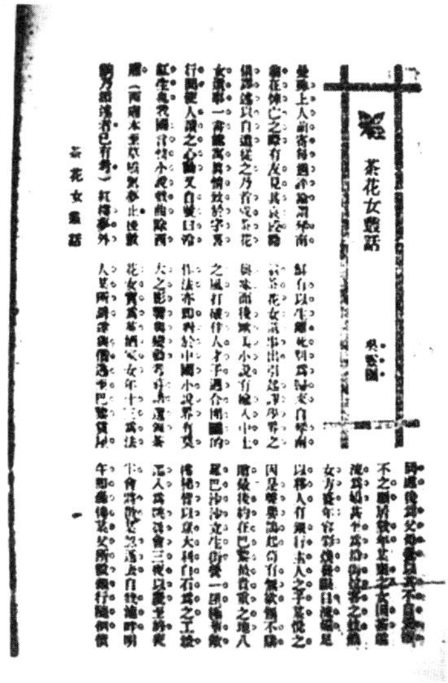
茶花女叢話

談小説

馬二先生　撰

載於《紅雜志》一九二二年第十二期。作者署馬二先生，即馮叔鸞，見一九一九年馬二先生《我之閒談》提要。本文從《投射車》、《葛立佛遊記》等西方科幻小説談起，然後與《鏡花緣》等中國的幻想小説進行了比較。他認爲兩者有相異點：『惟西方作者，恒多附會於科學，而我國作者，則常托諸狐鬼神仙之説。』但兩者不同之中也有相同處，即『對於當時之社會上一切制度，都不能滿足，恒藉理想所及，作種種希望進步之表示』。由此而得出了這樣一個重要的觀點：『不可因其表現思想之方法不同，而遂目中西文藝爲不能相及也。』文章的最後，對當時小説語言歐化的問題發表了自己的看法，認爲『歐語的文法入小説，亦可備一格，不可斥爲奇謬，亦不能奉常例』。但假如從『欲求多數人之瞭解』來看，此類語言顯然是有缺憾的。

商務印書館出版的八卷九號《婦女雜志》中，載有伯懇君所譯一篇小説《投射車》（原注爲法國 Marcel Gerbidon 作），内容設想頗奇，述一科學家，乘投射車到鐘星座裏的一個星球上面，又從那星球上的星人們，用極大的遠鏡，向地球上回望，不但山河城市，一一分明，乃至一草一花，門窗皆見。特所見者，乃八十年前之幻象，蓋從地球上發出的光，須八十年後方能達到此星。而此科學家所乘之投射車，則可以自五倍於光之速度。以至於人心所不能想像之速度，是以能先達該星球，而看見八十年前，由地球上所發的光中所呈之幻象也。

余閲此，因憶二十年前，在校習英文時曾見一本小説名《葛立佛遊記》，内容共分三卷，第一卷小人國，第二卷大人國，第三卷爲飛島國。其第一、二兩卷，曾有人譯爲華文（似即商務印書館出版之《海外軒渠録》），惟第三卷，則猶無譯本。其内容，記一飛島，懸於空中，可行可止，可升可降。島上共分四層，區劃極整，道路匪特平整而已，乃至廣闊尺度，皆能如一，每距離若干遠，即必有上下層交通之階級。島中人物，酷嗜科學，雖庖人治菜，亦必有若干之模型與儀器。島中上級人物，皆隨一僕，手持一響棒，棒端爲豬尿泡，内盛小石子，舉而摇之，則作灑灑之聲，以之擊人，亦復不痛。因上流人物，用心特甚，途中每有深思，輒忘當前之危險，故必隨僕持棒，偶然忘情時，輒以棒棒之，主人受棒，立時清醒。此等情節，可謂奇特，惜余手頭無此書，都不悉憶，難於詳述。

余以爲此類著作，頗似我國之《鏡花緣》，皆以理想之事，托諸烏有之邦，或寓諷世之意。惟西方作者，恒多附會於科學，而我國作者，則常托諸狐鬼神仙之説，此其相異之點耳。故吾人觀於此等著作，可以推知中西思想之不同，皆由於其所以致力於學術之途徑迥殊也。然而思想不同之中，却又有其相同之點在，即對於當時之社會上一切制度，都不能滿足，恒藉理想所及，作種種希望進步之表示。正不可因其表現思想之方法不同，而遂目中西文藝爲不能相及也。

余嘗謂我國小説，至有清一代而大盛。然作者雖多，剿襲亦彌甚，除《紅樓》、《儒林》等幾部名著而外，其餘若《隋唐演義》，則摭拾唐人諸作聯綴而成；《施公案》、《彭公案》等，乃取材於山東鼓兒詞而率意爲之者。至於筆記一類，更多奉蒲留仙爲規臬，非鬼則狐，令人生厭，否則科場報應也，否則夢中神女也，幾乎千篇一律，絶不能如唐人説部之各具機軸。意者八比時代，文人思想上受束縛已久，故對於文藝上，缺乏活潑之天機耶？語法文入小説，由來已久，而《紅樓夢》與《兒女英雄傳》，專用北京話，尤爲方言著作之大觀。《九尾龜》繼起用蘇白，雖其書不佳，而其能以方言入小説，則未可埋没也，近時研究新文化者，多喜用歐話的文法入小説，匪但譯者爲然，即創作者亦復爾爾。在習歐文者視之，固覺新穎可喜，而自未習歐文者視之，則常苦於不能了了。余意以爲，歐語的文法入小説，亦可備一格，不可斥爲奇謬，亦不能奉常例。蓋欲求多數人之瞭解，則此類著作，實勢有所未能也。

露席、且常請客、此各頭領之所最歡迎者也、）

談小說　馬二先生

商務印書館出版的八卷九號婦女雜誌中載有伯懇君所譯一篇小說「投射車」(原註爲法國 Marcel Gerbidon 作）內容設想頗奇這一科學家乘投射車到織星座裏的一個星球上面又從那星球上的星人們用極大的遠鏡向地球上回窺不

澄的金子甚麼幾十塊錢一粒的晶圓珠子幾千塊錢一隻的金鋼鑽他並不是沒有審美的觀念不過覺得這種東西並沒有天然的真美因此也沒有什麼希罕他們和他的妯娌姑娘們說道好的一個人爲什麼一定要做珠子和金鋼鑽的奴隸難道不覺這種東西就不算體面的人物麼那麼一個人的體面並不是在他的人格上面簡直是只着在珠子金鋼鑽分上罷了譬如我有錢我把一個極貧苦或是極卑賤的人把他薰香沐浴穿上一套新衣載了許多的珠子和金鋼鑽八相識的人但看表面也許說他一聲是個極體面的人我們幾個知道他底細的難道也隨俗附和麼就是那些個然受著虛榮心衝動的人暫時說他一聲體面後來識破祕密依舊要唾駡不迭這種欺詐的手段無謂的裝飾虛盗的架子剎那的俗面又要他有什麼用處豈不覺是赤精裸的我行我素對應夫人

談小說　蔣瑞比素　二三

《小説日報》小説話

許廑父等　撰

《小説日報》創刊於一九二二年十二月三日，至次年二月停刊。期間專辟『小説話』專欄，連續刊登了數十篇小説話。作者除該報主編許廑父、發行部主任徐枕亞之外，尚有何海鳴、徐卓呆、秋月柳影、聽潮生、瀻一、鄭逸梅，以及署名嘯盧、心父、黄膢仙、半庵、潘鉏農、三三、廉子玉、章抱桐、周大年、漁陽方武、俞天憤、DG、馮靄如、孫郎、金一仙、新庵、白板、覺園、劍飛、松盧、董巽觀、金仙、梁壽卿、張乙盧、金智周、季康、玉衡、郭元覺、子才、乙盧、嵩雲、劍禪、方爲舟、趙吟秋、嚴旭旦、世芳、懺庵、哀自、菊影、庸庸、姗姗、震酣等。許廑父（一八九一——一九五三），名與澄，字棄疾，又字一庵，别署顛五郎，浙江蕭山人。一九二〇年，爲粤督莫榮新秘書，後抵滬，曾主編《小説日報》。一九二九年受會文堂書局之邀，續編蔡東藩未盡的《民國通俗演義》後兩集。一九三〇年返杭州任《東南日報》副主編。一九三一接辦《浙江商報》。著有《滬江風月傳》、《南國佳人傳》、《歷代劍俠傳》、《八仙得道傳》等。他在主編《小説日報》期間，專辟了『小説話』一欄，『意在督促小説界之進步』，發表了衆多作家與讀者的文章。他本人則帶頭撰寫了《偵探小説叢話》、《小説之批評論》、《社會小説雜談》、《言情小説談》等系列小説話。《偵探小説叢話》分析了傳統『具有偵探小説之模型』的三類小説的陳腐性後，强調偵探小説『情節爲最要』，要使讀者於始、中、終有三種特殊的觀感：『始者何？觀案情之離奇，而生驚駭之心；中而見案有眉目，則疑鬼疑神，不辨犯罪之屬於誰人；終見破案之出人意外，則拍案叫絶，而身心爲之俱快矣。』《小説之批評論》指出批評『實爲研究文理之一大助力』。他認爲，『自來小説的批評家，當推金聖歎爲第一人。聖歎之評，妙在治評理評事於一爐：使讀者悟事理之是非，即可以知文法之深淺；識文法之正反，即可以明事理之當否。此其所以可貴也』。《社會小説雜談》主要强調了作家要廣泛地瞭解社會，『總該知道許多，纔可以做社會小説』。《言情小説談》是討論『言情小説』的定義與分類問題。他『以爲「言情」兩字，範圍極廣。……父子也、兄弟也、朋友也、師生也，都靠著情字的作用相聯絡，使都有作爲言情小説資料的資格。至於男女愛好慕悦之情，雖然不能説他不是情，却也不能代表一切之情』。表面上看，這一觀點與馮夢龍《情史叙》所説的情當包括君臣、父子、夫婦、朋友之情是差不多的，但兩者實有差别。馮夢龍將各種情指向了男女之情，而許廑父則希望能跳出男女之情的狹小圈子。

徐枕亞（一八八九—一九三七），原名覺，别署泣珠生、東海三郎、青陵一蝶等，江蘇常熟人。南社社員。著有小説《玉梨魂》、《雪鴻淚史》、《余之妻》等。民國後任《民權報》、中華書局編輯，主編《小説叢報》、《小説季報》等。一九二二年十二月創刊《小説日報》時，任發行部主任兼『雜俎』欄編輯。本編收録的《小説家名人謎語》，則是一篇與小説家有關的遊戲文章。

何海鳴，見一九一九年《古今小説評林》提要。他寫的《記漢口之小説日報》，回憶了宣統年間漢口《小説日報》與胡石庵的一些情況。他用『幸福齋主人』名寫的一篇小説話，則對當時的『新派』小説家提出了批評，認爲他們的新無非表現在『用新式圈點和西歐文體』而已，批評了《小説月報》上的翻譯文學難讀，以及周作人自稱小説不食人間煙火與他提倡的平民文學、群衆文學的理論相矛盾。

秋月柳影，即顧仲起（一九〇三—一九二九），原名自謹，江蘇如皋人。一九二二年因參加學生運動而被通州師範開除，一九二三年到上海當臨時工，備嘗艱辛。後考入黄埔軍校，參加共産黨。先後參加東征與北伐，加入茅盾等組織的上游社與錢杏邨等發起的太陽社。後自殺而死。有作品《生活的血跡》、《笑與死》、《愛的瘋狂者》、《墳的供狀》、《殘骸》

等。他在《做小説的困難》、《小説家的心》、《小説雜談》等文章中强調小説家要用心觀察生活，追求『真價值』，不能迎合讀者的低級心理。他認爲小説是『寫』出來的，是『心泉中流出來的摯情』，而不是『做』出來的；小説描寫的物件是人生，内容以人生爲主體，并『負有指導人生，暗示人生，批評人生的種種重責』，反對將小説當作消遣品、遊戲品、載道之器，乃至是倖利的商品。這些觀點顯然受到了『五四』新文學運動中『人的文學』論的影響。而其《美妙底小説》一文又提出『小説内容底美妙，有兩個重要底條件：『（一）是肉體、靈魂、結構、情感各方兼顧；（二）是意思要有曲折底想像組織。』

徐卓呆，見一九二三年《小説無題録》提要。他所寫的《偵探小説談》提出偵探小説是『智的文藝』，不同於一般的小説是『情的文藝』，批評了當時流行的偵探小説格局的雷同、形式的『千篇一律』。

聽潮生，原名陳聽潮（一九〇二——一九八三），别署聽潮生，筆名陳靈犀、杜仲、紫蘇等，廣東潮陽人（生於上海）。上世紀二十年代在《良晨》、《半月》等雜志上發表小説。後任《福爾摩斯報》編輯、《社會日報》總編、《文匯報》、《前綫日報》副刊編輯等。一九四九年後與平襟亞、周行等人組織新評彈作者聯合會。一九五一年初任上海市文化局創作研究室創作員，專事評彈創作，後調入上海評彈團，創作、改編了大量評彈作品，被譽爲『評彈一枝筆』。所作《自然底小説》一文以戲謔的筆調，批評了當下小説的『矯揉蕪雜，不堪厲目』，而提倡要寫得『妙造自然，雋永可誦』。

瀨一，即陳瀨一（一八八二—？），字甘簃，又字藻青，别署穎川生、旁觀客等，江西新城人。著有《辛亥和議之秘史》等。先後在袁世凱、張學良幕中任職。一九三一年到上海辦《青鶴》雜志。所作《余之小説日報觀》一文，對《小説日報》作了全面的肯定，稱其『印刷之精良，篇幅之靈巧，布局之新奇，資料之充實』，確有獎掖過甚之嫌。

周瘦鵑（見一九一九年《小説雜談》提要）與俞天憤（原名俞贛，字彩生，筆名天憤，常熟人。小説發表於《小説日報》、《小説季報》、《小説叢報》、《紅玫瑰》等，又著《中國偵探案》名於世，徐天嘯説『中國之有偵探案，實天憤創造也』。又擅畫，後研究佛學，有《呻吟集》）、潘鉏農各有文章討論了小説的翻譯問題，批評了周作人等主張直譯。潘鉏農自稱是許指嚴、徐枕亞的弟子，是《小説日報》的熱心作者。所作《文言白話之管見》認爲『文言白話，各有所適，互有所宜』：短篇寫情記聞叙事之作，務必用文言；若長篇之作，描寫社會現形怪狀，則宜於白話。創作小説，當根據具體題材等隨意而定。『編輯者，亦當只求佳稿，不論體裁，兼收并選。』只有這樣，纔能適應『過渡時代』的不同讀者的不同需要。其《小説造意問題》主張『小説之作，以有趣味爲主』，故要寫得既曲折動人，又要入情入理。《小説作法之質言》，以情景爲綱，論述了長篇、短篇等不同小説的不同作法。他的《小説練習程式之我見》談作小説練習的程式，主要是在仔細揣摩《紅樓夢》的基礎上，以白話、文言序，逐步練習寫作。他的《譯本之芻言》一文，力主『譯意者爲貴，直譯者不獨無可取，且多貽人笑柄，不如不譯之爲愈也』。

董巽觀（一八九七——一九七〇），名祥晉，字吉甫，號巽觀，以號行。嘉興濮院（今桐鄉濮院）人。早年投筆從戎，在國民革命軍中任職，後任安徽省財政廳主任秘書等。建國後，曾任嘉興市人民代表、市政協常委及副秘書長，於地方文獻的蒐集與整理多有貢獻。上世紀二十年代在《小説日報》、《半月》、《紫羅蘭》等雜志上常發表文章，著有《小説作法》、《辛亥革命在嘉興》、《春雨齋詞稿》等。遺稿有《垂楊館筆譚》、《嘉興地方史料》（甲、乙編）等。他在《小説雜談》等文章中提出『做小説的難，是難於思想』。他認爲『小説是文學的一種，文學的功能，并不是專爲點綴上等社會的裝飾品，乃是啓發人類的知識的利器』，創作時『不可步入後塵，終須以我自己才思想爲之』。這些觀點在《小説日報》類的報紙上發表，值得注目。金智周的《最近小説界之悲觀》指出，一年前風起雲涌的小説雜志多數不能維持，或竟致停版。對此，他認爲辦雜志要在財力與心理上作好長久維持的準備，要堅持『雅俗共賞』的『真精神』，而不能『有俗無雅』，要有高的格調及注意形式編制的美。他的《小説的進步》認爲現在小説的『讀者及投稿者』已不像過去只是幾個著作家而是學生界、商界、工人、郵電家、銀行家等，『都有他們的作品了』。這就是時勢的發展，小説的進步。但在這樣的情勢下，他指出小説『不可失之俗，更不可失之濫』，因爲『俗者損品，濫則乏味，皆行文之大忌，而小説爲尤甚』。署名覺園的《我之中國小説觀》是一個很好的題目，他認爲中國古代的名小説『必有一種最大之寓意，未下筆之先，必胸有成竹，非由臨時隨意構造而來』，給予肯定；而『泰西作品，亦多佳構』，但每被淺識之徒，譯其糟粕，誤我國人。而當前的小説雜志，一是爲了迎合讀者的低趣味，二是書商出於投機牟利，這就『不啻爲小説界宣告死刑也』。據此，他希望小説界不重形式，而貴精神，『不慕鋭進之虚榮，而戒退速之實害』，以求小説的前途。署名元覺（可能與覺園爲同一人）的《敬告小説作者》、《小説要有真價值》等主要强調小説的社會效果，他認爲小説的情節、文字等固然重要，但當特别注意『於讀者感受之利害，社會所蒙之影響』，以及追求小説的『真價值』。而其《敬告小説讀者》則談了自己閲讀新舊小説的心路歷程。

其餘一些作者都零星地提出了一些辦好《小説日報》的建議，或對小説的作法、前途乃至對個别作家作品的評價提出了一些意見，也有一定的價值。如佚名《學小説之參考書》認爲學作小説，必先打『根柢』，讀萬卷書，『須間閲好小説』。讀『好小説』，『仍選閲舊時小説爲宜』。作者在推薦《三國志演義》、《水滸傳》、《紅樓夢》時，對這些小説作了中肯的評價。DG的《作小説的心理一般》，羅列了當時寫作小説的種種動機，也可資參考；對於《滑稽信徒》的批評也有見地。才子的《娼門小説底批評》論述了《花月痕》以來的一些『娼門』小説，認爲長篇中《海上花列傳》最好，短篇中首推何海鳴的《倡門之子》。廉子玉的《新小説和舊小説》面對新舊兩派小説的論争，主張不要將『新』與歐化混同起來，大家要從學理與精神上看問題。嚴旭旦的《老先生的談話》也是通過一老先生的言論，强調了作小説不管是文言還是白話，首要的是不『爲人求學』，而是要從『怡情適性』出發。乙盧的《書鋪子人的話》提供了當時二十年間小説雜志興衰變化的一些史料，叙述了市場與雜志所用的筆墨、材料以及白話或文言之間的關係。庸庸的《著作與批評》談了批評家堅持藝術標準的問題。鄭逸梅的《小説雜志插圖之我見》主要宣傳小説雜志上『刊撰述名家小像，爲最合閲者心理』。世芳的《乞丐小説家》與懺庵的《真小説家》都是用戲謔的筆調寫了當時個别小説的醜陋。董巽觀的《最近小説家的劫運》寫了徐枕亞、許廑父、嚴芙蓀、吴靈園等小説家的家庭悲劇。章抱桐的《小説家比戲子》、金智周的《小説家與影戲演員》分别將小説家與演員相比擬；新庵、白板的《小説家與雀牌》，記述了一些小説家玩雀牌的一些軼事。這些文字雖較瑣碎，但也有一定的可觀可採之點。

《小説日報與》社會的需要

嘯　盧

小説潮流，自從民國三四年間，澎湃了一陣，過了不多時候，就現了衰落之象。現在一二年内，却又現了中興之勢，雜志書報風起雲涌，一下子就發現了幾十種，而且這等潮流的趨勢，都是由簡單而趨於複雜。在一年之前，社會上的小説雜志，稍有銷行力的，一種是《新聲》，一種是《遊戲世界》，這兩種都是月刊。到了後來，周瘦鵑出來，創辦了一種《半月》，以後就是《快活旬刊》和《星期》、《紅雜志》兩種周刊；還有老牌的《禮拜六》也大銷起來；同時三日一刊的《晶報》也號稱發達起來。默察這等雜志的情形，自然期間較短的，頂受社會歡迎，這就可見社會上對於小説的需要，的確較前猛進了好多。直至最近《小説日報》復版，竟創爲逐日刊行，可算是由簡單而趨於繁複的最高點了。這種進步果然是順著時勢的要求發生出來的。但是社會上對於小説的劇烈要求，究竟達此最高點否？這却要看日報的前途怎樣了。

（一九二二年十二月四日《小説日報》）

出版界之每况愈下　心　父

我聽書賈説，從前出版書籍，先要考究内容；第二纔講到斟酌書名；第三再看做書人的姓名。後來便不然了，拿到第一部稿子，先要看那做書人的名字，叫得響叫不響；第二要看書的名稱，能不能號召普通社會；至於書的内容怎樣，倒是頂小的問題。到了現在，風氣又大變了：書的内容，果然無關緊要；就連做書人的名字，也還無甚關係；最要緊的，却就是這個書名，要取得越俗越好，稍許雅致一點，人家就不歡迎了。我聽了這話，不覺駭爲奇聞。再拿現在出版的書目查查，可不是都變了豔史、趣史、奇聞、奇緣這一類的東西麽，唉，這是書賈的不好麽？是做書人的不好麽？還是社會的程度，無形退化麽？唉，這究竟是誰的責任啊！

（一九二二年十二月五日《小說日報》）

好小說那裏來呢？

黄隻仙

做好小說第一要有好材料。小說中的材料，好像房屋中的屋材，造屋没有好屋材，就是斫輪老手，也造不出堅固塊偉的屋子。小説也是這樣。就是有春華楠藻的手腕，也無異造屋子的老斫輪手，到底做不成有聲有色的好小說。所以要做好小說，第一，要有好材料。可是好材料不是常有的，有時一月中不一遇；有時一日中却數遇。遇到了，又不是隨隨便便把這人這事的本事，赤裸裸的描寫出來，於是好小說就不易得了。但時下一般小説家的産物，却不了然了，他們不問遇著不遇著，用了整天的功夫就得撰成數千百言，交給書賈。書賈因著要賺錢，也不問好不好，就收了進去。等到付刊發行，讀的人一五一十的摩訶若波羅蜜多，從頭到尾，念完便笑。有這一來，好小說不但愈弄愈少，就是連少的也不常看見了。有人説，小説原是一種茶餘酒後，或月下花前的消遣品，何必要好？好小說不是定期出版物能做得到的。進一步説，小說家的生活，也和我們一樣的有家有室，要吃飯、穿衣、養兒子，這樣的說法，他們不要餓死凍死？我問爲什麽哪。他説，據現在的情形説，一篇説稿脱手，以五千字論，最上的價錢也不過二十塊錢，這是數一數二的大小說家的價值。若是初出茅廬的小小説家，怕連五塊錢也没到呢！那麽，他們若要做好小説，一個月當中能够做成功幾篇？日前百物昂貴，這區區幾篇稿費，可以維持他一家的用度麽？不但如此，若是編輯先生的脾氣不好，就是連這數角洋錢一千字的代價，也休想拿的到手。我就歎了一口氣，合著眼睛想道：小説家可爲而不可爲。又想到：好小説還要等我兒子長大起來，纔得看見。再不然，我的孫子、曾孫、玄孫，總得瞧見的。咳！

（一九二二年十二月八日《小説日報》）

記漢口之小説日報

海　鳴

前清宣統年間，漢口各報，已競尚小説。李涵秋之《廣陵潮》，即於是時在《公論報》及《趣報》刊發，惟不名《廣陵潮》，而名曰《過渡鏡》耳。與涵秋同時而以小説著名，其名且不在涵秋之下者，又有天門胡石庵先生，在《中西日報》刊行《新儒林外史》，其筆墨固不亞於《過渡鏡》也。石庵亦曾有《漢口小説日報》之組織，出版不及三月而終止。然《小説日報》之創始者，或可推崇是君矣。見廑父、芙孫、枕亞諸兄《小説日報》，乃憶及石庵當年之作，今石庵尚在漢口辦《大漢報》，然小説界之榮名，不及涵秋，滋可歎也。

昔年漢口之《小説日報》，乃一大張；今上海之《小説日報》乃數小張，印刷亦精美多矣。在此小説流行之時，此當可謀持久也。

胡石庵撰小説亦頗與人大異：陳燈於床，持槍在手，胡君卧而吸之。興來，囑其徒高君楚觀，就床前設小几，置文具其上。胡君構思之餘，以言語出之，而高君即爲作速記焉。每每吸煙之聲與寫字之聲，簌簌然雜奏。胡君腦力固過人，而高君之速記術，亦可驚異矣。後高君以奔走討袁之役，製炸彈不慎，毀其身，傷哉！

（一九二二年十二月九日《小説日報》）

出版界之廣告

半　庵

出版是一種最高尚的事業，著作人是一種最高尚的人類。雖説含有買賣的性質，究竟和尋常營業，有點雅俗之分，高下之判（這也没有一定的理由和準確的規定。不過在社會的習慣上，和這等人事的本質上，有這一種觀念。中外古今，統是這樣子的）。可是我看近來的書賈們，往往用一種頂卑鄙的廣告，想要惹起一般無知人的注意。像某書局的旬刊，出版之前，他那徵文廣告，説什麽『重賞之下，必有勇夫』，已經引起許多人的非難。而最近的某雜志，甚至把他雜志本身，比作讀者的小老婆。在他們自以爲滑稽，却不曉已經把他們雜志的身份和著作人的品格，完全丢撇了。唉！書賈們本來只曉賺錢，原無知識可言，也没有供我們責備之價值，但在著作人方面，却不該爲了幾塊錢的稿費，就把他自己的身份品格，給人家盡糟蹋啊。

（一九二二年十二月十日《小説日報》）

周泉侯君來函關於本報改進問題的商榷　許廑父

廑父先生足下：閲貴報第八號（十二月十日）特别啓事，徵求關於日報改良問題的讀者意見，具徵虚懷若谷，採訪周詳，甚佩！甚佩！弟自貴報出世以來，即爲極端愛慕之一人；後因貴報停版，思念之深，有如所失。近聞貴報復版，復得先生主任編輯，聞信之下，欣喜若狂。即向清華購定一份，披讀内容，果較前此進步，形式精神，兩臻佳妙。今復虚心博訪，力求至善，將見貴報前途，必能風行世界，爲小説界放一異彩。可以斷言：僕不敏，既附於愛讀之末，敢爲芻蕘之獻，請勿葑菲之遺。

（一）關於『小説界』一欄者。『小説界消息』及『名人小史』兩種，僕已固極表歡迎；惟『小説話』一門，似應擴充範圍；對於新舊之小説，加以精確之評論，勿徒以泛詞充數爲事也。聞友人朱君談及，先生有《紅學微》之作，何至今未見披露？夙念先生爲紅學鉅子，必有愜心精當之作，此書一出，醉心《紅樓》之人，必當先睹爲快。即以僕個人而論，仰望此書，有如望歲，而親友之中，與僕同情者，更不乏其人。乃遲之既久，而杳無消息，豈以筆政勞人，不暇屬稿邪？抑吝此傑構，不肯披露邪？此僕之所爲大惑不解者也，而先生將何以命之？（未完）

塵父謹答：『小説話』一門，意在督促小説界之進步；及關於小説作者的貢獻，前此所載，亦頗不背此旨；惟評論新舊著作，亦本報原定計畫之一，自當陸續刊登。大示詢及《紅學微》一書，弟先本有此説，而枕亞亦再三催迫，乃以復版伊始，一切草創；且弟尚有擔任別家之稿，不能終止，一月以來，身心并瘁，形神交疲，以故遲延至今，未及屬稿，不意消息流傳，知者甚衆，馳書責問者，日有其人。今又承命督促，弟何敢一再諉延，重負雅意。現當黽勉從事，陸續撰登，用副盛望。惟紅學精深，茲事體大，恐非倉促之間，所能奏功；而知識淺薄，聞學未充，譾陋之譏，在所難免，亦望大雅君子，有以教之也。

（二）關於『小説』一欄現時貴報日刊長短小説，已有四種。内容之豐富，已爲近時各小説雜志冠。然鄙意尚擬酌用可以引人興味之作，如集錦小説、奪標小説之類。此雖遊戲之筆，亦頗爲社會歡迎也。先生寧有意乎？

塵父謹答：奪標小説，即本報消寒俱樂部辦法，而範圍更較擴大。因内容不限於小説一門也；集錦小説，弟亦頗有同意，容緩圖之。

（三）關於『雜俎』一欄，現由枕公主任，所刊各稿，悉屬名貴之作。此君出手，畢竟不凡。但鄙見以爲近時社會程度，日益卑下，貴報既以通俗自任，還該插用較淺之稿，庶幾雅俗可以共賞。且『諧作』一門，範圍亦應擴充，以此等爲著作，最能引人興味也。

廛父謹答：『雜俎』程度太高，果然，已與枕亞言及，當漸行改組。惟『諧文』一門，佳稿最不易得，行當特別徵求也。

以上三條，皆僕對於貴報的個人見解，是否能得大多數之同情與先生之贊可，僕殊不敢自信，惟既承博訪，輒舉其所知言之。冒昧之處，并乞垂諒爲幸。尚有投稿酬金問題，僕頗有意見，但此爲小説界全體問題，不僅關於貴報也，得暇再陳。專此敬請撰安，泉侯頓首。

廛父謹答：大示非常歡迎，非常感仰，何言冒昧也。關於稿酬問題，弟亦覺向來習慣，不甚妥洽。足下如有見教，匪第日報之幸也，亦出版界與小説家之幸也。

（一九二二年十二月十三、十五日《小説日報》）

《小説日報》續出感言　鉏　農

小説雖爲稗官家言，然世俗人情之針砭，掌故軼聞之流傳，通俗教育之普及，常識事物之導達，亦有賴於此。審今商界藝徒、青年學子，每於課餘餘暇，無所消遣，乃馳騁於遊戲之場，或爲賭博挾邪，甚至視耗財傷身之處，爲消閒解悶之區。世風至此，良可慨歎。苟得有趣味良好之小説，於無所事事之時，藉以解寂寥，求興味。既寄情於此，尚何心念及其他？小説之功，誠非鮮也。幾年以來，小説雜志，又復風靡於時，即海上月刊、旬刊、周刊，無慮十餘種。然閲者購讀一期，短者數小時，長亦不過數日，必能讀盡。俟下期之出，又須希望數日。此數日中，仍不免做其他消閒之事，猶之無益也。如能按日發行一份，則數小時之閒，可以消磨於此，計無善於此者。曩年雖有日報之發行，奈停版已久，我人望其續出，實如大旱之望霓雲也。今吾師枕亞暨廑父、芙孫兩先生，復將《小説日報》繼續發行，諸先生之文章，早爲時流仰鏡，《日報》前途，發達當可預卜。然吾則不暇爲《日報》祝而先爲各界人士幸也。

（一九二二年十二月十四日《小説日報》）

小説作者的今昔

一個做小説的

有人説，社會上無論何種事業，都是越做越進步，只有小説一道，却大多數是越做越壞。這句話，看似極無理由，其實細瞧各小説家的作品，却的的確確，有這一種情形。不但别人，就是我自己，也很覺得有這種光景；而且人家説我，也都有這等評論。這是什麽緣故呢？仔細一想，却有幾種理由：其一，文章的性質，是非賣品。以我個人説來，在先我的小説，并不是絶對的賣錢的，就是得點稿費，也并不是藉此爲生。所以要做一篇小説，定要有一個絶好的意思，可以做得小説的，方纔提筆擬稿。而且時間既空，心思又閒，逐字逐句都加上一番考究。那麽，做的文字自然有很多精彩的了。到了後來，名聲漸大，生涯漸盛，又要靠著這一路文字，換得錢來，供給我的衣食日用。只要有人請教，不管有意思没意思，看在金錢面上，不怕你不勉强下筆。纔經著手，受主那邊，又拼命催索。等做完了稿子，又有第二批、第三批生意上門了，哪裏還有功夫斟酌字句呢？在做小説的人，明明覺得自己的作品，不能滿意。但因衣食關係，只得將這些違心之作，胡亂送將出去。這是一樁無可如何的事情啊！第二，是小説家本身的關係。有許多小説作者，當他没有出名的時候，很想做幾篇好文章，做做牌子。所以捏起筆來，就得苦心孤志，刻意經營的，只求文字精工，不嫌費時多寡，那就自然有好小説出來了。等到名聲大了，身價高了，求他的人，越弄越多；社會上歡迎的人，也越看越多。身子既忙，心中又存了一種矜持之意，以爲我的小説，隨便怎樣寫來，都是好的。有了這種念頭，他的作品又哪裏能高明呢？還有一種自甘暴棄的人，因貪多得稿費，明明幾百，或千把字，做的完的，他却故意把一句話，分做三句四句，硬硬的凑到兩三千四五千字。這等人，現在小説界也很多很多。只因些小利益，不覺把自己的人格文品，都丢撇了。却冤了愛讀小説的人，出了很大的價值，瞧不到一篇好小説，這也是很可悵恨的呢。有這兩大原因，所以幾位小説家的作品，多弄到越做越壞。其實并不是他們不進步，也不是他們不求進步。總而言之，還是名利兩字作祟啊！

（一九二二年十二月十六日《小説日報》）

新小説和舊小説

廉子玉

中國人様様喜歡學外國式，想不到今日之下，連國家命脈所繫的文字，也要模仿西式起來。

如今我們就拿小説一部分來講。現在新舊兩派的競争，已經達於劇點了，平心而論，兩派的性質，各有優劣，各有短長，并不能抹倒一方，專作門户標榜之見的。這不是我騎牆取巧之談，實在近幾年來，兩方入主出奴、你非我是的争潮，已經發過了幾百幾千次了，説來總是各有各的理由，各有各的見解，誰又能居中説一句誰是誰不是呢。

照我看來，像這等新舊競争，將來終有優勝劣敗的一日。那麽，今日的競争，也就是將來進步的先聲，這倒是小説界的好景象啊！

説到這裏，我却有一句緊要的狂言，向兩方勸説一聲：新小説就是新小説罷咧，并不是定要歐化的小説，纔算是新。若説歐化的小説，新近流入中國，比較中國的舊派小説，自然算得新了，但照狹義説來，歐化小説中，也還要分出新舊之别，并不是無論什麽小説，帶著點子歐化的氣味，就可以代表全部新小説。總而言之，新是新，歐化是歐化，歐化果然新，也不必盡新，非歐化果然舊，也未必就無新理髮生出來。因爲小説的新舊，是在學理和精神上分别出來，并非加幾個圈點，寫幾個『他』字，就可以算爲標凖的。所以現在的競争，在新派方面呢，只許以新小説攻擊舊小説，却不能掛著『歐化』兩字的招牌，嚇唬舊派；在舊派一方面呢，也只能拼出精神，和真正的新派去抗争，却不犯著用盡氣力，對於謬托歐化、假充新派的，施行抨擊，這纔合於學理之争，這纔能够得競争的好處。

（一九二二年十二月十七日《小説日報》）

小説家比戲子

章抱桐

在下是小説迷，又是戲迷，憑我滑稽的眼光，做了這篇《小説家比戲子》。管見所及，遺珠尚多，至於比得像不像，要請讀者自己去研究。

王鈍根比時慧寶。平襟亞比趙如泉。徐枕亞比凌憐影。朱鴛雛比汪笑儂。李涵秋比湯雙鳳。張舍我比劉藝舟。林琴南比余叔岩。沈禹鐘比劉永春。王蓴農比馮子和。許指嚴比張桂芬。周瘦鵑比林如心。許廑父比羅小寶。嚴獨鶴比夏月珊。張碧梧比白牡丹。朱瘦菊比趙君玉。嚴芙孫比林樹森。鄭逸梅比王佩蘭。沈雁冰比麒麟童（麒麟童在舞臺上發明過鬼腔）。江紅蕉比小香紅。鄭正秋比小阿四。何海鳴比楊小樓。胡寄塵比高慶奎。鄭子褒比金少梅。張枕緑比劉天紅。施濟群比紅菊花。張丹斧比張德俊。冰心女士比張文豔。程瞻廬比小達子。還有人把徐卓呆比徐半梅，汪仲賢比汪優遊。這兩個人，只怕比得不大像罷。

抱桐道：『我自己讀完了這篇，覺得比得雖然有些相像，不過未免太唐突了各位大小説家了。我既把各位大小説家比做大名角，那麽就把我自己比做一個掮旗撑傘的跑龍套罷。』芙孫戲按：『抱桐道』三個字，本來也是跑龍套的諧音。哈哈，妙極了！

（一九二二年十二月十七日《小說日報·星期增刊》）

翻譯西方名家作品的困難

周瘦鵑

西方名家小說，汗牛充棟，我們見了那種情文并茂的傑作，當然要翻譯。然而這種名家作品的原本，決不能歸我一人所有。我譯過了，人家不知道，見原本好，當然也要翻譯。即使人家知道或已見過你的譯本了，以爲你譯的不滿意，可也不能禁止他重譯。我認爲凡是翻譯名家作品的人，心地萬萬不可偏狹，没的爲了别人重譯我自己譯過的作品，就生氣起來。要知他也許没見過你的譯本，并不是不滿意於你啊。我曾經爲了翻譯托爾斯泰的劇譯本，碰了人家一個釘子，這還是前兩年的事。某書局某雜志的主任，托我譯一種名家劇本。我恰恰買到了托爾斯泰的一種，外間没有見過，就高高興興的譯了。送去時，被他的同事某君瞧見，哪知某君恰也譯了這劇本，刊在局中另一種雜志上，還没出版，不過已有校樣了。某君見了我的譯本，甚是動怒，寫一封信給那主任，罵我專喜重譯人家的作品，我的譯本當然也退回來。我倒没什麽，可是某君對我，至今還有餘恨。仔細想想，很好笑的。可是他的譯本還没有發表，我又没天眼通，怎能瞧見他已譯過？況且托爾斯泰未必給他翻譯的專利權，又怎麽不許别人翻譯呢？日本和歐美各國，凡是别國名家的作品，往往有好幾重譯本，算不得一回事。就是翻譯也没什麽稀罕。歐美翻譯的作品，大半不署翻譯者姓名，只署原著人姓名的。所以我對於翻譯這件事，并不重視。七八年前我曾譯過許多名家的短篇小說，到如今人家重譯不少，我從不生氣。只希望那一般不願重譯自己譯本的先生們，大家想一個法兒。倘是手頭譯什麽外國名作時，總得尋一個普遍的印刷物，發表他所譯的書名和作者之名，那就好了。

（一九二二年十二月十八日《小説日報》）

邱劍飛君來函關於本報改良問題的商榷

許廑父

啓者閱第八號貴報特別啓事，徵求讀者意見，以期改革完善。誠懇摯之情，躍然紙上。此貴報之所惠於讀者多矣。今不揣譾陋，就管見所及，謹述數端，以供採擇焉。

甲：小説家之小影。每日宜登兩三幀，使讀者得瞻豐采，則雖未見其人，亦可稍慰景慕，閲者自必歡迎。

乙：宜另辟『餘興』一欄，内分俱樂部（載饒有趣味之作品，如消寒會、新年同樂會等）、談話會（以供讀者之發揮意見，討論一切）、文字因緣（以備讀者之聯絡感情，而敦友誼）、遊戲問答（出題徵答，中者給酬。每星期出題一次，歸下星期揭曉。額取△△名，答案不得逾△△字。題須滑稽，力求趣味。另刊遊戲問答印花，以備應徵者之用）四項，已引起讀者之興味，而創立永久之精神。

丙：『小説界』欄内之『小説話』中，對於小説作法，亦宜詳述。俾初學者可作楷模，則必爲讀者歡迎而滿意。

丁：『雜俎』欄中，材料可爲豐富。惟如第一號報上宣言中，所云之劇談、花史、遊記、金石、書畫、醫卜、星相等，尚付缺如，亦宜設法如數登刊，以副讀者之殷望。而金石書畫，則猶足啓發人之美術觀念。

上列四端，甲乙二種，乃係新辟。丙丁二種則原有之欄内，加以擴充。愚見如是，高明者請弗見哂也。

廔父謹答：大教甚佩。甲項已開始向各小説家請求；乙項因篇幅有限，須陸續舉行；丙項事體甚大，僕又無暇撰述，暫行從緩，惟將來必當請人專任也；丁項即將遵辦矣。惠書感極，薄有所酬，尚望惠示詳細地址，以便垂奉。

（一九二二年十二月十九日《小説日報》）

兩方面：作者、讀者

黄賸仙

我已經做一段《好小説從哪裏來呢》在本報中披露了。現在再要進一步説道讀者、作者的兩方面。說起來也很平常，不過我不是一個小說的作者，隔靴搔癢，要給人家好笑呢！然而值得人家好笑，是我的情願，只怕人家不好笑，那就壞了。

一般人總說，讀者的眼光有的凶，有的不凶。我以爲讀者的眼光凶不凶，還不打緊。因爲這凶不凶裏頭，正像嗜茄子、嗜石菖蒲、嗜一種動物的遺的種種的不同。既然是東西南北，没有一個準確的定向，那麽，就也不是一個一個緊要的問題了。可是執著一篇小說，讀得津津有味，覺得真有這人，真有這事，說不出好的地方，也說不出没有不好的地方。過了幾天，猛地聽得人家談論一篇小說，或是偶然遇著外界的感觸，便印象到這一篇小說上去，仿佛又重讀一過。於是，他腦中的印象愈刻愈深，隔了數年、數十年還牢牢的記憶著，這就是緊要的問題，也就是讀者最後的結晶。比了我們憑著一時的感覺，信口甲乙，要好得多哩。

如今要說到作者的一方面了。大概做小說的先著，第一在覓取材料。取材不是難事，取材得當否，却是一件難事；取材當了，没有好筆墨，也是不行；筆墨好了，布局脈絡處處露著破綻，還是不行。所以作小說的至少也要知道上面說過的四端，須知怎樣受讀者的歡迎，就是怎樣去打算，使這四段當中，没有一端没有不妥的地方。我們知道平鋪直寫的文字，不能够引起讀者的興味，他的毛病就在乎此。所以當作者下筆的時候，萬不可存著一種輕易的心理，以爲讀者不是個個有審美的觀念，只要將就得過，就算了事。不知讀者雖不是個個有審美的觀念，作者的一字一句一動一静，是否本著自然現象，悉心經營，讀者却完全領會在腦子裏頭。所以布局要精密的，脈絡要貫穿，語氣要緊張，取材要合度。他們新文學家的什麽藝術那、個性那也就是這些東西。作者若能在這上面下一番深切的功夫，然後著筆，不受讀者的歡迎，我不相信。

（一九二二年十二月二十日《小説日報》）

老牌子 三三

蘇州城内的稻香村和陸稿薦，乃是兩塊無獨有偶的老牌子，這是人人都知道的。凡是到過蘇州的人，大概都能够知道這兩家的生意，終比别家的好。但所以比别家好的緣故，有些人以爲是蘇州人有一種喜歡老牌子的心理，所以一見了這兩塊牌子，便十二分的信任他們。其實這種見解是錯誤的，原來稻香村的松子糖和陸稿薦的醬鴨，滋味的確比别家的好，因此纔能保持它們的信用。須知蘇州人的嘴最厲害，他們辨味的能力，可以算得一等一。假使那兩家老牌子的店家，不注重貨色，只靠著牌子老，或是直接重廣告的力，我敢説一句預言：不到一年，這兩家店鋪，不是换店東，一定要關門了。

現在小説雜志界裏，也有幾塊老牌子。他們的内容，是否符合他們的牌子，我不能説。但現在的一般讀者，眼力比以前高多了。因此，我特地來提醒一聲，那幾塊老牌子，不要等到讀者的眼光，到了蘇州人辨味的能率，纔起來改良，那就未免太遲了。

（一九二二年十二月二十二日《小説日報》）

潘逸園君來函關於本報改進問題的商榷

枕亞吾師惠鑒：前閲報端，知吾師暨廑父、芙孫二公，辦理《小説日報》，不禁欣喜欲狂。嗣讀第八號特别啓事，徵求關於貴報改良進行之讀者意見。不禁歎才高學博，如吾師及廑父、芙孫二公者，尚虚懷若谷，採訪周詳，甚佩！甚佩！五體投地矣。雖愚鈍如逸，略有所知，敢爲吾師及廑父、芙孫二公者，幸垂聽焉。逸對『小説界』一欄者、『小説界消息』及『小説名家小史』二門，則與周侯泉君同情，極表歡迎。如能再請貴社諸公工於西文者，以泰西小説界之消息，及泰西小説家小史、趣史介紹於讀者，則更幸矣。『小説話』一門，似應擴充範圍。除周侯泉君所商榷者外，逸謂近年來，小説雜志，風靡一時。流行社會者，有旬刊、月刊、半月刊、周刊、三日刊、二日刊，共計不下數十種，惟良者果多，而藉以漁利，讀之不能所解者，亦復不少，則宜加以公正之評論，勿存阿諛、謾罵、刻毒、嫉妬之心，庶讀者不至盲從也。『雜俎』欄『藝林』一門，凡詩文詞曲，均請刊入。處此士風陵替，國學淪亡之秋，或能稍挽既倒之狂瀾，其功不在禹下也。此外如文虎、酒令、詩鐘及滑稽問答，亦請加入，以助讀者興趣。如慮程度太高，不能通俗，亦不妨稍插較淺之文；若有奇趣之諧文，均請多刊幾篇，必能增讀者興味也。惟排印當囑之手民，宜求清朗，勿將字倒排或横卧，有損美觀。再貴社徵稿，必以二十八字爲一行，果有何故？請示知。可否減去此限否邪？此皆逸管窺之見。因貴社徵求，故贅及之。得勿厭其繁瑣否？倘蒙有所採納，則深感無極。冒昧投函，幸恕唐突。

枕亞答：大教甚是，容陸續改良。所說投稿每行二十八字云云，實因排字上便利起見，但今已覺其無謂，不日當通告取消也。

（一九二二年十二月二十三日《小說日報》）

小說造意問題

鉏　農

小說之爲物也，淺言之，可以助公餘商閒之談笑，作解愁解悶之良友。故小說之作，以有趣味爲主，務能引起閱者興致，使手不忍釋，時而拍案叫絶，時而附掌發噱，此咸在立意新奇，隸事曲達，而又參以滑稽之筆也。我國舊小說，長篇除歷代史演義及《水滸》、《紅樓夢》等，短篇小説除《聊齋》、《閱微草堂》等筆記外，可取者寡，則以造意陳腐，情節雷同。『私定終身後花園，落難公子中狀元。』此二語足以包括陳腐小說之意味矣。即現行小說，亦多情節從同，造意相類之作。故鄙意欲作好小說，須先造意，加以討論。因求教於吾師枕亞，并質諸小說界文豪，以爲當否。

長篇小説造意：近日小説頗有中興氣象。一時雜志小報、以及單行本撰譯各體，風起雲涌，日多一日。小説家應書局、報館之徵索不得不率爾操觚。著作既多，意匠未免潦草。雖可隨時參插時事，或記各處風土，或寫社會現狀，然撰述既衆，記聞易窮，即使空中樓閣，匠心獨運，然終未免有同一窠臼之情節，與小説有同病之憾。多讀小説者觀之，能無乏味耶？至於譯本，情節雖殊，用意復遝，亦復不免。今宜注重寫實方面，不屑屑於引人入勝；或故作驚人逗笑之語，惟以入情入理爲主，即新思想一方面；亦宜根據科學眼光，不爲向壁虚造，則前弊可免十之七八。

短篇小説造意：短篇小説及筆記等類，情節簡單，無可參插，造意更較難於長篇。余同事友王君，喜觀野史軼事。筆記短篇、新舊襍記，大都閲過。乃言諸雜志小報内之筆記，十之七八，係抄襲舊聞，不過改頭换面而已。惟余則爲作者抱屈，或作者本聞人言而操筆作記，豈知言者實取諸舊書？或作者本記事實，而事適同於舊聞，均所不免。然此實作者之遺憾也。欲療此病，惟有採最近聞見，以最新眼光觀察評判之；或不加評，但具寫其曲折，適合情理而止，此亦寫實派之主觀法也。若此則雖情事或有與舊聞同者，而作法自迥乎不同矣。

鉏農從余遊，余深愧無以益之。此篇小説造意，確有見地。亟爲刊發，以公世之好作小説者，奉爲圭臬焉。

（一九二二年十二月二十四日《小説日報》）

張乙廬君來函關於本報改良問題之商榷

許廑父

廑父、枕亞先生史席：頃讀貴報第八號啓事，徵求讀者對於貴報編輯之意見，虛懷求善，曷勝傾佩！兹有拙見數則，條録於後，以備採擇。

（一）『小説界』上欄，加列『小説界消息』，及『小説名家小史』，不勝歡迎。惟『小説話』羌無故實，殊未能饜讀者之望。最好羅古今名家小説，不分畛域，加以精確之短評；或述作者自己讀書及著作之經驗，及其心得，俾爲讀者它山之助，并祈博採衆議，俾廣見聞。小説材料可以稍短，其材料務求新穎，勿過離於事實。言情、武俠、黑幕等等，坊書充斥，閲者已覺厭倦。不如描寫社會，或叙述名人軼事，否則宫闈秘聞，亦頗幽鬼可喜。寫社會宜於白話，其他宜於文言。

（二）『雜俎』取材甚高，愛誦頗少；星期滑稽號，雅俗共賞，饒有趣味。弟處承賜一紙，轉輾借閲，今又不知爲何人取去矣。讀者心理，於此可見。鄙意不論何欄，取材固不可俗，爲引起讀者興趣起見，似宜稍貶價值。第一版一仍舊章，其餘二版，何妨附載此項滑稽之文字，或載劇界消息、短俏劇評、詩文，暨輕圓瘦俏之豔體文字（如《影梅庵憶語》、《湘煙小録》等，癡肥臃腫之四六文不在此例)、饒有逸趣之筆記(如《花底拾遺》、《閒情十二憮》、《閒餘筆話》等)、典雅而合於時事之鼓詞(如歸某《萬古愁曲》、賈鳧西《齊人鼓詞》之類)、各處風俗竹枝詞(俚俗不堪之小調、陳腐可厭之開篇時曲,不在此列)。

(三) 長篇小説,盡善盡美。

以上所説,不過管見所得,是否有當,仍請卓裁。教小弟張乙廬再行十二月十五日。

廑父謹復:奬飾愧不敢承,大教甚佩! 容陸續改良,用副雅意。

(一九二二年十二月二十五日《小説日報》)

小説雜談

周大年

有人説,小説這件東西,没有什麼難地方,什麼愛情咧、哀情咧、理想咧,都是很易於著筆。要是做愛情小説,只要做兩句『卿咧』、『郎咧』、『我愛咧』、『佳人咧』的肉麻字眼;要是做哀情小説,只要做兩句生離死别的話,什麼『淚咧』、『愁咧』、『盼望咧』的詞句;要是做理想小説,只要做兩句什麼『世界末日咧』、『人類同歸於盡咧』的話。諸是此類小説,有什麼利益呢? 有什麼價值呢? 這種話,也可不十分差,的確有一部分的人,只知道抄襲那些陳腐不堪的話,充他的篇幅。所以有許多人,竟一網打盡。凡是小説,一概説他陳腐不堪,那也是生了某君賡夔所説的小説賊所害。不知小說是改造社會的利器，并不是摇起筆來，就可草率成篇的。第一步，先要想定意思然後下筆。但是不必限什麽長短，只要得到一個天然的結束就好了；也不必過分拖長，所以有種雜志的規則上，寫著每千字酬金若干，很是不通。因了這個緣故，所以許多小説匠，往往故意延長，要想因字數的關係，多得些兒獎金，不知反致作品乏味。所以酬金的多少，不應當拿字數作標準，應該拿全片的意思和作法作標準的。

長篇小説的題名，什麽《後西遊記》咧、《後石頭記》咧、《後儒林外史》咧，古時有什麽書，現在也有這部書，不過加了一個『後』字；或是新字，那我就不敢贊成。因爲題了這樣一個題目，情節給前書拘泥住了，并且内容的構造，一定要和原著仿佛。這就是背於小説『自然和美』的原則了。

有人説，老小説如什麽《三國志》咧、《西厢記》咧、《水滸》咧、《紅樓夢》咧，都是讀不厭的；新小説中雖有一二種可傳可誦的作品，却如鳳毛麟角，委實不易多覯。這是什麽緣故呢？

（一九二二年十二月二十六日《小説日報》）

偵探小説叢話

許廑父

做偵探小説，最難在布局：情中生情，案外有案。非挖空心思，絞盡腦汁者，絶不能得情節奥妙之偵探小説，非若他種小説之僅叙一二事實者，所可同日語也。

他種小説，許有機會可以説幾句空話，衍幾行浮文。雖則一般没趣，究竟尚有遮掩粉飾之餘地。

偵探小說則一字一句，都和全書結構有關，斷斷用不著敷衍的。一經敷衍，其壞處直能掩没全書精華，而使讀者失驚愕駭歎之功能。

偵探小說用化妝術，實自紀述技窮始。須知偵探而至於化妝，實爲不得已之舉，非偵探必須化妝也。然吾觀今之偵探小說，在中國此項小說幼稚時代，固無論已，即東洋之名家作品，亦多如此，何也？中國向無所謂偵探小說，有之則不外下列：

一、神鬼式的偵探小說，如《包公案》一書，即爲此派之最著者。此在神道設教時代，或尚有情理可言；若今日開明時代，已萬萬不通矣。

二、飛行式之偵探小說，以《七俠五義》一書爲最。寫英雄本領，直與神仙無殊，余不信世上有此等人物也。

三、劍俠派之偵探小說，此與飛行式同一不近人情。劍俠必有其人，然鋪排過火，轉負失真之嫌。余無取焉。

以上三種，皆中國舊時之具有偵探小說之模型者也，然今已成爲過去時代之廢物。而今之作中國偵探小說者，尚不改此等陳腐頑固之規制，何也？

或謂偵探小說之構造，以情節爲最要，而造句尚在其次，此說余亦認爲合理。然字句不煉，修辭不工，究竟未能將情節之精神寫出，亦無以引起讀者之感情也。作偵探小說，要使讀者有始終中三種特殊的觀感。始者何？觀案情之離奇，而生驚駭之心；中而見案有眉目，則疑鬼疑神，不辨犯罪之屬於誰人；終見破案之出人意外，則拍案叫絶，而身心爲之俱快矣。能使讀者如是，斯爲偵探小説，斯爲好偵探小説。或爲偵探小説平淡無奇，雖有妙筆，安得生花？余曰：若然，則偵探小説可以不作。既爲小説，必有合於小説作法之資料，無資料，毋庸勿作；作亦徒壞人腦筋耳。此言凡屬小説皆然，不必偵探也，特偵探尤甚耳。

（一九二二年十二月二十七日《小説日報》）

小説收藏家

漁陽方武

王君錫三，别號大隱，榜其居曰大隱盧，有嵌字五言楹聯曰：大德不踰閒，隱居以求志。其爲人生平無他嗜好，惟酷嗜小説，凡海上名著無不購置之，每歲所獲之薪水資，率皆用以爲各種説部之代價。其所藏之書，按其種類，分爲四篚，每篚各鐫以五字碧油之篆文，一曰才子談話會，一曰稗官講演團，一曰莊諧俱樂部，一曰藝文陳列所。命名新穎，裝製精良。人以其家藏説部最夥，故咸以小説收藏家呼之云。

（一九二二年十二月三十日《小説日報》）

譯書難

俞天憤

做小説本來是件不容易事，於今社會上把來當作一件糊口的傢伙，自然好小説一天少一天了。

當然做小説雖不很容易，畢竟中國人做中國小説，不論是文言，是白話，究竟是直接的，總還容易一點，最難得算是譯書了。在下并不曾讀過英、法、俄、日文字，自然外國文法，一點不懂。可是也曾聽人説，譯外國文字，有直譯、意譯兩種。如今那些拗口拖遝的小説，大約是直譯；林琴南的中國古文式的小説，大約是意譯了。記得從前《新小説》上，載一段外國人譯『馳騁文場』四字，變成騎馬向書堆裏跑來跑去；前天又看見，某報上載一段『狼狽爲奸』，變成狼和狽通奸。你想中國文譯外國文，還有許多笑話，那外國文譯做中國文，一定有多少笑話，不過没人發現罷了。

在下因這譯書笑話的大問題，曾經和好幾個朋友，細細研究，想這中外直譯，究竟是間接的困難。倘把中國的白話、文言直譯起來，不知有笑話没有笑話？當時大家決定：在下録一段文言，給一個朋友去譯白話，譯成了，再轉把别個朋友譯文言，彼此不准宣布。到後來，都譯過了，纔拿出來，大家批評，仿佛同他們做集錦小説一般。前不顧後的瞎寫，到結末一個人，吃他苦。那是在下便寫了一段很精緻的文言，給我朋友天心去譯。原文如下：

余於某日，道出金陵。見蕭條門巷，衰柳依然，而人煙寂寥，不堪回首。傍水西門，一老嫗，設冷攤於門前，亦無有顧之者。自晨起至午餐後，曾未售得一青蚨，飢腸作雷鳴矣。余覘其冷攤，實無一略可值錢之物：破鐵之環，壞銅之柄，磁甌則去其耳，花瓶乃去其口，其他破帽敝履，乞人所不屑者，充仞其中。顧龍鍾老婦，瑟縮可憐，十月深秋，尚衣單袷；而寒風尤如炎涼異趣之物，故穿此老嫗衣衫裂痕而入。余寧立其冷攤前，初非注目於其物也，默念彼蒼之窘下民也，乃不拘一格。彼老嫗者，乃聊備一格耳。顧老嫗見余寧立其前也，以爲余欲得其冷攤上物耳，即起其震顫之軀曰：『先生，需何物耶？』又目余狀類文人者，則曰：『此一扇頭，聞書此者爲名人也。曷賞鑒之？』又曰：『此一筆筒，云是嘉定竹刻，任此冷攤上，故無多值耳。』余覘此扇頭，所書者殊粗劣；而竹刻之筆筒，則有一裂痕，直通至底，意似無所可。然而老嫗則顔色慘變，淚珠幾欲破眶而出。乃曰：『先生，汝能略攜數物去，得二三十銅圓，老身即可果兩日腹，乞矜憐焉。』（未完）

第二天，早上，在下還没有盥洗，天心早已來了。開口便問，你昨天那個文言，是自己做的，還是抄襲别人的呢？在下不由得臉兒一紅，説：『你且别管，你只把譯成的給我看。』天心道：『中國文言譯中國話，究竟不是難事，我譯在這裏了，你看罷。』我便看是：

我在那年深秋天氣，却説不起日子。經過南京城，看那街頭巷口，都含著一種蕭瑟的氣象。那門前枯焦的楊柳摇曳的雖像春天一般，但那人煙寥落的景况，真正讓人想起那不堪回首的感想。水西門旁邊，有一個老婦人，擺個冷攤子在那裏，也没有人去照顧她。她從早晨起來，到午飯以後，一個錢没有得著。她那挨餓的肚子，早就在那裏叫饑荒了。我看見她那攤子上，實在没有略微值錢些的東西：大約是什麽破壞的杯子，爛剩的銅柄耳，也有件把磁器之類。那破缸是缺了耳的，花瓶又是打了嘴的，其餘像什麽破帽子、舊鞋、破靴子，那種破爛的樣子，就是乞丐也不見得稀罕她的。她却一件一件，都擺在那個攤兒上。再看那個老婦，態度固然是很龍鍾了，而且露出一種瑟瑟索索的樣兒，很是可憐見的。其時正是秋末冬初的當耳，他身上的衣裳不過幾件單夾。偏偏那門口的寒風，這時也要欺人。他在夏天時候，很是吝嗇的，不肯行個方便。一到冷天，大家要回避他了，他却越發逞威，此刻一陣一陣的送來。把這擺攤老婦衣裳上的裂縫，引得一起張開笑口，歡迎他進去，好讓那老婦受用。當時我站在她那個攤子的旁邊，并不是看中了什麽東西，要買他。不過瞧了她這種可憐樣子，心裏暗暗的納悶：造化小兒，玩弄人的法子，竟是種種不同。像這種老婦人的苦況，其實也不過是幾種中間的一種罷了。但這老婦看見我癡癡的站著，總以爲我是打算要買她什麽東西的。她就站起她瑟瑟索索的身子來，説道：『先生，要哪樣東西？』又看見我像讀書的人，就向我説：『這個扇面，聽説畫他的是個有名的人，請你看著，可合意？』又説：『這個筆筒，説是嘉定竹刻，然而在這冷攤子上，也值不了多少錢。』我看那個扇面上，畫的筆墨很是粗劣；至於那個竹刻筆筒，偏又有一條裂痕，直通到底，是個没用的東西了，意思就不願意買他。這老婦看出我不樂意，她臉上的顏色，馬上換了一種失望的表示。那眼腔裏的清水珠兒，早就要迸出來了。勉强忍住，纔發出一種低而且顫的聲音説：『你能够略拿幾件東西去，給我二三十個銅子，老婦就可免得兩天挨餓，望你垂

憐我罷。』(未完)

我那時看了一遍，便對天心説：『東西是不錯，不過太長些。』天心説：『這也没辦法，這就叫做直譯呢！』我説：『那也不見得，要真是直譯，那句「飢腸作雷鳴」應該譯作「打饑荒的肚腸，做起天上的陣頭，乒乓的響雷」了。』天心説：『照此譯法，那更要長了，我如今要把我的大著，交給老朦了。』我説：『很好。』過了三天，老朦也交卷了。老朦是個政界要人的書記，平素四六文章，做得很好，比不得天心，是個國語教員，見識學問，是有限的，那老朦的譯文是：

憶昔道出白門，時值深秋，氣象蕭索。枯槁之柳，垂風摇曳，人煙寂寥，不堪回首。經水西門，見一賣舊貨之老嫗，自朝至暮，絶無交易。蓋以飢寒交迫矣。余見其售物，皆破壞不堪：鐵環銹蝕，銅柄爛餘，缺耳磁盞、斷頸花插，他若敗冠舊履，乞人之所不欲者，莫不雜陳。頑老嫗狀態龍鍾，瑟縮可憐。時值冬初，嫗猶單袷。城洞寒風逼人，余恨此風，不行於夏，乃施諸冬，恃寒凌人，可堪浩歎。惟時風力殊大，嫗衣裂縫，盡爲吹開，絶似歡迎此風，故使嫗受困者。余久立攤旁，非意有所屬，特覘此可憐之老嫗，心感夫造化慣弄人。嫗亦被弄之一也。嫗見余木立，疑余欲購物。遂顫聲曰：『先生，將何所購耶？』既又余似文人，則復曰：『此扇爲名人所繪。』又曰：『此筆筒爲嘉定刻竹，然一入余攤，值降泰半矣！』余視扇面之畫，極粗鄙；竹刻已龜裂，意不欲貿然得之。嫗察之余懷，顔色頓變，涕泗横流。顫聲又曰：『先生，能略購數畫，而賜我數百青蚨耶？嫗可免兩日飢寒矣，乞垂教焉。』

隨後我把這篇文言，交給社會教育家君磐先生。君磐看了，哈哈大笑道：『難道你要來考試我文字麽？你且等著，我馬上給你寫出來』他便捏著筆寫道：

記著有一回兒，在深秋時候，經過南京，冷冷清清的。只有幾根楊柳條兒，在風中摇擺。路上很凄凉的。只見一位老婆婆擺著個舊貨攤兒，整天兒没做到一個錢生意。肚子餓得難過哩！攤上呢，無非是銹壞的鐵環、銅柄、没把兒的杯子、斷頭的花瓶、破帽、破靴，叫花子都不愛的傢伙，滿擺著。看這老婆婆罷，十分可憐。冬令將到，身上只穿件單衣，偏偏那夏天没有、冬天來的冷風，從城門口兒，一陣陣颳出來，逼著這老婆婆；而且風力很大，把她的破衣都吹開了，好像誠心要讓她受這苦楚的。我站在那兒好半天，并不是要買什麽東西。因爲看著她這樣可憐，就生出了一種感想：造化是專好弄人的，這婆婆現在正讓他在那兒玩弄呢！她見我獃獃的站了半天，當著要買東西，就抖著説道：『要麽？』因她見我像個文人，就道：『這扇子有名的人畫的；這筆插是嘉定刻竹，到了這裏，價錢就減去一半哩！』我看扇子畫的很惡，筆插是通身開裂，心裏不想瞎買這等東西。那婆婆看出了我的意思，臉色頓然一改，眼淚也急出來哩。

就説：『先生，倘能化你幾百大錢買我幾件東西，我就可以少挨兩天餓，請你幫些忙罷。』（未完）

君磐譯也譯的很快，寫也寫的很快。他還説：『你們做小説的，總説没有資料，難於著筆，像我這樣，費不了三十分鐘，就成這麼一大篇，我看是很容易的。』我説：『你會的是英文，你能把英文譯的這麼快麼？』君磐也掌不住笑了。後來我去交給那一位報館記者，教他譯一篇文言。他皺著眉頭，一百個不高興，禁不住再三再四的央求，他纔應允。足足候了他一個月，催過他五六次，纔算交卷。他的妙文，寫在後面：

我心裏長記在深秋，往南京遊。僅見枯柳弄風，悲苦已極。後達水西門，有一老婦，置一貨攤，白日無交易，腹内飢甚。攤中之物，銹鐵壞銅、碎杯斷瓶，尤有甚者，乞兒之所不欲之帽靴，亦陳列之。老婦面現可憐之狀，一寸許；冬至尚穿單衫，可憾夏日未嘗見、冬日必遇之冷氣，從城口如排陣而來，催逼老婦；其力尤大，衣破即開。風亦有心於老婦，故得此苦也！我立六小時，本非欲購物，因其可憐，遂想造化弄人，作如是觀。彼見我戕立六小時，以我欲購物，彼云：『何物耶？』又見我非赳赳武夫，遂云：『名人畫扇、嘉定竹刻筆筒，來此價必減半。』我視扇殊劣；筆筒自首至足均分開，遂不願閉目購東購西。老婦似識我意，面勃然，淚如雨。又云：『先生，苟能費君幾百文購我物，我即不餓數日，速助我！』

哈哈，我讀了這篇妙文後，再也不敢叫人去重譯了。當下約了幾個同志，開個文言文研究會，説明原文是包天笑的。他原名是《楷圖形之小影》，登在《中華小説界》裏頭。如今經了四次重譯，竟把天笑一篇很精緻的文字，糟蹋壞了。別的不講，單説『蕭條門巷，衰柳依然，而人煙寂寥，不堪回首。』譯到第四次變成『僅見枯柳弄風，悲苦已極』，這還成個句子麽？還有『老婦瑟縮可憐』一句，第一次譯做『形狀十分可憐』；第二次譯做『瑟縮可憐』；第三次譯做『露出一種瑟瑟索索的樣兒，很是可憐』；第三次譯做『形狀十分可憐』都還不相上下；末一次，把『十分』當作『一寸』，那便譯成『老婦面現可憐之狀，一寸許。』在譯的人自然覺得奇妙，哪裏知道全文不相稱呢？還有一句『余寧立其冷攤前』，第一次譯做『我站在她那個攤子的旁邊』，這時『旁邊』和『前』字已經差遠了；第二次譯做『余時久立攤旁』，那『旁』字已確定了；第三次譯做『我站在那兒好半天』也差不多。原文『寧立』和『久立』，意思還近，這『好半天』也是描摹文字；不料第四次，認這半天兩字，當作實有的，便譯成『我立六小時』這句話，倘真有其事，那真成個獃子了。那時，大家宣讀了一番，也説不出什麽，不過大家從此知道，譯書是很不容易的事。不要説中國人譯外國文不容易，便這中國人譯中國文言，尚有這種笑話呢！所以我説，不深通中國文的，不要去譯外國文；不深通中國文的，更不可强譯中國文的白話，這是最緊要的金科玉律哇！

（一九二三年一月三、四、五、六日《小説日報》）

自然底小説　聽潮生

他自然而然的在公園裏邂逅著她。

他們倆一見之後，自然相識起來了。

相識後，性情又是一樣，品學又没什麽軒輊，自然發生戀愛問題。

情海的路徑自然是從友誼上生出戀愛心來，再從戀愛心結成伉儷，既成夫婦，自然有愛情的結晶品。

這塊戀愛的結晶品和那塊戀愛的結晶品，自然又發生出戀愛的問題來了。

昨遇故人某君，談及近頃小説界之趨勢，君痛詆年來之説部，失之矯揉蕪雜，不堪寓目。欲求一妙造自然，雋永可誦之作，直如鳳毛麟角，戛乎難矣！　君雖持論過激，要亦言下有物。余退而成此，揭櫫本報，質之某君，以爲何如？　一笑。

作者附識

廑父按：聽潮生此作，可謂謔而近虐，妙在陽秋皮裏，令人生無窮感想也。

（一九二三年一月九日《小説日報》）

對於滑稽信徒之商榷　DG

王理堂先生的《滑稽信徒》，固然是無美不美的了。只是有些地方，雖説是與興味没有什麽大關係，但是於表面上、情理上，可是有點子不合適的。『人鳳便跪在人當中』，這話似乎於情形上不對，因爲現在耶教，祈禱并不跪著，只立著低頭閉目祈禱而已；若説不是耶教，乃天主教，那麽，下段又不該用耶教的禱告文了。牧師請人鳳祈禱，而人鳳竟爲自己禱告起來，似乎不合在禮拜堂祈禱的法子。因爲在禮拜堂，别人請你祈禱，當然是請你爲衆人、爲大家祈禱，絶不能請你爲你自己祈禱的，祈禱絶不能説兩次『阿門』，也不能做兩段祈禱。

『我們在天上的父』直到『永遠無盡，阿門』，這段是現成的禱告文，本是大家合聲用著的，有時自己一人爲自己祈禱也用著的。所以爲大衆祈禱，在衆人之處，若想説這段祈禱文，必須大家都一起説。而人鳳竟是自己説，未免有點不合拍。（著者按：余并非信徒，不過前因在教會學校求學，必須得去坐禮拜聽道。久而久之，所以略知其中的情形。我是并不是自現本領，這是實實在在這樣的，也并不是故意强駁人家。高明君子，想能垂諒也。）

廑父按：鄙人并非教會中人，對於教中規則儀制，毫無所知。惟DG君此作，想必有確見之處；此等評論，能使本報缺點，得以披露於世，實爲促進進步之利器。本報敢不拜嘉。書此志謝，并求常賜教益爲幸。

（一九二三年一月十日《小説日報》）

余之小説日報觀

灝一

病起，晤枕亞辱示以《小説日報》一束，蓋已出版旬餘矣。初未及知，既而讀之，驚其印刷之精良，篇幅之靈巧，布局之新奇，資料之充實；今之刊印小説者夥矣。以論日報，宜莫是報若也。蓋枕亞、廛父皆説部老手，彌著令譽。篇首有近代小説家小史之揭布，洵愜閲者之心理。以小説家之雅負時望者，未必人人都知其涉曆，一旦有表而出之者，鮮不歡喜讚歎也，此可取者一；藝林一欄，所載詩文，多名流佳作，此可取者二；野乘、筆劄、諧海、藝談四類，皆人所未發者，此可取者三；遊記一門，所刊之稿，如《遊魯小記》，詳盡新穎，甚有價值，此可取者四。世之作小説者，非人人上材；刊小説者，非篇篇佳構，今《小説日報》竟能萃上材，選佳構，後起稱最，余可卜其不脛而走也。

（一九二三年一月十一日《小説日報》）

按：灝一君此篇，獎借過甚，同人等萬不敢承。然其誘掖勸勉，以促進於完美者，殷殷之意，所不敢没。表而出之，志感亦自愧也。

小說之批評論

許廑父

余自幼喜讀小說家言，八歲閱《三國演義》，朗朗能誦。九歲閱《紅樓》，孳孳忘倦。然但記其事，未會其文；及年事漸長，而小說之程度，亦隨而進步。其始心性甚急，每開卷，恨不速窮其究竟，見書中有評注，阻礙目光，則大恨，以爲費我閱書時間甚衆也；既而吾父詔曰：『小說亦文學之一，子喜讀小說，而不求其文。雖一字不忘，無非記得許多空話耳，有何益處可言？』余曰：『顧不識文理，奈何？』父曰：『此亦易事。但取各書之批評觀之，即能了然於起伏呼應之理，縱横反正之奇。雖以通之於其他文章可也，奚止小說而已。』余從之，於是閱書之外，始兼涉批評。初尚苦悶，久則漸覺醰然之味，以漸而生。自此始知小說之有批評，實爲研究文理之一大助力。雖所批評者，未必盡確，然自善讀者觀之，則確與不確，皆爲研究之利器也；然所謂批評之功效者，非謂懸法爲文，文可以循法而爲也。夫循一定之法則以爲文，則文必獃板拙滯，無復生趣可言，更何從得好文字邪？第謂即有批評，則可以懂得文理。文理，印證於腦中，神而明之，會而通之；其於行文也，必能得多少之裨益，此則可斷言耳。

所謂小說的批評者，又有評事、評文兩種。前者就事之是非，理之當否，論而辨之。雖原書空中樓閣，未必有實事可言，而如《紅樓》、《水滸》、《儒林外史》、《三國演義》等書，語語入情，事事合理，雖以爲處事之圭臬，立世之範本可也。其有原書所記，自爲評斷。示人以善惡之標準者，雖麗人亦易省察。設或案而不斷，暦陽秋於皮裏，竟有騄觀若褒，而隱作譏訕。此言外之意，意中之文。果讀者之程度未孚，或竟被其瞞過，是非之標準既晦，褒貶之觀念遂紊。此等地方，遇此等之讀者，非批評何以爲功？此猶專就紀事而言，若《西遊》、《封神》等書，世之所舉，即玄理所在；淺人視之，安知其妙？抉而出之，辨而明之，尤以批評爲不二之南針焉。

總而言之，讀小説者，固不必專力於批評；而批評之有益於讀者，則可斷斷言也。自來小説的批評家，當推金聖歎爲第一人。聖歎之評，妙在冶評理、評事於一爐，使讀者悟事理之是非，即可以知文法之深淺；識文法之正反，即可以明事理之當否，此其所以可貴也。然此等批評，先要有好文章、好資料，而批評之功用始顯。若今之批評小説者，固不足以語此；而今之所謂小説，又何嘗有批評之價值邪？

最近自新體小説發現於社會，於是有以標點代批評的方法。法誠簡矣，我則終嫌其淺率而不能深刻，能傳神而不能達情。然我非新文學家，對標點之用法，不能爛熟。故標點之功能，亦不能盡顯歟；然我又當持此與新文化學者相研究，而彼等所感不滿，殆將勿同也。其故何邪？

（一九二三年一月十三、十四、十九日《小説日報》）

漫　言　馮藹如

我是一個小説迷。這兩年，小説雜志風起雲涌，不論那一種出版物，我都購置齊全。讀了芙孫先生的小説，約有一百多篇，每篇總有特異的精彩，讀者自有眼光，我也不必贅述。芙孫先生的社會小説和寫情小説，撰得最多。至於愛情小説，却不多見。《半月》周年號中，他有一篇《不相關的愛》，描寫一個愛字，可算細膩到極點了。那篇小説的第一節，説一個少年，和一個女郎比鄰而居，也没見過一回面。後來女郎死了，出殯的那天，少年瞧見女郎的遺容，忽地情苗怒長，把滿腔熱烈的情愛，灌注在那遺容的上面。後來立誓不娶，竟以身殉。少年臨死時，還有人向他談起婚姻的問題，他摇摇頭道：『世界上那裏真有才貌雙全的女子，果是有的，大都生成命薄，有了才貌，只怕没有壽了。我果真得了才貌雙全的女子，叫我目擊那幕玉碎香消的慘劇，那得不心碎腸斷呢？況且像這種靈氣獨鍾的女子，死了一個，那裏還有第二個呢？我還是終身不娶罷。』以上這段話字字都是血淚組成，却從至情中流露出來的，真虧芙孫先生描寫得出。不知那些單面戀愛的情種，讀完了那篇，作一種什麽感想。

（一九二三年一月十四日《小説日報》）

張乙廬君第二次來函　許廑父

廑父、枕亞先生撰席：頃讀貴報，拙見以蒙採録，并許陸續改良，不勝欣喜。二公破除從來文人相輕之積習，虛懷求善，推誠公開。弟雖不佞，亦樂得再進芻言，以與二公一商榷焉。

（一）選稿　稿之獲選與否，視文字及其意匠之美惡，以爲取捨，此不易之論也。顧以弟所聞：近時操選政者，類不多識文章之甘苦。一稿過目，非素稔之名人，不終卷，輒棄於字簏，向弟嘗疑其言，以爲過甚。曾試作雜稿，投於報章雜志，輒不能售。弟文固不足道，然讀其所選之稿，有得情人死耗，距躍三百而哭者焉；有述項城軼事，妙文奇句，不能所解者焉；至於虛字之不通，情節之平庸，其猶小焉者也。退視吾文，尚無此病，則世界之大，人才之衆，佳文湮没，不能供吾儕之共讀者，何可勝數？此則操選政者對於投稿，不能不審慎者也。貴報出版伊始，力革此弊，可謂洞得竅要。仍計細加甄別，毋令才人抱向隅之歎，則士感知己，宏著自集，此弟所望於二公者一也。

（二）取材　貴報此次徵求意見，實爲著作界從來未有之創舉。夫又潘君言：對於現出之雜志，加以公正之批評，此事果行，甚願樂聞。但是項著作，立論甚難。過刻有傷忠厚；一味標榜，又失批評之價值；且因此引起同文之惡感，亦覺無謂，此不可不三思也。

（三）校訂　校讎之難，如掃落葉。昔人已先我言之。徵之於古，有以傳抄而失者，如魯三寫而爲魚，虚三寫而爲虎；有以音訛而失者，如小孤獨而爲小姑，拾遺而爲十姨。别風淮雨，失於疑義也；壯月牡丹，失於形似也。若此之類，未能枚舉。植字偶誤，以咎校對，似近於苛；但古今妙文有因一字之訛，而原意俱失者，此不可不慮也。他人之稿，弟且不論，若拙稿登於貴報者『於役』誤爲『於役』；『於思』誤爲『於思』；『韶秀』誤爲『貂秀』；『香腮』誤爲『花腮』；『誰家院』落一『家』字，此皆弟命人抄録之誤，不能諉諸校對，然於今心常耿耿焉。以吾推人，當亦如此。鄙意二公著作等身，文名滿海内，文有疑義，何妨勇改！投稿者大半聞聲相思而來，守古人他山攻錯之訓，當無異議。二公何不一試行之？此所望於二公者三也。（未完）

（四）報酬　報酬之厚薄，宜視其文之美惡而定，不必計字論值。馬遲枚速，個人之秉賦不同。若一論字數，則敷衍充數之弊起焉。鄙意除義務撰述外，鬻文之友，可與之立約：月需某種之稿若干篇，酬以若干金，以登出爲準。若是則慮周藻密，作者無草率之弊，讀者獲觀摩之益，一舉而兩善備焉。又讀者俱樂部，雖爲義務性質，亦宜稍酬書籍文具等品，藉以鼓勵風雅，此弟之所望於二公者四也。

以上四端僅就管見所得言之，借箸代籌，殊覺冒昧。然亦以與二公有文字相契之雅，不自覺其詞之費耳。倘蒙采納，不勝幸甚，并望二公有以教之也。專此并請　纂安　　乙盧張君兩次來函，對於本報，及近時小説界，種種缺點，可謂抉發無疑。惟對於拙著，過加獎飾。雖係誘掖之心，却令人惶愧無地，書此志謝。并以寄贈《小説季報》一年全份，用酬雅意，以後尚望時賜教言，匡其不逮，《日報》之幸，而亦愛讀《日報》之幸也。塵父敬佩復。

（一九二三年一月十六、十七、十八日《小説日報》）

上海小説界之將來

孫　郎

上海的小説雜志，自從去年三、四月起，正和交易所般的蜂擁一時，没有止境；可是到得現在，交易都停了，小説雜志也漸漸的處於消極地位了。像《十日》、《禮拜花》等幾種雜志，都是没出上幾期，就此停版。考慮其原因，却很多著：有班莽撞的，對於小説的經驗，一些兒没有，確實自不量力，只聽得人家説雜志利益好，就此亂七八糟的創辦。出不到幾期，便曉得個中滋味，停版都來不及；有得創辦經驗，果然很好，却因迫於經濟，也只得耐著疼痛宣告停辦。所以到得現在存在的雜志，已是屈指可數。不過我想，現在雖淘汰，許多可是老牌子的，總還活著。只怕隨汗過去，更要越出越少，那班投稿家，未免受一點影響，可是所載的小説，倒要比現在的時候可看的許多哩。

（一九二三年一月二十五日《小説日報》）

我的小説作法觀

孫　郎

小説之文，須立意新穎，文情曲折，方稱佳構。未落筆時，先將全篇的意思想定；次將結構段落，支配成序。如此則一經著筆，便可迎刃而解，千言可以立就；及其既成，再進而爲修辭功夫。此雖作文之定法，而小説尤甚。

常見廑父氏作稿之速，冠絶儕輩。援筆在手，一分鐘可成五十字，尚能對付一二人講話，百不一舛，而又無添注塗改之病。及全稿既成，始擬題目，而文情文義、文法文心，恰如天衣無縫，水洩不漏。此是天才，非尋常所能學步也。至於普通做法，終須按照層次，秩序井然，方無寬嚴疏緊、支離忽略之病。此法初作小説者，所不可不知也。

（一九二三年一月二十七日《小説日報》）

小説話

孫　郎

小説之文須立意新穎，文情曲折，則無文言、白話之分，都稱佳構。未落筆時，先將全篇之命意先後，布置成序，則著筆自能頃刻而成。若好窮思極想，則文意反亂，文氣又滯，必無佳構。此爲一定不易之理。

有人説，小説如欲求佳，須先將全篇文字，進行完畢；然後則其緊要處，標一新穎而醒目之題，此説果甚合理否？然以管見視了，則又不然。蓋不按標題之規定，信筆寫來，未免有放蕩不羈之病，往往自始至終，不能呼應。若能先取一確當之題，然後在從題中思索情意，按部就班而寫之，則此病可免，且亦易成。不過著筆時，亦不可稍形拘束，否則非失之寬，即失之嚴，亦無雋品矣。

（一九二三年一月二十九日《小説日報》）

小説封面雜志的研究　一仙造意　塵父潤文

雜志的封面，也是一樁極困難、極複雜、極有價值的問題。失之豔冶，則近於誨淫；失之莊重，則嫌於拙滯。每期變化，則材料有缺乏之虞；一成不易，則觀者生厭悶之心，皆非封面之上法也。近時各小説雜志，每喜用美女畫，照我看來，時裝近於佻；古裝易於拙，亦不易討好。況且雜志的内容，不必一定和婦女有關，尤不必定爲婦中之美。女以雜志外形的封面，和雜志不生關係，究竟也是一樁缺點；又況以美色討人歡喜，仍不脱黑暗時代視婦女爲玩具之惡習。我以爲這總是不合法的組織啊。但這小説雜志的封面問題，究竟怎樣纔好呢？就我所知，可分爲兩種説法。一種是普通的小説雜志，可以採用每期雜志中，頂有精彩、頂寓意深的節，或一段，作爲寫實畫，或諷刺；而取材却不可不慎：選別尤不可不一嚴。要不然，就要犯上述的弊病了；一種是專門的小説雜志，如家庭哩、工業哩、婦女哩種種充紀一類的雜志，就得各以其類。而作爲與種種雜志你有關的圖畫，這雖不是確定無弊的的方法，不過比較那驢唇不對馬嘴的封面畫，似乎稍勝一籌罷了。

（一九二三年二月二日《小說日報》）

小說家與雀牌

新庵　白板

徐枕亞打牌，忠實如其人。

王鈍根終歲不一戰，某次友招飲，堅邀入局，王强應之，不謂四圈牌中，竟和出三翻一副、三元一副，可謂不鳴則已，一鳴驚人。

嚴獨鶴打牌心細，局中喜作諧話，每令牌負者，破涕爲笑。

許廑父打牌，不耐久坐，至多兩圈，不待暖席，即欲臨陣脱逃。

嚴芙孫牌精而常負。

姚民哀牌術與人異，中發白諸大牌，無對者開場即一一打去，入局常操勝算，是常勝將軍也。

張舍我，牌術不精，而極慢，每打一牌，如其撰小説時構思然。

周瘦鵑與雀無緣，近雖練習，而不常試，兩年之間，僅在天虚我生及嚴芙孫家中實地練習各一次。

沈禹鐘生平最惡雀，聞霹拍聲輒遠幣，近喪子，鬱甚，群入雀陣，作消遣，是禹鐘生平打麻雀之第一次。

施濟群打牌，喜扣東風，戰亦常負。

許廑父一夜能成一萬字，向有『許一萬』之稱，所以是一萬。

周瘦鵑那隻瘦小的鳥，自然是一索了。

何海鳴、畢倚虹、范煙橋、程小青四個人，我們不很容易見他們的面，只好當他們是四座花，或梅蘭竹菊，或琴棋書畫。

朱瘦菊、張碧梧兩個長子，又長又細，像是兩隻二索，一對麻雀頭。

張舍我是三同，因爲他歡喜吃長生果。

王鈍根、嚴獨鶴、沈禹鐘三個而團團的朋友，等在一處，好比手裏一同一磕。

江紅蕉天然是紅中。

嚴芙孫、徐枕亞兩位戴黑眼鏡的，是一對二同。

王西神是西風。

葉勁風是東北風，因爲這兩天東北風吹得很起勁。

徐卓呆向來不打麻雀，所以没有什麽牌像他。

趙苕狂喝醉了酒，常發酒瘋是發。

李涵秋是七同，因爲他一天到晚，手中不離一根水煙袋。

胡寄塵是九索，因爲九索一根一根，很像洋菜，胡寄塵是個吃長素的朋友。

鄙人自己，是一只白板，你們都不曉得我的姓名，自然只好算白板了。

芙孫按，這篇稿子，是署名『白板』投來的，列位猜猜看，白板到底是誰。我想白板的牌面上，精光的滑，請列位在這『滑』字上著想，就曉得這篇妙文，是出自一位鼎鼎大名的滑稽大王的手筆。猜中者贈麻雀紙牌一副，惟以先到者爲限，諸君拿了這副紙牌，再把以上的人物，拿來對照一下，就曉得像不像了。

（一九二三年二月四日《小説日報·星期增刊》）

社會小説雜談

許廑父

社會小説的難處，在使各地各種的社會情况和各人各樣的性情，全都描摹出來，照我看來，倒是越長越難做。因爲短篇小説，只寫的一人或數人的事情、一處或一時的狀况。雖説情節怎樣曲折，究竟還不是怎樣犯難的事情。若是長篇的社會小説，除了文章要深入淺出、雅俗共賞外，還有下列幾種必要的條件，都是斷不能缺的。

一、要地方走得多。一省有一省的情形，一縣有一縣的狀况，甚至於一村一鎮、一鄉一里，也都有特殊的風俗習尚。雖説天下之大，不能盡曉，也總該知道許多，纔可以做社會小説。

二、要事情做得多。軍界有軍界的社會，政界有政界的社會，士農工商，又都有士農工商的社會，下至無賴遊民、九流三教，也都有他們的特殊社會。雖不能曉得詳盡，至少也要曉得一部分，或約略内容，纔可做社會小説。（未完）

三、要熱熟於掌故。掌故就是過去的社會。社會的情事，往往現在和過去有連屬去處。要做現時的社會小説，就不可不知過去社會情事。

四、要能各種文字。社會小説是包羅萬象的小説。因他小説中要用的文字，也要各體具備。

五、要略知各國文字和各國社會的情況。世界由閉塞而趨於開放，社交由簡單而趨於繁複。所以社會小説家，也要有點世界知識，并略解各國文字纔好。

以上五者，不過説得一個大概罷了。也許這大概還説不完全，或者身外還有必要的條件咧。但這是我現在所知的，而著作人的文筆還不在其内。試想這社會小説是何等犯難的事情。偏近時的小説家，足跡不出故鄉一步，見聞不及十里以外，終身纔做得一兩種事業，一股腦兒認不到幾個故鄉朋友，談不到幾部本國書籍，就想摇筆弄文，做起洋洋灑灑的社會小説來。而且一部不够，還要兩部、三部，以至於十幾部、幾十部的做出來。真不曉他所用的資料，都是些什麼呢？有人問我：『你不是也做社會小説的麽，請教你的大作怎樣？』我笑道：『慚愧，慚愧！我的拙作，委實也和他們差不多。』但我本是一無所能的人，何况社會小説呢？况且我這一番議論，本是對社會小説家而發的。

像我這等文字，也配稱社會小説家麽？

（一九二三年二月五、七日《小説日報》）

言情小説談

許廑父

一

現在社會上風行一時的言情小説，大略可以分爲下列的幾種：

（一）言情小説。這一種是指普通的言情小説而言，又可作爲各種言情小説的總稱。

（二）哀情小説。這一種是專指言情小説中，男女兩方不能圓滿完聚者而言。内中的情節，要以能够使人讀而下淚的，算是此中聖手。

（三）苦情小説。這一種大概是先分後合的言情小説。寫男女的一方或兩方，先因婚姻關係，吃盡苦楚，受盡折磨。到後來忽從意外，或因苦情的結果，雙方竟能如願以償。這就叫苦情小説。

二

（四）豔情小説。這一種簡直没有什麽道理可言。大概拿言情小説的底子，加上些不三不四的香豔的詞句，就加上這『豔情』兩字的美名。也有就男女兩方的情事，鋪排得熱鬧一點的，也叫豔情小説。這一類倒比上文所説光就詞句上設想的，理由要充分一點。

（五）慘情小説。這一種大概和哀情、苦情兩種，差不多遠。不過表明他這書的情節和詞句，寫得很慘切悽楚罷了。

（六）奇情小說。這一種是專指言情小說中情節較爲奇異的而言。

（七）愛情小說。

（八）濃情小說。

（九）怡情小說。這三種坊間也常常瞧見。但一般言情小說家，却并不承認這等類別。那都不過是俗賈劣夥，標新立異，煽惑青年的一種作用罷了。

三

以上各種統是近社會上所定言情小說的分類。是誰作俑，和類別的確當與否，我却不願辯論。但據我的愚見。以爲『言情』兩字，範圍極廣。決乎不是一男一女，互相戀愛、互相慕悦，就可以包括得情的界限，區分得情之性質。但凡世界上可以，或應以情相維繫者，均謂之『情』，便都可以做得言情小說。父子也、兄弟也、朋友也、師生也、都靠著情字的作用相聯絡，便都有作爲言情小說資料的資格。至於男女愛好慕悦之情，雖然不能說他不是情，却也不能代表一切之情。說除此以外，旁的就不能稱爲情也。或者說情之一字，可分廣義、狹義兩種解釋：對於男女交際之情，是屬於狹義的；對於世上一切之情，是屬於廣義的。這話也有理由，但我總覺得這廣義、狹義的區別，也不十分確切呢。

如今姑且丢開這等議論，專就一般人所認爲小範圍的言情小說講來。究竟上文所論的種種區別，可算得確當的分類麽？他們所持的理由，有根據没根據呢？我以爲言情小説(專指小範圍的説)是一種極高尚純潔的小説，對於男女社交和家庭改造，都有極大的關係，決計不能這般草率冒昧。胡亂讀幾句『郎乎妹耶』的爛套，就可以信手操觚。關於言情小説的本身，應否分別門類，門類應該怎樣分法，這都是極該注意的問題啊。

(一九二三年二月十六、十七、十八日《小説日報》)

我之中國小説觀

覺　園

中國文學，派別繁多，《左》、《孟》、《莊》、《騷》，自成一體。在作者僅就感想所及，欲發明其義理，或表示其懷抱，行文運筆，出於自然，初亦不自知其文體之何若也。後世讀者，以其立言之深淺，筆法之明晦，類而別之，始有文體，小説亦其一也。昔人作一種小説，必有一種最大之寓意，未下筆之先，必胸有成竹，非由臨時隨意構造而來。如《西遊記》一書，驟視之，不過神怪荒唐之説耳。實按之，乃一種道書也，所謂悟空八戒者，藉以作代名詞而已。現經同善社以其説刊行於世，逐句指陳，頗有至理，可知當時作者經幾許研究，幾許構造，始得告成。他如《石頭記》之描寫富貴家庭、兒女戀愛，《水滸傳》之形容强盗生活，兼及當時社會狀況。一以志淫奢，一以志荒政，豈信手撫拾者所能及耶？至泰西作品，亦多佳構，特非於西文具有根柢者，不能洞悉竅要所在，每被淺識之徒，譯其糟粕，誤我國人，以致原意盡失，通篇背成廢語，讀之索然無味，徒令作者呼

冤。亦猶今之僭仿名著，隨意鋪陳者，如出一轍。實當今小說界之一大耻辱，亦即中國小說界不能發達之原因也。（未完）

友人某君謂現在中國之小說：譯本爲買櫝還珠，著作多畫虎類犬，不亦信乎？然以近日小說出版界觀之，似尚見萌芽之象，各種小說雜志，頗各自有其銷行力量，又何故耶？此殆有兩大原因：一由於社會閱者，多無小說知識，牛溲馬渤，尊爲上品，陽春白雪，視作巴音。故誨淫誨盗之作、卑陋俚俗之談，皆獲災諸梨棗，紙貴洛陽；一由於書局之熱於投機，見小說生涯不惡，争欲嘗試，急以抄襲之稿，或淫穢之詞，充其篇幅。故某某雜志之名，一時崛起，在表面固似發達，實則不啻爲小說界宣告死刑也。蓋天下事，必經一番閱歷，始得一番見解。此時讀者程度幼稚，瑕瑜莫辨，妍疵同賞，所閱多卑陋之作，如日坐鮑魚之肆，不知有芝蘭之香。而書局投機，志在獲利，敗象稍露，無利可圖，亦必相率停刊，以免虧折，再衰三歇，不其危耶？故予之所望於小說界者，不在形式，而貴精神，不慕鋭進之虚榮，而戒退速之實害，則小說前途，其庶有豸也。

（一九二三年二月十八、十九日《小說日報》）

敬告小說作者

元　覺

小說猶水也，水能載舟，亦能覆舟，作者可不慎乎？況小說之於社會，在昔不甚重視，利害關係尚小。至今日已佔社會之重要位置，其得失愈大矣。蓋以現在之情形觀之，讀者以青年爲較多。對於良好作品，不徒情節足爲明鏡之借，而文法亦當作他山之攻。助興趣、益見聞，其餘事也。故讀偵探小説者，恒能增長智慧；讀社會小説者，恒能輸入常識；以及科學小説之禆補學問；滑稽小説之有益衛生。更有閲言情而窺破其迷津，閲冒險而臻壯其膽力者，幾賴小説爲青年之嚮導焉。其或假言情以誨淫，假偵探以誨盗，紀社會而失之荒誕，紀科學而失之疏謬。則有乖小説之本旨。詞蕪意晦，情文并失者無論矣。然則作者所應注意者，除情節之構造，文字之整理外，於讀者感受之利害，社會所蒙之影響，不可不特别加以考慮。而演述事實之是否真切，前後關節之能否吻合，亦甚重要。在各小説名家，習慣自然，隨手拈來，無疵可指。此特爲初學操觚者告耳。

（一九二三年二月二十一日《小説日報》）

論滑頭小説　鉏農

近年小説雜志，日見發達，固多名貴作品，文能入畫，語足解頤，海内同文，有目共賞，故一紙風行，不脛而走。如某某雜志，某某專刊，已爲社會所信用，其銷行之力，固不專恃封面之優劣以爲轉移也。間有專求封面之美觀，名稱之豔麗，以圖惑人於一時者，斯爲下矣。且縱能發生片刻之效力，博一部分人之歡迎，其不能持久也，不待智者而知，不俟卜者而决。所謂滑頭事業者是已。或曰，以滑頭作品爲業者，尚不止於求封面之優美。求封面之優美者，僅能誑本埠購者及得親見其書者，更有以廣告惑人，專以招徠外埠之郵購爲其發行之惟一宗旨者，并此封面之美觀與否，亦在所不顧。

其力求優美者，名稱耳。此種辦法，亦能在出版界佔得一部分利益。或有慮其信用一失，則一敗塗地者。余曰，此無足慮，蓋以全國四萬萬人計之，只求每人受騙一次，則彼輩已面團團作富家翁，即不獲人人受其愚，得其十之一，百之一，千萬之一，亦足矣。於其營業前途，實無憂也。惟購者，或因噎廢食，懲羹吹齏，則受其影響者，仍屬諸正當營業者耳。小説前途，不其危耶！

（一九二三年二月二十三日《小説日報》）

敬告小説讀者

元　覺

余於二十年前，即喜讀小説，維時新小説甚少，偶有譯品，在通都大邑，固不難購取，而僻壤窮鄉，則頗不易得。所恃以爲日課者，無非《石頭記》、《水滸傳》、《三國》、《西遊》之類耳。好書不厭重讀，於其情節，可謂純熟矣。然於各書之竅要及用意所在，則冥然罔覺。蓋不僅無讀小説之知識，且不知讀小説亦應具一種知識也。每見聖歎作評，猶謂爲多事，以爲小説者小道耳。焉有評論之價值可言？至今思之，方覺其妄。及負笈外遊，始見所謂泰西譯品，購而讀之，總覺其意味不及舊作之雋永，輒讀不終卷而棄之。間有讀之終卷者，不過以其文筆暢達，喜其佳詞麗句可誦而已。自是凡遇新小説之用語體者，不問其内容如何，輒不入目，良以不知小説之真價值所在，雖有西施當前，而不覺其美也。繼此遇友人之善於小説者，與之論及新作品，漸得其要點所在；又以前之所棄者而重讀之，平心考察，因得遍閱林琴南所譯及肆中新出品，始不敢輕視一切矣。此殆讀新小説者應有之階級歟？ 特舉以質初讀小説者，亦有此同情否？

（一九二三年二月二十四日《小説日報》）

你如要……不可不……

劍　飛

你如要靈通小説界消息，知道小説家小史，不可不看《小説日報》的小説界。
你如要看情文并茂的小説，不可不看《小説日報》的小説欄。
你如要看精雋名貴的雜作，不可不看《小説日報》的雜俎欄。
你如要看趣味濃厚的小品文字，不可不看《小説日報》的星期增刊。
你如要享受讀者的樂趣，不可不看《小説日報》的讀者俱樂部。
你如要使寒威遠避，不可不看《小説日報》的消寒俱樂部。
你如要提倡國貨挽回利權，不可不看《小説日報》的國貨欄。

（一九二三年二月二十四日《小説日報》）

小説要有真價值

郭元覺

小説雜志之在今日，已佔出版界之重要地位矣。 能照此時現狀，維持到底，始終不懈，則發達有望，雖不能一日千里，要必有前進之希望無疑也。 其中即不免蒙滑頭出品之影響，稍受危急之潮流，但雲霧一去，天日仍光，只患不自堅持耳。持久之法，以求真價值之内容爲最重要。未有内容有真價值而終不見歡迎於社會者，亦未有内容無真價值而終能見歡迎於社會者。有受社會歡迎之價值者，即暫時不爲社會所重視，自必久而愈顯；無受社會歡迎之價值者，即一時因廣告或外貌之關係，偶能銷行，亦不能持久。故其生存之根本關係在有真價值之内容，如戲劇然：其專恃布景優美，以爲號召觀客之資者，時髦戲耳，久演則令人生厭。且老於顧曲者其初即弗見臨焉，是以京劇專恃演唱之工，而不以布景爲重，傳習愈久，而價值愈固；新劇則反是矣。推而至宇宙間各種事業，亦莫不然，豈徒戲劇與小説已乎！持此以驗小説界之盛衰可也。

（一九二三年二月二十五日《小説日報》）

《小説日報》十好歌

松　廬

小説報，真正好，小説界消息真靈巧。
小説報，真正好，小説家小史如珍寶。
小説報，真正好，印刷精良刮刮叫。
小説報，真正好，編輯先生是文豪。
小説報，真正好，公開主義好投稿。
小説報，真正好，短篇小説真奥妙。

小説報，真正好，長篇小説如寫照。
小説報，真正好，俱樂部辦法盡周到。
小説報，真正好，星期增刊出特號。
小説報，真正好，諧海看了哈哈笑。

（一九二三年二月二十六日《小説日報》）

作小説的心理一般 DG

因生活的問題，不得不竭力的作，以謀生活。
一心一意的要改良社會，轉移風俗。
抱有奇才，不能得志，乃以筆墨發洩其悶氣，藉以自娱。
被什麼事所刺激，有所感觸，述其事，以暢心懷。
國學淪亡，惟小説可以啓發國人的腦力，提高國人的智識，所以盡心竭力的作去，希冀國學尚有復振的一日。
作篇小説，登出來好出出風頭。
公事完畢，作小説以圖得些酬資，貼補零用，或買幾本小説書籍閲看。
希望爲一個大小説家。

大小説家因爲要稿的太多，没有功夫去作，但又不能不作，只得胡亂作幾篇應酬。見獵心喜，人作小説，我也作去。

（一九二三年二月二十七日《小説日報》）

文言白話之管見

阜山鉏農

余草是篇，不過附録己之所得，曷敢評判派别軒輊！但近日小説之派别既衆，作法尤繁，欲學操觚於説部，自當擇其善者而從之，其不善者而改之。派别之異，在於造意結構耳。余前嘗著造意問題，無論長篇短篇，均注重寫實方面，以實情實理爲上乘。寫實作法，容詳論於後，但此亦不過指嚴師與余一家言耳。詎敢以己之所好，即强人從我？宗守何派，自在作者性之所近，意之所好而爲之，余之所論，要不過書己所見，質之當代小説家耳。吾師枕亞附注拙稿之末：『世之作小説者，奉爲圭臬。』此不僅增我後學小子之汗顔，恐小説界文豪，亦將笑吾師之武斷也。小説之結構立意，在於派别，而造句用詞，則惟文言白話與駢儷之分耳。在科舉乍廢，新政方張之時，駢語説部，最爲珍貴。壬癸之交，尚未減其鋭利，如吾師枕亞所著之《玉梨魂》等書，傳布之廣，價值之巨，爲他書所不能與頏頡。諒其時舊法雖廢，古書未忘，猶故家子弟，雖家已中落，而耳聞目見、居處陳設、服食裝束、起居動作，咸爲傖荒所不能夢見。頻年以來，新學澎湃，風靡全國，稗官家言，亦隨之轉移。不獨駢四儷六之體，見棄於時，即普通簡潔之文言，於時亦爲無用，新體白話之作，乃盛行矣。遍閲近日小説界之作品，無論雜志小報，以及單行刊本，文言之作，漸成罕覯。或係因讀者厭棄，故編者以文言之作瀕於淘汰，遂不復注意云耳。抑作文言者寡，佳稿不易得耶？誠不能無疑也。

平心論之，當今之世，學風日頽，佶屈聱牙之駢儷文字，能瞭解者，十不得一。即能解之，而以叙事述情之言，强凑字韻，拼成對偶，引經據典，插列浮文，不僅不能雅俗共賞，即識者亦安有趣味可尋？故爲説部者，自貴明晰而簡潔，若過求深高，則解人難索。駢語不能行於世，勢使然也。雖然，普通簡潔之文言，必不至盡消滅於今時也。或云：『文言未必能共賞於雅俗，然若普通簡潔之文言，尚或厭其幽邃，不能瞭解，則白話之意義，亦何能通曉哉？觀夫近行白話，究無大異於文言，徒見其用筆累墜，易去「之」、「乎」、「者」、「也」，更以「的」、「底」、「呢」、「哩」，勉强效顰時俗而已。』鄙意文言白話，各有所適，互有所宜：短篇寫情記聞叙事之作，務必用文言，求其簡潔，去其累墜；若長篇之作，描寫社會現形怪狀，則宜於白話，描其態度，寫其曲折，使確盡事理而後止。故爲小説者，宜兼習而并作，偶有所得資料，所蓄意味，當自預籌，抑適於文言，或宜於白話，隨時隨意而定之，則不愧天然結構。若勉强效俗守故，其必無著，可斷言矣。任編輯者，亦當只求佳稿，不論體裁，兼收并選，則不獨羅集宏富，且必受過渡時代讀者之歡迎焉。

短篇參考書。短篇之作，從前記事爲多，即筆劄體也，故流行傳誦於世者，亦惟筆記數種而已，悉是文言，絶少白話。時下短篇，不僅□布局寫情之作，且多用白話，此亦文風變遷之故，白話短篇，反爲時下所重，乃別有派分。今係論舊集，但以舊法而言，派別之分，容詳論於後。然以鄙意觀之，短篇則宜用記聞叙事之體例，或加以評判，或寓以諷刺，或專於説理，總之以簡潔爲貴，一篇之中，務必有精粹之處，始能動目。若布以浮文，必無精彩，延長篇幅，則似成長，若綴以極累墜之白話，則更不足論矣。舊書可取者，惟《聊齋》及《閲微草堂》爲最。《聊齋》係志奇聞怪事，藉以寓意，後人不但不必學，且亦不能學。何也？以其所言，多出於理想之外，一味謾詬，不顧入理與否，觀之者，不過略考習筆法，然亦嫌深高。似《閲微草堂筆記》爲適。此外則自擇六朝名家筆記閲之，雖貴在博覽，不過玩其用字造句，起伏結構耳，不在沾沾乎效颦摹意焉。

以上論列各書，不過管窺之見耳，尚希愛作小説者君子斟酌而定之。但前列諸書，僅供參考而已，不足爲範本也。

（一九二三年二月二十八日、三月一、三日《小説日報》）

學小説之參考書

佚　名

凡爲稗官家言者，務必其文學之根柢先度己之文學，是否堪以問世，而後爲之。若勉强操觚，必貽人羞耳。無論其白話文言、舊體新派，須有經史知識，讀破萬卷，則偶得資料，捉管爲之，使雅麗脱俗之字句，奔赴腕底；氣息深厚之説部，成於筆端。古雅典謨，在不經意之時，參於行間，作者信手寫來，天然適當，無所阻滯，失節違理之病，自不能免，讀者觀之，趣味自生，必無意晦之嫌矣。但多讀古書，不過厚其根柢，斷非即能爲小説家言也。已有根柢之學，亦須兼閲好小説，以啓發其靈智。

時下之説部，汗牛充棟，可取者寡，仍選閱舊時小説爲宜也。今姑將鄙意所適合之長篇短篇諸作，文言白話諸體，宜爲參考者，分論列於下：

長篇參考書。長篇宜分章回，雖適用於白話，而簡潔之文言，亦可貴也。文言之參考書，惟有取之歷代史演義爲適，已可考其筆法，又能曉其故事，但舊時史事演義，可取者惟《三國志》耳：文淺而意深，詞簡而句潔，設想高超，而不悖於人理，情節幽幻，而不失於事實。略識之徒，亦能明其意，得其趣；淵於學者，亦必百讀而不生厭也，名之第一才子宜矣。此外則商務書館所輯之《舊小説》，亦可供參考。所載皆叙事明晰，運筆有法，情節貫串，歷朝著述，收羅甚富。研究説部者，洵不可不觀之書也。白話一類，則宜觀《水滸》及《紅樓夢》也。《水滸》之寫英雄態度，能按書中人物之性情不同，行事互異，口吻動静，亦多適合。觀其書，如能睹其形，聞其言，膽能爲之壯，氣能爲之豪。諺云：『血氣方剛之少年，不可閱此。』果然。《紅樓夢》則寫兒女情態，家宅瑣務，喜怒哀樂，嬌嗔妬羞，無不描寫如繪。即室中陳設器具，亦無相同處。穿著衣冠，必以時更换，描寫入微，無過於此。静心觀之，殊有引人入勝之妙。此等書均不易學，後人之作，皆不足與較。雖勉强摹仿，不獨顯斧鑿之痕，且足貽人羞也。或借重其名，爲謀利計，而有《續紅樓夢》、《紅樓重夢》、《紅樓圓夢》、《紅樓再夢》、《後水滸》等書，靦顔續貂，强爲邯鄲之學步，更不值人一笑。讀者但細玩其意味，詳審其氣勢，深考其筆法可耳，不當作效顰計焉。

（一九二三年三月二日《小説日報》）

小説雜談　董巽觀

做小説的難，是難於思想。文字總究是一樣的，像我們的中華民國，難道除了幾位少數的小説的作者以外，就没有了文學家麽？我佩服的小説家，是一位徐卓呆氏（是指思想而論，我與徐氏素不相識，可見是非標榜的評論）。塵父兄也和我説過如是的意見。但是現在的中國，是糟極了，一般有眼光的人、老先生很在善書、格言書一方面用工夫（我在《小申報》論過）。但是要看、肯看這種書的人很少。效力本是有限，况且看這種書的人，未必十分荒唐。即使看了百遍的善書功效，也抵不住看一遍邪書的魔力。小説是文學的一種，文學的功能，并不是專爲點綴上等社會的裝飾品，乃是啓發人類的知識的利器。往往有許多人們，認爲小説是消遣的，小説家是社會的寄生蟲，是遊民中的高等罷了。他們實在没有完全瞭解小説的性質的謬見罷了。

（一九二三年三月四日《小説日報》）

小説家與影戲演員　洲錢金智周投稿

徐卓呆做的小説狠滑稽，稱爲滑稽大王，像却潑林。

許塵父擅長篇小説，出筆極快，種數成得極多，如寶蓮之長片影戲，多數皆出其手，且是婦孺皆知的。

程小青偵探小説爲其所長，短篇爲最多，像法之聶克温脱，以善演偵探劇著名，其所演多以五六本爲率。

不肖生近來喜爲武俠小説，其武功高人一等，如哈忒演武俠片，能表示他尚武精神。

胡寄塵有二三篇滑稽小説，亦做得很有趣味，故予以爲像魯克。

江紅蕉、畢倚虹、李涵秋三位最紅，是然如美蘭，稱爲影戲之後。

徐枕亞、周瘦鵑如特格範本克，爲影戲中最有名之導演者。

朱瘦菊像麗琳許之長於社會劇。

沈□□像影戲中之衣食兒（狗名），見了人亂吠數聲。

（一九二三年三月四日《小説日報·影戲號》）

小説作法之質言

鉏農

緒論

當此小説中興，作者頗衆，而派别之難，亦與之俱。然派别既難，作法自多，現代小説家，能兼美諸體者，殊乏其人。即諸派作法，咸能深知者，恐亦爲難得。矧我後學小子，更何能置一喙於此？雖然，若不將有所心得，録而求問諸師，敬質於大家，則恐不免永爲無牽引之盲人瞎馬矣。誠不得已而草是篇，不過抒己所得，求教於説家文豪，不敢謂學者奉爲作法也。質言之，即藉以質正之意耳，如有方家能指教者，不僅余之幸，亦讀者之幸也。

向聞我師栩園論小説之作法云，作小説之秘訣，惟情與景兩字耳。情者寫情也，景者寫景也。寫情之别多矣，或寫兒女情場中之愛情、豔情，遭磨蝎之哀情、慘情，英雄豪樂之俠情、義情，先波折而後巧遇之奇情，疾男怨女之怨情，天倫中之至情、實情，社會中之恒情、常情，神奇幻異之怪情，僻鄉異邦風土之人情等皆是也。作者於操觚之時，預自籌定，所得資料，合於何情性質，而後信手拈來。然寫其情而不布景，則如史傳之體，焉能起讀者興味？故務必插以布景，并須景情相輔而用也。寫景之筆亦多矣，如晨曦之朝景，薄暮之晚景，明媚山水之勝景，岩峰奇巒之險景，亭池林竹之園景，四時冷暖之時景，富室之景，窮鄉之景，雨景雪景，閨閣之景，市廛之景等是也。當隨時而布其景，須求其情景相適，人地相當，并須認定其布景之種類，萬一不慎，早與晚，市與野，互相錯者，則渲染全謬矣。寫情則須描其狀態真諦，入於深切細密，使一舉一動，活現紙上。寫景亦須如寫真，先已設身處地，而後描其實質。如引人至其境，聞其聲，睹其人，見其狀，如此則寫情景之能事畢矣，作小説之法亦畢矣。雖然，此不過情景之大綱，今再分長短篇作法於後，但自漸多屬贅言，尚希讀者諒之。至於現行之寫實派、新舊浪漫派等，當於下編詳論焉。

長篇之作法

長篇小説，宜分章回，以標明其支節，使讀者易於瞭豁。白話爲多，文言次之，緣白話易於延長，累累讀讀不爲病； 文言則貴在簡潔，勉强延長，則非多贅筆，必有複遝。 往往文言數語，而白話數十言尚不能解釋明晰者多也，故過長之文言，除歷代史演義外，甚爲罕覯。 即有之，亦必非可取之佳構，此無他，乏延長之好資料耳。 情節一氣貫串，最爲長者，不過成單行本一二卷耳。其體例則多記述叙事，其情節則多愛情、哀情。 及言情也，其資料最爲難得，必須取其曲折離異，既不能同乎古，尤不能乖於理。 過求質實則意嫌平庸，一味虛構則理背人情，故最好取所見聞新穎曲折之事實，隨時加以意想之穿插。 握管之初，亦須定其爲愛情或豔情，或慘情、哀情，準其情而用其筆，專其意而飾其詞。 如係哀情、慘情，則在在苦憐之狀，凄驚之情； 如係豔情、愛情，則在在戀愛之態，切摯之意，詞句悉求其香豔； 如偵探神聖，則務求設想非非，出人臆決之外，讀之罵愕駭慄，不落恒蹊爲上乘。 神怪雖可駕空幻想，然亦務有所寓，方有意味可索。 偵探則設意須求邃奇，尤難著墨。 故我國此種説部，無論今昔，新奇者殊爲罕得，現銷於市者，不過譯本數種而已。 昔時雖有近於偵探者多種，如包公案、施公案等皆是，然立意陳腐，情節徒同，足不論也。 至於白話長篇，社會爲多。 社會之名，包括彌廣，不論其意係哀情、慘情、言情、愛情，均可稱之爲社會，即一書中諸情兼備者亦可。 不過須取社會中之恒事，描寫社會中之情狀，如幼年之天真爛漫，老年之精疲力衰，黠者之奸滑刁刻，俠者之義豪氣勇。 各界人之性情，各等人之口吻，以及市廛鄉村之處，山水園林之景，一一繪之紙上。 咸須求其情態逼真，非身曆其境，目擊其狀，不能秉筆，即空中樓閣。 雖匠心獨運，亦必有乖於真情□理，無足取也。 故凡初作長篇，最好將己之所經事蹟，作成一集。自幼之長，所作所爲，耳聞其見，必有堪以驚人之事。一經書出，自能使人閲之，親切有味，并可隨意加以箴貶世俗之言，描以社會政潮怪現之狀，無不可也。惟己若亦爲書中之一人，則須更以姓字，否則恐有難言之隱，此爲自述體也。其他或寫一家之事，或書兒女之情，或以功名富貴，窘苦貧傴爲主事，亦須助以社人之怪狀，各界之情態，而情節均須貫串，叙事尤宜細密，布局須近恒情，主意貴在箴砭，方可謂社會之説部。其他歷史演義，則須先熟史事，始能下筆。若無史事知識，不能作，强爲之，必貽人羞矣。

短篇小説

短篇小説，昔多文言而無白話，今則白話反多，文言遂少見於世矣，此亦人情之轉移也。文言短篇，昔多劄記體例，即記一事，而篇後或加以評判。或篇中寓以箴砭世俗之意，或不評判、不寓意，但記其事之首尾曲折，使曲盡事理而後止。雖寥寥短章，亦須有起伏轉合，尤必多轉折之筆，有精彩之處，方足以動目，此記事體也。若論布局，則先須寫一景地，而於景中寫出登場人物，次即叙其人之姓字，乃相次叙事道述可耳。惟書中情節與所布之景，須先加意討究。書中人之身份，務必合其處境，如窮夫而居富室，財翁而遊窮鄉，萬不可也。至於用意性質，則隨作者之資料而定也。但無論記事寫情，最好取親見事實，即不然，亦須造意新穎，落想高超。萬不可仿學舊法，偶一仿摹，則詞必陳腐，意亦難免有雷同之蔽，故最好自創一格也。至於白話，則注重於寫實，不在情節，是篇所舉，悉係舊派，寫實作法又當別論。

右所言作法，自亟悉係陳腐之談，既蕪雜而且複還，言之又言，複之又複，余自覺生厭，讀者焉能不厭？今雖敷衍結束，再進而言練習之程式，但仍恐隔靴搔癢，爲方家所嗤耳。

（一九二三年三月十、十一日《小說日報》）

小說家與酒　洲錢金一仙

予素不嗜酒，有暇即流覽諸小說家之著作，正似酒徒之以酒爲消遣。諸小說家之小說，趣味各異，正如酒之名意各別，今戲擬比之如下：

許廑父，越郡人，是然是紹興酒，正如其小說趣味濃厚，多數喜閱者也。

周瘦鵑，介紹西洋小說於中國，如三星勃蘭地酒。

程小青，偵探小說頗仿福爾摩思，乃國貨葡萄酒也。

范煙橋、趙眠雲，青年著作家，乃竹葉青酒也。

徐枕亞，所著之哀情小說乃如燒酒，以鼻嗅之，直透腦海。

畢倚虹，是紅酒。

徐卓呆，小說中之丑角，比他是白酒。

朱瘦菊，兒女私情描寫最工，是桃花酒。

嚴獨鶴，是薄荷酒，觀於快活林談話即知之。

王西神，小説古雅，是麥酒。

許心父，嬌小玲瓏，是代代花酒。

胡寄塵，是菊花酒。

天笑，嬌豔絶常，乃玫瑰花酒。

李涵秋，小説趣味雋永，回味無窮，乃鯉魚酒，味淡無比。

（一九二三年三月十二日《小説日報》）

譯本之芻言　潘鉏農

近年以來，譯本小説，較自撰爲盛行，此即諺所謂换眼光也。人性大都喜新厭舊，如新鮮品物出，必争購者多，嗜好者衆，争先恐後，均以先睹爲快。舊式之作，自落後塵，況我國舊小説，惟有尋常兒女，英雄俠事，異奇鬼怪，富貴功名而已。多則必意且複遝，讀者固嫌其陳腐。一换眼光，自咸快樂。各國風土不同，人情互異，譯爲中文，加以潤飾，自甚新穎。但今譯作既衆，翻本者雜，亦未必無同一窠臼之病。即其譯法，亦不能不加以討論，大都有直譯意譯之分，譯意者爲貴，直譯者不獨無可取，且多貽人笑柄，不如不譯之爲愈也。如我國文學家之譯本，咸係意譯，皆富有著述之才，或因著書已多，恐有雷同之意；或緣胸中資料缺乏，不欲徒設空中樓閣；或不願以陳腐之意，傳於後世，乃不如取之他國小説之意，較爲新穎。著者未必先有西文知識，方能譯也，即不通外國文學之文學家，亦能爲之，只須先將原文由精通西文者，譯閲一過。

宣講於前，著者聆之，用其大意，存其綱領，去其浮文，削其無事，加以潤飾之筆，參以雅麗之句，無錯謬之疵可指，亦無笑柄之羞貽人。以外意而飾文理，將異構而加正説，用意雖新，不失於雅。書雖出於翻譯，不異於著，異舊意而不乖人情，合實理而出於意表，乃成佳構，自能博讀者之争購矣。若直譯者，都無國文之知識，不過略識外人文字，乃按字按句，勉强譯就中文。膠柱鼓瑟，安能得其樂趣也？況字句已多俚俗，情節猶復板滯，如觀影戲之説明書，有何趣味之可取？已無國文之根柢學識，西文之意義，亦必無會心之處，乃不免錯謬百出，笑柄時有。前閲天憒君所著《譯書難》，論之甚詳，譬之甚明，可毋庸餘贅瀆矣。（完）

（一九二三年三月十二、十三日《小説日報》）

小説練習程式之我見

潘鉏農

練習程式爲學小説者第一步法門，先練習而後能操觚，斷無先著作而後練習也。余對於作法之質言，已論於前，練習程式反未道及，雖已倒果爲因，不妨補述於後。惟余是書之草，本係録己從遊所得，隨心得而志之，得教益而録之，豈能免蕪雜之病，更何能井井有條？故自問不以爲過，仍述迂腐之見於左。

好作小説者，在練習時，必亟亟問曰：『當以何體爲入手？』即問何體之書，易讀易解，問者必曰文言難而白話易也，則習者亦自以白話爲入手之第一步矣。故須先求心中之所欲言，意中之所欲表，能一一隨意書之筆端，無口齒不清之蔽，無矯强不順之病，即爲能事。其練習之法，自當先讀白話小説爲宜，即余前所言之《紅樓夢》，爲第一步必讀之書。其讀法先須一氣讀畢，不可間斷，使其書中首尾事實，盡羅胸中；再細審其書中人孰爲賓，孰爲主，何事係寓何意，何物係寓何兆；再辨其執筆起伏照應之處，描寫精細之所，字句斟酌之點，如寫情態景象，人情口吻，咸須注意；而後參以書後之評語。先以己之見解測度，證之後評，所得有不同，處者亦再詳審其孰是孰非，蓋前人之見解，未必胥合於書中理也。曩年嘗聞吾師栩園論讀《紅樓夢》法，亦云當讀正文，不可專觀評注。因注皆係腐儒一己之見，牽强附會，轉足亂讀者之心；評亦未必中肯，所謂仁者見仁，智者見智，讀書之眼光，固隨人異也。（未完）

讀《紅樓夢》已卒業，則應用白話，當可信手爲之。心之所懷，目之所見，必能隨意書之，於是筆底無詞不達意之蔽矣。即寫情態之筆，叙瑣事之法，亦必咸有會心，則可進而握管試作。惟用字造句，須加以斟酌。即《紅樓夢》亦多有不能學之字，如吾師栩園所指之以『別』字代『不要』也，若『別要』、『別説』之類。此説良確。然此外不宜用者，尚不勝枚舉。總之小説，係博人消遣，宜雅俗共賞。白話者，尤當求其淺顯，萬不可避熟就生，若『別要』則不即如用『不要』，豈不較爲醒豁？即用句法，亦須取普通官話，切不可插入方言。偶有方言夾雜其中，則豈能普及全國各處之人耶？尤不可多插典故。如意爲雅麗，而勉插數句，則俗者何能同賞也。今之作者則不然，雜方言，插典故，乃爲佳構，此亦世俗之轉移耶？豈今文化有進，人胥有典故之知識耶？抑時人智識較廣，咸知各處之方言耶？余誠不能無惑，但揆之讀者心理，不知如何耳。至於作法，則余前已述及，故不復贅。白話已能操觚，乃進而爲文言，其變文言之法，只須進而讀文言小説，則將前所舉之參考書，照讀《紅樓夢》之法閱之可也。熟讀數卷，自亦必能爲文學小説家言矣。再熟觀前列之參考書，細摹範本，參以作法，有志於學，有恒無怠，用年餘之苦功，必能成作家焉。

右所述練習程式，係爲未多讀書，不能爲文之寒儉家而言也。如有文學根底，而能秉筆爲文者，則以文言入手爲速耳。先試作短篇筆記，再舒而爲文言長篇，更進爲白話短篇，或爲長篇，有根底之學，自尤易於操觚，愚見之練習程式僅止於此，願讀者斟酌用之可也。惟所言不宜插方言，入典故者，不過根據吾師栩園之舊談耳。方言固不宜插，如以書中人口吻而插數語，亦描情應有之筆，反足助興味也；不經意處，間入典故，亦佳麗脱俗之筆，亦何嘗不可。不過均須以普通官話出之，始可免晦暗之蔽。（完）

（一九二三年三月十四、十五日《小説日報》）

娼妓小説底批評

子　才

關於娼門底小説，就我所曉得底，在前有《花月痕》、《繪芳録》、《青樓夢》等若干種。雖説是娼門底小説，究竟還不過和普通言情小説一般，并不從娼門本身發揮底。到了近幾十年來，纔有《海上花列傳》、《海上繁華夢》、《九尾龜》、《海上新繁華夢》、《滬江風月傳》等書，流傳出來。以我所見，這幾部書中，當然算《海上花列傳》最好，可惜有人反對，將著作人印行的書，全數買去燒毁，幾十年來，市面上總没見過這書，只有幾個老看小説底人，腦筋中還有這書底影子罷了。目今此書底原稿，已由海上清華書局印了出來，愛讀此書底人，大可以過一下子宿癮了。其次漱石生底《海上繁華夢》和許廑父底《滬江風月傳》，一則紀述繁富，描寫細膩；一則寄託深遠，皮裏陽秋，可稱工力悉敵。至於《海上新繁華夢》，作者好像叫老白相，也是一部好書，可惜没有做完呢。再説《九尾龜》一書，流傳最廣，銷行極盛，我却不敢贊同。統觀全書，洋洋數十萬言，其實不過一二樁事情，中間嵌用四六，對仗既不工整，聲韻也欠和諧，這等作法，本非小説上乘，何况還做得不好呢。短篇小説底作者很多很多，自然要推何海鳴氏底《倡門之子》爲最，這和長篇中《海上花列傳》，一樣底膾炙衆口，没有什麽異議底了。

（一九二三年三月十八日《小説日報》）

小説雜志插圖之我見

鄭逸梅

小説雜志，不論大小，必冠以銅版圖數幅，以增閲者興趣。風景也，影戲片也，古書畫真跡也，名妓豔影也，諷刺時事畫也，撰述名家小像也，皆爲插圖之好資料。然鄙謂刊撰述名家小像，爲最合閲者心理。何則？蓋閲者對於常讀著作之名家，必願一見其人以爲榮，一旦刊出，如親豐采，如聆雅教，其愉快有非言語所能形容者。即同爲撰述者，違隔兩地，覿面無從，一旦同刊，有如晤叙一室，其快慰也何如。昔許指嚴前輩，主《小説新報》筆政，曾以鄙見貢之，蒙指嚴深以爲然，擬即改革插圖，略掩醜影。旋指嚴因事去辭，包子醒獨繼之，未克實行，予頗引以爲憾。曩歲與眠雲君博共輯《遊戲新報》，及《消閒月刊》時，遂徵撰述名家小影，刊諸卷端，雖寒雲公子於《晶報》上致予書，譏謂出賣野人頭，然予總以爲此善於彼多多也。兹述鄙見，請廑父先生刊之《小説日報》，以與海内出版界一商榷焉。

（一九二三年三月十九日《小説日報》）

書鋪子人的話　乙　廬

臺州地方，風氣很不開通，雖有幾家書鋪子，可是除了教科書、字典和幾部舊式詩文集外，簡直可説没有一部新的小説能够買得到。雜志本來是一件應時東西，當然更加没有地方買了。所以我在臺州，除了和幾位朋友談談詩文外，要想弄一本雜志看看，很不容易。然而我一到寧波，就大大不同了，不要説書框子裏五顔六色陳列的，一大半是小説，便是商鋪子幾位夥計們，和他談論些現時小説雜志的情况，倒也很有些識見。而且他們的識見，都從經驗而來的，换言之，就是含有許多愛讀小説者心理的成分，與編輯者和著作家專從自己片面理想的話不同。我今寫在下面，給編輯者和著作家作個參考，不過他們所説的話，都是從銷路一方面著想。但銷路的多寡，和作品的優劣，也很有關係，讀者衆君，幸勿以人廢言，這不但出版之幸，也是我們歡喜做文章的人之幸了。

我舊歲曾到了寧波一次，有一天，我走過一家書鋪子，見陳列的雜志很多，我便跑了進去看看。恰巧那家帳房先生，從前也是讀書的，與我向來很認識，他見了我，不免寒暄幾句，他曉得我要買雜志，便在書架上抽了一本《半月》給我看道：『這一本是情人號，材料倒還不錯，你要看，拿一本去看看罷。』我那時忽然想到我在《小説日報》投稿，本來要想做一篇小説話，何不問問他現在雜志的情況呢，因問他道：『《半月》銷路如何？』他道：『《半月》的材料好極了，不過太貴了些，這一期情人號，銷路倒很不錯，據説有一篇《菊影樓話墮》和《小桂紅集》，筆墨很好。其實一本雜志，只要有幾篇好的稿子刊在上面幾頁，還怕他没有銷路嗎？』我那時把《半月》翻開來看一看，見有幾篇朱鴛雛遺稿，我便問道：『這人的筆墨怎樣？』他道：『這個人也是一位老小説家，很有些名氣，可是他的文章，我没有看過。原來我們書鋪子裏的人，大半不喜歡看小説的，因爲五花六花小説子太多了，誰耐煩去看。不過從前小説家，比較現在，究竟要好得多，從前是講究筆墨的，現在可不大講究了。現在小説子，我也曾看過幾本，文字我們不去談他，就是材料，也不過翁姑虐媳，電車上見了一個女人罷了。所以我現在的小説，也不大喜歡去看他，然而出了這許多雜志，銷場仍舊不見得減，却很奇怪，照我看來，照此敷衍過去，終有衰敗的一日吧。』我道：『這許多雜志，那一種好些呢？』他道：『若論筆墨，自然要算《半月》了。』（未完）

『然而銷場，要算《紅雜志》，《半月》還要居其次哩。近來新出的《心聲》雜志，銷路倒也不壞。《禮拜六》初出的時候，銷路很好，可現在，大大退步了。《星期》也是如此。我聽見說：《星期》全用白話，新的人因爲他没有符號，不要看；舊的人因爲他没有文言，也不要看。這本雜志，我們從前銷過五六十本，現在連十本都銷不到。』我道：『别的雜志如何？』他道：『别的雜志，如《遊戲世界》、《小説新報》，價值太貴，銷路不免滯些。《小説世界》定閲的人很多，大概是價值便宜的緣故。《戲雜志》銷路也還好，然而定閲的人很少，而且他標明六期取洋一元，而另賣的價錢，忽而三角，忽而四角，這地方不免受了些影響。最奇怪要算《小説月報》了，從前我們連定閲的終有百數十本一期可銷，現在只有五六本了，幸而商務本錢大，要是别家，恐怕早已要停止了。』我道：『雜志的文字，究竟文言和白話怎樣？』他道：『不論文言白話，終要做得好，纔有銷路。不過全用白話，和全用文言，都不大興。照我看起來：第一，做文章的人，名字須要叫得響；第二，封面和梓板，須要講究；第三，材料要熱鬧；第四，不可全用文言，也不可全用白話；還有一樣，詩文現在雖然不行了，但是看雜志的人，都是商鋪夥計，和學堂學生的人較多，雖然有一部分人，喜歡新學問的，然而喜歡看舊式詩文的人，也很不少，而且喜歡新學問的人，他們都愛看新式的小説。那末現在《紅雜志》一類的書，只可算他是舊的文字，專門供給舊的人看了。所以詩文也不可全廢，不過須要變通些，使讀者容易學步，就是我方纔所説的文言不可偏廢，也是這個意思。不過像《小説新報》的駢體文章，究竟可以删去了。』(乙案，駢體文章，做得油膩太重，簡直可以删去。但是也有許多人信來，指定要我做駢體的也不少，大概所謂有嗜痂癖，居於少數吧。不過空靈雅潔的文字，如板橋雜記一類，恐怕終不廢爲是。）我道：『那末究竟那一種文字，最受人歡迎呢？』他道：『這也不能一定，若講文言，如某某，某某，各有各的好處，就是到了文字没有了，終竟也要發見出來的。至於白話，如某某的小説，也不壞啊，不過現在他主任的《快活雜志》，銷路大不如前，不知什麽緣故。照我的意思猜起來，大約也是全用白話的緣故吧！原來審美的心理，人人有的，白話小説，憑你做得怎樣好，看過算了，不像從前幾種《小説月報》、《新報》、《叢報》等雜志，凡是愛讀的人，都把他藏起來，或者做隻木箱，或者改做洋裝，而且到現在還有人想不賣他。至於現在雜志，一經看過，誰還願意收藏起來呢？這也可以見得美的文字，究竟有些價值了。并且還有一樣可以作爲憑證，從前小説雜志，如《月月小説》、《小説林》，不是全用章回體嗎，現在還有誰來過問。至於《民權素》，和別種雜志，現在來問的人，還很多呢。』我道：『你的説話，確乎閱歷之談，但是現在的雜志，爲什麽都要用白話呢？』他道：『這也有一種意思：一來白話容易做，就是曾做文言的，也去做白話了；二則因爲做白話人多了，所以所出的雜志，都用白話了。一言以蔽之，大概終是文章賣錢的緣故吧。』剛講到這裏，我還想問他旁的事情，只見有一個人走進來道：『《畏廬漫録》有到了没有？』那個人就趁此機會，立起來道：『你們去查一查，究竟今天有到没有到。』我看他事情很忙，也就此拱一拱手，與他告別了。（完）

（一九二三年三月二十、二十一日《小説日報》）

與軼池論小說書

梁壽卿

軼池老友足下，大片飛來，小窗已黑。適在抱影畏春寒，掩卷遐想之際，既而拈片就燈下覷玩老友簪花瘦硬釘尖細字，欣老梅吐萼，猶是新華也，豔羡極矣。以我草草，放手塗鴉，時時昧然□所陳述。苟不嗤醜劣，而乃錫以嘉言。愛我何深，桃花潭水，其庶方之膺感於心者，辭弗易達矣。唯細讀紙尾，屬我下筆之時，稍爲時俗遷就，以供雅俗之共賞。凡古音古節，古文古字，汰除净盡，否則能供老友百讀者，不能博流俗之覽也。數語箴言雖佩，然不能無惑於心也。作文於落筆時，必爲時俗遷就，所謂削足就靴，忍痛而求美觀於人也。我雖愚，但知愛足而不敢愛靴，寧拋靴而良於行，不願受此桎梏也。（未完）

且所謂時俗者，指時流中俗惡者而言也。時流既不堪論文字，况俗惡者耶？時流之所好，我曹恒惡之；俗惡之所取，我曹恒望焉而辟，憎焉而走。何可忍心害理，於無窮臨文之際，逢若輩卑污齷齪之心理，而後落筆，此真所謂以文字生涯作琵琶門巷，賣文而兼賣笑矣。恥焉？否耶？我醜老矣，不敢東施也，縱搦管畫眉，忍然媚世，其如人多憎我遠我何？不如藏拙隱醜之爲得矣。且我所讀之書，不迨老友十一，每於落筆之時，覺紙皆俗惡辭氣，所謂古音古節，則何敢當！

推老友之心，爲辭之意，殆以感時閔俗。俗流不通雅言，胥我輩不善立言之咎。教我遷就時俗，非教我正教世之心也。老友望我遠矣，於戲美哉！老友之辭，老友之心也，可以對天帝矣。又聞老友以我所作之文，虚字太少，讀之不如時調圓滑之易上口，而奬爲音節雙古，此説果確，則我他日爲文，願委曲多用之、乎、也、者諸虚字。按時拍而拖篇幅，增字數而博酬金，爲賣文計，亦良得也。惜不能雅潔，殊愧於心矣。愧於心而文可賣，心不自由孰甚？爲賣文而自滅良心自由之樂趣，時流者流，恐將以文明言論責我。不我寬矣，又奈何哉？所謂古文字，我則未能知也。但知古之所謂文，即今之所謂字。文耶？字耶？衡之於古，我實盲人也。二者胥不能與古爲徒，故拙稿中所採之辭之字，十九皆時俗慣用語，浮詞别字，少識六書及略窺古文門徑者，鮮有不望而作嘔，惡我爲不文之傖，擲焉而走也。

吾方心愧欲死，汗然於屋漏者屢矣。拙作之佳，固不能古雅，縱有少少近古者，或可足博一覽。若謂能供百讀，則稱我未免過當矣。能供老友一觀，而欲博流俗者流、盡人稱賞，斷不能也。能，則又爲老友齒冷之作矣。戲乎難乎，溯雋報之作也，聞老友奔走於甬滬間，心力瘁矣。今幸抵成，老友之願少少償矣。昔聞老友之言曰：欲於稗海昏黑之中，藉此小小册子略放光彩，以筆代舌開十大門，網羅同志佳作。所謂如舍利之五光十色，令衆生皆歡喜也。老友之心婆而苦矣，愧我無虞初之舌，作老友之助，寸心未死，殊不甘也。即雅俗共賞一言而論，凡雜志列種種門類，所以文言白話兼收，莊諧并出者，正所以爲社會雅俗不齊計也。若欲於文言文字中特創一種文字，思欲一般社會靡弗歡迎，從而遷就。我以爲此爲具世界國民教育理想之談，難乎其爲文矣。不獨我以爲難也，每觀大作，十九出於詞章，不爲時花美女，即爲班香宋豔，落筆措詞，類皆近漢魏六朝人駢麗，主筆謂我古不合時。則老友之典策高文，恐又非時俗所盡能解也。老友謂我文古，非謂我文古也，蓋深慨時俗之眼太低，古調不可彈耳。老友傷時憂道之心深矣，苦矣。其心亦太古矣。老友古道照人膽，肝膽平生，我所深願。惜暴兮時風吹散人心，古意匪朝夕矣。人心多不古，而爾我誼獨古，所以成爲爾我文字，所以同作小説，雋報各以古道風濁世也。謹與老友約請，更與乙盧、紅冷暨翼社好古悲今之諸社友約：凡稗官文言種種文字，揚雄奇古之字，可省則省。然既號爲文言自與白話迥别，雖不必字字典雅，而要不可落時流俗惡抄撮窠臼，令識者笑我曹不文也，惟不得故爲艱深欺人耳。老友以爲如何？幸垂鑒焉。

（一九二三年三月二十二、二十三、二十四、二十六日《小説日報》）

書梁壽邱與軼池書後　張乙盧

老友梁君稼西，别署壽邱居士，嗜古不倦，箸有《三史菁華》，暨詩文集待梓。曩歲患貧，思鬻文自給，而輒不售。嘗著一小説曰《蕭雲鬱史》，投某雜志不録，假其友葉君中冷名，裒然舉首焉。壽邱抱書大哭，遂焚棄筆硯，不欲再以文字與世相見。此文得於舊篋中，其牢騷抑鬱不平之氣，悉形於楮墨。嗚呼，其遇亦可悲矣。因爲郵梓日報，廑翁志古有獲，或當引爲同志乎！嗟乎，士弊於俗學久矣，自新體文興，辭益暗晦不可盡解。屈指交遊中之能文者，軼池既抱道自隱，而無咎㝢，孫亦皆蹈晦，不欲以文章自見於世。獨余結習未忘，時時有所述作，毋亦好名之累乎？雖然，居今日而言名，亦難言之矣，悲夫！ 癸亥正月乙廬附識。

（一九二三年三月三十一日《小説日報》）

偵探小説談

徐卓呆

偵探小説與普通小説比，一方面是智的文藝，一方面屬於情的文藝，性質很不同。能够做普通小説的人，就是做得極好，他不見得一定會做偵探小説。

我也從前很没做過偵探小説（譯的是有的，如《八一三》等），我在去年《遊戲世界》中的《不是别人》，要算是第一篇了。但是，近來做得很多，我今年的小説，大概要□一類佔多數了。但是，我做了兩三篇，便覺得有一個大毛病。不獨我一人犯著，恐怕做偵探小説的人，大半犯著。就是格局的没有變化，開場總是什麽地方謀死了一個人，或是失去了什麽要物，由偵探去破案的。

這麽形式千篇一律，我以爲就是内容不同，也總不好。所以我在想做幾篇格局特異的偵探小説，或者格局之外，還可以在性質方面，使他含有滑稽趣味，倒也很調和。

又，用一個偵探連破數十案，如福爾摩斯式，我以爲這太獃板拘束了。

（一九二三年四月一日《小説日報》）

美妙底小説　秋月柳影

小説内容底美妙，有兩個重要底條件：（一）是肉體、靈魂、結構、情感各方兼顧；（二）是意思要有曲折底想像組織。第一個條件爲成功一篇小説必有的步驟，第二個條件爲高深底小説的内像。第一個條件不必多講，只就第二個條件再伸説一回。小説的所以要有曲折底想像組織，猶之乎藝術家所主張底裸體畫底曲綫美，因爲曲綫底美，能够使人愈看愈覺得美。小説如有曲折底想像組織，也定能够使人愈看愈覺得美妙。不過這一種小説，不能用直記底眼光來觀察，要用精密底思想來考慮，所以受小説印像不深底人們，一時很不容易看得懂。

（一九二三年四月八日《小説日報》）

隨便説説　松廬

做小説的思想，貴乎新穎奇特，但是一時底妄想新穎奇特而不顧情理上的有無，那麼這種空中樓閣，我想反不如普通事實哩。借神怪而寓意的小説，確能使讀者增進興趣，但是過於深奥，使一般人不能領會他的寓意，那麼我説反不如平鋪直叙的好。

小説家的思想，每有不期而同的。而且所擬的標題也往往有不期而同的。即如在下的著作，雖然很少，然而已有好幾處與人家同了。我在《商報》上做了一篇《人不如狗》，過了幾時，那《紅雜志》上也有一篇《人不如狗》。我在某報上做了一篇《真假愛情》，最近《心聲》雜志也登著一篇《真假愛情》。像這種雷同的標題，乃是思想相合，并不能等爲抄襲。至於那些很普通的標題，什麽《一個可憐的黄包車夫》咧，《一個墮落的青年》哪，更是多的枚不勝舉了。

有人問我説那一個小説家的妻子最娟秀，我回説：『劉哀時。』他道：『你見過嗎？』我笑道：『你不見他的齋名就叫做餐秀室嗎？可想他終日在那裏飽餐秀色了。』

又有問小説家最抱消極主義者，我回説：『陳冷血先生。』他道：『何以見得呢？』我道：『他取了這名字已顯見是消極了，更加他取得齋名，叫做待死樓，可想他匪特消極，簡直有些厭世呢！』

（一九二三年四月十、二十一、二十三日《小説日報》）

做小説的困難

秋月柳影

在我們這個民衆學識很淺薄的中國，真困難極了。只就做小説而論，内容過高深了，一般民衆看不懂；過淺近了，又要受一般知識階級裏的人攻擊。一個作家的作品，發表了出來，定要受人家的歡迎與讚揚，作者纔能生出興趣和快感來。作者要想迎合觀衆的心理，因而便有些淫逸的作品出來。唉，這樣不知是失去許多作者的天才了。我想，這實是作者自身的誤認目標。我只要我作品的本身有唯一的真價值，何必要迎合觀衆的心理呢。最後，我忠告諸位作家，要爲做小説而做小説，别要爲迎合觀衆心理而做小説。庶幾乎能把我們的天才表現出來。這便是我做這篇東西主意所在。

（一九二三年四月十一日《小説日報》）

看《紅樓夢》時的我　嵩　雲

我很喜歡看《紅樓夢》，因爲這部書裏面的情節很妙，用筆又深，而且是白話文，又容易看，所以我每於閒暇之時，總是拿一本《紅樓夢》在那裏看的。我看得出神的時候，好像受了什麽迷藥似的，如醉如癡，兩雙眼睛直盯著書上，兀自不動，而且喜怒無常，哀樂不定。有幾個朋友，見了我這樣怪現狀，都説我是個瘋子，我却毫不覺得，儘管瞧自己的書。有時以寶玉自居，打著《紅樓夢》書中的話兒和朋友們開玩笑，他們知道我有點書癡氣，也不來和我計較。後來我覺悟了，知道我依然是個俗物，并無一些改變，不覺暗暗好笑哩。

（一九二三年四月十六日《小説日報》）

小説家懼内記　卓　呆

《新聞報·快活林·點將小説》第四期乙組的題目，叫《小説家懼内記》。我可惜在甲組，没有做到這個好題目，此刻只好在本報來發表些意見了。我若是做《小説家懼内記》，一定要拿胡寄塵來開開心，說他是個絶對的懼内小説家。

我這句話，恐怕不獨胡寄塵的朋友，聽了奇怪，胡寄塵自己聽了，也摸不著頭罷。其實胡寄塵在許多小説家中，確實最最懼内，不過我所説的懼内，并非説他怕老婆，是説他怕内人。這内人，也并不是一個人。内人者，肉也。寄塵先生，向來吃素，怕吃肉的，還不是怕内人，還不是懼内麽？我想就是當面，這麽説他懼内，他也一定肯承認，而且面孔也不會紅的。

（一九二三年四月二十二日《小説日報·懼内號》）

小説家的心

秋月柳影

大概一個小説家的心，是和普通人不同的。他對於事物，到處都用著深刻底觀察，譬如一張桌子，在普通人看起來，就是一張桌子罷了，并没有可注意的必要。但在小説家，他對於桌的新舊、平面綫、大小、色彩，……種種方面，便要用他的心，來析體的剖解。譬如一個人，在普通人看起來，就是一個人罷了并没有可考察的必要。但在小説家，他對於這個人的形貌、舉動言語，粗魯還是和藹……種種方面，便要用他的心，來具體的考察。小説家的所以成爲小説家，便在這一點。而一篇小説的藝術的結晶，也就在這一點。所以要有這一點的觀察和注意，是因爲一篇小説的美，無非是結構、情感、靈魂、思想的美。不過這還是内象的美，没有及得外象的美。外象的美，那便是描寫的藝術手腕了。小説家假使對於事物，没有特别的注意和觀察，那會有繪形繪聲的描寫藝術手腕呢！

（一九二三年四月二十四日《小説日報》）

違心之論

劍　禪

我時常説，現在小説家連『小説』兩字怎麽解説，都不甚明白了然。因此使得人家滿意的小説，自然很難得的了，何以呢？不瞧見近今小説家的作品，都以貧兒的淚血和人力車夫的脚腿，當了無上的好材料嗎？雖然，好書不厭百讀，只要意思好，甲作了，乙又作，也不妨的。可是同一立意，横説竪説，終逃不了人家已經説過那很簡單的情節。要曉得小説是平民文學，是給中等以下人在無事時候當談助的，當《山海經》説的。所以情節越婉曲，越有滋味，就越得顯移風易俗的力量。作小説第一步就在這情節兩字，立意雖要正當，却還是第二層功夫咧。但是小説家想到這層的有幾個呢。他們終以爲小説是消遣的一種小品，只要立意好，至於事實一層，平鋪直叙的寫了幾句，只要給人家看得過去就算了。殊不知小説兩字的解説，是要從小民上著想，要和白口説話的一般，委曲婉轉。若説到措辭一層，終以純粹白話爲宜。最壞的是不三不四的方言，使得不曾讀通書，并不曾出過遠門的人，仍舊弄得莫名其妙，這就失了小説原有的力量了。話雖如此，作小説的却也不很容易的。即據這篇文字而論，是用白話體的，内中『好書不厭百讀』和『移風易俗』兩句，不是也犯了引用文話的弊病嗎？『很簡單的情節』和『平民文學』兩句，不是新名詞是什麽呢？那末這篇評論，只可説言不對心的胡言濫道，一些作不得準的。

（一九二三年四月二十七日《小説日報》）

小説雜談

秋月柳影

近代的一般小説家對於創作小説有兩個相反的論調：有一部分的小説家主張小説是寫出來的，不是做的，貴乎自然的流露；有一部分的小説家却主張小説是做的，使一篇小説有『匠的美』。兩方面各樹一幟，到如今還没有一個正當的目標。我想在主張小説是寫的一班小説家的心理，固然是有他們的理由，我也很承認這一點。在主張小説是寫的一班小説家的心理，他們是也有他們的成見的。不過『匠』的小説，不能有真摯的情感表徵，於是便不能引起讀者的同情了。好的小説，固然是以能引起讀者摯情流露爲目的。『匠』的小説既然不能引起讀者的同情，那便無好可言了。所以我也高唱小説是寫的，貴乎自然，不可以去做。

近代小説的描寫有一個不足取法的壞傾向，便是一班小説家只敢在表現於外的形態上去死描寫事物，如記賬似的一筆筆記個清楚，便算是好的了。其實這一種没有一點藝術手腕。義大利有位女小説家的泰的法列（Clarice Tartufarie）説得好，他説：『一篇小説的内容想像，定要將人生的神秘和剖面，用高尚的藝術手腕，讓他赤裸裸的、活潑潑的好像一張照片顯然的流露著在一張紙上。這便是好的了。』觀了這位小説家的論調，便可實證好的小説，不在描寫事物的外象了。不過深入了事物的内象的描寫，小説的意境便深奥了一層。在作者要富於想像力，在讀者更不能不用其真摯的熱烈的情感去剖解一篇小説思想的組織。

小説描寫的對象是在人生。無論那一篇小説，内中都是以人生爲主體。所以小説他負有指導人生，暗示人生，批評人生的種種重責。因爲這一層，而作者便也不能不負對於人生的重責。不過有些作者，竟把小説當作消遣品、遊戲品，或載道之器，甚或當作侔利的商品。這實是一大謬誤。質言之，這班作者，可説是武斷了神聖不可侵犯的小説本身唯一的價值了。現在新文化的小説，他的美妙點，便是對於人生負了重責。他以小説是表現人生，將人間的情感伸訴給人間，把人們的同情心，擴大起來，更是真情的流露。所以我們天真的青年，都覺得他的妙點呢。

我們中國向來不把小説立在文學正宗的道上，只把他當作稗官野史的小品文字罷了。其實在小説的價值上講來，小説他并能批評人生，解釋人生。他在文學界裏，當然是佔重要的位置。現在新文學運動的聲浪，正在國内高唱，也有些人們漸漸地把小説當作文學了。

在昔因爲一班文人，抱著這種舊的觀念，所以作者都以能引讀者無價值的歡心爲目的。因此，便没有好的小説表現出來了，大概都是荒謬作品罷了。現在既然把這種舊的觀念打破，於是切於人生現實活動力的小説，也萌了一點兒新芽。他們——作者——感著人生的意義，覺著人生的神秘，創造的衝動生命永久催促他們，同情的血淚繼續在他們身體裏暢流。他們因著這創造環境的壓迫，他們便有他們唯一的真作品彌灑著在人間。人間得了同情的安慰，人間的情緒便在一道兒上流。

流出出來的情緒，還灌著人間的情緒。於是人間的情緒便日益真摯了，深固了。這些，便是新文學家所主張的新的小說的好處和他的價值。

做小說確是一回難事。作者做小說，而對於哲學、物理學、美學、倫理學、論理學、心理學、動物學、植物學、算學……以及社會上種種事業人物，都有個俱體的概念，庶幾乎能做小說，所説的話庶幾乎纔不至於失當。何以呢？因爲小說的内容是無所不包。我們去描寫哲理的事物，則不能不明白哲學；去描寫關於物理方面的事物，則不能不明白物理學；去描寫美術方面的事物，則不能不明白美學；去寫倫理方面的事物，則不能不明白倫理學；去寫論理方面的事物，心理方面的事物，動物方面的事物，植物方面的事物，運算方面的事物，則不能不明白論理學、心理學、動物學、植物學、算學……去描寫社會上事業及人物，不能不明白社會上事業及人物的各種特徵。不然，所説的驢頭不對馬嘴，便鬧出笑話來了。佐拉説：『將科學的研究法，運用於文學的創作；以研究自然現象的態度來研究人生。』可見得一個小說家，對於各種學科、各事物，都要有些常識呢。

一個小說家的創作小說而所産生下來的産品，都是能給人以深刻的印象和引起人們深心的靈感，大都是要有天才方能這樣。俄國萬雷散夫説：『學做小說家是不能够的，必須生來就是小說家纔好。「Pqetal nan fiunt sedn ascuntur」——詩人不是做成的。可見没有天才的人，是不能做小說的。做了，也不會有好小說的。不過一個小說家雖然有天才，但也不能不有圓滿的培植，使他得著生命的安慰。不然，雖有天才，也不過是等於零罷了。天才作家的小說，他的一篇小說的成功，大概是由於一時得著創造的衝動性，因而隨筆揮舞，結果便是一片含有美和善的作品。不像那班没有天才的作家没有要做小説的衝動性，而勉强想出材料來做，所以便覺得偏於單調、乾枯，没有生氣，充滿了死灰色了。

讀含有文學色彩的小説，的確不能用真觀的眼光，定要用摯情來細看，纔能得著小説中的微妙，而引起讀者直覺的靈動，庶幾乎纔有所得之於心。不然如走馬看花，一目十行，便得不到小説中的文學的意味，反覺得麻煩了。所以含有文學色彩的小説，有一班受舊的小説——便是没有文學色彩的小説——的觀念過深的人們，便不願意去看。看了，也覺得乾枯無味。這點（一）是不懂得文學。（二）是没有觀賞藝術的能力。（三）是不會仔細的讀，只以爲他是消遣品罷了。有這幾層，所以含有文學色彩的小説，便被這一班人所反對了。中國目前的文壇上，很高唱民衆文學。如這樣，怎能達到目的？結果仍然民衆自民衆，文學自文學罷了。這些，我很希望拿著民衆文學旗幟的先生們想個法兒，且先把這一種傾向打破。

目前中國外國小説的譯本，是非常之多。不過有些譯本，却使不懂英文的人看不懂。他的原因，便因爲譯者都是把他直譯了出來。中文與外文的文法絶對不同。所以直譯了出來，自然使不懂英文的人看不懂。如用活譯法，却又要將原書的意旨，根本上便要有所差異。固然譯文是一樁不容易的事，而在譯者也要有他的藝術能力。直譯固然不對，活譯便要由譯者負責。在我們中國民衆學力很淺的底下，决不能用直譯法譯出來，不但不能使人懂得，反使閲者太覺得煩悶了。不過活譯更難：第一不能抹殺去原文的立意，第二要有變化的神妙。能這樣，譯出來庶幾乎不失去譯文的價值。

小說的暗示力是非常之大，他能轉移閱者的性情（指好的小說而言，荒謬的作品自然不在此例）。我幼時看《紅樓夢》，便幽鬱了不堪，不欲食，也不欲睡，如醉如癡，每每看花濺淚，對月傷心，自己也不知其所以然。這便是小說給人的一種暗示力了。觀近代的一種作品，能够引起人們一綫的熱淚的，很少見呢。我對這點不能不懷疑近代作品的淺薄了（近代作家也很鼓吹血淚作品，但并没見有能引起人們血淚暢流的作品）。

近代的小說趨向，漸由羅曼主義而走入自然主義的一途。自然主義思想的由來，是由於哲學之上唯物論的産生。他所研究的物質的原素的對象有三：（一）物的生活適者存，（二）人間的生態的競争與人在生理學上之相同點，（三）環境與遺傳有莫大的勢力。他將這三種象徵，研究得便可將人生的問題和可懷疑的神秘現實了出來，裨人覺悟他的自身的内象，而想去謀較善的解決之方法。所以自然主義的勢力，現今正在擴張。他的實力固不獨在小說一方面，凡關於文壇上面的作品，都是他勢力的範圍。

小說既然是描寫一時所得的清高妙遠的感覺的，這是我從前已說過，那末，便不能受著一定的規律的支配和束縛。因爲受了支配和束縛，那所有的清高妙遠的感覺便不能自然的流露出來了。我國舊有的章回體小說，便不能免去了這一點。獃板板的要這樣做去纔是，好像有『非如是也，則不可』神聖不可侵犯的唯一的信條。所以這一類小說，很少天才作家的出産品。有也不能繪形繪聲的表示了出來。至於《紅樓夢》、《水滸》等作品，所以没受到章回規律的影響，那我們便不能不尊敬作者的天才藝術手腕了。現在的小説(指新的小説而言),是没有一定的規律的支配和束縛了,這也是我國銷售界裏前途的一綫曙光呀。

德國有位小説家蕭巴爾忒(Schabart),他説:『好的小説便是作家自身的個性與環境的表現。』這句話,我也很贊成。不過近代有些作家,并有他創作的天才,但他不能利用他這天才的能力去完成他的作品,反東抄西襲的合成一篇,而號爲創作。這種作品,也很容易引起他人的同情,也好像可從這裏去窺見作者的環境與個性。但若與作者一相見,便要失望了。因爲這種作品不是他心泉中所流出來的摯情——這個我也經驗過。我實爲這類作家可惜呢。一九二三,四,十一。顧仲起於上海。

(一九二三年五月一—十三日《小説日報》)

讀《小説日報》後書　方爲舟

癸亥春,余隨軍天臺,承築省道,移營於該邑之三茅鎮,此間有小山如屏,其下則吾營之駐紮地也。登山而望,沃野數十里,麥穗葱蘢,臨風摇曳,鳥語花香,别饒幽趣。每日工餘,散布樹蔭,流連景色,胸襟豁然。而日暮歸來,則一燈相對,萬籟俱寂,無法消遣矣。蓋天臺僻在萬山中,交通不便。余在五夫大營時,喜閲説部,到此曾攜一巨篋,日久讀畢,不欲再覽。而此間書肆,新出版之書籍,又一時難得。其孤寂之景,殊令人有度日如年之歎。某日,團部軍醫正乙盧先生奉命莅天臺檢閲吾營公共衛生,駐節於此。余過其室,見案頭有《小説日報》,匯訂第一集,向先生借閲一過。觀其内容豐富，各體咸備，誠可謂醒睡之良劑，消閒之佳品也。因書其優點，以附篇末。

第一集長篇小説有二：其一爲許廑父先生所著《上海近十年目睹之怪現狀》，其中如學校之怪史，妓女之經絡，紈絝子弟之揮霍，種種黑幕，寫得痛快淋漓。一回有一回之趣味，層出不窮，其妙無匹，閲者如入山陰道上，應接不暇。至文字超脱，尤其餘事也。其二，趙眠雲先生之《雙雲記》，雙熱先生已評之矣，毋俟小子贅言。但其叙事簡潔，不事鋪張，頗有耐人尋味之處，言情之體，此爲創作。蓋小説一書，本爲消閒而作，而操觚者寫男女愛情之處，大半不外豔體膩語，以投時好，若此作結構之玲瓏，文字之雅潔，不數覯也。

其最有興味者，莫如雜俎，如枕亞之藻麗，鵜鰈樓主之雅淡，卓呆芙孫之滑稽，東海三郎之豔冶，固已有目共賞。即如丁悚之繪畫，天嘯之題簽，亦可稱爲合璧雙輝。短如張乙廬、丁嘯雲二君，文辭古茂，情節離奇，亦爲必傳之作。其餘佳作，甚多可記，以閲未過半，不及詳述焉。

（一九二三年五月二日《小説日報》）

五月九日的小説家

趙吟秋

天天趙錢孫李，年年周吴鄭王，轉瞬之間，已七個五月九日過去。小説家每逢這國耻紀念日，照例要做幾篇小説，可是换湯不换藥，做的委實無味。但是小説家到了這天，又不能不做，那末，這一天真是小説家的死刑日。其實，何嘗不是我同胞的死刑日。我深信，死刑是人人怕的，除却無知的小孩，這樣，我們何不急圖自新，打破這五月九日的圈套？果能如是，不但我們做小說的可去掉死刑，就是我們同胞們也不至終身背著死刑的罪名了。

（一九二三年五月九日《小說日報》）

小說《人肉市場》中的警句　卓　呆

《人肉市場》是一位德國某女史的著作，描寫着誘拐女子的黑幕。此書各國都有譯本，此刻我把他譯著，特地將其中的警句，摘些出來，讀了他，也可以曉得些書的沈痛了。

將兒女永遠想留在自己家裏，無非是狹窄的父母之利己主義。

世上富翁的面相，必定帶幾分下賤的神氣，或是表面很圓滿，眼底裏含著也似冰的冷光，這些都是表示他的金錢的來路的。

世上的男子若不腐敗，也不會有慘酷、誘拐、販賣人口、賣淫等事了。使女子墮落的，是男子。

什麽法律，什麽員警，都没有用，警界中不是全男子麽？女子不能入員警機關的，女子可以加入了，那誘拐、販賣人口、賣淫等事，也要好得多。

無論做何種惡事，富的更會富，乘著摩托車，可以横行天下。貧賤的人，隨便怎樣誠直，怎樣行善，也决没有人發達過。上帝在上流社會或者有的，下級社會中，實在没有。

男子是女子的仇敵，欺騙女子，破女子的節操的，都是男子。

女子感染的梅毒，就把什麽『公衆衛生』等名詞提出來處罰，有毒的男子，只管放在社會上，那裏還有什麽正義。

什麽平等，社會上把女子當畜生處置着，女子可用金錢買賣，是人類的耻辱。禁他罰他的法律，是議會中國民的代表第一流人物所制定，政府拿來規布的，這都是男子定出來的法律。

（一九二三年五月二十四日《小説日報》）

分類作法之陳言（緒論）

鈕　農

余前草作法質言甫竣，友人見而笑曰：『子之論作法，只有情與景耳，派别之分，門類之别，恐讀者仍未知其要領，何况作法。言作法者，當先分派别類，乃於各類之下，述其作法，方能醒讀者之目，引學者進步，如拉雜談之，豈可爲作法耶？子實不知人間有羞耻事已！余曰：『前篇所草，不過求質於方家言耳，豈可作法目之耶？若分派别類而述作法，理所當然，余曩從諸師遊，亦當一再討究小説之派别，故於别類分派作法，亦稍有會心。但今若書而出之，學小説者，雖可作爲程式，而爲小説之文豪見之，則必以爲陳腐之談矣。』友曰：『子爲此篇之作，本係録己所心得，述師之教言，何論其是否腐陳耶？屬係見解，均當志之。』余乃徇友之言，默思曩年所得法門，遂草是篇。小説派别，自有一定門類，作法亦有一定體裁，余本係後學小子，豈有别開一格之才調，故恐後之所言，不免同於前人之談。願讀者以陳腐言目之可耳，余題爲『陳言』者，亦即取陳腐之義也。

小説派别，甚爲複雜，殊有指不勝屈之慨，兹分别於下。

（甲）『時代上之派别』，即『新小説』與『舊小説』之分。新舊之别，亦有數種：有命意之新舊。如商務書館所出之舊小説，係取前朝史事，故謂之舊。近日所作之新小説，係取新社會，故爲之新；有作法上之新舊。如四六體之小説、詞曲體之小説、古文式之小説、作古法之小説，均謂之舊。如譯本新，句法仿外法，而最新者如新浪漫派、寫實派，咸謂之新。包括言之，不出於時代之派别也，在昔則爲舊，在今則爲新，如在古時，豈能知今世之作法耶？能明新社會之事故耶？不能，則可謂舊矣。今世人作者，雖可溯用故事爲命意，則稱爲歷史小説矣。至於措詞作法新舊之分，則於後章新派作法中言之，不在此範圍中也。

（乙）文學上之派别。文學派别者，有文言與白話之分。白話在昔即有之，不過只有長篇而無短作，今則無論長篇短作，新式舊派，均係白話爲多，文言反落後塵矣。此乃時俗人情變遷，隨人心而轉移，余嘗竊料，後數年，文言將不見於時，若再後數年後文言又必爲世所奇矣，既以爲奇，又必爲貴，既貴之，則自必盛於時也。譬如人之心理，無不喜新而厭舊，憎舊而愛新，物稀則爲貴，物貴則爲奇，乃惟有變新而爲舊，改古而爲時，藉以新人耳目。不立小説，即文學派别，豈不然耶？進一層言，凡人所御衣飾，無不然也。所恐者，著文言者絶於時耳，如後之作家，不能爲文言，則文言無復興之望，余恐未必然也。其他前作文言白話之管見中，略有述及，故不敢再贅。

（丙）體裁上之派别。體裁派别，有『劄記』與『章回』之分。劄記體純係記事，即筆説也。或記一事之顛末，或書一席之言語，或志一家之常教，或録一人之史事，無不可也，惟短篇爲多，長篇次之。章回體者，則適於長篇，而不能用於短作，尤重於布局命意。此兩項造意措詞作法等，前章質言中，咸有述及，自不能再贅，惟其性質之别甚多，再進而言性質上之派别。（未完）

（丁）性質上之派别。性質之派别，繁矣，雜矣，分其類不下十餘種：有所謂教育也，有所謂明會也，有所謂家庭也，有所謂倫理也，有所謂冒險也，有所謂俠武也，有所謂軍事也，有所謂科學也，有所謂偵探也，有所謂神怪也，有所謂哲理也，有所謂記傳也，有所謂寫情也，有所謂滑稽也，有所謂寓言也，有所謂實業也，有所謂廣告也，有所謂歷史也。各有各之性質，各有各之措詞，各有各之命意，各有各之裨於讀者，再將各類之作法大意，分述於左：

（一）教育。小説之爲物，豈僅在於排悶遣愁耶？實是爲普及教育之利器，故有教育小説之名。今之教育部復有審定善本，爲學校中宣講書之用，其有益於教育者，可不辨而自明矣。教育小説爲商務書館出版之教育雜志收羅爲多，抽選其尤，潤成單行本者，亦復不少。然純粹之教育小説，殊不可多得，即前經教育審定之《魯濱生飄流記》、《美洲童子萬里尋親記》，一係冒險，一係理論，亦非純粹之教育。其他若《苦兒流浪記》、《馨兒就學記》、《棄石埋石記》等，或譯或撰，其意多雜，自更不足論矣。教育小説之善本已難得，則其作之難更可知。教育小説者，有二難：一措詞難選，二資料難得。凡於小説，無論何種，所措之詞，可依所得之資料而定，或文言，或白話，洵淺顯之文言，今則可用白話，而不能用文言矣，因此種小説作用，必供小學生閲看爲多，以補助其智識，陶冶其性情，更可以爲國文範本。昔之幼稚學生，初只有最淺之文言智識，而不知白話，今者教本已改，有白話之智識，而不辨文言矣，故今須用白話。然既不能太俚俗而累墜，尤不能過簡單而稍高，俚俗累墜者，恐學步日下；過而稍高，則恐不能索其味，而引其趣也。他種小説之資料，隨時可得，隨意可成，不嫌繁雜，不受約束，此則已受『教育』兩字束縛，必取合於教育範圍，自最宜於純潔，其中所有事物，所有時地，皆須合於兒童心理、學生地位，若越此範圍，則必不能稱教育小説矣。即言科學，亦必求其淺而有味，不得高深，高深則不合小學生之智識也。即言家庭，亦只可叙父母兄弟姊妹，必無夫婦之可言，言之則亂學生之性矣。故其範圍已狹，而界限尤嚴，其所以難著墨者，純粹之佳構自罕見矣。近雖文化日進，兒童之出版品亦日雜，然合於純潔之教育小説，可爲宣講書者，殊不恒見，可謂適淺而適難也。至於中等以上之學生，則宜觀科舉與政治小説，閲此反無味矣。

（二）社會。稗官家言，非獨僅可以普教化，而尤足以砭世俗，正人心也，故曩聖歎爲今古無文章，僅《水滸》一傳耳。即今之新文學家所尊重之舊集，亦不過《水滸》、《儒林外史》等數種小説而已。所以然者，或曰，可以雅俗同賞，初學悟有趣味，而可久印於腦際，然此皆不過表面上之觀察耳。實則作者爲王於譎諫，言者無罪，聽者足戒，更可寫胸中憂騷，如凡物不得其平而鳴，人不得平而鳴之於詩文，詩文所不能表者，則寓之小説家言而鳴之。如位高而富者必賢乎，位卑而賤者必不肖乎，亦可筆而出之，以舒己憤也。社會小説者，包括彌廣，範圍最大，無論何種性質，咸可總其名爲社會，惟哲學與軍事稍遠耳。作社會小説之意，必在懲惡勸善，將黠人之心理刀刻，盡行寫出，或意奸而外淑，或美其名而惡其實，即言境地，或有正義於外，而邪害於内，若設陷阱害人，張羅引人，以利誘人，盡揭而露之，使善者知險而避，知惡而遠，黠者亦可引爲鑒戒，見後果而悟。余嘗問諸師，論社會小説者，若照妖鏡也，一經照出，其魑魅魍魎，無不一一畢露，醜態怪形，無不盡現紙上，各種人有各種之隱疾，各等人有各等之做竇，各界有各界之黑幕，悉揭而出之，以示於人，然非人曆其境，不能深悉其事，已不知其底裏，則何能作也。（未完）

昔太史公謂爲文須書畫遊名大山川，我謂作社會小説者，須先遊各種社會。社會之種類多矣：各省有各省之社會，各地有各地之社會，以及城市鄉村，無不各成其社會，各人有各人之社會，各家有各家之社會，政界有政界之社會，學界有學界之社會，以及農工商兵，無不各成其社會也。能遍遊遍知者難矣，則其作者自亦難：命意則須求新穎，一涉陳腐，讀者生厭，其書亦成抄襲；措詞務求含蓄，如譏人則不必作者譏之，如詬則亦不必作者詬之，而又不必書中人譏詬之。伯須寫其可譏詬之處，令讀者一見而見知，則不譏詬而自譏詬矣；結構則須取樸茂古麗之筆，方能見工，否則一味白描淡寫，必嫌於過俚矣。故社會小説，範圍最廣，作法最難，非學淵識廣者，不能爲焉。

（三）歷史。前言社會小説，作法爲最難，猶未念及歷史作法，故冒昧言之。今論歷史，則其作法之難，實較甚於社會：社會之命意，尚可取之目見耳聞者；言歷史，則須取材於古事，亦必根據於曆朝大事，始不法歷史兩事之本主。既不能假借，又不能駕空，然欲取材於古事者，則咸爲前人奪去，後人不可復得，前有歷代演義，後有清史演義，以及洪楊、洪憲、民國，幾胥有作矣，今之作家，將何所取夫資料，如除二十四史演義外，豈有第二言歷代事耶？除《清史演義》外，豈有第二部言清史事耶？已不得資料，又不得命意，自亦更不能言作矣。頻年以來，小説家言，實盛於時，刊本雖亦日衆，而歷史善本，殊爲少見，除《清史演義》外，惟有《南巡秘記》爲最佳。此種著作，出於名貴手筆，其文字之佳麗，早哄動各界，何待贅述。惟其性質，則似同於野史，於普通歷史，稍有所別，是歷史小説之別開生面也，以其別開生面故，更能引起讀者歡迎。則正史於資料，已不易得，可注力乎野史乎？而不知野史之取材，尤甚難於正史。《南巡秘記》，係吾師指嚴所作，其資料得於先人所述，以先生古麗筆法而出之，自能成佳構。後學之人，於古正史，則尚可考之史集而知之，野史則將何見何知，豈可以空中樓閣而言歷史乎？而不知仍取意正史爲較近。正史演義，何嘗不可作，不過先須審己之文章，可問於世而無愧乎？己之作，足以哄動閲者之心，而無憎惡乎？先須有經典爛熟胸中，尤必湛深史學，乃考之史集，出以古樸之筆，參以理想之意，加以關節之處，貫串其情節，顯明其精華，用合於時人心理之筆法，而書其古世變代之事蹟。同於古不妨也，萬不可仿古，必求勝古，已能勝古，豈有無人閲之慮耶？但非有盛名之文豪，不能爲也，余後學小子，難置一詞，即近代可稱歷史小説家者，除指嚴夫子外，能有幾人哉？自可知其著筆於歷史小説之難焉。

（四）滑稽。作滑稽之難，尤異於他種，鈍根之人，雖淵於學，亦能作，天資敏穎，稍加學力者，反能爲之，意其不在於文筆之古澤，而在思想之詼諧也。雖然，進而言之，則又不然，其措詞固宜求其淺顯，使庸俗之人見之，都能發噱，但其中亦必須寓以譎諫，若一味逗笑，殊屬無謂，且尤失東方淳於之本意也。以此言之，則淺識者必不能爲矣。無論淵學之士、淺識之人、鈍人、慧人，均不能作也，此無他，資料難得耳。長篇固不能，短篇作新異者，亦不恒見。近出版界中，無論報章雜志，多間刊滑稽小品，雖一麟一爪，大都係陳腐之談耳，此不足以小説論，只可以笑話目之。近日最盛者爲譯西笑，能引人噴飯者，亦復不多，此種均在笑話之列，可置不論。但近日之所謂滑稽小説，其意非同乎古，即譯乎外，則涉於死，更無所謂東方氏之流也。即有之，毫無含蓄，肆口謾駡，反不顧失於趣，乖於體，其意不能博人發噱，其法則反堪惹人噴飯者多也。（未完）

總之此項小説，不能多作，不能勉作，偶得感想，可以寓意，可以發噱，足爲滑稽之資料，則捉管爲之。即偶有見聞，審定其能合於詼諧者，亦可爲之。若勉强思索，出於事實情理之外者，則謂之死活，不獨不足以滑稽目之，且不足入趣談列也。鄙意滑稽小説，係附屬品：一爲印刷物之附屬品。每份之中，只可略取點綴，多刊則無佳稿矣；二爲小説中之附屬品。如作一長篇，毫無滑稽之處，豈不令人乏味，必取一淳於髡者流，爲書中人，或爲主，或爲賓，均可自定，將其形狀，寫來令人可噱，一舉一動一言一語，無不詼諧雜出，則已可引人得趣，博人發噱，尤可借其口而懲惡勸善，諫奸揚賢也；三爲小説家之附屬品。得趣味之事則操觚，無則擱筆，興來則書之，興盡則置之，不可以爲正當之著作品也。其措詞當取其淺顯，以取人人共曉，其意味當求有含蓄，以耐人索味，以用白話爲宜，句詞可較爲爽快，用文言亦可，意味更可含蓄，在作者性之所喜，意之所近而爲之可也。

（五）傳記。或言傳記體小説，其體裁性質，咸同於歷史，其言似確。然以余觀之，亦稍有異也：歷史則或述一國之事，或叙一朝之事，雖傳一人之史，亦可以歷史名之，而其生平事蹟，務必有關於天下之興衰治亂矣；傳記則不然，或記一事顛末，或記變故曲折，或傳一人之逸事，或傳一家之瑣務，實爲普通歷史小説外之別樹一格者。況『傳』與『記』亦有判，『記』者，志逸事也，若《南巡秘記》之類，故前難以其書論之歷史中，而謂之歷史小説中別開生面，實其所別者，係記逸事也，不過書中之事，大抵關係朝野時局，自亦以歷史名之。其體裁則宜於劄記，而不合於章回，貴於簡潔而不宜累墜，歷史小説往往多分章回，長篇累牘不爲過，此其判也；『傳』則多傳一人事跡，如舊作《兵傳》、《濟公傳》之類，推其性質言之，一近愛國，一近神怪，但不以性質論，僅體裁言，否則記一愛情女子小傳則近情，記一哀情女子小傳則近哀情，無傳之分，亦無論傳之價值矣。但所謂『傳』者，仿史遷列傳，惟其作法，爲未必能仿古，不過藉以傳名而已。若作近代名人傳，或袁世凱小史，或馮國璋小傳，無不可也，雖亦可稱之爲歷史，終不如稱傳方適，意其只傳一人之事故耳。其體裁亦用劄記，措詞則宜文言，情節則求曲折，命意惟取本人事實，最好求外人所不知之事，實爲珍貴，可著長篇，或分章回，此其異於『記』者也。總之歷史者，記國事朝野時局之事，記傳則瑣聞逸事，故余以爲異點，前已分言，特辟此門，識者幸不以蛇足笑我也。

（六）政治。政治小説，可代政論，以促進政治之進步，以及改良法律，刷新制度。若自表面觀之，大抵係記載一國之政軍，若何組織、制度之如何沿革，似亦同乎歷史，實則大異。余曩嘗聞諸師論政治與歷史之異點云：歷史小説爲事實的，政治小説爲理想的，歷史小説爲過去的，政治小説爲未來的，則其界限，判然相分，畫如鴻溝，何容混言。歷史本係記前朝史事，自爲過去之事實，若言未來與理想，或有一解，更進而申言之，即我前所云，政治小説可以爲進化政治之論説觀也。政治小説者，本具有一種促進政治、改良法律之作用，如所處爲政治不良時代，作者乃以新思想，摹擬一新國家，其政治如何改良，法律如何優美，制度若何改組，模範若何新穎，國家如何利益，國民如何安權，以冀有司見而覺悟，當局知而漸改，將今日書中之空言，成來日政治之事實，誠爲一種促進改革之文字，豈非係理想於未來者耶？如清室之變爲民國，在昔亦不過一種理想，而今竟能達目的，惟彼時我國無政治小説之作者，在他國則早有之矣。（未完）

但今雖達民治目的，内幕則仍不堪問，在野之人，無處理吏治之權，無組織法律之責，乃寓於小説，發表史見，雖屬空中樓閣，惟亦須根據學説，故作此種小説之才，異於他種，須先具有吏治法律之知識，且有高尚理想，方可下筆，否則措詞不免放誕，理想亦難出於庸俗也，故初學者不能作，勉爲之，且恐動輒將咎。近時所謂新浪漫派者，亦重理想作用，其説甚長，不在此範圍内，吝後再詳述之。

（七）倫理。倫理者，五倫之理也，亦爲事物倫類之真理，又爲説明道德之根本，并研究其實用，如所謂商甫道德、農業道德，以及各種道德是也。倫理之義至廣，倫理小説之作用亦甚廣矣，然終不出於道德之外，純爲一種勸人爲善之筆墨也。倫理小説之作法，以表面觀之，則甚易，不過敘家庭父母兄弟夫婦朋友之事，人所經歷之事與境，據實紀述，不必取材於他，何其易也。然能動人之心乎？激人之心乎？恐均不能也。若寫孝子之事、烈婦之事，則其作者必自居倫理最高之地位能爲之，不然以逆子之心，而書孝子之事，可乎？況庸凡之筆，欲勉記孝悌之事，恐亦不能，即强爲之，徒成學究常談，人必掩卷而不欲終篇矣。故作倫理小説者，當先用力於倫理之事實，然後以新穎思想、靈警筆墨出之，乃能成可歌可哭之章、善於感人之説部也。然則欲感人者，平和者難，激烈者易，道德感人必難，情緒感人則易，故讀小説者，大都喜讀俠義言情，職是之由也。然則俠雖亦導善之一種，終不在道德正軌之内，況俠義往往過於激烈，而倫理則尚平和。言情則敘情感，而倫理則講道德，故倫理之能爲人歡迎者難矣，惟其難也，而能勝人，亦爲佳筆，雖作者不多，而學者不可不加之意也。或曰：倫理小説，如嫌其枯窘者，可效社會作法，插入趣語，以助興味。然則倫理之社會之可自由發録，故亦難著筆也，學者偶入趣語於倫理，必當三思，使不背於倫理之義，方無遺憾。

（八）寫情。寫情亦稱言情，係述情愫之事爲主，總其名爲寫情。此中性質甚雜，或寫哀情愛情，或寫慘情，或寫豔情事，不下十餘種，前章質言，於寫情一項，言之已詳，故不復贅。其體裁宜於劄見，多短篇，少長著，最長者亦不過數萬言，或記目見之事，或用自述之筆，或録人言，無不可也。措詞亦貴簡潔，宜於文言，不合於白話，描寫須求入微，一舉一動一言一語，令讀者如睹其狀，聞其聲，方爲上乘。命意尤宜斟酌，愛豔不可涉於淫，致傷作者之私德，哀慘亦須幽邃曲折，以引讀者之興味，否則一味苦言，閱者必將擲卷不顧。離奇雖意想非非，令人萬測，然亦不能出於情理之外，成爲放誕之談，作言□亦若社會，最好取固有其事，身曆其境，爲實地之寫照，乃成一篇，方可動目，學者所當注意也。

（九）軍事。軍事小説，盛行於戰時代，而少見於承平。在戰争時代，可以鼓勵軍人奮勇愛國也，并可參以槍炮、器械、飛艇、戰艦等之説明，以補科學之不逮，亦可夾入間諜及軍事偵探之方法，布置陣勢之籌畫。故國家承平，鄰邦和睦，無用干戈，則軍事小説者，亦屬無用，譬之太平之北，雖良將精兵，强弓名馬，均可廢置也。故軍事小説，可用於時，亦可不用於時，其價值之高低，須視時世太平與否而定，其作用之要點已明，其作法之難，亦可曉矣。務熟軍事，明科學，知陣勢，曉軍情，有軍事經驗，方可下筆，斷非局外人所能爲也。或曰：作軍事小説，不僅亂世可作，即平時亦何嘗不可爲，雖時無戰争，亦可溯記過去時之軍事，以傳其良將雄軍之功績。（未完）

作後世模範，若嶽傳、楊家將之類，然則或近於愛國，或近於俠義，或近於歷史，豈可作軍事論耶？我國近時干戈未解，軍事之作，亦爲罕覯，此可見作小説者，正罕軍事之才耳。即以歷代論之，純粹軍事之著，亦爲難得。洪楊時諸將之記録，平匪之劄記，爲稍近似，然多文史之語，不能作爲軍事觀。雖其時在野之人，亦有所記，惟已不知事之内幕，更有礙於當朝，不能暢所欲言，終不過言匪之如何失計，如何敗逸，官兵之如何得計，如何勝利，此種一家之言，官樣之文，何可作爲軍事小説，即其佳者，如《湘軍記》之類，只可稱爲金史耳。自歐戰起後，歐美各國，此等小説，大盛一時，惟我國則罕有作者，此可見我國之小説，遜於他國遠矣。

（十）冒險。冒險小説，我國初無此締，其盛於歐洲，最著名者，即爲《魯濱孫飄流記》，風行一時，幾家弦户誦，雖老婦嫗幼童，無不有是書。著者爲英人，遍譯於歐洲各國，而東亞，以及以後譯至吾國，吾國人見之，乃知世有所謂冒險小説，而又知此種小説價值之高，於是尊重視之，以供學校教科，原本即作爲讀本，而童話書中，亦時發見其書中主人翁之名氏。其所由者，惟因係航海精神，經商事業，可以鼓吹民氣，使有冒險之精神，習航海之事業。所謂冒險小説者，實係航海探險代名詞也，而余意謂我國國情，較英國異：英國者，海國也，亦爲商國；我國國勢地土不然，我國爲大陸國，亦爲農國，欲冒險者，當在於陸。若蒙古、新疆及其他僻遠之所，冒險探入，以墾荒殖民，則較之海島經商爲適。然則以取我國向有遊記爲合，如《徐霞客遊記》，亦可謂一種冒險著録，但作者志在記遊，自不可目爲冒險之説部。若能有人從探險殖民墾荒入手，則亦何嘗不可謂一種鼓吹冒險精神之作品，不過須變其體裁而已，然則能有冒險精神，費一番勞苦，能得一處，無政治智識者，焉能有爲，只得志其鴻爪而去之，則成第二個徐霞客矣，其冒險之價值，尚無表示，故利用小説促殖民墾地之進步，宜於政治，斯合於冒險矣。故我國得有我國之冒險，豈可與他國一例視耶？但布局措詞，本無定體，不過須先有冒險之精神、冒險之經驗，方能爲之。或云：《西遊記》可謂中國冒險小説。然實兼神怪種種放誕之説，或多有所寓言，不能作冒險觀也。（待續）

（一九二三年五月三十一日、六月一、二、三、四、五日《小説日報》）

老先生的談話

嚴旭旦

有一位老先生，年可八十二，皓鬚白髮，還很矍鑠。我對他説：『上海《小説日報》，很有名望，你有稿子可去投稿。』他説：『没有，只有幾篇鬼怪文字在此。』我就拿來看了一過，文氣古健，大有唐人筆法。我就對他説：『先生的文，真是好極，但是現在最時尚的是白話文，把你這樣的文勢，改做白話，定能取尊一時，先生不妨多做幾篇白話文字投去。』先生笑著説：『我有了一篇文章的材料，要做了白話，好像枉了這篇材料。』我對他説：『現在行世的文，大半都是白話，有新式的意思，做新式的白話，豈不大可爲人尊榮呀！』先生又笑著説：『青年們做文，都是要人説好，要把自己能文的名譽，遐邇騁馳，這總是爲人求學。我們做文，不管旁事，只求怡情適性罷了，寫我胸中所要寫的，説我嘴裏所要説的，不曉得有什麽文言白話的分別，也不去問現在的時髦和不時髦。』這一席話説罷，先生辭了我一聲便去。我回到書齋，仔細想了一想，很有感動：歷來的文字，一代有一代的派别，一人有一人的格調，一味摹古捨今，固然不對，只是『爲人求學』、『怡情適性』這八個字例，可給我們研究研究哩。

（一九二三年六月五日《小説日報》）

乞丐小説家　世　芳

周尊德可算是小説界裏一個可憐蟲了，日裏頭在學校裏教了一天書，晚上還要手不離筆去做小説，照他這樣辛苦勤勞，當然是很富裕的了，哪知道適成其反。這怪也難怪，他有了這一個塾不滿的漏洞在家裏，還哪裏有富裕的希望呢？這個漏洞，但在下慢慢地説出來。周尊德在上海洋學校讀上了幾年洋書，就染着了一身洋氣，這口頭禪的解放，皮毛上的公開，多被他學到了。在他升當教員的當兒，就和一個幼稚學校裏的教員湯菊影，先有自由戀愛，戀成了神聖的夫婦。他們倆多是二十世紀的新人物，結婚以後，自然自己去組織小家庭。湯菊影是驕養慣的，在學校裏常常和些蜜史黑、蜜史白斯混在一塊兒，見他們穿的是時裝，戴的鑽寶，她哪裏不羡慕呢？所以她也扮得花枝插兒，什麼遊藝會啊、舞跳會啊，終有她的倩影，這區區的束脩，還不够她日用的化妝品呢，那其餘的費用，當然是周尊德去供給她。好得尊德是個很崇拜西方這個尊重女權主義的，所以惟命是聽，一句不敢違背。但是尊德學校裏的薪水又少，而且教育部常常鬧着欠薪，所以近來的存項，很不够小家庭的出項。後來尊德智極心靈，看看做小説可以找幾個錢的，而且於學校裏的時間，又没衝突，所以散學之後，就從事小説生涯。奈何他對於小説，是門外漢，所有著作，也不見十分出色，外面又没交際，所以寄去的稿子，終不見有一篇登載出來，只落得白費心血。他弄得没法，後來想：馬屁是人人受的。因此他投稿的當兒，附着一封自薦書，好似乞丐似的，去求那主筆先生，書中專説苦惱的言語，真令人難堪。主筆先生看他可憐，就把他録取幾篇，他看見這個法子靈驗，就繼續下去。所以小説界裏的人，就加他一個雅號，叫做『乞丐小説家』，尊德聽了這句話，非但不動氣，反而很得意。因爲他鑒於近來有名的小説家，終取着『吃飯牛』、『偷油鼠』等怪名字，名頭逾怪，名氣逾響，所以他就拿這個名字，做自己的外號。不上二年，他的名氣，舉然大紅特紅起來了，哪有一家小説裏没有『乞丐小説家』的著作，哪有一家不請他去做主筆？但是他所得的潤金，仍舊不過墊補他夫人的漏洞罷了。

（一九二三年六月十日《小説日報·星期增刊》）

真小説家

懺　庵

鼎鼎大名的文字家真桑樑老先生，無論哪一種雜志日報出版，總得去求他老先生做些題詞序跋，或是擔任一個名譽編輯。社會上人的心理，只要看見没有真桑樑的名字，不怕你内容怎樣的豐富華藻，連正眼都不來瞧一瞧，這真合了翁叔平『秀句滿江國，芳聲騰海隅』的兩句話了。他老先生忽然從今年三月裏起，竟擱起筆來，任你名公大佬，搬出成千成萬的銀子，要他做一篇壽文墓誌、啓序補跋，比登天還難，什麽雜志小説，益發不必談了。於是社會上就生出許多謡言來，有的説他江郎才盡，有的説他用腦過度，神經失常了，有的説他也犯着名士的怪癖，搭足身價了。這樣的紛紛傳説，都給小子聽到耳朵裏，不覺在暗地裏好笑。哈哈！列位請不要再胡思亂猜，反傷害了自己的腦筋，讓小子來揭碎了他老先生的『黑幕』罷。原來他的書記捉刀先生，竟在三月裏死了，他老先生的文思，竟都隨了這一位捉刀先生到棺材裹去了，做了殉友的品物，所以乘風轉舵，就此擱筆，保全了一生的令名。哈哈哈哈！

（一九二三年六月十六日《小説日報》）

《紅樓夢》中念佛聲

哀　自

一部《紅樓夢》中的人，最多念佛的，是劉姥姥。但是賈母、王夫人、賈寶玉，也念了不少。林黛玉（二十回、二五回、五七回），史湘雲（三二回、六二回），玉釧（三五回），鴛鴦（三八回），襲人、紫鵑（九六回）也念過幾聲阿彌陀佛。這四字一上他們幾位婦女之口，一定好聽得非凡了。還有幾個低下老婆子都喜得眉開眼笑的念阿彌陀佛（四二回），那聲音一定很粗聲的。趙姨娘、馬道婆（二五回）也念了許多聲阿彌陀佛，那一種狠毒心同奸刁心，都在這四字上發洩，我是掩着耳，不敢聽這種聲音的。春燕的姑媽（六十回）念阿彌陀佛，是又痛又恨聲。怡紅院婆子（七七回）見王夫人攆晴雯，念阿彌陀佛，是趁願洩恨聲。智通圓信（七七回）的念阿彌陀佛，是出家人的口頭禪，□逼含着些私心慶倖在裹面呢。

（塵父戲注）想不到哀自君倒是一位『阿彌陀佛』的解剖家，我想要請他將現在世人的阿彌陀佛替我解剖一下子呢。

（一九二三年六月十八日《小説日報·阿彌陀佛號》）

著作家芳名對

菊影戲作

許廑父　煙橋　眠雲　寒蟬　陳小蝶

嚴芙孫　飯桶　踏雪　孤鶴　白老鼠

徐三郎　寒雲　愁雲　周瘦鵑　鄭逸梅

趙五娘　冷風　苦雨　趙飛燕　平安竹

聽松　抱蜀

尋梅　投吴

（一九二三年六月二十四日《小説日報》）

最近小説界之悲觀

金智周

當去年春夏間，各雜志書報之發達，幾如風起雲涌，此嚮彼應，可謂盛極一時。然記者即已預料非真正發達之期。此其故，大半關於時局影響，而社會教育之不發達，與各雜志書報本身無持久之毅力，久已失却信用，亦爲主要原因。果也至今不及一年，而吾言乃不幸而中：去年風行各雜志，已大多數不能維持，或竟致停版。此實深可痛惜之事！夫謂中國之大，人民之衆，青年學子，且佔社會之大部分，必謂區區十數種，而此起彼伏，不能并立而存在，不特無此理由，且使東西各國聞之，不將譏笑華人教育程度太低乎？余是以對此問題，而不能不加以幾度之研究。關於時局者，我儕小民，人微勢弱，既作無可奈何之唤，吾末如之何矣。而在雜志書報本身之範圍内者，其改良整理之功，又烏能更委諸他人，而旁貸其責耶！爰就見聞所及，略述於下，爲辦理雜志書報者告。

一曰維持力。凡做一事，必有一事之預備。預備云者，即俗語所謂『拼得』，又叫『抵拼』。各事如此，而組織雜志書報，更爲必不可少之原素。譬如要辦一種雜志，必先預備館額經濟，拼得一本不銷，可以維持至半年或一年以上。切弗存一種僥倖之心，書未著手，便想如何暢銷，如何獲利，如是存心，勢必如願以償，纔有維持之力，益與興味，稍一挫折，不特財力難支，而興味亦隨之減少。一期不銷，尚想續出二期，至二期三期不銷，則財力既竭，興味全消，而停版之結果，在所不免。此皆出版界對於社會失却信用之大原因也。若如吾言拼得一本不銷，而眼光却注在久遠，財力籌畫充足，則一期不銷不足患，二期不銷不爲憂，主三期四期以至五六七八期仍不銷，而財力既足，原來之希望，又未受打擊，決無灰心短氣之理。夫如是，故雜志之壽命可久，而最後之成功與勝利乃可得而期也。何以知其然耶？今雜志之不發達，非真社會人士之不喜或不能閱雜志也。如上所言，基於時局者果半，而基於社會之不信用雜志，每慮新出雜志之不能持久，實爲最大原因。果使不畏難，不怕失敗，拼得大損失，一意進行，不稍顧旃，則數期以後，社會信用自見增高，不特後出各期可以暢銷，而以前存積之書，亦必隨而補購。此本於著者個人之心理，亦各雜志以往成績而知之，非妄言欺人者也。故余謂處今日雜志信用損失之時，而欲爲雜志之組織，自以恢復信用爲第一要義，而恢復信用之法，又莫如『抵拼』兩字。世有久於出版界者，當不河漢斯言。

二曰真精神。吾所謂真精神者，與普通所謂精神者異。凡今辦雜志者，多謂社會程度日低，須採雅俗共賞之文，方能得大多數人之歡迎。夫使所用文字，果能雅俗共賞，斯亦已耳。然此四字，談何容易！每見今之雜志，都以此四字揭櫫，而一考其内容，則滿紙穢言，一派惡套充之，有俗無雅。此雖能得一時俗人之歡迎，而不足當大雅之一盼。然而欺人太甚，終不能一永久之佳果，吾於是以真精神三字藥之。真精神云者，即指雅俗共賞而言。雜志之文，本期公開，使雅俗共賞，尚復何求？惟其現時所稱雅俗共賞，多爲虛僞而未有實途。如是而言精神，只能稱爲假精神。既有假精神，吾故不得不以真精神辟之。

三曰身價。凡百人物都有身價，雜志爲社會高尚事業，故不得不有最高之身價。所謂身價者，雜志之精神也，而屬於形式編制，以爲廣告圖畫，乃至發行上種種手續規制，亦無一不與身價有關。試更折言之：其在形式與編制者，能適合雜志之性質最妙，不則須從大方整潔，或有益於特種，或普通社會者，其身價抬高，非是即爲卑下；其在廣告與圖畫者，立言要得體，對於著作人及所作文字要莊重，而尊敬規矩而不佻。其於圖畫，亦然不特毫無意味之插畫，在所不容，而略涉輕褻之作品更宜屏除；其在發行上者，價目不能以時而定，不宜虛漲其價，而故廉其折扣，不但失營業之信用，且視雜志爲小菜場上出品一般無二，其損失身價可謂甚矣。此雖關於雜志外面的部分，而身價既失，其於雜志之營業與命運，自有絶大關係，不可不注意也。

（一九二三年七月十、十一、十二、十三日《小説日報》）

最近小説家的劫運　報告人董巽觀

近時小説家有許許多多的軼事，這劫運是其中之一，兹列表如下：

徐枕亞的夫人蔡蕊珠，静婉賢淑，現在可惜已經死了。枕亞悼亡情切，遂有《雜憶》三十首，刊之《小説日報》。

許廑父。許廑父有一個兒子、一個女兒，這二位小將軍非常聰敏，不論誰見了都歡喜，不幸在近三月中都病死了。這位許老先生説：『我自己也還能够達觀，但是家裏還有長輩，這不幸的消息，却怎樣去報告堂上啊！』

嚴芙孫。嚴芙孫的不幸最多：第一件他的足病；第二件善於書法的小將軍，大大的生了病；還有他的丈人峰，也病得不亦樂乎；又聞去年他家中還失竊一次，損失得很多。

吴靈園。『閉户家内坐，禍從天外來』，就是靈園的近況。他不幸的因爲一件地産涉訟，天天坐著滬寧車兜風。

（一九二三年七月十三日《小説日報》）

小説的進步　金智周

現下小説的情勢，驟觀之，簡直覺得没有進步。其實，關於白話小説之受人歡迎，的確是進步的好現狀。别的不去説他，就以小説的報紙論，從前只有旬刊、星期刊，到如今一日一出的小説日報，看的人們非常的歡迎咧。何以呢？從前的讀者及投稿者都是幾個著作家，其他不及百分之一。現在的時勢大不同了，所有學生界咧、商界咧、工人咧、郵電家咧、銀行家咧，都有他們的作品了。這個樣兒，怎不是進步呢。

（一九二三年七月十四日《小説日報》）

小説雜談　金智周

大凡作小説，命意遣詞，果然是必要的條件，而對於時令景物，及人之性情狀態，更須工於描寫。描寫的方法最多，不可失之俗，更不可失之濫。俗者損品，濫則乏味，皆行文之大忌，而小説爲尤甚。昔人有聽琴而知人之品性思想者，今《琴學》失傳而小説大盛。小説之文，不惟能引起人之哀樂悲歡，亦可從文字中而測知作小説者之人品性情。例如高雅的人，作的小説自然意匠高超，落筆雋雅；若是傖俗之夫，雖然學得一派油腔滑調，究竟滿紙蓬塵，不堪寓目矣。

昔人説文隨境遷，惟小説則更甚。處順境者，果然不能作哀詞；處逆境者，更不能作豔句也。

書報上的錯字，最怕似是而非。似是而非者，人皆疑爲原文如此。非手民之誤，此與編輯或著作人名譽有關，不可不三注意也。。

有許多小説往往描寫過火，如某報某女士筆記，一味嘮叨，糾纏不休，此或作者筆力不足，不能爲簡雋雅峭之文。或其人貪多得稿費，故爲敷衍。總之不能稱爲描寫也。（著者按：筆力不足與故爲敷衍，二者究竟也難逃識者之目，明眼人一辨而知也。）

（一九二三年七月十六日《小説日報》）

小説家與壽命

金智周

小説家與壽命有密切的關係。何以？因小説家日夜裏埋於文堆中做生活，與壽命適立於反對地位。如今的小説家，也没研究切實自保的方法，甚覺可危。小子不才，甚願與諸君研究一下子。照衛生上説去，心與腦最爲人生重要機關。腦力一弱，身體即受影響；心血耗盡，性命就丟掉了。小説家單單要靠此一樣做生活，壽命上天然要減少許多分數，譬如六十歲的壽，只好活五十歲、四十歲了。你看最有名的小説家，從前如徐念慈咧，吴趼人咧，李伯元咧，近來如朱鴛雛咧，壽命皆不到五十歲。我可以大膽説一句，他的短命，委實是小説上受的影響呀。

統看今之小説家，如業師許廑父先生，他竟有保護他生機的方法。簡直佩服得很。他做小説的時候，就是一直做下去，做好了仍當歡歡喜喜，尋一點最快活的消遣品，説説笑笑。開開心，只此一來於本身便不受影響了。我甚願小説作者，統以許先生爲法。并願許先生將此妙法傳給許多小説家同人。

（一九二三年七月二十一日《小説日報》）

小説話

巽觀

小説雖爲最高的文學，亦爲最優的藝術之一。作小説，猶畫畫，但知在文字上用死功夫，其小説未必可觀。我意社會上負小説作者盛名，必有下列之緣由：

（一）多讀名家小説。昔人有云：『熟讀唐詩三百首，不會吟詩也會吟。』作詩然，小説亦何獨不然。

（二）環境緣故。文人賣文，是一件很可憐的事。平日在社會上目接耳聞，把世態炎凉，患得患失的心理和形狀，感刺極深，存之於心，發之於文，自然細致而周密。

（二）修辭上面。修辭上功夫，關於小説很深。往往有同一題目、思想的二個作家，因爲字面上的關係，一篇能够鼓起讀者的興趣，其一却因爲字面的關係，致不能和其他一篇并駕齊驅風行一時。這并不是我的虚談，現在社會上有不少的證據。我只因爲舉不舉據，他只好不引證，讀者自具有一雙慧眼，也何妨破些功夫去研究一下子呢。

作小説斷不可步入後塵，終須以我自己才思爲之。自蒲留仙以憤世嫉俗之筆，托之鬼狐，以寫人情世態，其後有《池北偶談》、《子不語》等，所記皆大同小異。此傳之後世者也。當時慕其盛名而相效顰者，不知凡幾；其不傳者，不知幾許也。

從來名家許多作品如《水滸》以豪放勝，俗謂之大刀闊斧；《紅樓》以纖細勝，讀者皆以其家常瑣事而皮裏陽秋，極《春秋》責賢之意，且立意布局，迥非尋常作家所能；《西厢》以詞句勝，哀豔動人，能以少許勝多許，似嚼諫果，回味無窮。其有仿摹以上諸名作，坊間固汗牛充棟，然皆索然無一味矣。

海上小説家，有如過江之鯽。其負有盛名者，如李涵秋以《廣陵潮》而得名，朱瘦菊所撰説部，《歇浦潮》之名最著。中間描寫海上軼事，老上海類能道之。徐枕亞之《玉梨魂》、許廑父之《滬江風月傳》，一則哀惻動人，一則駘蕩風流。包天笑素以白描勝，《上海春秋》尤爲得意之作，惜中斷多日，讀者極望其續刊。不肖生（即向愷然）數年前以《留東外史》著，本其目接耳聞，自然確切，筆亦流暢，一無敷衍枯寂之弊。此皆長篇中止最著名者也。其後因此而享盛名，於是索稿者，幾於户限爲穿，作者疲於酬應，遂往往有意窮詞略知玷矣。

吴趼人之《恨海》，序述庚子年拳禍，中間以二對未婚夫婦爲主。旅店寄宿，將三人心理，歷歷如繪。劍濡曾云：『我當新愁舊恨交作時，必以《恨海》爲下酒物，手此則萬念都消。』其魔力可知。其享盛名，固非無因也。

友人柳子翼，曾數數詢予曰：『巽觀，汝儕所作小説，資料何層出不窮？報上一篇，雜志上又一篇，我只是想動筆作一篇，也愁没有資料，其安在？』予歎曰：『噫！巽觀十載浮沈，悲歡喜怒之味，得意落魄之境，皆身歷之矣。受之於身心，發之於詩文，不期然而然。每一篇成，亦不覺其清淚之落。哀戚凄凉之作，萬人譽傳，偶一重展，已無限傷心矣。

（一九二三年七月十四、十九、三十日《小説日報》）

小説前途

季　康

十年之前，中國小説界沉沉若睡，除掉商務印書館及别家的幾種月刊之外，没有别種發達的雜志可尋。就是著作家也是寥若晨星，按期酬應的，差不多只有指定的幾個人，所以和歐美各國比較，真是瞠乎其後。後來家君和業師鈍根先生編輯《禮拜六》周刊，没到幾期，居然風行全國，大有一日千里之勢。各書局瞧得眼紅，群相效尤，一轉瞬間各種周刊、日刊，竟致滿坑滿谷，記不了許多，那班讀者的眼光，也竟分不出誰好誰歹，抱不定一個宗旨，於是就漸漸淘汰下來。他們没得到多大利益，《禮拜六》的停版，確在這上受著的影響。那時候，告了一個中落，市面上平静了一些，到得前年春季，《禮拜六》復活，銷數比了百期前更形生色。於是許多書坊又緊追而起，竭力争鬥。到得去年臘底，别種雜志早經泯滅，《禮拜六》終究維持到二百期停刊。這是雜志的情形。至於本報，也算得老前輩了。今年各雜志都停版，市上除了《晶報》及少數的兩三種小報之外，没有什麽精美的消閒出品。所以同人等重振精神，再行出版。那知這班善於效尤的人，又是疾追而起。今天聽得一種周刊，明天又聽得出了一種日刊，捱到之上，已超在各大報的三倍之上。小説前途，確似發達，但是隨隨便便的著作家太多了，所以編輯者很難選擇，也就難得精彩了。倒不如十年以前，小説没有發達時的可看多了。所以我説近來隨便那種出品，没有好作品出現的緣故，不是著作家太少，實在太多了，阿貓阿狗都能握管的害處。那麽，不待幾年，終有大大失敗的一日。

（一九二三年八月二日《小説日報》）

著作時期

季　康

小説這件東西，本來也是另外一種門徑，極難著作的，并不是瞧了十來本雜志，讀了幾種《三國志》、《西遊記》等，就能握管的。致於筆法如何，及所擅的一種體裁，那倒出乎天性，并不是勉强得來的。但在字裏行間，最容易顯出作者的境况和性情。不過做得太多了，肚裏的資料一缺乏，那麼説來説去，只有這點。退步之速，比了進步，有霄壤之別。讀書的眼光很凶，名譽上就不能蒸蒸日上了。李涵秋先生的社會小説，本來可稱得屈指可數，可是後來没有好作品的緣故，足跡太小，固是大病。然後每天必須趕著幾處稿件，究竟腦子不是通著海的。朱瘦菊先生的社會小説，描摹十分精細，滑稽處。每使人笑得腹痛，確很佩服。不過老《歇浦潮》的子孫，層出不窮，恐怕也要遜色，我就不敢贊成了。向凱然君的《留東外史》，確是好作品。可惜他近來也犯了此病，《快活林》上的《新史》，處處減色。所以我説長篇小説做了一二部之後，最好停他五年六年再做。那纔只有進，没有退了。雖然作者都是靠此爲活，但也不妨多做些短篇，合來仿佛。

（一九二三年八月三日《小説日報》）

小説管窺　玉　衡

目今小説之趨勢，與昔日之交易所如出一轍，今雖風行一時，不久必如雲之消，如煙之散，此非我之誕言，亦非我之蔑視今之小説家，實緣今之小説家名望既淺，才學復疏，所作之小説，更奄奄無生氣。其所以作小説之故，大抵爲賺錢計，爲盜名計耳。一舉而名利兼收，人非聖賢，胡樂不爲？然以數元之代價，而乃爲誨淫誨盗之言，道聽途説之語，毋亦太不值得乎！

書賈觀夫（雜志）小説之發達也，購閲小説者之多也，乃亦以小説爲賺錢之唯一利器，不二法門，乘社會醉心小説之日，於是日刊旬刊周刊紛紛出現；或且大登其廣告，亂吹其牛皮；或則自誇曰老牌子；或則自名曰後來居上；甚至有云『重賞之下必有勇夫』。自有雜志，小説家已呈汗牛充棟之象。自有此語，小説家之人格，竟墜落畜生道矣。小説家之目的，在提倡文化，改革社會。而今日之小説家，其鵠在金錢。以故書賈利用小説家之目的，乃以金錢爲餌，釣彼小説家之稿，而小説家竟甘心爲之奴隸。夫以至尊至高之小説家，而乃爲金錢之傀儡，是誠可歎也已。

大幾享盛名之小説家，其著作愈富，其作品愈無價值，此非其才遜於昔日，實緣其生意興隆，照顧不周，遂潦草塞責。然讀者往往於讀小説之前，必先閲作者之署名，如其爲没没無聞之小説家，則恣意月旦，任性吹求；如其爲聲名藉藉之小説家，則雖有大疵，亦必曲爲之諱。若此之儔，與耳食何異？惟其如此，故今日雜志上每登載一二著名小説家之大作，而細繹其文筆，或嫌累贅拖遝，或嫌枯寂乏味，或竟抄襲前作，而更改姓名，或則節長爲短，或則接短充長，而猶登廣告曰是某某最近得意之傑作，其用筆之深刻，允推獨步。而讀者亦竟隨聲附和。於是彼大著作家，亦竟自鳴爲得意之作矣。

（一）用白話，雖不過多幾個的底、啊、嗎、怎麽、什麽，而寫情已呈散漫之象，恍若友朋見應酢之語，初非男女間之血性語矣。即其他布景文字，亦將呈現枯燥之象。

（二）（原文闕）

（三）偵探小説，最忌冗長，而白話小説適犯是病，故偵探小説，宜用文言。

（四）家庭小説，與社會小説同。蓋家庭爲社會之縮影，社會乃家庭之放大鏡也。

（五）滑稽小説，不拘體例，不分門類，各抒所長，各逞其能，惟以能引人發笑爲唯一要旨。以上所述。不過其大别而已，脱落之處，在所不免。

近代之作小説者，大抵非言男女之變愛，即昌言社會之黑暗，捨此二者外，偵探、滑稽等，或可一二覯。至於軍事、愛國、外交等，則幾如晨星矣。於是此覘吾國人心理之傾向。

昔之作言情小説者，大多爲落難公子中狀元，後花園私定終身。今之作言情小説者，雖云與前迥異，而究其實，則起初男女互相戀愛，中段波折横生，結尾則好事重圓，千篇一律，幾同嚼蠟。故昔日言情小説盛行，丫鬟爲雙方之青鳥使，花園爲雙方之晤面地；今日之言情小説盛行，郵差爲雙方之青鳥使，而旅社爲雙方之結合地。嗟夫！昔日之男女，尚能以禮自製，而今日之男女，每每蕩檢踰閒。愛情云乎哉，欺人而已矣，自欺而已矣！

社會小説則稍異矣，然或則附會失真，或則隨意寫了，雷同之處，更僕難數。夫作社會小説，必須有見識，有經驗。見識從閱歷得來，經驗從做事得來。然今之作社會小説者，生平未履鄉封，而乃高張標榜，自鳴曰足跡遍中國。夫足跡既遍全國，何所述之事蹟，僅限於本境。由此以推，則今日之所謂社會小説家，或竊他人之前作，稍事更改而攫爲己有；或妄造一二事蹟，以爲此乃社會之黑幕。嗟夫！閉門造車，焉能合轍？此社會小説所以雖多於鯽，而完璧者輒不一二覯也。

小説之用白話文者，較文言多十之九，其理由有四：

（一）文言之作較難於白話，故趨易崇便，白話尚已。

（二）小説人人愛閲，而未必人人腹滿五車，故小説欲人人讀一己之小説，惟做白話。

（三）書賈欲推廣小説之銷路，亦惟專收白話小説。

（四）現在白話小説風行一時，即以前專作文言小説者，今亦改作白話。夫衣裳有時髦不時髦之别，不意小説亦欲趨時髦矣。此可見出風頭之中人深矣。

然作小説究應用白話乎，抑文言乎？據我所見，請分門别類而論之。小説分社會、言情、偵探、家庭、滑稽等類，長篇、短篇之别。

（一）社會小説，專事描寫社會之黑暗、人心之險詐。若用文言表之，雖未嘗不可，究未免失之過文，且描寫市儈村夫口吻，恐未能一一逼肖，故宜用白話以符寫真。

（二）言情小説，此可分言情、豔情、哀情等。然一言以蔽之，凡言情小説不適用白話。蓋我嘗謂中國人缺乏創造性，而喜於摹仿。創造固屬特出，而摹仿則近乎剽竊冒戳。試一證乎商界，熟肉店大都曰陸稿薦，剪刀店則曰張小泉，其意以爲不若是則營業必不發達，一若開店做買賣，只須靠一塊牌號，即可生意興隆，至於物品之優劣，盡可置而不聞。其見解之愚，可謂無出其右。然猶可曰無智識之人，只有此些些見解，不圖吾今日見之於至尊貴至高尚之小説家，其作品往往改他人之著作，而於卷端卷末猶鄭重明之曰：吾非剿襲某書也。是無異於掩耳盗鈴，更無異於欲蓋彌彰。而其見解之愚，則更出於彼商人之右。

筆記與短篇小説，體裁既異，結構亦不自同。而今之作者，往往互相混淆，是無異於孫周之兄不能辨菽麥。據我所知，筆記者，隨筆寫來，不加描摹，不加虚飾，據實而書。蓋筆記之用，留待將來或補史乘之失，或資參考之鏡。至於小説，盡可任意描寫，只須立意特别，思想新穎，至事實之有無，盡可不論，故以爲茶餘飯後之消遣品則可，以之爲信史則不可。短篇之作，難於長篇。蓋字數既少，情節須曲折，而忌疊床架屋，用筆貴奇特，而忌拖泥帶水。今之作短篇者，往往犯是二病。諺云：麻雀雖小，五臟俱全。短小説篇幅雖短，而其精華悉包括靡遺矣。此短篇之所以名貴，而作者之難也。

中國之偵探之名，始於偵探小説。有偵探小説，而後有偵探。未有偵探小説之前，偵探之名固未嘗聞於中國也。中國之有偵探小説，始於福爾摩斯。福之前偵探小説固亦未嘗見於中國也。偵探小説，易作而難工。蓋心須細密，腦筋須清净，布置疑陣，須有頭緒，忌混亂，忌獃板，探案時須循序漸進，忌躐等。至於所持要鍵，宜出人意表，更宜在人意計之中。曷言乎此？蓋若僅能出人意表，死者不妨復生，斷者更可復續，奇特固奇特矣，其如不近情理何！ 我故曰： 既須出人意表，亦須在人意計之中。

（一九二三年七月二十六、二十七、二十八、二十九日《小説日報》）

著作與批評　庸　庸

出版界所最不可者，其惟批評乎？ 今我但論小説，小説之著者，各秉其天賦之資，所受之學識，與環境之感刺，其描寫之藝術，斷無相同者。 證之現代之中西作者，非虚言也。

然讀者因出版物之夥也，固不得不有賴於批評而决其去取。 雖然，著作者斷不可兼批評者，蓋批評者之眼光，一以藝術爲標準。 著作者一兼批評者，其間因友誼相識之故，往往有欲言不盡之苦，但能表揚其優美，而不能正其失拈處。

其因此而貽誤讀者之弊淺，貽誤文化進步之弊深。 諺云： 盛名之下，難副其實。 吾於諸名小説家，其作品間有爲其盛名之累者，亦出版界無批評者累之也。

（一九二三年九月三日《小説日報》）

名家著作　姍　姍

有人説，本報現在名家著作極少，所以不能增添銷路。 哈哈，這真是笑話了，難道名家的著作一定好嗎？非名家的作品，一定壞的嗎？這個我有點不信，我有這個宗旨，一定要和名家反對一反對。像本報不妨把新進的作家介紹幾位給讀者相見，但是也不是容易的啊。要求好作品的非名家，真不多啊。更有一種自名爲小說家者，稍微認識了幾位小說家，就把他們的寫信式做鉾版刊登出來，算是榮耀的呀。我不信。

（一九二三年九月十二日《小說日報》）

評紅樓夢之林薛

震　酣

余幼時讀《紅樓夢》，恒左薛而右林，以爲薛温柔忠厚，令人敬慕，而林之落落難合，有自取咎戾之道也。及稍長，漸與社會相周旋，於是始知落落寡合者之不可多得，而温柔忠厚之人，實奸險狡詐之尤者。夫林真性情也，薛僞仁義也。以真性情處世，安得不與世相忤？以僞仁義待人，則其設心之毒，雖欲置人於死，人且冥然而罔覺焉。嗚呼，世道險巇，何處非天荆地棘哉！

（一九二三年九月九日《小說日報》）

本報特別啟事

每本最長不得過五千字長劇每本至少在一萬字以上編潤從豐

京劇崑曲均所歡迎短劇

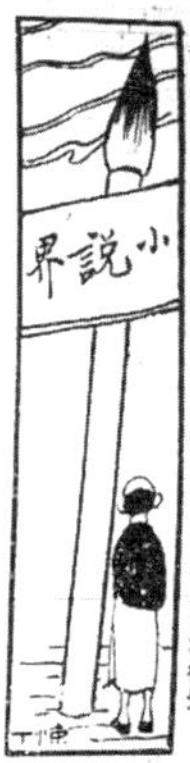

小說話

新小說和舊小說

廑子民

中國人樣樣獻崇學外國式。想不到今日之下。連國家命脈所繫的文字。也要模仿西式起來。

如今我們就拿小說一部分來講。現在新舊兩派的競爭。已經達于劇點了。平心而論。兩派的性質。各有優劣。各有短長。並不能抹倒一方。專作門戶標榜之見的。這不是我騎牆取巧之談。實在近幾年來。兩方入主出奴。你非我是的爭潮。已經發過了幾百幾千次了。說來總是各有各的理由。各有各的見解。誰又能居中說一句誰是誰不是呢。

照我看來。像這等新舊競爭。將來終有優勝劣敗的一日。那麼。今日的競爭。也就是將來進步的先聲。這倒是小說界的好景象啊。

說到這裏。我却有一句緊要的狂言。向兩方勸說一聲。新小說就是新小說罷咧。並不是定要歐化的小說。纔算是新。若說歐化的小說。新近流入中國。比較中國的舊派小說。自然算得新了。但照狹義說來。歐化小說中。也還要分出新舊之別。並不是無論什麼小說。帶着點子歐化的氣味。就可以代表全部新小說。總而言

吾友東越許廑父性奇

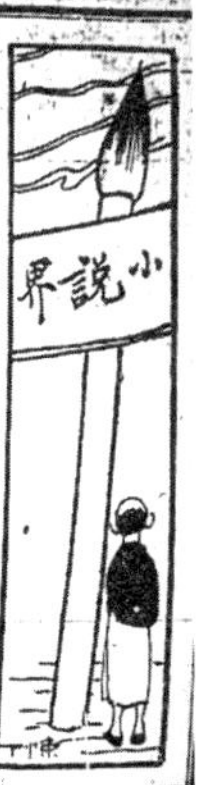

小說話

小說雜談

周大年

有人說。小說這件東西。沒有什麼難地方。什麼愛情咧。哀情咧。理想咧。都是很易於着筆。要是做愛情小說。祗要做兩句卿卿咧。郎咧。我愛咧。佳人咧。的肉麻字眼。要是做哀情小說。祗要做兩句生離死別的話。什麼淚咧。愁咧。盼望咧的詞句。要是做理想小說。祗要做兩句什麼世界末日咧。人類同歸於盡咧的話。諸是此類小說。有什麼利益呢。有什麼價值呢。這種話。可也不十分錯。的確有一部分的人。祗知道抄襲那些陳腐不堪的話。充他的篇幅。所以有許多人。這一網打盡。凡是小說。一概說他陳腐不堪。那也是生了某君所說的小說賊所害。不知道小說是改造社會的利器。並不是搖筆起來。就可草率成篇的。第一步。先要想定意思。然後下筆。但是不必限什麼長短。祗要得到一個天然的結束便好了。也不必過分拖長。所以有種雜誌的投稿規則上。寫着每千字酬金若干。很是不通。因了這個緣故。所以有許多小說匠。往往故意延長。要想因字數的關係。多得些兒獎金。不知道反致作品乏味。所以酬金的多少。不應當拿字數做標準。應該拿全篇的意思和作法做標準的。

長篇小說的題名。什麼後西遊記咧。後石頭記咧。後儒林外史咧。古時有什麼書。現在也有這部書。不過加上了一個後字。或是新字。那我可不敢贊成。因爲題了這樣一個題目。恐怕情節給前

協聯　丈二尺十元　六尺四元

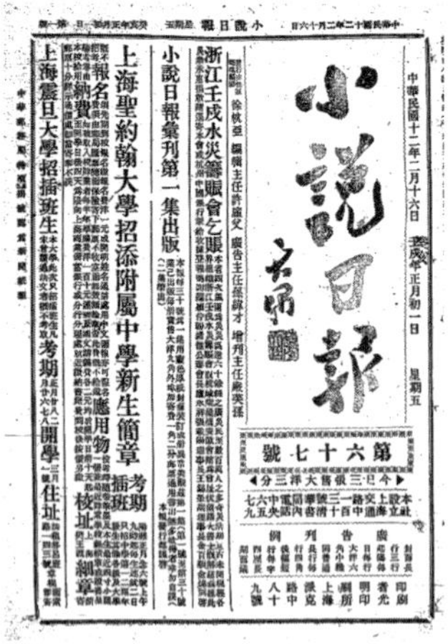

第一版 中華民國十二年二月十六日 小說日報 星期五 癸亥年正月初一日

小說日報

中華民國十二年二月十六日 癸亥年正月初一日 星期五

第六十七號

浙江壬戌水災籌賑會乞賑

小說日報彙刊第一集出版

上海聖約翰大學招添附屬中學新生簡章

上海震旦大學招插班生

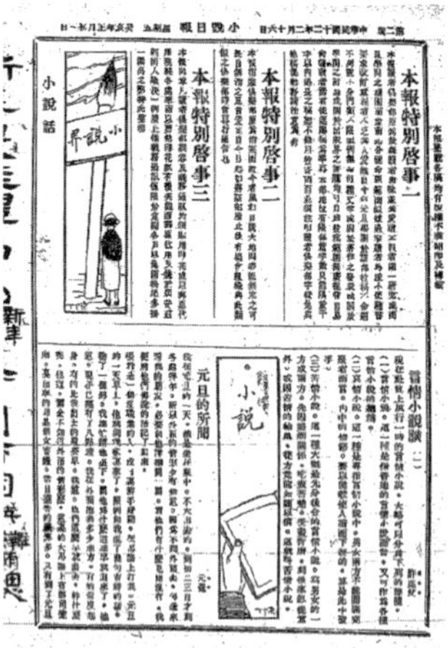

第二版 中華民國十二年二月十六日 小說日報

本報特別啓事一

本報特別啓事二

本報特別啓事三

小說話

元旦的新聞

第三版 中華民國十一年十二月十日 小說日報 星期日 壬戌年十月廿二日

本報特別啓事

本報復版以來荷蒙海內人士不棄紛函訂購者紛紛不絕欣幸之餘益深感愧愧念本報倉卒復版一切草率譾陋之譏在所難免本報同人爲此昕夕研究力期完善當已增添長篇小說一種逐日刊登外總覺缺點尚多有辜讀者雅意而同人學識淺薄知慮難周用特鄭重宣言徵求讀者意見果有良猷肯賜雅教本報同人謹當採擇而從求本報之改善即所以副讀者之盛情本報除將大函披露外尤當略備薄酬用答雅意海內宏達倘乞勿吝教言也

小說話

出版界之廣告

半厂

出版是一種最高尚的事業。著作人是一種最高尚的人類。雖說含有買賣性質。究竟和尋常營業。有點雅俗之分。高下之判。（這也沒有一定的理由。和準確的規定。不過在社會的習慣上。和這尊人事的本質上。有這一種觀念。中外古今。統是這樣子的。）可是我看近來的書賈們。往往用一種卑鄙的廣告。想要惹起一般無知識人的注意。像某書局的旬刊。出版之前。他那徵文廣告。說什麼重賞之下。必有勇夫。已經引起許多人的非難。而最近的某雜誌。甚至把他雜誌本身。比做讀者的小老婆。在他們自以爲滑稽。却不曉已經把他們雜誌的身分。和著作人的品格。完全丟掉了。唉。書賈們本來只曉賺錢。原無知識可言。也沒有供我們賞鑑之價值。但在著作人方面。却不該爲了幾塊錢的稿費。就